# 哈佛必知的名家前言与序言

## Prefaces and Prologues

【美】查尔斯·艾略特(Charles W. Eliot)◎主编
宿哲骞　刘庆国◎译

中华工商联合出版社

**图书在版编目（CIP）数据**

哈佛必知的名家前言与序言/（美）查尔斯·艾略特主编；宿哲骞，刘庆国译．--北京：中华工商联合出版社，2018.5

ISBN 978-7-5158-2277-8

Ⅰ．①哈… Ⅱ．①查… ②宿… ③刘… Ⅲ．①序言一作品集一世界 Ⅳ．①I16

中国版本图书馆 CIP 数据核字（2018）第 083137 号

**哈佛必知的名家前言与序言 Prefaces and Prologues**

---

**主　　编：**【美】查尔斯·艾略特（Charles W. Eliot）
**译　　者：**宿哲骞　刘庆国
**出 品 人：**徐　潜
**策划编辑：**魏鸿鸣
**责任编辑：**林　立　崔红亮
**封面设计：**周　源
**责任审读：**魏鸿鸣
**责任印制：**迈致红
**渠道总监：**姜　越　郑　奕
**营销企划：**张　朋　徐　涛
**营销推广：**张俊飞
**出版发行：**中华工商联合出版社有限责任公司
**印　　刷：**北京毅峰迅捷印刷有限公司
**版　　次：**2018 年 8 月第 1 版
**印　　次：**2018 年 8 月第 1 次印刷
**开　　本：**710mm×1020mm　1/16
**字　　数：**250 千字
**印　　张：**16.5
**书　　号：**ISBN 978-7-5158-2277-8
**定　　价：**68.00 元

---

**服务热线：**010－58301130
**销售热线：**010－58302813
**地址邮编：**北京市西城区西环广场 A 座
19－20 层，100044
**http：//www.chgslcbs.cn**
**E-mail：**cicap1202@sina.com（营销中心）
**E-mail：**gslzbs@sina.com（总编室）

# 向经典致敬

## 《哈佛经典》代前言

这里向各位书友推介的是被中国现代新文化运动先驱者的胡适先生称为“奇书”的《哈佛经典》。这是一套集文史哲和宗教、文化于一体的大型丛书，共 50 册。这次出版，我们选择了其中的《名家（前言）序言》《名家讲座》《英美名家随笔》《文学与哲学名家随笔》《美国历史文献》，这些经典散文堪称是经人类历史大浪淘沙而留存下来的文化真金，每一篇都闪烁着人类理性和智慧的光辉。有人说，先有哈佛后有美国。因为在建校 370 多年的历史中，哈佛培养出 7 位美国总统，40 多位诺贝尔奖得主，政界、商界、科技、文艺领域的精英不计其数。但有一点，他们都是铭记着“与柏拉图为友、与亚里士多德为友、更与真理为友”的校训成长、成功的。正像《哈佛经典》的主编，该校第二任校长查尔斯·艾略特所言：“我选编《哈佛经典》，旨在为认真、执着的读者提供文学养分，他们将可以从中大致了解从古代直至十九世纪以来观察、记录、发明以及想象的进程，作为一个二十世纪的文化人，他不仅理所当然地要有开明的理念或思维方法，而且还必须拥有一座人类从荒蛮发展为文明进程中所积累起来的、有文字记载的关于发现、经历，以及思索的宝藏。”这些文字是真正的人类思想的富矿，是取之不尽用之不竭的智慧宝藏，具有永恒的文化魅力。

从文献价值上看，它从最古老的宗教典籍到西方和东方历史文献都有着独到的选择，既关注到不同文明的起源，又绵延达三个世纪之久，尤其是对美国现代文明的展示，有着深刻的寓意。

从思想传播上看，《哈佛经典》所关注到的，其地域的广度、历史的纵深、文化的代表性都体现了人类在当时特定历史条件下所能达到的思想巅峰，并用那些伟大的作品揭示出当时人类进步和文明的实际高度。

从艺术修养的价值来看，《哈佛经典》涵盖了历史、哲学、宗教论著和诗歌、传记、戏剧散文等文学样式，甚至随笔和讲演录也是超一流的，它们都是那个时代精品中的精品。

《哈佛经典》第19卷《浮士德》中有这样一句名言，“理论是苍白的，只有生命之树常青”。让我们摒弃说教，快一点地走进《哈佛经典》，尽情地享受大师给我们带来的智慧的快乐，真理的快乐。

# 目　录

# 威廉·卡克斯顿〔英〕[1]

## 《特洛伊史回顾》序言及后记

### 扉文及卷首序

此书得名于《特洛伊回顾史》，实为尊贵可敬的拉乌尔弗尔神甫于1464年以法语编著而成，他参考的文本以多部不同版本的拉丁语史籍为主。借此书，献给正直高贵、地位显赫的菲利普王子（布拉班特勃艮第公爵）。我本人，英伦绸布商人威廉·卡克斯顿，遵照崇高的、位重的、正直的玛格丽特公主，即非凡纯洁、优雅无比的勃艮第公爵夫人、洛克雷公爵夫人的旨意，将此书从法文译成英文。翻译工作开始于1468年4月1日，地点就在佛兰德斯的布鲁日（也译作布鲁基）。众所周知，翻译工作于1467年9月19日在圣城科隆完成。

---

① 威廉·卡克斯顿（1422—1491），商人、翻译家。曾在布鲁基欧洲大陆布鲁日或科隆学习印刷术。在1469年至1471年期间，翻译了《特洛伊史回顾》。出版时间大约在1474年，而地点也可能是在布鲁日。1476年，他返回英格兰，在威斯敏斯特创建了自己的出版社。1477年，他出版了英国本土印刷的第一部英文书籍《先哲语录》。

以下，便是本书的序言。

我知道，每个人都需要智者的鼓励及劝诫，进而规避恶习之母——惰性的侵扰。每个人都应该选择一份高尚的职业，从事一份良好的工作。着手翻译此书之前，我听从身边人的意见，选了一本法语书阅读，其中，光怪陆离、精彩纷呈的历史让我乐在其中。我发觉，此书语言优美沁心，叙述简明扼要，让我可以很好地理解全书。此书在引入法国时，尚未有英语版本。因此，我想，将其译成英语应该是件好事。这样一来，英格兰王国及其他地方的人都可以了解它的精彩，即便作为闲来消遣之物，也堪为上上之选。想到这里，我便下定决心翻译此作。执笔、蘸墨，以一种愚勇之势开始了工作，并将此书命名“特洛伊史回顾”。接下来的工作让我意识到，我在英语、法语两门语言上的造诣是如此之浅。就法语来说，对于从未去过法国的我翻译起来简直是如履薄冰。而说到英语，虽然我生于英格兰南部肯特郡，但不得不承认相比英格兰其他地方，我所认知的英语粗鄙极了。在侨居海外的 30 年里，我基本生活在布拉班特、佛兰德斯及其他的“低地国家”（荷兰、比利时和卢森堡），因此在我翻译至五六页时，一种绝望油然而生，我甚至一度升腾起了断掉翻译下去的念头，无奈之下，只有将剩余部分束之高阁。两年的时光转瞬即逝，时间冲淡了我对翻译之作最初的热情与激情，直到我遇到了高贵雍容、德高望重的公主殿下，即玛格丽特夫人。她尊贵的英格兰和法兰西国王的妹妹，勃艮第公爵夫人同时也被尊称为洛特克公爵夫人，佛兰德斯、阿尔多瓦、勃艮第伯爵夫人，艾诺和荷兰等地的领主，神圣帝国的女侯爵，弗里西亚、萨兰和梅希林女勋爵派人邀请我去做客，畅谈之间她知道了我前面所提及的翻译之事，于是特地让我将翻译完成的部分送她详阅。夫人发现翻译之作的确存在英语使用上的不足，当她看到我之前翻译的成果时，便要求我进行修改并完成剩下的部分。如此命令下，我怎敢有反抗之心。因为我早已成了她的奴仆——一方面因为我臣服在其优雅的举止之下，另一方面，我每年都会接受她提供给我的年金及其他一些好处。得此授意，我便重拾翻译工作。尽管我的文法依旧粗鄙，尽管我依旧浅薄愚钝，但我在尽全力诠释原著者想要表达的意思。我恳请仁慈的玛格丽特殿下收下这部作品。如果说，这部书能有一点半点博得殿下一笑，我想我的工作便是值得的。与此同时，因为我才疏学浅，难免会使作品出现遗漏之处，我也希望读者能帮我予以纠正，多有不足，恳请原谅。

自序，至此。

## 《特洛伊史回顾》第二卷后记

《特洛伊史回顾》第二卷到此也就终结了。尊敬的拉乌尔弗尔神甫最初将此部作品从拉丁文译成了法文，而我受可敬的勃艮第公爵夫人之命，将其译成蹩脚的英语。据我所知，英语作品中尚未有这样的作品。此书翻译工作始于布鲁日，中间是在根特进行的，而收尾则结束于科隆。1471 年，也就是该部译著完成之时，整个世界都处于动荡纷乱中，各地的版图被英法两个王国瓜分殆尽。那时，正值 1471 年。第三卷，关于特洛伊最后的毁灭，并不需要翻译，因为贝里的修道士、虔诚的约翰丹盖德在不久前已经译过。要想做到超越前者，真可谓难上加难，但尊敬的殿下对我的要求，我又岂能违抗？另外，先前译本的形式实为诗歌，而非白话文。己所不欲，勿施于人，你不能要求任何人都必须喜欢带有韵律式的诗歌，抑或是钟情于白话文。我在科隆的日子里，过着恬淡的生活，无事可做，我可以借此时机斟酌夫人对我的要求，并欣然接受。我之所以能成为她忠诚、卑微的仆人，因为夫人的恩泽，为其带去欢乐，得到她的肯定，便是我最大的满足与继续翻译下去的动力。

## 《特洛伊史回顾》第三卷后记

至此，第三卷也终结了。凭借着上帝的指引和赐予我的智慧，我得以译完此卷。我从内心深处赞美我主上帝。与其他译者不同的是，为了翻译此卷，我殚精竭虑，寝食难安，对于原著过度的阅读也让我的双眼几近模糊，途中几度想要放弃，我的努力如此不易，但我依旧踽踽前行。在此阶段，日常生活的艰难，使我的身体也更加虚弱，每当如此，我便想起我曾向多名朋友所做出的许诺——会让他们尽快看到此书。因此我将巨大的体力和精力都放在了学习印刷术之上，印刷这种书籍，不同于笔墨写就的版本，待到上市之日，便可人手一册。就如同你们现在所看到的《特洛伊史回顾》一般，各卷的印刷只消一天便可完成。正如之前所提到的，我已经将印刷好的书籍呈递给我最可敬的殿下，她也很满意地接受了这本书，而且在很大程度上奖励了我，因此我恳求全能的上帝赐予她永恒的幸福。同时，我也祈求夫人和读者们不要鄙弃这部简单且“粗鲁”的译著，不要因译文与其他版本的不同而横加指责于我，因为千人千手，百人百著，每个人对于某些问题的认识都是不尽相同的，比如，狄克茨、戴尔斯和荷马就如此。对于同为希腊人的狄克茨与荷马来说，他们口中和笔下尽是对希腊或希腊人的褒奖，相比于特洛伊，他们似乎更加偏心于希腊多一些；然而，戴尔斯的态度却与他们大相径庭。至于一些专有名词的翻译，因为地域不同，时代在变迁，难免会有不相一致之处，之于同一点，不同的国家或许赋予其不同的名字。但众所认同的是，特洛伊城最后的确毁灭了，连同死去的还有许多贵族、平民，其中不乏国王、王子、公爵、伯爵、男爵及骑士，由于毁灭程度之重，这座城市没能凤凰涅槃，重建兴起。特洛伊的例子向世人证明着一个道理：任何一场战争都是那么的可怕、危险，与之相伴的往往是伤害、损失和死亡。因此就如使徒所言那样“写书之目的在于对世人的教诲”，让我们能因此而获得和平、仁慈与博爱。

## 《哲学家箴言录》第一版后记（1477）

至此，《哲学家箴言录》（又译作《哲学家的名言或警句》）一书到这里就算完结了。这部作品由我于1477年在威斯敏斯特进行印刷出版。这本书是由法语翻译成英语的，译者是尊贵的安东尼大人。他是第二任里弗斯伯爵，同时也是斯盖尔斯男爵，他的另外一个身份就是怀特岛的领主，他是神圣的教皇大人在英格兰的庇护者，也是威尔士王子的主管。译著完成之后，他将书稿送我阅览，让我提供一些改进意见。因为我之前就已经读过法文版，而英文版本的译著一直没有见到，所以当我看到此作时，发现其中蕴含着许多哲学家的伟大而智慧的格言警语，细心品读之后，为之赞叹。我告诉他，虽说过去我也曾在法语书籍中读过此类警世格言，但读到英语版本尚属首次，能够将此作译成英语，堪称大作。之后，他又托我校阅此稿。我再三托词，但他仍坚持我来修订，并向我提出文中应该删减的部分：亚历山大与大流士、亚里士多德所通书信。因为这些书信多涉及平日里的琐事，不适合作为名言警语的范例来呈现。勋爵大人同时还征询我是否该将此书印刷出版。如此美妙绝伦、对后世有着无限意义的著作，岂能允许它尘封历史当中？按照大人的要求，我审校了该部作品，并尽己所能确认了英译版与原著的契合。书中，勋爵大人在翻译过程中省去了苏格拉底对女性评价之言，当时，我感到十分不解。是什么原因让他做出如此决定呢？难道是从他生命中路过的某位女性希望如此？还是因为他钟情于某位佳人，而不希望从自己的笔端流露出此番言论？抑或是他干脆就认为苏格拉底之言实为不妥，出于对女性的怜爱与保护，他才有着如此行为？从我的角度出发，我想如苏格拉底这样德高望重的人是不会违背事实而谈论女性的，我想他如果在此说了些什么有关女性的、不被广泛认同的话，那么他的其他言论就很有可能也不被认同了。我想勋爵大人或许也是知道的，苏格拉底口中的错误是不会发生在我们这里女性身上的。众所周知，身为希腊人的苏格拉底，一个生于远在千里之外国度的人，他所接触的周遭是不同于现在的我们的，我们两地的国人有着根本的区别。不管希腊妇女如何，我相信我们国家的妇女都是善良的、聪慧的、愉快的、谦虚的、谨慎的、谨守的、贞洁的、忠诚的、真实的、坚定的、勤劳的、服从丈夫的，她们从不虚度光阴，她们谨言慎行、光明磊落，这些也是我们的民众所希望的。显而易见，这些特点一定与苏格拉底的妇女观有悖，因此勋爵大人一定是不希望苏格拉底此方面的言论出现于书中。但对于我来说，我感到左右为难。一方面，本人受命审校此书，对于该书未收录苏格拉底言论一事不能视而不见，但又如何向勋爵大人提及此事呢？“是原著中本就没有此些关于妇女的言论？”“翻译的时候，一定是遗落了原稿，或是被风吹跑了几页纸？”无奈之下，我只能将苏格拉底评判希腊女性的言论记录下来，将其呈现于此书的后记中。我想，此些话并非针对我国妇女，况且苏格拉底也不认识她们，即便苏格拉底熟识我国妇女，我猜想，他也一定会注明这些言论并不适用于她们。我想说，读到此书的朋友们请原谅我，我无疑冒犯勋爵的翻译意图，但又要忠实于原作，只能出此下策。

苏格拉底说，女人是靠外表来俘获男人的心。但苏格拉底又指出，只有那些粗鄙和认不清自己的男人才会受其蛊惑。因此，苏格拉底认为，对于一个男人来说，无知和女性是其一生中的两大障碍。当他看到一位女子烤火取暖，他会说，她越暖和，就表明她越无情；当他看到一位女子生病了，他会说，是魔鬼在其左右；当他看到一位女子被带到法院时，身后有众多的女子为其哭泣，他会说，因为魔鬼对她施以了愤怒；当他看到一位年轻的女子在学习写字，他会说，这是魔鬼的滋生。他说，判断一个男人是否愚钝无知，可以通过三方面来看——一是，没有理性；二是，贪念无度；三是，任由女人摆布。他曾问自己的门徒："想让我教你们如何从魔鬼的手掌中逃脱吗?"门徒们齐声答道："想。"然后他告诉他们："不管何时，不论何地，你都要保持你自己，不要遵循你的女人的意思。"有人问他："那对于我们的母亲或是姐妹所说的话呢?"苏格拉底回答道："同样的道理，不管是谁，不要让一个男人置于女人的掌控之下，因为她们险恶无比。"当他看到一个女人愉悦至极时，他会说，这就好比一把火，你越加木材，它就会燃烧得越旺，也就会越来越烫，最后会把你烧死。有人向苏格拉底请教如何评价女人时，他回答道："女人就像一棵叫作'埃斯特拉'的树，她们只可远观而不能亵玩，因为她们满身遍布毒液。"人们问苏格拉底为何如此诋毁女性，他答道："女人就像一棵叫作'恰索尼'的树，满身长满锋利无比的刺，谁若是接近或是贴近她，独享欢愉的代价是遍体鳞伤。"人们又问苏格拉底为何对女人避而远之，他答道："她们做尽坏事，是好人都躲着她们。"有一女子曾经问过苏格拉底这样一个问题："除我之外，你会接受其他的女人吗?"苏格拉底回答道："你问我这样的问题，难道不觉得羞耻与无趣吗? 因为我根本对你不感兴趣!"

以上这些言论均出自伟大的哲学家苏格拉底之口。作为要求，苏格拉底的言论是都要被收录进此书的。因此，对于他的这些话，我也只能将其置于此书之末了。一些阅读过原版法语著作的读者，一定会产生一些误解，认为我并未按照勋爵大人的旨意来审校书稿。或者，还会有些读者会质疑我将苏格拉底诋毁女性的语言温和化了，并未还原出苏格拉底“毒舌”的一面。为了给以上的读者一个满意的答复，我将苏格拉底以上的言论至于此书后记之中，如果勋爵大人或是某位达官显贵，抑或是大多数的读者不喜于此，那便将此删减罢了。在这里，我也恳求勋爵大人原谅我的鲁莽行事，原谅我的纠结心态。我怀着赞同与感恩之心将此书进行印刷出版，希望我之此举能平息勋爵大人心中的不快与怒火。对于勋爵大人之托，我日夜兼程，完成了审校与出版发行。勋爵大人所赐奖赏丰厚，我感激不尽。

## 《黄金传奇》第一版序言（1483）

圣洁的圣哲杰罗姆曾说过：“恶魔是不会纠缠忙碌之人的。”而权威的神学家圣奥古斯汀在一本有关修道士劳作之书中也有这样的说法：“健康，始于劳动。”基于此，在神的授意之下，在绅士贵族们的一再要求之下，我得以将各种不同的著作，以及史学典籍从法文翻译成英文，就像《特洛伊史回顾》《世界镜鉴》《杰森的历史》《变形记》十五卷（其中包含《奥维德寓言》及《布伦·戈德弗雷布洛涅历史》）等书，还有一些不出名学者的作品。在我完成翻译工作之后，我不知道接下来的工作是什么，崭新的作品又在哪里，我是否要着手提前准备一番。就像大名鼎鼎的学者圣伯纳德所言：“懒惰是该被指责的，它是谎言的母亲，它可将坚强之人入罪，它压制美德，助长傲慢，引领人走向地狱。”又有如约翰·卡西奥德所言：“懒惰只会让人对酒足饭饱感兴趣。”圣伯纳德还在一封书信中提及：“待到世界末日，我们将为我们之前的碌碌无为而背负原罪，到那时，我们将没有什么原因，也没有什么借口来为懒惰辩解。”诚如普罗斯佩尔之语：“活于懒惰之中，恍若行尸走肉。”我知道，先贤圣哲们对于无所事事之人嗤之以鼻；我也知道，全能的上帝对蹉跎光阴之人憎恨至深。因此，我决定让自己不再碌碌无为，不再游手好闲，一定要全身心地投入到我所热衷的事业中去。圣奥斯汀在赞美诗中曾这样说过：“从事一份工作不应该当作是对痛苦的恐惧，而应该怀揣一颗爱心。”对我而言，劝诫懒散之人改过，让鄙俗之士、未受教育之人了解圣徒的降生、生活、情感、苦难、奇迹、死亡，未尝不是功德一件。有介于此，我才将这本有关圣徒故事的著作翻译成英文，书名即为“Golden Legend”（《黄金传奇》）。之所以拟名“黄金”，是因为黄金是所有金属当中最为高贵的，同样，记载圣徒的书也被认为是最为珍贵的。或许有些人问我，这部书之前不是已经被翻译过了吗？事实的确如此。据我了解，第一个版本是法文的，第二个版本是拉丁文的，第三个则是英文的，这些在不同的地区也有着很大的不同。很多历史被包含在其他两个版本中，而并不在英文版中，因此我打算从这三个版本的书中抽离出来重新进行创作，我已经下定决心彻底从之前的那个英文版本中走出来。读者们将会看到或者感受到，甚至是原谅我在一些地方进行的修改或者犯的错误。其中，如果有错误的地方，应该是我的无知所造成的，这同时也是对我的意志进行的一次考验。如果能对作品进行修正，我谦恭地恳求他们对我进行指正，这么做，他们会荣享赞美。

## 《加图》序言（1483）

这是《加图》一书的序言，值得庆贺的是，这本书终于被翻译成英文了，完成此项翻译工作的是柯彻斯特市的长官、威斯敏斯特的圣史蒂芬教堂的贝内·博格教士，他用民谣形式将此书翻译成英语，并以此献给尊贵的埃塞克斯伯爵的儿子、王位的继承人鲍夏。由于我之前就读过法文版的《加图》，因此对于其中精彩的事例记忆犹新，所以我决定把它从法文译成英文，并献给英伦。

身在这个享受盛誉、历史悠久的城市——英国伦敦，本人，威廉·卡克斯顿，作为一个公民，也作为英伦纺织行业商会的一员，有着博爱的精神，也秉持着良好的权利和义务，我会义不容辞地为这座古城尽己所能、倾尽所有，因为它就像是我的母亲一样，赐予了我生命，对我进行精心培育，提供给我富足的生活。现在，在我看来，此时的伦敦城远没有我年少时那样富裕、繁荣。原因是那时还有公共福利、公共服务，还没有现在这般追名逐利。哦！这些变化让我想起那些高贵的罗马人，为了罗马城的公共利益，他们不惜拿出自己所有财富，即便是以身犯险也在所不惜。从诸多事例中，我们都可以窥到其高尚的行为，就像大小西庇阿和埃克特琉斯等。如同很多亚洲、非洲国家的作者一样，此书的作者加图将书留于后世的主要目的就是让人们懂得应该如何统治和支配自己的生活，不仅仅是光怪陆离的物质生活，还有异彩纷呈的精神生活。在我看来，此书也是学校内教育孩子们最好的书，同时也适用于每个年龄层的人。如果你能读懂它，它将会让你的生活变得更加美好、便利。我看到，越来越多的孩子诞生于这座城市，但是他们并未如父辈与祖辈那样自强自立。而他们在长大成熟之后，虽有家财万贯，但能继续维持家族荣耀与富庶的仅有十之一二。在我所到过的诸多国家中，我经常看到几代的继承者们维持着家族或宗族的兴盛繁荣。的确如此，这个时间经历或要达到五六百年，甚至是上千年之久。而这些与英伦相比，我深感切肤之惭愧。在伦敦这样一个有着荣贵与古老色彩的城市中，“富不过三代”比比皆是，有的家族甚至到了第二代就已经衰败下来。哦！我的主啊，每当我看到这些、想到这些之时，心中升腾起的羞愧之情便让我难耐。我不能判断其中原因，但是，对比生活在伦敦城的孩子们来说，还有哪儿的孩子能比他们更加优秀、更加聪慧、更加美好呢？但当他们完全长大成熟之后，怎么就变得如此的“金玉其外，败絮其中”了呢？当然，我知道还有许多高尚的、睿智的年轻人“青出于蓝而胜于蓝”，他们比自己的父辈、祖辈更加优秀，把生活经营得有声有色、更加富足。因此，我翻译此书的目的就是将此作品献于这些优秀的青年，我相信他们一定能读到它，也能读懂它。这本心灵鸡汤定能让他们更好地约束自我，主宰自己的人生。

有一位来自佛罗伦萨的教士伯格斯，他是尤金大主教和尼古拉斯大主教的秘书，他在佛罗伦萨有一座宏伟的、藏书丰富的图书馆，所有去佛罗伦萨的人都以能去此图书馆瞻仰为荣。有人曾经问过伯格斯：“你认为哪本书是最好的？图书馆里哪本书最值得推荐呢？”伯格斯总是这样回答：“首推《加图》。去读《加图》吧！”就连伯格斯这样一位高贵的人都如此认为，那么毫无疑问，我们同样可以推断，这是一本可以助人避开所有罪恶和增进美德之书。最后，请允许我祈祷，全能的主啊，让这本书中的精华浸入读者心间，让优秀的青年从中受益，让那些愚钝无知的人博闻强识；全能的主啊，请降恩泽于那些拥有着慧眼发现书中谬误的读者吧。

## 《伊索寓言》后记（1483）

现在我将以如下故事作为这本寓言集的后记，这个故事是我最近从一位可敬的神父那里听来的。故事是这样的：在牛津住着两位神父，他们在神学方面都造诣颇深，其中一位才思敏捷，而另一位相对来说平凡无奇。不久之后，前者被晋升了圣职，后来又成为主持神父，负责管理一位王子的教堂。在前者看来，他那位昔日的同僚一定不会像他一样官运亨通，至于受到供奉就更谈不上了，最多也就是一个教区的神父而已。很久之后的某一天，这位地位崇高的主持神父乘着由 10—12 匹马驾着的马车来到了一个较大的教区，他此时俨然已经把自己当成了主教。当他走进这个教区的教堂欲向教众讲道之时，他发现了那位昔日“平凡无奇”的同僚，这位一直以来被认为“普通得不能再普通”的神父走上前来向主持神父表示谦逊、恭敬的欢迎。主持神父用轻蔑的手势向他表示：早安，约翰神父。随后，主持神父忍不住好奇地问他曾经的同僚所居何处，那位单纯的、善良的神父回答道：“就在这个教区。”主持神父说：“这里好像缺少一个像我一样的神父嘛。”那位质朴的神父脱下帽子说：“主持神父，希望我说的话没有冒犯到您，没有使您不高兴，因为他们之前没有找到合适的人选，就派我来这里做教区主管了，我何德何能啊?”主持神父有一丝不安地问道：“那你的年俸大概多少呢?”“说实话，这四五年来，我还真没有仔细地算过。”“应该不少吧!”“主持神父，恕我直言，我真的没有太关注我的薪水，反倒是将我的这份职业、这份职责看得比什么都重要。它之于我而言，意义非常!”“嗯? 什么意义?”“如果我悉心为教区教众传道、授业、解惑，兢兢业业做好我的本职工作的话，我想，我终会升入天堂。但倘若因为我玩忽职守而使他们的灵魂堕落的话，我将被投入地狱。这是我不能原谅自己的。所以这份职业、这份职责对于我来说，意义非凡。”听到此番言语，那位位高权重的主持神父羞愧难当，暗自发誓自己今后要更好地履行自己的职责，把更多的精力和圣俸放在教众身上。

至此，此书近于尾声。本人，威廉·卡克斯顿，于 1484 年 3 月 26 日即理查德三世在位第一年，完成此书翻译，并于威斯敏斯特教堂印刷出版。

## 乔叟《坎特伯雷故事集》第二版序言（1484）

我们应该把最热烈的感谢及最崇高的荣誉献给那些教士、诗人和历史学家。因为他们写就了许多关于高尚生活的智慧以及有着奇迹故事的圣徒、著名的义举、反映时代变迁的书籍。从创立之初到现在，如果没有他们留给我们的那些典籍，我们就不会知道我们能从先人身上学到什么。在诸多大师中，首推高贵而伟大的哲学家杰弗雷·乔叟。他之所以获此盛誉，不仅仅因为他桂冠诗人的称号，还因为他身体力行地用自己的语言——英语修饰着、润色着、美化着作品。在乔叟之前，尚存的古籍堪称语言粗鄙、前后不协调，经常出现矛盾之处，完全不能与乔叟的作品相提并论。经过不懈的努力，经过精心雕琢与修饰，他以华丽的笔调对作品进行创作，而这一切都可以从他的富有韵律的诗歌和文采绚丽的散文中窥豹一斑。在他的作品中，他能巧妙地用短小精干、节奏轻快并富有寓意的句子来表达主题，他在行文中避开了冗长的表达方式，把语言雕琢得巧夺天工。这样一来，可以让人们更容易体会到句式的精彩。承蒙圣恩，我打算印刷、出版他的一些作品，其中就包括《坎特伯雷故事集》。这本集子所选取的故事来自于不同国家、不同阶层。在这些故事里，有讲故事的人的身份背景，也有不同故事间的巧妙安排，同时故事中蕴含着高贵、智慧、温柔、欢笑、圣洁和美德。我耐心地阅读了此书，并与其他的版本进行了比对，我发现，很多版本在编著时都有所删减，很多故事都偏离了主题或添加了新的寓意。这样一来，会让读者对原著产生误解。

六年前，我获得了《坎特伯雷故事集》的一个版本。我当时认为，这是最忠实于原著的版本了，于是便将其印刷出版，并卖给了很多贤人雅士。后来有一位读者找到我，告诉我，这本书与杰弗雷·乔叟的原著有着很大的差别。我只好告诉他，我只是按照我目前手上的这本书进行印刷出版，其中的内容，我并没有删减，更没有添加。这位读者告诉我，他父亲那里有一本特别心爱的书，据说与乔叟的原著的内容极其一致。他说，如果我要重新出版《坎特伯雷故事集》，即便他的父亲可能会不悦，但他仍可以将其父手中的版本赠予我作为蓝本。后来，我才发现，我之前出版的那些书在多处扭曲了作者的原意，加进了一些不相干的内容，同时也删除了一些重要的内容，对于我的所作所为，让原著蒙羞，我深感自己的愚钝。为了弥补之前的损失，为了对得住该书的作者，我对那位读者说，如果真的如其所说，其父手中那本书无比忠诚于原著的话，我乐意重新印刷出版。后来，他从父亲那里拿到该书并交送于我，这样我才有机会纠正我之前犯下的愚蠢的错误，才能将此书公之于世。我也请求，所有读到此书的读者能记住本书作者乔叟的精神，听到乔叟所说的话，这将成为你们的善举之一。那些能够理解此书之精妙、参透其中故事之美德的灵魂，一定是健康的。

## 马洛礼《亚瑟王之死》序言（1485）

我在完成了几部历史名著的印刷出版之后，又打算去出版一些有关其他征服者和君王的丰功伟绩的史籍，以及包含着得体的行为典范、具有教育意义的书籍。很多英格兰的贵族们经常问我为什么不刊印一部关于“圣杯”故事的历史作品，也就是关于三位最高贵的基督徒之一——亚瑟王的历史。亚瑟王是“三大基督徒”之一，并被公认为位列首位，同时也是英国人最该了解与铭记的基督国王。众所周知，历史上总共有九个贡献最大、最优秀、最高贵的人。其中三人是异教徒，三个是犹太人，三个是基督徒。这三个异教徒，都在耶稣降生之前就已经出现了，他们自诩是“神”的化身。排在首位的是特洛亚城的赫克托，他的生平与故事可以从歌谣和散文中熟知；排在第二位的是亚历山大大帝；第三位是罗马皇帝盖乌斯·恺撒，他的历史和故事，人尽皆知，我们可以从流传至今的多个译本中获知。至于那三个犹太人，也是出现在基督降世之前，第一位是约书亚，他曾带领以色列子民回到迦南；第二位是大卫，他是耶路撒冷之王；第三位是犹大·马克比。关于这三个人的故事，《圣经》中均有记载。而在基督降生之后所出现的“三大基督徒”，如今已经获得全世界的承认，并已列入九个最伟大、最崇高的人物之中。其中位列第一的就是高贵的亚瑟，他功高盖世，我随后会在这本书中进行详述；第二位即是查理曼，或称查理曼大帝，有关他的故事，在尚存的法文和英文的著作里随处可见；第三位是布伦·戈德弗雷，我之前读过一本记载他一生言行的书，该书用以纪念仁爱的君王爱德华四世。我身边的士绅贤达迫切地要求我刊印记载崇高的国王、卫国英雄亚瑟王和他的圆桌骑士的历史，书中还附有“圣杯”的故事及“亚瑟王之死”。大家向我提出意见：应当先刊印亚瑟王的英明事迹，因为他比布伦·戈德弗雷或其他八个人更重要；况且，亚瑟王生于英国，又是英国本土的国王，而且他和骑士们的伟绩在许多法文著作中都有所记载。我曾回答他们说：据多部著作记载，在历史上并没有亚瑟这人，所有记载他的文字都被认为是伪造的或是杜撰出来的，因为在很多编年史里根本就没有提起过他，也没提起过他的骑士。对此，那些士绅贤达们又向我表示质疑，特别是其中一位这样说：凡是认为历史上从来没有过亚瑟王的，可断定他一定是个愚笨的瞎子。历史上有诸多证据证明亚瑟王是存在的。第一点是，亚瑟之墓位于格拉斯顿博修道院。在《世界编年史》一书中，第五卷第六章与第七卷第三十二章里都曾提到埋葬他遗体的地方，后来人们发现此地后，便在此地修建了修道院。第二点是，你可以在薄伽丘的《欧洲列王本纪》中找到有关他的部分崇高事迹以及他的死因。第三点是，加尔弗里德斯的凯尔特语著作中也曾提及亚瑟王的一生。第四点是，在英国的很多地方，你都可以看见亚瑟王及其骑士们所留下的物品。据史料考证如下：第一，在伦敦威斯敏斯特大教堂所设的圣·爱德华陵寝里还保存着亚瑟王用红蜡所打的火漆印，它存于绿宝石框中，外面写着“亚瑟王乃不列颠的、法兰西的、日耳曼的、达西亚的统治者”等字迹。第二，在多佛城堡里，你可以看见圆桌骑士高文的头颅骨及卡拉多克的披肩。第三，在温彻斯特，你可以亲眼看见亚瑟及其骑士们所用的圆桌，在别的地方还有圆桌骑士兰斯洛特的宝剑及其他物件。根据以上证据，对于英国有这么一位名叫亚瑟的君王，我想没有人能否定其存在过吧。不管在什么样的地方，信仰基督教的国家也好，异教徒的国家也好，他都鼎鼎有名，在九个最著名的人物中首屈一指，又是“三大基督徒”中的第一人。他更是扬名海外，有关他的丰功伟绩都用不同的语言进行了记载，如荷兰语、意大利语、西班牙语、希腊语以及法语，作品数量超过英国本土的著作。再者，根据遗留下来的史料记载，在威尔士卡莫洛特地下藏有亚瑟王宫的巨石及一些铁器，还有拱顶等建筑物，据了解，当代就有许多人曾亲眼见过。这些遗迹都足以说明亚瑟王朝存在过。但对于亚瑟来说，他在英国的知名度并没有在海外那样如雷贯耳，这或许验证了上帝的那句话吧：没有哪个先知在本国是受欢迎的。有基于此，我无法否认我们这里有这样一位德高望重的君王，他是世界最高贵的九大著名人物之一，也是三个基督徒中最早，也是最重要的一位。关于他本人和骑士们的故事，现存多部法文著作，我旅居海外的时候，就曾读过，可惜并没有以我们本土语言写就的。用威尔士语和法语写就的很多，用英语写的只有一小部分，数量并不多。现在我凭借着上帝赐予我的智慧以及社会贤达们的赞许与指正，将《亚瑟王之死》予以印刷出版，将亚瑟与圆桌骑士的故事公之于众。这部英文史籍是托马斯·马洛礼从诸多法文素材中撷取一些材料编著而成的一部英文典籍。我刊印了这部抄本，目的就是使社会贤达们能了解和学习骑士们的崇高风度，以及嘉言高行，这些也是他们受人敬仰的原因；反之，那帮为非作歹之人必受到惩罚、侮辱及责难。这本书记载了有趣的历史故事，同时还刊载了那些博爱仁慈、和蔼大方、豪爽磊落的骑士们的故事。我谦卑地恳求所有读到此书的人，不论你是贵族还是贫民，不论你身份如何，不论你地位高下，也不论你是否拥有爵位，我请求你学习本书里那些善良、诚实的行为。因为你可以在书中看到高贵的骑士精神，也可以看到谦恭、博爱、诚恳、坚忍、爱、友谊、胆怯、凶杀、狠毒、美德和罪恶。亲善远恶，终会得到名望与荣耀。同时，该书也将帮你度过平日里的闲暇时光。至于本书的内容，你是否完全相信，那是你的自由。本书完全是为了训诲世人而写，同时还警诫我们不要作恶，不可作孽，应当依照道德标准做人。我们若是能照此行事，在短暂的岁月中，就能得到无上的光荣和名誉。

亚瑟王是一位伟大的征战者，也是一位仁爱的君王，是这片曾经叫作不列颠王国的国王。他的故事高尚幽默。现在，从高贵的君王到宫女，从士绅到贵妇，纷纷表示想读、想听，为了满足他们的要求，不才威廉·卡克斯顿，一介平民，特地编印此书，以此献给他们。此书记述了高贵品德、英明武功，以及勇敢、坚毅、仁慈、爱、礼仪、和蔼以及其他精彩绝伦的历史和冒险故事。为了使读者清晰明了地理解此书内容，我将其分为二十一卷，每卷又分为若干章节。现介绍如下：

第一卷记述不列颠王尤瑟怎样生出高贵的亚瑟王，共 28 章。第二卷记述一位高贵的骑士巴令，共 19 章。第三卷记述亚瑟王与格温娜维尔的婚姻及其他琐事，共 15 章。第四卷记述梅林如何为湖中仙女之爱而发狂，以及日列王对亚瑟的征讨，共 29 章。第五卷记述征战罗马卢修斯皇帝，共 12 章。第六卷记述兰斯洛特骑士与莱昂内尔骑士的冒险经历，共 18 章。第七卷记述高贵的加雷恩骑士的故事，共 35 章。第八卷记述高贵骑士特里斯坦的出生，及其生平事迹，共 41 章。第九卷记述凯骑士戏称青年骑士“拉·克特·梅尔·太耳”，意为“衣衫褴褛之士”，以及特里斯坦战斗的事迹，共 44 章。第十卷记述特里斯坦骑士及其冒险故事，共 88 章。第十一卷记述兰斯洛特骑士及格拉海德翰骑士的事迹，共 14 章。第十二卷记述兰斯洛特骑士及其狂妄的行为，共 14 章。第十三卷记述格拉海德骑士初次觐见亚瑟王，以及如何开始追寻“圣杯”下落的故事，共 20 章。第十四卷记述追寻圣杯的经历，共 10 章。第十五卷记述兰斯洛特骑士的事迹，共 6 章。第十六卷记述鲍里斯骑士及其胞弟莱昂内尔骑士的事迹，共 17 章。第十七卷记述有关“圣杯”的故事，共 23 章。第十八卷记述兰斯洛特骑士与王后格温娜维尔的故事，共 25 章。第十九卷仍是两人的故事，共 13 章。第二十卷记述亚瑟王悲惨之死，共 22 章。第二十一卷记述亚瑟王的身后事迹，以及兰斯洛特骑士如何为亚瑟复仇，共 13 章。全书共 21 卷，507 章。为了更清楚地了解亚瑟王与圆桌骑士的精彩故事，请读以下的正文。

# 尼古拉·哥白尼[1]〔波兰〕

## 《天体运行论》献函

### 致最神圣的教皇保罗三世

我毫不怀疑，如果我将《天体运行论》此书公之于众，一定会有很多人因我的“地球转动轨迹论”而恼羞成怒，他们一定会把我和我的理论送到地狱去。还好，我还没有疯狂迷恋我的学说到极致，以至于不考虑别人的想法的境地。尽管我知道哲学家和门外汉的想法相去甚远，因为哲学家是在上帝允许人类所及的范围内，为寻找万物的真理而努力的智者。我仍然坚信要避

---

① 尼古拉·哥白尼，1473 年出生于普鲁士西面的乡村，童年时与波兰籍的父亲、德国籍的母亲生活在一起。曾就读于克拉科夫大学和波隆那大学，在罗马主修天文学和数学，之后在帕多瓦研究医学，在菲拉拉研究教会法，他被任命为弗龙堡大教堂的教士。他把他的余生都献给了天文学，1543 年去世。

此书讲述了近代天文学的基本观点。写这本书时，人们一直笃信“日心说”，认为地球是宇宙的中心且静止不动。尽管哥白尼的理论在当时无法确立且又显得荒谬，但他是最先提出并更好地解释“日心说”理论之人，也为开普勒、伽利略和牛顿等人的“日心”理论奠定了基础。

免与正统说法无关的言论。因此，我知道，如果我说地球是运动的，那么这对于相信了地球是宇宙中心数世纪的人们来说，是多么的荒唐！因此我一直犹豫着是否应该发表我证实这一理论的提纲，或者仿照毕达哥拉斯学派或是别的其他例子，因为他们都习惯于口头传达哲学的奥秘而非进行书面表述，更何况他们也仅仅将所学传给亲朋好友，就像西斯给依巴谷信中所证实的那样。在我看来，这并不像其他人所想的那样：他们这样做只是出于某种私心与不愿，他们不想把他们的观点告诉别人，而是他们发现自己悉心研究后的真理不被人蔑视而已。因为总会有这样一群碌碌无为的人，他们从不关心任何科学研究，当然除了有利是图的。也有一些人，因为听信了别人的劝解或看了他人的示范而产生了哲学研究之想，我想，他们是愚钝的，就像那些懒惰而无知的雄蜂。因此当我慎重考虑这件事的时候，由于我的观点新颖又显得不切实际、难以理解，让我不得不担心会被人轻视，这差点让我完全放弃了我已经开始的工作。

不管怎样，就在我几乎完全放弃的时候，我的朋友帮我做了这个决定。其中，对我帮助最大的是尼古拉·羡堡，他是卡普亚的红衣主教，他精通多门学科，在各个研究领域都赫赫有名，是一位负有盛名的学者。其次，就是我最亲爱的朋友台德曼·吉兹，他是致力于神学和其他科学研究的库尔目地区的主教。他经常鼓励我，有时还用责备的语言刺激我去发表这部著作，最终在他的激励之下，这本拖了36年之久的著作得以问世。有不少杰出的、有学术成就的人也向我提出了同样的要求，他们启发我、鼓励我，认为我不应该再因为害怕被拒绝而不发行我的这部与数学学者们有着共同利益的辛劳大作。他们说我应该这样想，人们认为我的地球运动理论越荒唐，他们看完我发表的作品后就会越敬佩、越感激我，书中清晰的证据会改变他们以往的看法。所以，在这些人的希望与影响之下，在他们一而再再而三的恳求之下，我终于将此篇著作公之于世。

确实如此，尊敬的教皇陛下，将自己花费了巨大心血研究出的结果公之于世让我获得了很大的勇气，并毫不犹豫地将它用文字的形式表达出来。也许，您可能想听我说一下，为什么我会完全否定那些天文学家公认的观点，甚至违背常识，而相信地球正位于预期的轨道上运动呢？是的，您会对这个感兴趣的。我并没有打算向陛下隐瞒这一点。第一，他们对太阳和月球运动的了解可能并不是那样权威，所以他们被“回归年”误导了，甚至没办法准确测出它的长度。第二，他们在对五大行星运动及运转进行测定时，所使用的方法和原理是不一样的。有的人只会用同心圆，而另外一些人却用离心圆和本轮。最后，他们都找到了各自的答案。所以就出现了我们看到的现象：认同同心圆的人能够证明运动的不均匀性，这是一项很了不起的成就，他们唯一的缺点就是无法用这个方法得到与观测相一致的答案。那些使用离心圆的人通过合适的计算，在很大程度上解决了“运动算法与观测不相一致”的问题，前提是他们用了很多与均匀运动相反的概念。最重要的是离心圆理论不能得出有关宇宙结构、形状或者宇宙各部分对称性的答案。他们就像画家一样，在不同的人当中临摹出头、胳膊、大腿或者其他部位，尽管他们画技超群，每一部分都临摹得很完美，但是拼到一块儿的时候就出现了整个身体不相称的问题，各部分显得是那么不协调，以至于只能拼凑出一个类似怪物的东西，而不是正常的人。由此可见，用离心圆论证的过程，或者叫作“方法”，如果不是遗漏了某些重要的东西，那就一定是塞进了一些毫不相干的东西。如果他们遵循科学的原则，那么这种情况就绝不可能发生。如果他们的假设没有错误，那么毫无疑问，结果就会得到证实。即使我现在阐释得不够清晰，但是将来在适当的场合，它也一定会变得像上帝的眼睛，或者果园里熟透的水果一样清晰可辨。

传统天文学在关于天体运动计算研究中存在的混乱让我思考了很长时间，我开始感到愤慨。当我想到天文学家们不能理解上帝为我们创造的最美好、最巧妙的世界时，就会感到懊恼。然而，对于那些跟宇宙相比显得极为不起眼的事，他们却研究得非常具体。所以我开始决定重读我所能找到的哲学著作，希望能找一些天体运动与不同数学学派的假设。首先我在西塞罗的著作中看到：海西塔斯假设过地球的运动。然后又在普鲁塔尔赫的作品中发现了一致的观点。当然，还有其他的一些优秀天文学家关于天体运动的资料。为了使每个人都能信服，我决定把他们的结论整理出来，具体如下：

很多人认为地球是静止不动的。但毕达哥拉斯学派的费罗劳斯却坚信地球跟太阳和月亮一样，都围绕着一个火体在黄道面做圆周运动。邦都斯的赫拉克利特和毕达哥拉斯学派的伊克范图斯也都认为地球在运动，但没有确定的方向，而是像一个车轮，以一个中心作逆时针旋转。

我正是从这些有着自己观点的资料中受到启发，开始思考地球是否运动，或者是以什么样的方式运动。这个想法听上去很离谱，但我知道，为了能够解释天文现象，很多著名的科学家已经设想出了各式各样的圆周运动。因此，我想我也可以尝试假设地球的一些运动形式，或许我可以找到有关地球在做某种运动的证据，从而得出超越此领域先行者的、更具说服力的解释。

因此，从本书中提到的关于地球运动的假设出发，我经过反复的思考发现：如果把其他行星的运动和地球的运动的轨迹相比较，并且以每一颗行星的运转轨道来计算，那么，理论上，我们将观测到所有的行星和一切天体。再进一步推演，所有天体的顺序和大小跟整个宇宙是一个完整的有机体，我们移动任何一部分甚至某一个运行中的天体，整个宇宙的秩序都将受到影响，以至于变得混乱和无法预见。因此，在阐述我的学说时，我决定采用这样的顺序：第一卷，我将阐述天体在宇宙中的整体分布以及我个人认为的地球运动形式。在其他各卷中，我会把宇宙中其他天体的运动和地球的运动联系起来。如果这些天体的运动都与地球的运转有关，那么，包括地球在内的各种球体在宇宙中运行并共同构成宇宙这一观点将再次获得强有力的论证。那些智慧的且具有科学精神的天文学家们，如果他们思考得足够认真和深刻，那么，我所引用的材料就会在最大程度上支持我的论点。为了更直接地面对所有人的批判和质疑，我愿意把我的著作呈献给陛下。您有着对一切文化的热爱，您有崇高和英明的人格，这使您成为至高无上的权威，尽管您深藏不露，但您的威望和智慧仍可轻易地辨别诽谤者对我的伤害。尊敬的教皇陛下，您知道，总是有一些吹毛求疵的科学家，他们对天文学一点也不了解，却伪装成这门学科的专家。他们从《圣经》中断章取义，歪曲科学，用来捍卫他们黑暗的个人利益。他们对我的学说讽刺、曲解，但我只会还他们以鄙视。在那些人中，甚至包括拉克坦提斯，当然，他是一位伟大的作家，而不是科学家。他可以随意地谈论地球的形状，并嘲笑那些说地球是球形的人。他对我的嘲笑可以理解，因为天文学的书籍中只有科学的和理性的推测。只有真正的天文学家才会发现，我的书对教会将有着不小的贡献，而教会现在是在陛下您的主持之下。不久前，国王还是里奥十世时，拉特兰会议曾讨论过关于教会年历的修改问题。但这件事一直没有得到解决，原因仅仅是年和月的计数方式以及对太阳和月亮的运动的测定不够准确。正是从那时开始，在辛卜罗尼亚地区最杰出的保罗主教的倡导下，我将注意力转向了这类话题。现在，我将我思考和研究的成果呈献给陛下，请您和所有富有学识的天文学家来鉴定。为使陛下不至于感到我在夸大本书的用处，我现在就转入正文。

# 埃德蒙·斯宾塞[1]〔英〕

## 《仙后》序言（1589）

### 致沃尔特·罗利爵士的献函

这封信阐释了作者的整个写作意图，为读者理解该书提供了线索及帮助。

谨献给女王陛下治下的康沃尔郡郡守，真正的贵族，勇敢的沃尔特·罗利爵士，即斯坦那瑞斯的沃尔特勋爵大人。

爵士，我知道所有的寓言作品都被人们解释得含含糊糊，我这本名为《仙后》的作品是一篇连载式的长篇寓言，也是一部黑色隐喻式的作品。为了避免嫉妒和误解，同时更方便您的理解，我认为向您解释这本书的总体意图和主要内容是有益处的（我并非为了表达什么特殊的目的），当然这样做也是

---

① 埃德蒙·斯宾塞，1552年生于伦敦，1599年去世。他是从杰弗雷·乔叟过渡到莎士比亚时代之间最杰出的诗人，《仙后》是他最长、最著名的作品。《仙后》前三卷出版于1590年，四至六卷发布于1596年，最后剩余的六卷尚未完成，其中两卷在他死后出版。这本书把语言和浪漫结合起来，在给沃尔特·罗利关于《仙后》序言的信中，作者表达了写作的目的和寓意。

应了您的要求。这本书的写作目的是用美德和善行来塑造高贵的人格，因此，我在《仙后》每卷的结尾都设置了与历史传奇相关的故事或人，这样人们更容易理解。我想通过虚构的史诗故事来增光添彩，我想，这么做是最为合理的。因为人们总是很乐意读到这样的作品，他们希望自己能从中得到榜样的力量。之前的诸多作品都选择了亚瑟王的史诗故事作为样本，这让其成为人尽皆知的人物，这也是我将他视为不二人选的原因。他身上的美德、他所得到的盛誉与他本人的地位是极为相称的，以至于到现在也不会有人猜疑和嫉妒他的名望。在这一点上，我追随着古代的史诗诗人的思想：第一位是荷马，他在《伊利亚特》里将阿伽门农塑造成了一位有德行的人；第二位是维吉尔，他在塑造埃涅阿斯时表现出了相似的意图；第三位是阿里奥斯托，他将前两者都写进了他的作品《奥兰多》中；第四位是塔索，他重新塑造了两个人物，使其身上分别体现上述的两种品质，也就是说，在里纳尔多身上闪耀着哲学中称为“道德”的光芒，或称作“个人品德”，而将“政治修养”赋予了戈德弗雷莫属。借用前人的手法，我想来描述一下我笔下亚瑟的形象。在他成为国王之前，他是一名勇敢的骑士，在亚里士多德设定的十二条个人道德标准上，他都表现得极为完美。本书前十二卷的立意就是这样的，如果这十二卷能得到很好的认同，我也就会有勇气构思在他成为国王以后，关于他的政治修养的那一部分。我知道，对于某些人来说，这种表述方式可能不那么尽如人意，不像他们一样采用格言、箴言或是说教来解释“修养”，但我想，他们的这种方式才是大家最不能接受的，因此我竭尽全力表现青年亚瑟的形象。正是出于这个原因，色诺芬比柏拉图更受欢迎。柏拉图常用深入的分析来判断事物；色诺芬往往会借着居鲁士和波斯人的口，阐述一种最为理想的政府状态。由此看来，摆事实比讲道理更容易让人接受。我便是以后者的方式来塑造青年亚瑟这个角色的。伊格娜生下亚瑟之后，梅林就把他交给了泰门抚养。我假想他向泰门学艺多年以后，在一个梦中或是幻境中看到了仙后，并被她的美丽所征服，醒来以后便决定去寻找她。梅林为他提供了武器，泰门给了他足够的教导，于是他前往仙境去寻找她。在我的总体构想中，仙后就是象征着“荣耀”的女神；具体来说，在某种意义上，“仙后”是我心中最杰出、最高贵的女王的化身，而她所身处的仙境则是不列颠王国的隐喻。另外，我在本书的其他地方也曾暗喻过女王陛下。她的身上负载着两个角色：一个是高贵的女王，另一个是最有德行的、最美丽的女性——后者我将在贝尔菲比身上有所体现，这个名字源于月亮女神的形象。书中，通过对亚瑟这个人物的塑造，我想表达其“崇高”的道德品质（这也是亚里士多德等大师的看法），“崇高”是所有道德品质完美的结合，“崇高”之下包含着十二种美德。为了使故事的内容更加丰富，我将十二种美德赋予了十二位骑士来进行阐释。书中前三卷描述了三位骑士冒险的故事：第一位是红十字骑士，他代表的是虔诚；第二位是盖恩，通过他，我想表现的是节制；第三位是女骑士布里托马，通过她，我意欲刻画的是贞洁。在三位骑士经历的描述上，开头显得有些突兀，需要与先前的故事情节相联系，读者需要知道这三位骑士进行种种冒险的理由。史诗诗人采用的写作方法与史学家所采用的编撰方法不尽相同：后者会严格按照事件发生的时间顺序和行动的先后顺序来进行描述，而诗人会直入主题，甚至按照其喜好来直接进行说明，由此追溯过往，预示未来，这种方式看上去是令人更加容易接受的。

如果让一位历史学家来讲述，我的故事将从第十二卷开始，而我却将它放在了最后。在这卷中，我讲述了仙后设下为期十二天的年度盛宴，在这十二天中分别发生了十二个冒险故事，将由十二位不同的骑士完成，而这些故事将分设在十二卷中。第一卷是这样的：在盛宴开始时，一个高个儿、滑稽的年轻人出现了，他跪倒在仙后面前，提出一个仙后不能拒绝的请求：让他有荣幸先执行宴会期间发生的第一次冒险行动。仙后答应了他的请求。不一会儿，又进来了一个美貌的女子。她披麻戴孝，骑着一头白色的驴子，一个个子矮小的人手持骑士长矛，牵着一匹战马跟在她的身后，马上驮着骑士的盔甲。她在仙后面前俯下身去，哭诉她父母的不幸——两人是远古时代的国王和王后，多年前被一条巨龙关在一座牢不可摧的城堡里，囚禁之苦折磨着他们。因此，她恳求仙后派给她一位骑士帮助她。那个滑稽的年轻人立即站了出来，希望能完成这项任务，对此，仙后十分犹豫，而那个漂亮的女子也颇多微词，但年轻人一再请求，最后，那个女子说除非他能穿上她带来的盔甲（因为这副基督徒的盔甲是由圣保罗特别订制的），否则，他不可能取得成功。然而，当他穿上这副盔甲时，他看上去已然成为在场的骑士里最适合的人选，这让他赢得了那个女子的欢心与首肯，随后，他亮出了自己骑士的身份，跨上那匹神奇的骏马，带上美丽的女子一起投入冒险之中。第一卷就是这样开始的：一位高贵、温柔的骑士策马驰骋在平原之上……

宴会的第二天，来了位朝圣者，他鲜血淋淋的双手中怀抱着一个婴儿，他诉说道：孩子的父母都被一个叫阿克拉霞的女巫杀害了。因此，他恳求仙后派给他一位骑士与他一起去除恶扬善。于是，这任务被指派给了盖恩骑士，他与那位朝圣者立即出发了。第二卷的主题由此展开。

宴会第三天来了一名男子，他在仙后面前诉苦说，一个叫布斯瑞恩的邪恶的男巫将一位叫阿摩雷特的漂亮女子抓走了，让她遭受了最悲惨的折磨。这位女子的爱人斯库达摩尔骑士当即接下了任务。但是由于他无法破解那些恶毒的巫术，未能完成任务，在承受了长期的悲痛之后，他最终遇到了布里托玛骑士，并得到了她的援助，寻回了他的爱人……

每一卷的故事中都穿插了若干个小故事，所有故事的发生绝非偶然，前后之间都有着合理的、自然的解释，像布里托玛的爱情、马瑞内尔的失败、弗洛瑞梅的烦恼、贝尔菲比的圣洁、赫勒诺拉的好色等。

爵士，为了让您了解故事的来龙去脉，我进行了以上简短的描述，同时也简单地将我的创作意图分享于您，希望您能充分地了解此书。即便没有我以上的赘述，我想您也会沉醉于此书之中的。如若此书出现些许不解之处，我卑微地恳请您能理解、原谅。愿您快乐永驻，就此搁笔。

您最谦卑的、亲爱的挚友　埃德蒙德·斯宾塞

1589 年 1 月 23 日

# 沃尔特·罗利〔英〕

## 《世界史》序言（1614）

虽然我也觉得承担这项繁杂的工作不合适，但出于个人的坚持，我还是决心去做这项工作。随着黎明的智慧之光点亮我年轻的岁月，在我还未受到时间和命运的洗礼之前，我惧怕这充满死亡色彩的黑暗在真正的序幕开启之前便将我们吞没。很久以前，随着创作的开始，我开始着手世界历史的描述，最后谈到著名的大不列颠的历史。我承认我得将那个年代最好的部分整理出来，但我却着眼于整个世界，是的，我力不从心，没有将最好的时光花在那件事上。对于一部世界史来说，只要时间是对的，这就够了。但那些曾经很深的、痛而未愈的伤口刺痛着我的躯体乃至灵魂。我尝试在逆境中寻找创作的热情，为了满足我的莫逆之交，基于以上原因，我将我的思考诉诸笔端，也使我成为别人品头论足的谈资。

就目前而言，我没有亏欠这个世界什么。这个世界变化得太快，顺境和逆境永远能释放或是束缚世俗的情感。我们都有这样的经验：狗总是会对着不认识的人或者是同伴咆哮，毕竟狂吠是它们与生俱来的本性，因此可以说它们不体谅世人；有些人轻率地认为每个人都需要诚实的美德，这就要求每个基督徒都必须仁慈，却仅凭那些不实的流言和不确切的证据就伤害没有犯过错的人，甚至连君王都认可谎言的编造者。“不要轻易地责怪别人，”《便西拉智训》中如是说，“在你追究问题之前，先弄清真相，然后再公正地进行评判。毕竟谣言还未加鉴定有待研究，它们是没有证人、没有法官的恶意的欺骗。”正是这种庸俗的看法证实了奥古斯汀的理论，他害怕好人的赞美，也憎恶坏人的夸奖。对于这个问题，塞涅卡的话给出了一个很好的解释：“办事需要有自己的准则，不能轻易被谣言所困，尽管它不一定总是邪恶的，但是我们必须摒弃它，才能拥有一个美好的结局。”

对我个人而言，我很珍视能够服务于国家的机会，在这个阶段完全没有任何利益关系，这就好比一个水手的船坏了，那么再好的天气于他而言也毫无意义，当然从另一方面来讲也没有坏处，好比船已经靠岸，那么再大的暴风雨对他也没有威胁。我知道因为我忠于女王，一些人对我没有好感，我的忠诚即使化为尘埃也不会改变他们的态度。即使是为了维护她的尊严，我也从未伤害过别人。所以对于现在所遭受的一切，我引用塞涅卡的一句话：“只要光明公正，哪怕再坏的判决，也令人雀跃。”对于有些人来说，如果获得荣誉是为了他们自己，那么我既不会羡慕他们所得到的荣誉，也不会为自己的不幸而感到悲哀，这里我想引用维吉尔的一句话来说明此意：“他们并不忠诚于自我。”在很多方面，我们力图使别人满意，这是一种狂热的表现，却得不到我们所期待的结果。我们要清楚那些不是事实的真相，而只是一种观点，一种无须通行证就可以在全世界畅通无阻的观点。不然，如果人的思想不如其表面一样富丽堂皇的话，就可能仅凭口才，甚至仅凭正义的说辞就会说服对方。

这就是没有生命的尘土和有呼吸的生命的优点，上天给予了时间和尘土这样的特点，不论是我们过去的所闻所见，还是如今的所听所感，从不同的角度看，每个人都有不同的侧面，每个人的思想不同，每个人都有区别于其他个体的特征，每个人也都有自己的思考和想象，区别成就了不同的本性。因此，我们会从中发现人们的思想千差万别，人们可能存在着矛盾的爱好和倾向，人们的身上会有如此多的自然与不自然、聪明或是愚蠢、成熟抑或幼稚的情绪和情感。而形成这些区别的是植物和具有理性的生物的内在形态，而非肉眼凡胎能观察到的外在形态。

虽然上天不让人类掌握读心术，而是把它留给了自己，但这如同树的果实会泄露树的身份一样，我们也可以通过一个人的作品，理解这个人的想法（只要他的思想是通过其作品来表达的）。不仅是这样，如果彼此生平相像，没有过多的造作和恐惧，一个人去揣摩另一个人的想法也是很容易的。人世间的爱，根据人们自身的法则，赋予了人们才智去修正其内在缺点。“没有一个人能长时间为其虚伪的行为做掩盖，那些虚假的伪装，不能长期掩饰自己的本性。”同样，如普鲁塔克所言：一个人无论怎么改变，都无法掩盖从他的话语中所暴露出来的真性情。

人是具有不和谐和理性这两个相异特点的理性生物，如果我们观察大多数的普通人，就会发现“普通人不会明辨是非，很难公平地做出判决，所以他们的智慧让人鄙视”[①]；而去看那些聪明人，他们有自己的决断，却通过责难别人来抬高自己。所以这些事情的发生也不奇怪，虽然我的这些书籍已经被老鼠破败得不成样子，却仍能从中看出那些来自时代的懒散的批评者不留余地的责难：有的是指名道姓地说教会里那些令人尊敬的教父野心勃勃；有的则话里话外地讽刺那些对自己严苛的人虚伪造作；还有的对那些追求公正的人品头论足，说他们不过是为了得到名声；更有甚者抹黑那些勇敢坚韧的人，说他们不过是徒有虚名。所以对那些吹毛求疵、颠倒黑白的人的本性，所罗门在很早以前就这样形容过：这个时代让这个世界日渐变得邪恶，我们要让那些有着自己宗教信仰的人敢于申诉、能够申诉，这是我们之间相处最简单不过的方式了。

以上便是序言的第一部分，在此部分，我竭尽所能，穷尽我一生的记忆，只为留予后人。所以在这里，我不会毫无意义地去重复别人的话来浪费大家的时间。事实证明，自己的判断将胜于人类所拥有的知识，是它给予了我们对生活的理解。没错，它也使我们战胜了几千年不朽的时间，让我们的思想

① 《传道书》。

中产生了公平意识并形成了敏锐的洞察力，我们可以清楚地看到，我们生活的世界是如此的美好。正如赫尔墨斯所说：上天的明智之举就是赋予了我们一双洞悉万物的眼睛。我认为我们可以穿梭回到创世纪的那个时代，我们可以知道世界是如何被创造出来的，看它是如何被支配的，看它是如何从一片汪洋中出现又是如何消失的，看它是如何兴盛又是如何衰落的，看上帝是如何创建美德，而道德又是如何缺失的。并不是我们亏欠着历史什么，历史才会让我们了解沉眠于地下的先祖们。它只是向我们传递了一种记忆和一丝希望，告诉我们祖先们曾经有过辉煌。总而言之，历史上的政治制度没有一个总是错的或是正确的，而是需要在与前人的比较中，让我们了解到自己的过失与不足。它既不是最生动的案例，也不是最聪明的人类言语，更不是对未来的恐惧，而是让我们愚昧无知的头脑牢记有一种智慧可以洞察一切，能轻易看穿我们的伪装。而它的公正则需要我们来佐证，无论我们为自己的所作所为找多么华丽的借口，也无论我们采取何种形式来平息舆论，我们的一举一动都瞒不过它。无论异教徒们宣称他们有多智慧，他们所谓的智慧都远远不及它。就如欧里庇得斯所说："如果一个人以为在生命中的任何时刻犯下的罪恶可以瞒过神明，那他就错了。"

如果想要重复最终的审判，那恐怕需要另写一本书了，因为这样的例子实在是太多了，就像是深不见底的大海一样。小人物的裂痕随着他们的逝去终归于土壤；他们将肉体和个人财富置于身外，只留下那些回忆，在还没有看到什么不好的下场时，他们是不会惧怕自己的缺点的。于是，作者收集那些非凡人士的事迹和最终下场，并把那些评判留给子孙后代。追溯到远古，天使因为野心，终究堕落成为恶魔；最伟大的帝王因为对上天的不敬而被诅咒，难逃被野兽分食的命运；法老自作聪明的做法——在以色列人回到家乡前杀死他们的幼子；耶洗别为了掩盖其放荡的罪行让长老以法律的名义处死亚伯。这样的例子多如牛毛。除了将它们记录下来，难道还有其他方式让这些古老而遥远的警示不被遗忘吗？巴比伦、波斯、叙利亚、马其顿、迦太基、罗马等已经消亡的国家在它们的土地上曾经的那些花儿、草儿，哪怕是树木都不可能再长出来了，因为它们的根已经不在了，甚至连残骸也没有了。"人类利用他们双手所创造出的东西，不是被他们亲手毁了，就是被慢慢消磨掉了。”使其消亡的原因有很多不同的说法，但最根本的原因只有两方面。如政治家们所言：堡垒是从内部被攻破的。也有人说，国家越大就越容易因为自身的问题而垮掉。对于这点，李维曾这样评论道：“随着一个国家日益壮大，它自身的压力越发变大，这是任何一个国家都会面临的结果。”克雷狄帕斯就曾对庞培说过：“任何国家在没有成立之前，上天就已经将它合适建立以及将存在多长时间规划好了。”通过此书，您可能只需一天时间就可以领略很多王朝的兴衰更替。

这本书的前几卷主要是以人类最初的国王以及他们王国的历史为主。因为此序言篇幅有限，我们尚不能追溯到更远的时代，并对那时的国王及其历史进行详细的阐述。现在我要做的是，研究一下我们的国王和王孙贵族们，他们都曾目睹历史上的不忠、不公及其所导致的结局，但是他们还是重蹈覆辙。现在让我们来看一看他们究竟做了些什么吧。

的确，人们对自己所知的事物判断不同，其性质在人的心目中就会映射出不一样的感情。但对于所有人来说，对他们触动最深的往往是那些让他们感觉到忧伤的事。不过公正的判断标准是永远不会改变的，它不会因为审判时间太长而感到疲倦，进而把祝福赐予那些本该受到诅咒的时代。因此那些智者，或者那些脑子不是非常灵光的人，都能以史为鉴，他们知道这样一个道理：善恶终有报，这不是某些人的个人体会，而是有充足的证据可以证实的。我将在序言中以此类事例作为佐证，这些事例不在正文中予以呈现。

在日耳曼民族的国王中，我们先不谈其暴力征服他国之事，我们只讲一个能凸显公平的例子——对亨利一世的子孙们的惩罚。亨利一世，这位国王在当时通过武力、狡诈、残酷剥夺越位，最后欺瞒并杀死了自己的长兄——诺曼底公爵罗伯特，霸占了他的土地和财产，令他失明，最后惨死。为了惩罚他的罪行，上帝将他所有的子孙，无论男性还是女性，无论侄子还是侄女，都概莫能外，连同一百五十多个仆人一同沉入海底，他们当中很多是王孙贵族，其中也不乏亨利一世的情人。

接着，我们再来看看爱德华二世。在他被谋杀之后，出现了一系列的恐怖事件——他几乎所有的王子都死于同一种疾病。即使年轻的爱德华三世怀疑这件事与他父亲的死有关，无非也只是怀疑。后来还是他的叔父——肯特伯爵劝告爱德华三世赦免其父的罪过，但按照肯特的意见去处理违背了爱德华三世的意愿。最终事实标明，爱德华三世对曾经发生的事并非全然不知，尽管他最后将母亲的情夫、通奸卖国之人莫蒂默处死了，也还是没有改变自己子孙的厄运。爱德华二世的孙子，查理二世在位期间，其掌管财务的大臣和他的心腹乃至仆人不是被贫民杀死，就是被其政敌处决。但查理二世总是自以为是，从不吸取教训。亨廷顿的肯特伯爵和蒙塔古的斯宾塞伯爵都是政治野心家，他们为了取悦查理二世，在谋杀了格罗斯特之后不久，他们和他们的信徒都被杀死在暴力冲突中。在此之后，还有很多人的行为比查理二世还要令人不齿。至于国王自己（他的所作所为不为世人所接纳，完全不符合他作为国王的身份），他在年轻时便被他的堂弟废除，并处以死刑。兰开斯特家族的亨利继位，成为亨利四世，至此，查理二世的种种不幸也揭示了上帝让爱德华三世的子孙们所受的恶果应验了：他几乎断子绝孙，他的二代和三代子孙差不多都被杀尽。

在那之后，亨利四世获得了王位，但他的权力是微弱的，即使他当上国王，人民对他也有所不满。他曾宣称，他获得的是合法的继承权，他背叛了理查德，也背叛了整个王国，因为他曾在议会中发誓，国王若被罢免，可以留其性命，但他最终还是将查理二世处死了。他在位的十几年间不停地受到臣民的攻击，他也从没能摆脱阴谋和背叛的阴影。如果一个人在死亡之后，灵魂可以看到他想看到的东西，那么亨利四世将会看到，他的孙子亨利六世以及他的儿子都被无情地杀害。王冠在他的家族中来回流转，以至于他的反对者们也得以佩戴与享受。他曾经认为那些已被彻底征服的敌人不会东山再起，他曾经以为自己的王位会子子孙孙传承下去。即便亨利四世政权在握，即便亨利五世骁勇善战，即便亨利家族的对手被认为已经无人可以对王权产生威胁，但就如同卡佐邦所说：“那些看似坚不可摧的城堡，却可以在一天、一小时、一刻钟之内土崩瓦解。”

现在我们再来讨论一下亨利六世。他置身于一场批判他祖父犯过的严重错误的浪潮中，这与之前爱德华犯下的罪行报应在他的孙子理查德身上的情况如出一辙。尽管亨利六世被普遍推崇为最温柔、单纯的王子，但他还是拒绝了阿马尼亚克的女儿，即纳瓦拉家族、法国最有权势的王子的女儿，即便两人之前有过婚约。如果亨利六世同意这场婚姻，那么他就可以得到法国王位的继承权。但他却偏偏与安茹的女儿订婚并结婚，因此他失去了在法国所拥有的一切。之后他在叔叔格洛斯特——那个作为兰开斯特家族中支柱式人物的死中扮演了一个推波助澜的角色，使得他和他的王国蒙受了自日耳曼民族征服以来最大的损失和耻辱。说真的，这就像法国亨利三世所言："他是一个善良、纯洁的王子，但是他生错了年代，他所统治的时期是不幸的。"

在这场杀死格洛斯特公爵的阴谋中，白金汉和萨福克所扮演的角色是执行者与策划者。他们之所以这么做，完全是因为格洛斯特公爵损害了他们的尊严和权利，他们认为如果没有公爵，他们将会享有一人（王后）之下、万人之上的绝对权力，而王后则是因为公爵曾反对她与亨利六世的婚姻，对此一直怀恨在心，她常向人提及："他们之所以拒绝我，完全是对我的美貌的蔑视。"凡是有什么样的因，就会有什么样的果。在成功除掉格洛斯特后，约克的权势扩张了许多，最后他竟通过争夺和武力，妄图获得更多的权利。在与约克这场争斗中，萨福克和白金汉党羽的势力被瓦解，尽管他们的追随者众多，但也无济于事。因为约克违背了上帝的意愿，因此上帝很高兴看到约克倒台。但那之后，他的儿子马奇伯爵沿着他父亲所铺设的路，夺走了亨利与他的儿子爱德华的性命与王位。我们再来看看，那位精明的王后又落得个什么下场呢？她在诸多的杀戮中存活下来了，她亲眼看到了自己的心腹被杀，也目睹了自己的丈夫及儿子爱德华王子惨死，与此同时，对手还活生生地夺走了王冠。她眼睁睁地看着自己的土地和财产都被夺走，以至于最后，她的父亲要凭借着法国普罗旺斯的伯爵桂冠及领地换取为她赎身的五万法郎，她终究难逃一贫如洗的命运。这就是"机关算尽太聪明，反算了卿卿性命"的下场，在此，《便西拉智训》中有言："好"的因，也会有"罪"的果，自从有了这个世界，结局便早已被注定了。

爱德华四世经历了许多困难，最后终于成功了。兰开斯特王朝的所有党羽都被铲除，只有那位收买了布列塔尼公爵的里士满伯爵幸免于难。经过几代更迭，爱德华如今的王位已不再那么坚不可摧，因为没有任何方法能确保万无一失。爱德华国王曾目睹了格洛斯特理查、多西特、黑斯廷斯等人的杀戮行为。对于这些悲剧的角色，没有一个人能逃过处罚。而爱德华以莫须有的罪名处死了自己的兄弟克拉伦斯，甚至授意格洛斯特理查杀死了前任国王亨利六世。可后来，这个被爱德华视为“左膀右臂”的格洛斯特理查却以爱德华对付敌人的方式杀死了自己主人的儿子及王位继承人——爱德华和理查德。那些视他人生命为草芥的国王，也终将被他们的敌人以相同方式的对待。

理查德三世是继爱德华四世之后的新任英国国王，他的手段比前几任国王更加毒辣，所以他的悲剧是必然的。在他的人生悲剧中，很多不幸是由他亲手酿成的。因为他的罪孽中，有很多是自己人对自己人下狠手。由于黑斯廷斯公爵和白金汉公爵是女王的敌人，所以他挑拨他们的关系，又让他们臣服于自己，以至于爱德华五世的舅舅，以及他同父异母的兄弟里弗斯和格雷第一次与他产生不和。后来，他又将里弗斯和格雷囚禁，为了避免节外生枝，最后竟处死了里弗斯和格雷。现在理查德要按照魔鬼的原则来发号施令了：打倒那些让你悲伤难过的人，之后再将他们彻底毁灭。他将魔鬼的这个原则发挥到了极致，直到最后杀死了年幼的国王爱德华五世和他的弟弟。他的所作所为让白金汉公爵相信，爱德华国王及其兄弟一旦长大成人，就会利用手中的权力为他的舅舅和兄弟——里弗斯和格雷报仇。

可是黑斯廷斯公爵并不这么认为，他对主人的儿子表现出的忠诚是毋庸置疑的。然而魔鬼从不会因为事情办不到而放弃，恶魔驱使理查德三世去考验黑斯廷斯，理查德也确实这样做了。他指派盖茨比去试探黑斯廷斯，发现黑斯廷斯并不忠心于他，于是想要趁机将其除掉。结果，他没有用他的剑杀死黑斯廷斯，而是叫来了刽子手。他在用餐前让刽子手斩下了黑斯廷斯的头颅，但他所做的这一切完全没有影响到他的好胃口。黑斯廷斯的下场是我们所能预料到的，这最能体现上帝公正的例子。因为之前由于黑斯廷斯的提议，里弗斯和格雷等人在庞弗雷特被处决；巧合的是，在同一个地点，黑斯廷斯也被以同样不合法的方式在伦敦塔砍了头。而白金汉就活得稍长了一些。巧舌如簧的他终于让伦敦的百姓推选查理为王。成为国王之后的查理，自然没有怠慢白金汉。后者获得了赫勒福德伯爵的领地。即便白金汉成为查理的亲家公，但他仍旧难逃被出卖的厄运，最终在索尔兹伯里被砍头。至于查理，岂能被原谅？最终，迎接查理的命运便是“众叛亲离”。

正义之手终于赋予了亨利七世，他亲自斩了理查德。亨利七世是位聪明的王子，就像英格兰其他的王子一样。在成为国王之前，他以一己之力击败了强大的对手。成为国王之后，他没有被胜利冲昏头脑，总是做些力所能及之事。他曾仔细研究过路易十一的治国方略，并加以仿效。他没有走上路易十一的老路，用杀戮的形式铲平自己前行的阻力，反而以怀柔的政策一视同仁。甚至对于奴仆的奖赏也是前无古人，他知道，不管怎么做，得到拥戴和感激才是人心所向，他明白“水能载舟，亦能覆舟”的道理。在统治初期，他一直以一个“伟大的、英明的”君主来要求自己。但历史又是出奇地相似，对于曾经助其一臂之力的斯坦利，也难逃被扼杀的命运，他可是为亨利七世登基立下了汗马功劳的。他还亲自害死了克拉伦斯公爵的儿子、沃里克伯爵。他行将就错，重蹈祖先覆辙。正所谓，富不过三代。到了他的孙辈之时，江山便改名换姓了。

亨利八世，这个从头到脚贴满了残酷无情标签的国王，岂能被历史遗忘？就算世上所有暴君的恶名都不再了，亨利八世仍是“首屈一指”的。我们数不清他在海外发动了多少场毫无意义的战争，使得多少孩子和妇女孤苦无依，尽管他也为此流下了“鳄鱼之泪”，但这与战争带给无辜者的痛苦根本无法相比。我们看到很多被他捧起的人又很快被他毁灭，谁也不清楚他们究竟做错了什么。我们不知道他有过多少个过河拆桥的故事，经历了多少次背信弃义的事情；也不知道他抢过多少人的妻子，又在变心后将她们抛弃；更不知道他处决过多少贵族，包括那些年纪小得连断头台都爬不上去的孩子。甚至在他入土前，即将忏悔的时候，他囚禁了诺福克公爵，并处决了公爵的儿子萨里伯爵。诺福克公爵功勋赫赫，连国王都不知道该如何奖赏他的功绩。在关乎荣誉和国家的事上，诺福克公爵从不大意，而且骁勇善战、足智多谋。他的儿子萨里伯爵也从没做过让国王感到丝毫不悦的事，他既勇敢又博学，人们对他寄予厚望。他对自己的侄子詹姆斯一世发动了极为残忍的战争。为了斩断那些与自己同根同源的分支，他自己设定了多少法令与遗嘱？在他做了无数件违背基督教之事后，在他亲手断送了无数生命之后，恶果终降于他最心爱的王子身上。这也应验了撒母耳对亚玛力国王亚甲[①]的劝告：当我们用手中的剑夺取他人之子性命时，我们的母亲也将饱受丧子之痛。

亨利国王害死的那些人的鲜血已将苏格兰寒冷的空气冻成冰，但仁慈的上帝用温暖的阳光驱散了它们，而后在那片土地上诞生了之后的国王爱德华六世。对于这位国王，我只想说："如果这世上所有的怨恨都放到那一个人的眼中，那么这个人在国王那里，永远也见不到曾经的那些君王身上的污点——那些玷污了他们良心的污点；在他那象征着公正的剑上也看不到任何一滴无辜之人的血，而他之前的几任国王几乎都用这剑玷污了自己的双手和名誉。"对于这位国王，我们必须承认，自从他接手了这把公正之剑，他从未试图报复过那些想要夺走它的人；简·格雷作为爱德华六世的敌人，曾在很长一段时间佩戴这把宝剑，像其他女王一样拥有无尽的荣耀，但爱德华六世拒绝了她提供的帮助。他取得王位不是靠武力强取，也不是靠牺牲他人的鲜血，而是他本该享有的权利。当他通过那扇被称为国王的门后，迎接他的将是拥护和顺从。但有太多的人窥视他的王位，在那位著名的女王漫长的执政岁月里，并没有宣布他为王位继承人，但即便如此，他也不愿去争夺王位。

我们不应该忘记北部与南部的合并。南方的英格兰打败了北方的苏格兰，使得大不列颠王国获得统一。虽然它们在地理上中间相隔的不过是山川和河流，但长期的战争割据使得南北的感情永久地被分隔开了。这不是上天赐予国家和人民的祝福，即使将所有的怨恨叠加在一起，与和平相比，那也不过是小巫见大巫罢了。几乎所有的历史学家都认为：合并红玫瑰与白玫瑰[②]是正确的，这么做可以创造出不列颠最美好的史诗。那么金狮与红狮之间的和平时代，将胜过历史上的任何时刻，由此英格兰会变得更加繁荣、更加强大、

① 亚甲，Agag，《旧约》中人物。

② 红玫瑰与白玫瑰是当时两个家族的家徽，红玫瑰的标志属于兰开斯特家族，白玫瑰的标志属于约克家族。

更有能力去恢复它曾经的辉煌。它会使王国更加不可征服，它带来的影响，这样说吧，比起原来的联盟、实践、政策、战争更具有说服力。虽然这些影响当时还未可知。但如果1588年帕尔玛公爵得到军队，并与西班牙的军队①会师，成功从南岸登陆，同时北方的国王宣布与我们对立，那么毋庸置疑，实现英国的统一将会付出更大的代价。诚然，这世上没有哪一个国家或是共同体的内部能够做到没有一个人有怨言。国王都是凡人，不是神，他们不可能无所不能，不可能了解每一个人的愿望、满足每一个人的需求，但他们考虑得更多的是别人的困难，而不是自己的财富。就像人们评价所罗门那样："上天给了所罗门宽广的胸怀。"即便有人把这"宽广的胸怀"理解成渊博的知识，他也对如此盛誉受之无愧。因为无论是神还是人，在他们看来，他都超越了之前任何一任国王。

关于国王的权威，我们可以说的还有很多，这些不是阿谀奉承，但我真正害怕的是人们将我的罪责归罪于傲慢，同时对我的著作产生怀疑，就像伊丽莎白女王曾下令将那些拙劣的画师为她画的肖像全部烧掉一样，尽管我没什么损失，但我也怕我的著作会落得如此下场。拙劣的画家只会展示事物美丽的外表，二流的作家只会描述一个人内在的美好。前者留给后世的是美丽的面庞，却扭曲记忆，后者给子孙后代展现的是一个人完美高尚的情操，但那不是一个人的真实再现。我想我说的已经足够了，不需要再赘述更多了。我想，忠实的读者只要把提到过的那些残暴的国王和王子统治下的动荡不安的时局与如今国王的宽宏大量、温和开明好好做对比，仔细去衡量，就会发现没有人比现在的国王更有资格控诉。上文我们谈到英格兰曾经的那些国王所施行的暴政所带来的严重后果，以及那个时代产生的伟大的历史人物。这里我们可以发现，无论何时何地公平公正是永存的。亨利一世和爱德华三世因为篡位和暴政，所以他们的子孙因他们的过失受到了公正的惩罚。同时路易·德博奈尔（查理大帝理查曼的儿子）也受到了应有的征罚。德博奈尔曾挖出他侄子伯纳德的眼睛，并将其害死在狱中。他对同父异母的哥哥们使用

① 1588年，西班牙远征英国的"无敌舰队"。

的手段稍微温柔一些，但跟害死他们已经没什么两样了。他用残忍的手段排除异己，但让他始料未及的是，他树立了新的敌人——他的儿子们。他们对他进行折磨、打击、禁锢，甚至废除了他的王位。可笑的是，他曾经为了满足儿子们的野心和他们分享自己的财产，为他们戴上王冠，给他们统治的领土。是的，他的长子（他有四个儿子洛泰尔、丕平、路易和查尔斯）洛泰尔把他从王位上赶下来，用的证据就是他对兄弟和族人曾做过的暴行。

他做过很多其他国王鲜少做的事——公开承认了自己的罪行。其中包括在缔约国大会上公开承认自己的过错，像皇帝狄奥多西那样，他自愿接受忏悔，并开始苦修，目的是偿还他的过错和侄子——伯纳德所做的一切。

虽然他的行为值得我们肯定，但是那些曾经犯下的过错所招致的灾难和无辜者的死亡，却已经覆水难收。

前文提到过，这位国王有四个儿子。其中，他把意大利赐予了他的长子洛泰尔。可是他的父亲查理曼却曾经将这个国家交给伯纳德的父亲丕平，所以伯纳德是查理曼指定的意大利王位继承人。他赐予了次子丕平阿基坦王国，最后将巴伐利亚赐予了三儿子路易。他的第二任皇后朱迪思所生的儿子查尔斯留在了法兰西。这位妻子说服德博奈尔驱逐丕平，为的是扩大查理的领土。当丕平死后，德博奈尔剥夺了自己的孙子丕平对阿基坦的所有权力，并把阿基坦赐予了查尔斯。同时，路易又在巴伐利亚发动了武装叛变，这使得德博奈尔极度悲伤，最终死去。德博奈尔去世后，巴伐利亚国王路易与查尔斯（也就是后来的秃头的查理）以及他们在阿基坦的侄子丕平结成了同盟，一同反抗他们的兄长洛泰尔。他们在欧塞尔附近展开了一场战争，这场战争后来被称为法兰西历史上最为血腥的战争：在这场战争中，双方的贵族和军队都遭受了重创。而就在这时，撒拉逊人入侵了意大利；匈奴开始进攻阿尔玛人；丹麦人进行了那场闻名世界的诺曼底登陆战役。秃头查理背信弃义地逮捕了他的侄子丕平，并将其杀死在修道院里，而秃头查理的儿子卡洛曼背叛了他，最后被父亲烧坏了眼睛。后来洛泰尔退位，他为自己曾经背叛过父亲，以及其他残酷的行径而备受良心的谴责，最终死在了修道院里。秃头查理打压洛泰尔的儿子——他的侄子们。他篡夺王位，并入侵他的身为巴伐利亚王的大哥——路易的疆土；巴伐利亚和秃头查理的军队被击败，路易最后郁郁而终，秃头查理则被一个名叫瑞德夏斯的犹太医生毒死。秃头查理的另一个儿子路易有三个儿子：幼子查理，和他同父异母的两个哥哥路易三世和卡洛曼二世。但两个哥哥离开了弟弟，长兄路易斯三世摔断了脖子，而卡洛曼二世被一头发疯的野牛杀死。巴伐利亚的路易的儿子的命运也很悲惨，他同伙伴玩耍的时候从窗子摔了出去折断了脖子。于是，胖子查理统一了曾经是德博奈尔的三个儿子在德国的领地，但他仍不满足，随后开始肆意侵略糊涂查理的领土。胖子查理的行为致使他失去了自己的贵族身份，并且被他的妻子和其他拥护者抛弃，最后作为一个精神错乱的乞丐死去了。糊涂查理由宫廷总管厄德照顾，后来厄德的弟弟罗伯特接替了厄德，成为他的监护人，最后糊涂查理被韦芒杜瓦伯爵所俘虏，就这样死在了佩伦的监狱里。糊涂查理的儿子路易斯在追赶一匹狼的时候折断了脖子，而路易斯的两个儿子一个被毒死，一个死在奥尔良的监狱里。后来，另外一个对于法国来说完全陌生的人于格·卡佩登上了王位。

德博奈尔的子孙的结局多是悲惨的，在他之后，不公平一度被穿上权力的外衣。在他的儿子和继承者们的纷纷效仿下，很多人也披上了同样的外衣。但当这一层外衣被扯掉时，每个人都鄙视他们，他们就像是赤裸裸的乞丐一般可怜。一位渊博的法国人从他们的卑鄙中看到："从丕平的儿子，查理曼真正的继承人伯纳德之死可以看出，人插手的事比上帝和公正插手后的事还多。"

弗朗索瓦一世无疑是被法国人推崇的最值得尊敬的国王之一。但他却支持普罗旺斯议会消灭新教徒米兰多尔和卡布雷尔。在这场驱除活动中，无论男女老少，都被杀害或处以火刑。虽说这位法兰西国王事后的确感到过后悔，并让他的儿子亨利将挑起这件事的凶手绳之以法，还威胁他的儿子如果忽视他的命令将会受到惩罚。但是他这一不合时宜的怜悯，并没有应验。接下来，亨利自己也在一场运动中被蒙哥马利人杀害了。他四个儿子弗朗瓦索、查理、亨利和赫尔克里斯的结局同样很悲惨，尽管他们当中有三个人成为国王，并且都与美丽且德才兼备的女子结了婚，然而他们却一个接着一个地离世了，甚至没有留下任何子嗣。这皆因他们狡猾且阴险——对虔诚的教徒发动了残忍的屠杀，他们的做法违背了宗教的信义，这使得他们在宗教冲突中惨败。此事直接导致他们的王位产生了动荡，而新教徒的数目还在增加，已经在城市之中达到前所未有的盛况。

接下来，我们先从堂·佩德罗公爵说起。可以说，西西里的所有暴君都不及他残暴，与他相比，理查德三世、莫斯科的伊凡雷帝，全都不值得一提。被他杀害的不只是和他一样出身高贵的贵族，还包括他的亲人。唐·约翰公爵甚至被他切成肉块扔到街上，目的是不让他拥有一个基督教徒的葬礼。除了这些之外，还有戈麦斯·莫瑞克斯、迭戈·佩雷斯，以及阿方索·戈麦斯这位卡斯提尔最伟大的指挥官。不仅如此，他还害死了他的堂兄阿拉贡的两个尚在襁褓中的孩子、他的亲兄弟唐·弗雷德里克、拉塞赫德的唐·约翰、阿尔比克格斯、努涅斯·德·古兹曼、科尔内科、卡夫雷拉、特诺里奥，以及他的财政大臣古铁雷及其所有亲属。他也没有宽恕他两个最小的弟弟，两个无辜而可怜的王子。他隐瞒了所有人，将他们关在监狱里，直到一个长到了 16 岁，另一个活到了 14 岁，然后就把他们杀了。他也没有放过他的母亲，更没有饶过那位来自波旁的妻子——布兰奇夫人；最后，他为了成为托莱多的大主教并得到教长的财富而将这两位杀死；巴巴里的国王穆罕默德·伊本·阿尔玛哈连以及 37 位贵族携带着大量的金钱来到他的身边，向他寻求帮助，希望能够征募士兵，结果也被他处死。是的，他在处死老国王的时候还亲自请刽子手帮忙，厄本教皇因此说他是人类的公敌。但是他的结局又怎样呢？他被驱逐出了自己的王国，后又在著名的兰开斯特公爵所领导的英勇的英国的帮助下东山再起，最后被他的弟弟阿斯特马拉刺杀，他的孩子们无依无靠，失去了所有遗产。尽管他们的父亲残暴，但孩子们却从未遇到凶险。

如果我们一定要找一个可以和这位国王相提并论的人，首推的一定是伯格尼的约翰公爵。他背信弃义地谋杀了奥尔良公爵，并且残忍地杀害了阿马尼亚克的统帅和法国大臣如康士坦茨、贝叶、桑利斯、桑特等地的主教，以及他们虔诚的教徒，还有几乎所有司法院、会计院、财政院和申诉院的官员共计 1600 余人。他在满怀希望地去统治和征服法兰西的时候，被人用斧子杀死，当时法国的王子也在场。由此可知，那些善于给别人带来不幸的人，最终不幸也会降临在他们头上。

现在我们来说说包括亨利七世、亨利八世、玛丽王后一直到伊丽莎白王后时期的西班牙国王的事。首先是阿拉贡的斐迪南二世，他是首位提出要壮大西班牙的人。这位国王不满足于只拥有其祖先掠夺来的阿拉贡，他合并了卡斯特尔和莱昂的国土，他的妻子伊莎贝尔在他的帮助下从自己的侄女——亨利四世的女儿那里抢夺了王位。最阴险残酷的是，在把自己的侄女从纳瓦拉瓦王国驱逐出去的时候，他甚至丝毫没有为自己做任何掩饰。他曾允诺加强宫殿的防御，如今却废弃了宫殿，使得这个王国成为虚设，甚至失去了被侵略的价值。据我所知，他还曾背叛过那不勒斯的两位国王——斐迪南三世和弗雷德里克，即使他与这二位流着同样的血液，甚至曾与他们结过盟。但他却把他们出卖给了法国人，还和法国人瓜分了他们的王国，最后又无耻地背叛了法国人。

这位精明的国王，为了成就他的儿子——西班牙王子，不惜出卖自己的宗教信仰和荣誉，让他成为世界上最伟大的君主，然而这位少年却在年少时死去了。他怀了身孕的妻子很快也因为早产而随他而去。斐迪南的大女儿嫁给一位叫唐·阿方索的葡萄牙王子，后来亲眼看着她的丈夫在自己的面前摔断了脖子，离自己而去。她也在为她的第二个丈夫生孩子时难产而亡。至此，我们明晰了约翰种族被审判的方式，这种方式也致使阿方索的父亲约翰这支血脉完全没了继承人。因为在葡萄牙，阿方索屠杀了许多人，让那里的母亲再无依靠；他还曾经杀死了他的姑姑维瑟公爵夫人贝雅特丽克斯的儿子。

斐迪南的第二个女儿嫁给了菲利普阿尔希公爵，后来精神失常，就这样疯疯癫癫、无依无靠地离世了。他的第三个女儿被许给了亨利八世，最后又被抛弃，他们育有一女①，但由于她的过错致使血流成河，同时把加莱赔给了法国，最后她在极度悲伤中死去，至此，斐迪南的一切都被其他的家族占有。

查理五世（菲利普大公的儿子）向法国、德国及其他国家发起了战争，

---

① 英格兰女王玛丽一世，又称“血腥玛丽”。

许多基督教的信徒和著名的将领们在这场战争中白白地葬送了自己的生命。同时，这给土耳其创造了很多的可乘之机，基督教最为重要的罗得斯也被人占领。他最终被法兰西帝国、德国所驱逐，最后不得不把门兹、图勒和凡尔登这些原本属于他统治的地方拱手让给了法国。在莫里斯公爵的追捕下，他从茵斯伯格偷偷溜走，连夜翻过了阿尔卑斯山脉，才逃回自己的国家。他本有希望吞并那些地区，可即便他总是机关算尽，随后收获的也只有耻辱。他制造了包含成千上万生命的死亡，到了最后，孤苦无依的他只能在一个修道院里隐居，每年只能从他儿子菲利浦那里得到少得可怜的一万达克特①的年金。

在诡计多端的红衣主教格兰弗和其他罗马暴君的蛊惑下，他的儿子菲利普二世开始不满足于掌控霍兰德、西兰及荷兰的许多行省。他完全忘记了这些国家中那些一直为他父亲卖命的贵族们，忘记了那四千万弗罗林②银币的进贡，更忘了那两次他曾发下的誓言——去维护这些地区自古就有的权利和传统。他一开始只是利用宗教的手段对这些由 35 名伯爵直接统治的地区进行控制，并且抑制他们的发展；后来又十分干脆地找了很多借口来征收重税，把这些地区彻底掏空。最后，他利用自己的权利和许多强有力的手段，让自己成为一个独裁的君主，还妄图将英格兰和法国纳入自己的疆土，让它们成为自己的所有物。同时，他还喜欢将那些国家所固有的自然律法和权利，甚至古老的法则踩在脚下。他很轻易地就从教皇那里得到特赦，再利用这特赦直接无视掉自己曾许下的誓言（这个特赦成为日后战争和流血的直接原因）。在此之后，他利用各个地区贵族的支持，将他们的统治权交给了他的姐姐——奥地利的玛格丽特和红衣主教葛兰维尔；他还雇用了托莱多最冷血的西班牙人唐·费迪南·阿尔瓦雷茨，以及一支强大的军队，并利用他们杀害了葛瓦尔王子、有威望的埃格蒙特伯爵和霍恩的蒙莫朗西伯爵，赶走了蒙蒂格和贝尔格侯爵。在那六年里，一共有 18600 名绅士死在了断头台上，而这些仅仅

① 当时流通于欧洲各国的货币。

② 欧洲的一种货币。

是暴行的一部分。后来，他想利用一些诡计来达到那些不可告人的目的，于是就派了同父异母的兄弟奥地利的唐·约翰担任总督。这是一位被人们寄予厚望的亲切的王子，这一次他再一次像利用了罗马天主教会的先祖那样，毫不犹豫地对着圣经发誓，将遵守联盟条约，撤出驻扎在西班牙和其他国家的军队。为了实现这些承诺，荷兰为了偿还赔给西班牙的六十万英镑赔款倾尽所有。付出了这样的代价，结果却让他们收获了安特卫普和内穆尔的失守。西班牙人占据了这些行省的要塞。无论他打着怎样的旗号，背地里却还是和西班牙专制政府的大臣厄斯柯维多、洛德斯、巴尔勒蒙等人盘算着如何通过武力达到目的。下面让我们看看违背誓言的代价。首先，菲利浦二世本人杀死了非常多的贵族，如前文所述，六年内处决了18600名绅士，并在美赫伦、聚特芬、纳尔登等地区大肆屠杀；尽管他曾大言不惭地吹嘘，他的统治将带给霍兰德人最好的生活，但当他离开时拥有的只有这个国家对他的诅咒和厌恶，因为在他离开时，这个国家的状态比他来之前还要糟糕十倍不止。其次，唐·约翰一直幻想着自己能够克服所有的困难——尽管他完全没有能力去管理自己的领土，后来他不幸英年早逝。随后，厄斯柯维多——菲利浦二世的机智的大臣，幻想能为他的君主统治英格兰和荷兰。一次，他被派去西班牙执行公务，结果在刚刚抵达还未见到国王时就被安东尼·佩雷斯派来的几个恶棍杀死。最后，我们回想一下，作为西班牙的国王，他拥有怎么样的政绩，但结果是，他并没有做过什么能给人留下深刻印象的事。因为他失去了自己的领地，并且造成了成千上万的财产损失，以及超过40万的基督教徒的死亡。论风景，无地可与之媲美；论收入，它抵得上西印度群岛。但他失去了这个曾忠于他的国家，并对这个国家发起了长达40年的战争，而如今当他离开后，这个地区比他统治的时候更为繁荣、富庶。

哦，先前我们所提到的国王，无论是本国的，还是其他国家的，他们要经历怎样的阴谋、伪证、背叛、压迫、监禁、折磨、中毒，还要背弃多少誓言，玩弄多少阴谋，才使得他们，甚至是他们的家人和大臣们遭受如此恶报。他们机关算尽，到了最后却是多行不义而自毙。他们或许从未料到自己会落得如此下场，如果没有公正，那么他们那些所谓的政敌将永远都不会成功。

我写下这些究竟是为了什么呢？如果这个世界还是如以前那般，孩子们重复着父母所做过的事，那又为什么要让活着的人看到那些已逝之人的成败？如今，人们可以利用这世上所有的智慧。我们为了能够把握住这个时代，而让我们所做的一切都变得合情合理，我们总是希望可以永远这样下去，至少那样之后就没有什么好希冀的了。我们总是想要忘记那些曾经经历或与自己相关的事，于是总是装出一副什么都不知道的样子。所以我们既无法回望过去，也无法看见未来。确实，身体是生命的主宰，它将我们与这现实联系在一起，我们是这世界上的元素所构成的，这让我们得以存活在这尘世，但又变得那样遥不可及。我们能感受到物质的存在，但要经过启迪才能感受到上天的奥秘。所以我们的思想是世俗的，这并不稀奇，它本该如此。凡人不能洗去自身思想上来自世俗的尘埃，即便是他们制定的那些教条的法规也不行，毕竟那只有神明才能做到。先知以赛亚很久以前就曾这样问道："啊，谁能相信我们的话？"毫无疑问，现在就像当初以赛亚的哭诉的那样，随着一天天的流逝，人们愈加不相信神的存在。是啊，所有人都可以把信仰和其中的真理挂在嘴边，但又有多少人能理解其中的深意？大家不过是在一起伪装罢了。最令人惊诧也最令人悲哀的，莫过于那些勾心斗角、无休止的争吵、私人的仇恨，以及基督徒之间为了信仰展开的战争、杀戮。这些真实的存在充斥着这个世界，它们多得都快把人挤出这个世界了。所有人都坚信着，如果只是把他从信仰中剥离，而不是从生活中剥离，那人的欲望就剩下对天堂的渴望了。人们会相信这世界无非是通往天堂的驿站，在这里稍事休息后，人们自然会前往天国的居所。可信仰恰恰相反，它仅停留在言论的表象上，而灵魂则被虚伪所替代。几乎所有人都在为自己的信仰作伪装，用那些所作所为让人们看上去具有神圣的美德，却在生命中抛弃了自己的本性和本该拥有的形象。博爱、公正、真理，这些哲学家所谓的"第一要素"，只存在于语言中。

所罗门也有对智慧的定义。在这世界上我们给了它最高的评价。但智慧不能用价值衡量，因为它主要是被人用来敛财，或获得他人尊重的。我的这些话肯定会受到别人的抨击。但无论我们拥有多么多的智慧，都不会比那人拥有得更多，这个人就是所罗门——人类中最智慧、最精明能干的人——告诉我们智慧的用途："随着货物的增多，窥视它的人也会越来越多，但这一切对货物的主人有什么益处呢？难道就只有眼睁睁地看着吗？那些想把剩余的东西吞掉的人，会在之后的好日子里一直跟随着我们，却在暴风雨来临的时候将我们抛弃，留我们独自面对风浪中的不幸。"这样的例子太多太多，但我特别要提的是丹娜曾讲过的一个故事："查理五世兵败撤出他的领地，并在返回西班牙的最后一段路上。一次，他和他哥哥斐迪南派来的节度使赛奥迪厄议事到深夜。当赛奥迪厄要离开的时候，查理五世叫他的仆从，却没人回答，因为那些人都已经睡觉了。尽管赛奥迪厄不断婉拒，但查理五世还是亲自拿着蜡烛为赛奥迪厄带路，把他送到楼下。当他走到楼梯口的时候这样对赛奥迪厄说：'赛奥迪厄，等我死了，你要记住查理皇帝曾为你做过的这件事。你曾看到他四面环敌，也曾看到他被人抛弃孤身一人，看！如今连他的仆人都抛弃了他，我知道命运是上天的旨意，我也不会与之抗争。'"你也许会说还有别的事比刚才的故事更吸引人，但它首先表达的是对伟大的人的敬意，其次是各种各样的人对他们的认同。真正的尊敬不是表面上对他们权利和地位的崇拜，而是发自内心的虔诚的热爱，否则赞许将是一句空话。但倘若不知真正的原因，又有谁愿意说这些话呢？很少有人能够分清美德和幸运，虚伪的人也可能得到人们的称赞，高尚的人也曾被人鄙视，人和幸运的关系就如同马和人，人可以驾驭马，而幸运控制着人；人可以不倚仗马，靠双脚行走，幸运也可以离人而去；一个恶毒的马夫可以随便鞭挞他的马，同样，幸运也可以将人一脚踢开。

其次就是我们的后代，我们都思考过我们能否留给他们荣耀。有些人认为，如果在死之前可以带给子孙以荣耀，那么在他们灵魂离开时，就能从中得到一丝慰藉。拉克顿斯特认为哲学家们很适合这些"聪明反被聪明误"。当我们永恒的灵魂和我们已经腐朽的肉体分离时，就像是变作了宫殿中的一块墙砖，一切都将听从上天的安排。他们不会为子孙们的成功感到高兴，同样也不会为子孙们的贫穷感到悲戚。"这些死了的人，虽然应该得到尊重，却对生者一无所知，即使是他们的孩子，逝去的灵魂是不会知晓身后事的。"我们也许可以怀疑圣奥古斯丁，却不能怀疑约伯，因为他曾告诉我们这样一句话：

“我不知道自己的后代究竟是会受人尊敬，还是会身份低下。”《传道书》中这样写道：“当人们在黑暗中行走时，他们会焦虑不安；他们积累财富却不知如何享用。”他说：“生者知道他们会死，而死者却什么都不知道，因为没有人能在死后在人前现身。”因此约伯把这看成事物的虚无之一：打算去辛勤地劳动并且活在这世上的人，却不知自己死后，那些劳动成果是被聪明人还是傻瓜享有。他说：“这些甚至都让我憎恨自己的劳动成果。”连他们都这样说，那其他身后的好坏都已被决定的人，那么他们又在希冀些什么呢？人的知识仅限于希望的存在，先知以赛亚在聆听了灵魂的忏悔后说：“亚伯拉罕不知道我们，雅各也不认识我们。”从中我们可以确定的是，这黑暗的死亡之夜会将我们淹没，直至这世界不复存在。然后，我们将重新获得一个永远不会堕落的身躯。它会拥有天使般圣洁的感情，并且能使我们的灵魂得到他人最为热烈的崇拜与敬意。自此以后，他们将不会再受到任何低级快乐的烦扰，过去的那些对于他人的属于世俗的情感将不复存在。可没有人能够告诉我——哪怕是圣人也一样，等到那时我们是否还能记起这些人？如果一个神圣的生命保留了生前作为人的记忆，那我们是否能把前世的幸福和天堂的快乐区分开？如果不去管他们原本应有的境遇是否比这世界给予他们的更好，我们都会去憎恨他们这种体谅。无论那些过去带给我们怎么样的宽慰，我们都能从生者被给予的仁慈中得到同样的宽慰。我们所能给予后代的荣耀象征着我们自身的德行，它可以帮助我们的子孙更好地了解此时的我们。所以如果财富是取之有道的，或者说不是建立在牺牲别人利益的基础上的，那么去谴责那些看重财富和荣耀的人就是愚蠢的行为。柏拉图认为，一个人最为重要的是拥有强健的体魄，其次才是那些展现于形式上的美，到了最后则是“通过正当手段得来的财富”。耶利米也曾这样呼吁道：“诅咒那些通过阴险的手段谋取财富的人。”以赛亚也说过类似的话：“诅咒那些损人利己之人。”所罗门要求我们：“不要试着使用暴力，不要让无辜的人流血，不要垂涎于别人的财富，或是想要把它们据为己有，因为这是贪婪的人才会做的事。”

如果我们想要为自己负责，就应该多花点时间去思考：他是世界上最富有的人，但他在这世间却也一无所有；他是这世上活得最久的人，但他在这世间却没有牵挂。无论是我们没有参与的过去还是遥远的未来，都是如此。为了赢得这世界上极为崇高的地位，以上二者形同虚设。这也就不难理解为何我们如此推崇有限的财富，而往往忽略那无尽的岁月。窥视了世俗的东西，就好像我们的灵魂是永垂不朽的；忽略那些真正不朽的东西，就好像我们尚有来世。

如果让每个人按照自己的方式来衡量智慧：让有钱的人把所有比他贫穷的人当成傻瓜，让复仇者以为没有打倒他的敌人都是失败者，让政客认为不出卖信仰的人都是愚蠢的，但当在我们的生命将要终结时，我们命运的锚终究会沉向岸边，从此以后我们再也不能把它拿在手中掂量，我们那名为生命的旅程也就此结束，到那时，我们是否应该重新开始思考，试着去补救那一生中不曾做过的事。也就是在那时，我们才会祈求上天的怜悯；在那时，我们才不再互相伤害；也只有那时，我们的灵魂才会被深深地震撼，因为我们终于明白了那句话："上天是永远不会被欺骗的。"那些肆意妄为、放纵欲望的人在过完一生后又该如何处置呢？假如圣训仅仅是个玩笑，那么当死亡临近时，我们是否只要祈求上天的怜悯就够了？一位令人尊敬的神父这样说："哦，有多少人就是怀着这样的希望才陷入了无尽的苦痛之中。"我得承认，如果有人说我们总是会拥有一个美好的结局，这对于我和我的朋友们来说必定是最好的安慰，因为我们所有人都渴望善终，但若有人认为只要在临死之前从容地请求上天宽恕就够了，这又是不是对上天的轻视、对抗和嘲弄呢？当然，如果那些自以为聪明的人会自己去创造一个虚假的上天了。其中最好的例子就是路易十一，他曾经将一个铅块放在帽子里，每当自己做了什么让自己害怕、讨厌的事或是杀了什么人的时候，他就会把那块铅取出来并亲吻它，恳请它原谅自己的罪孽，并保证这是最后一次，结果却只是一次又一次地重复这毫无意义的举动。他假借红衣主教的名义伪造了一场仪式，并杀死了阿玛尼亚克伯爵。我得说，你的确是可以嘲弄一个铅制的偶像，却不能这样对待永恒而尊敬的上帝。具有这一特点的都是深深地沉沦于尘世的诱惑的人，他们惧怕那些他们认为美好的事物会转瞬即逝，惧怕敌人的阴谋诡计，惧怕流言蜚语，惧怕人们对他们品头论足；不论是成功者还是失败者，他们都会奉承，不论那些人是他们的朋友还是高高在上的国王；他们就像是聒噪愚蠢的鸭子一样，只要看见有人将石子扔进水里，就会把头插进水中。但是，当面对严肃的审判时，他们总能显现出几分顽固却毫无意义的勇气；在公正面前，他们表现得像高贵的神明一样，却在身体腐朽而堕落的凡人面前表现得如奴仆一般。

接下来，我们可以试着去审视以下二者的不同：我们总是会将那些富有而有权势的人称为幸运之人，而那些贫穷并被压迫的人却总被我们定义为“不幸”。到了最后我们会发现，无论是幸运的人还是不幸的人，总的来说，他们也许能在短时间内得到许多，却也可能在一夜之间一无所有。没有什么是能够被完全肯定的，也没有什么是能够被完全否决的。没有人能保证自己的荣耀永垂不朽，没有人能保证健康、生命以及他们所有的财富都将永远属于他们——而不是下一秒会被他人剥夺。“谁也不能确定那浓重的黑夜将会带给我们什么。”圣·雅各说，“人们也不可能提前知道明天的自己会是怎么样。可能今天还受人敬仰、高高在上，而明天就消失得无影无踪，因为彼时的他已化作尘埃，眠于地下。”不幸的烟雾或许会让我们的视线变得模糊不清。对那些只会嘲笑别人霉运的人来说，别人的不幸是可笑的；而对那些十字架下的人来说，所有的不幸都是令人悲伤的。但可以肯定的是，迄今为止，这二者的份额都是旗鼓相当的。如果我们活了许多年，并且它们就像所罗门说的那样充满了喜悦；或是我们同样活了那么多年，却每一天都活在哀伤之中，那么我们不妨回头看一看，这时我们就会发现，这些年无论我们过得快乐还是悲伤，过去的岁月都会慢慢地从我们的视线中淡去，最后以永恒的死亡收尾。“无论我们年方几何，我们都被握在死神手中。”所以无论是谁，如若幸运是他的奴仆，而时间是他的挚友，让他回忆一下，认真想一想青春的魅力和过往的欣喜都在记忆中留下了怎么样的回忆；而那些曾经刻骨铭心的感情又留下了怎么样的踪迹；那些多情的春季，如今又剩下些什么。他会发现，那过去若干年的时光就如同从混合液体中分离出的沉淀，剩下的只有悲伤的叹息；他会发现，除了忧伤之外，其实什么也没被剩下，而这忧伤正是萌发于我们的青年时代。最初时我们朝气蓬勃，将它远远地甩在身后；但当青春停止了脚步，忧伤却赶上了它；当青春开始凋零，忧伤就彻底占了上风。如今回首从前，让现在的自己看清过去的自己。一个穷困潦倒、疾病缠身、失去自由的人，对自己伤感的记忆不会有太大的感觉，就像那些一直被认为是幸运儿的人，对自己过去的幸福和快乐也没有感觉一样，过去的已经过去了，而未来则是虚无缥缈的。“没有发生的事都是无可预知的。”只有极少的人是例外，他们从容地给这虚幻的世间一个公正的评价，带着对过去的回忆，无畏地面对死亡。他们无惧坟墓，并且总是能热烈地拥抱死亡，就如同那是引领他们走向无限荣光的向导——不过这样的人像黑天鹅一样稀少。

对我自己来说，以下是我所能提供给人们的自我安慰，即这种生活的不幸无非分为两类：与自然有关的痛苦和与世俗有关的痛苦。第一种痛苦的人，会向上天忏悔自己的不足，并且表达对上天无尽的尊敬，他们真心相信，“哦，我的主，您无处不在。”而第二种痛苦的人，总是抱怨着上天，就像上天对他们做了什么不该做的事情一样，因为有些事往往是没有给他们任何世俗的好处和荣誉，或满足他们的欲望的，要不就是把他们曾经拥有过的东西拿走了。对于第一种人，上天许诺的是祝福；对于第二种人，上天许诺的则是死亡。如果一个人不能明白他的境遇原本应是如何的窘迫，不能明白他现在所遭遇的不幸比他应得的不幸要少很多，那这个人不是蠢就是忘恩负义——或者两者兼有。如果一个人没有信仰，却能把这世界的苦难称为“生活的礼物”，那么一个聪明的基督徒就应该把那些苦难理解为“冒犯了上帝的代价”并去忍受。他应该坚强地承受这一切，就像那些“即使痛苦呻吟，也要跟随指挥官”的士兵。

作为我们悲剧的始作俑者，他为我们描绘了一场悲剧，并且指出了我们所应该扮演的角色。在角色分配时，没有偏袒任何人，即便那个人位高权重。在给予了一个人最伟大的国王的角色，同时又让他扮演最可怜的乞丐——一个需要向敌人乞求一杯水，否则就会被渴死的乞丐。让巴耶赛特扮演土耳其的国王，但同时也让他扮演帖木儿的垫脚石；分配给贝利萨最成功的将领的角色，最后也要他扮演一个失明的乞丐，这样的例子不胜枚举。如果那些拥有无上权力的人也是如此，那其他普通的人又有什么可以抱怨的呢？诚然，有这样一句话可以准确地描述这荒谬的世界，那就是这世界是个舞台，每个人命运的变换就如同换衣服一样正常，每个表演者都披着自己应有的那副皮囊。而现在，如果有人出于软弱而对这世上的旅程有了不一样的看法（因为彼特拉克曾说，只有极具天赋的人才能将天赋从理智中召回），他凭借着头脑中奇怪的念头，忽略了除肉体外所承受的痛苦，并且将不幸和苦难在此发挥到了极致。在这出戏的尾声，一切权力、财富或是其他可被剥夺的东西，都会被死神拿走。就如同一艘遭遇了海难的船，船上的货物都会沉没在海底深处，除了悲伤，我们别无他法。而去救这么一艘船是多么愚蠢且疯狂的行为，就如塞涅卡所说“在财富脚下跌倒是最悲惨的命运”。

现在是时候停止这一切，也是时候该从这漫长的你追我赶中解脱出来了。这也促使着我用更容易让人接受的方式，将这漫长的时间编纂成历史，以文字的形式描绘出来。

一些例子随处可见，正是这些例子说服我在万物中寻找自身的起源，运用自己的才智去创造。我认为创造世界是最为光辉的事迹。伊壁鸠鲁的信徒否认创世纪和天意的存在，但相信这世界有自己的起源；亚里士多德学派的人则承认天意，但否认创世纪和世界的开始。

这一关于信仰的学说从时间上涉及创世纪，虽然亚里士多德的学说说明了腐朽的基础无法承载这一关于信仰的学说（尽管他对学说的辩护都建立在这一基础上），但那种无穷的力量去创造世界的始终，这是无法用自然的方法解答的。这是理性也不能否认的事实，但这些都没能让他更开窍一点，这着实让人感到有些惊讶。可更能让你感觉奇怪的是，那些渴求知识的人虽然拥有头脑，却永远无法——也没有想过试着去追上真理的脚步，而是选择绝对服从于那些哲学的原则，或是其他违背真理的教条。究其根本原因，这些人不是喜欢空想，而是好奇心过剩。但无论如何，那些不相信上天的哲学家们都宣称他们的观点是毋庸置疑的，难道仅仅是因为他们如此宣称吗？还是正如他们所说，是真理使他们变成了这个样子？当然不是。正如以下这点：事实胜于雄辩。如果对一理论无法产生怀疑，那就更别提推翻它了。同样，在每一次的质疑和审视中，我们都可以构建人类知识网络的基本法则。莎朗在他的书中说过："如果不是因为理性的存在，那么每个人的观点都有着同样的权威性。"但是如果不让他们的对立面为自己辩护，或不经过任何审讯评判是非，一个人又怎么能得出公正的判断呢？拉克坦细说得好："不经过任何判断就接受别人的思想，那么这些人就失去了自己的智慧，每一天都像是畜生一样被人牵着鼻子走。"现在，正是出于同样的原因，懒惰、迟钝和无知像个暴君，给那些物理学、哲学和神学的真理带上枷锁，任人侮辱。无知者把第一次的"谁违反了规矩就反对谁"里的"规矩"改写成"具体的道德规范或权利"，并再次改写成"罗马教会"。

于我个人而言，我将永远不会相信神仅将知识给了亚里士多德；也不会相信上天曾对他说（如同《以斯拉》中所说的）"我在你心中点亮了一盏领悟的灯"；不会相信只有异教徒拥有关于上天的思想，他们狂妄地宣称只要追溯本源，就能找到其中的真理和力量；不相信他倾其所有却不会带来任何有价值的东西。时间让我们懂得了，无论是因还是果，都是他们一手造就的；亲身经历也让我明白了同样的道理。无论哲学家还是家庭主妇，都知道如何将牛奶凝结成乳块。但是如果问我为什么会这样，为什么会发生酸性反应，它是如何发生的，我想在哲学的世界里，我们是找不到答案的。诸如此类的问题，哲学都无法给出正确的解释。

但是人类却想要掩盖自己对于小事的无知，他们不知道也无法给出适当的理由，他们不能告诉我们为何脚下的土地是绿色而不是红色、黄色或是其他别的颜色。虽然人比自然中的其他事物都要高贵，但他们永远也不曾发现自然的奥秘；虽然人比天上的神更高贵，但所罗门说"人类看不清这世上的事物，就连在眼皮底下的东西也不能好好地看个一清二楚"；他们的头脑只是一味地总结并检验前人留下的旧的东西，却不会独立思考并创造新的事物；他们总是看不清自己灵魂的本质，哪怕是最博学的人也无法给出一个明确的答案；他虽然能通过因果关系告诉我们它所带来的影响，却说不清楚那到底是因为什么，他自己不知道，别人也不知道。人在生存的每一个阶段的所作所为都会被认为是愚蠢的，这时人也会研究世界是如何被创造的。亚里士多德后来提出的使他成为一代宗师的学说，他的主张被他的追随者们深信不疑，

“发誓坚定不移地捍卫其追随的哲学家的主张”。赫莱斯及与他同时代或稍早的哲学家都认为应当找到一个能够准确解释这一切的理由，即找一个“永恒存在的人类”成为这宇宙的父、宇宙的母。类似的哲学家还有摩西、琐罗亚斯德、穆赛奥斯、俄耳甫斯、莱纳斯、阿拉克西米尼、阿那克萨哥拉、墨利索斯、费雷西底、泰利斯、克里安西斯、毕达哥拉斯、柏拉图等（斯德琪尔·厄古宾纳详细地收纳了他们的观点）。拉克坦细说：“虽然这些人的观点都是不确定的，但至少都说明了一点，那就是他们都相信‘天意的存在’，这个天意可能指的是自然、光、理性、知识、命运或是神的命令，但无论是哪一种，他都是我们的上帝。”就像这世上深浅不一的河流，它们向着不同的方向流淌，有时流淌在地下，有时汇于江河，但最终都会融入大海。人也一样，在力量用尽后，人类的所有理性终将融汇在一起。

至于其他哲学家，他们认为这世界是永恒的，上帝并不是虚幻的，而是一种从“先于存在的物质中”创造了世界的存在。但这一猜想缺乏明确证据，无法使多数人信服。正如优西比乌所言，根据我的理解，他们普遍认为世界被创造出来，不仅仅归功于上帝，还有一部分归功于机遇，如果上帝没有在偶然间发现空气中的尘埃，他就不会成为这世界的缔造者，或是宇宙的主宰。如果这种物质在宇宙未形成之前是永恒的存在，那么人们就会认为，物质改变了自己去适应上帝，或者上帝去调整自己来适应这个世界。第一种情况不可能发生，因为没有知觉的事物是没有办法根据他人的需求来改变自身的；第二种情况，上帝身为造物者却要根据选材来改变自己，这种想法是多么令人恐惧？

另外，当谈到物种起源的问题，这是最愚昧的。如果它可以随时产生自我，那么总有一个时候它产生不了自我，因为它不可能同时存在和不存在。因此我们可以很好地解释这个问题：“没有任何物质可以先于自身存在，物质是不能自我生成的。”

有些人认为物质是永恒的且不可分割的。如果这世界上只存在永恒却没有无限呢？如果只有第一物质是有限的，而形式是无限的呢？其结果必将是，那些相信永恒的非生命物质而不是永恒的光或生命的人——无论他是谁，只有永恒的破灭与死亡才能够作为他的归宿。那些还没有被狂妄自大吞噬的人有什么理由质疑这些无限的力量呢？人本身需要的东西既可以具有物质形式，也可能如沙漠中的沙砾那样有许多形式。假若力量没有限制，那么作品的唯一限制就只是创造者的意识。毕竟理性本身就拥有无限力量，并且不需要任何现成的东西相助。就好比一个人、一个傻瓜，或是一粒尘埃妄图去改变物质形态，这样也许更容易形成一个有限的世界。

现在我们来介绍一下那些源自于“没有事物被制造”的地方的人所得出的世界永恒论。在没有野蛮的地方，所有的事物都被提出了一个永恒的问题，如果上面所用的语气是肯定的，那么它将代表一种真理。用自然和自然有限的能量作为媒介，没有东西会被我们创造出来。

有些观点是否认这个世界有开端的，同时也否认这个世界有终端，他们否认天空会因时间而衰败或产生变化。他们认为，如果天空会衰败，那么就会在漫长的时间中有迹象。对此我只能说，看不出变化是因为时间还不够久，却不能说它是永恒存在的。对于那些臆想的结论，我们可以用臆想的方式找到结论，证明它不是永恒的。不论是亚里士多德、普林尼、斯特雷波，还是比德、阿奎那，他们都犯了一个错误。过去的人无法在阳光直射下生存，也无法在阳光直射下航海，但如今这些都可以做到了。另外，我也读过很多关于大洪水的历史，知道在法厄时期，太阳曾炙烤着大地。

如果身体是最初、最基本的形态，并在逐渐地复合，且在长时间里没有被入侵和破坏，那么在宇宙中我们应该寻找怎样的伟大变更呢？我们有理由相信，太阳帮助所有生物生长。迄今为止，也有许多后来的物质在辅佐着大自然。我们既不是巨人，也不是勇士。所以基本上，所有事情都被认为是上天给予的。

我认为对于上述这个观点，并没有什么好的答案：如果世界是永恒的，那么为什么世界上不是所有的东西都能获得永恒呢？如果没有开端，没有创造者，没有智慧，每一个自然事物都会是永恒，而人作为最理性的产物，为什么其理性不能使人永恒地存在？如果万物平等，那又为什么不是所有的事物都能享受这份平等？为什么天体能永恒存在而身体却会腐朽？

另外，是谁任命地球为宇宙的中心？又是谁将其高高地挂在空中？太阳应该在热带地区之间移动，并且永远不能超越其界限，每年履行一次这样的进程。月球反射太阳的光，它就像钉子一样固定在已定的轨道上。但那是行星自己按照意愿徘徊的吗？如果没有慈善和爱，太阳又怎能在这两个圈子里永恒地移动，照耀地球，给予阳光？这一点毋庸置疑，如果太阳能够让自己永恒，那么它就会被称为永恒的慈善和爱。和其他人认为的一样，所有的星星也可能是这样的，它们中的大多数被认为是拥有美德的，故也可能被称为永恒的美德：地球可能被称为永恒的核心；月亮永恒地需要借助太阳的光。为什么是这样的？是神缔造的这一切吗？如果是这样的话，那么就有数以百万计的神啊！疯狂而愚蠢的是，我们用肉眼去辨别它，如果用理智，我们或许可以看得更清楚：太阳、月亮、星星和地球，它们都是受限制的，不是它们自己约束了自己，当然它们也没有这个能力，“每个约束和限制都是有原因的”。

现在我们再来谈谈自然。因为它没有一个固定的概念，亚里士多德学院派对其发表了很多错误的观念。所以如果最好的定义是亚里士多德对自然的第二解释或对“形而上学”的第五种解释是最好的定义，那么最好也不过是名义上的，在此学院派有更好的解释：“一种由世界的灵魂注入物质世界的力量。”它将其定义依次给了“天意”“命运”“自然”。拉克坦细说过这样一句话：“只能说他是一件事的执行者，但他没有与之相关的意志或知识。”

对于自然的原则，菲齐努斯说过：“自然通过物种的多样性和物竞天择、适者生存的原则逐一淘汰。如果它不这样，那它就只能产生一种或相似的事物，而且也只能作用于当下。”如果自然有了多样性，那么它就会很乐意地去安排各种宇宙间的活动，一旦它有了责任，也会去合理地进行安排。自然有高尚的德行和丰富的知识去完善这一切，也拥有足够强大的力量去统治这一切。离开了这些，世间万物都是一样的。如果我们承认自然的这种意愿、理解、进程、因果和力量，那么“为什么不把自然称为是上帝而是自然”？在我看来，承认和崇敬是首要的也是最高的，是人具备的真理所产生的结果，“真正的哲学是从不断变化的事物到永恒事物的升华”。

对于剩下的问题而言，自然不会安排其他任何事，它只是去成全事物的内在意愿。那么，自然所做的同样拥有感情、理性和知识，被认为像做所有其他工作那样（我们称之为形式、性质或你所喜欢的任何词语）。正是因为它们的动力出自一种无法抵抗的冲动或者一种被注入一种力的特殊技能，所以我们对于才能和生物内部的作用既不怀疑也不崇拜，而是认为那是一种奇迹并对它崇敬。自然赋予生物这种性质和能力，就是在不了解自己所拥有的美德与力量的前提下，却能在最后使万物做到极度完美。因此，一个理智的人会将自己放在古人所赐予的陆地上，让所有人都真正地了解这个世界所拥有的，即一种强大且永恒的力量，它使万物按照文字简单地传递、发展下去，如同从第一枚泉眼中流出的水互相追赶，最终汇入流动的河水一样。

柏拉图将智慧定义为“有关智慧的绝对知识”，它的又一解释是“关于第一的永恒的不腐朽的事物的知识”。伊西多尔说：“它不是通过暴力窃取而来的，而是用理性和榜样让人真正接受的信仰。”如果一个人在现有的道路上走不下去了并要放弃，这没什么不光彩的，因为这世上也有不是理性却超越理性的东西，但不论是什么，理性承认其存在，那么名字和特征之于知识本身也是有限的，就像一个老师，他清楚地了解自己知识上的不足。

我已经很长时间没有在文章中写下如此多的话了，特别是因为这样那样的借口。现在最严重的问题是，这本书不合适的分版，我不知道该如何去解释，就好像地基已经打好了，现在要扩充上面的体积，毕竟我已经完成了第一部分。所有人都知道，如果这些东西能够被划分均匀的话，那它将不再是伟大的艺术了。那些高素质的人去对抗所有的虚荣和世俗的愚蠢行为，前提都是拥有最强的力量，之后才能够去保卫他们自己；从自爱，到自我评价，最后给出自我意见。

关于这项工作的规则，我已经在上次的争论中得到结论。对于当通天塔倒掉之后采取第一措施的亚述人来说，他们成就了世界上第一批优秀的君王。然而他们的子孙后代们从那里所知的东西却很少，只有尼娜斯和塞米勒米斯（古代传说中的亚述女王）例外，她所拥有的名声要高于她的信仰。

这是一个关于希伯来人的故事，虽然他们没有被时间的长河湮没，留存了下来，却变得支离破碎。《圣经》里的很多故事至今已无处考证，同样，他们的国王和王子的事迹也只能用只言片语来概述，这使我深陷在维吉尔[①]所说的话中："在时间的巨浪中，我们只能看见零星的碎片。"

最初的那些发明被保留了下来，虽然大多数作者的名字已经尘封许久，但对于那些年代来说，时代也有着自己的法律，它们对于贵族有着不同的统治，关于战争、航海，以及各行各业也有自己的政策。说实话，因为这些，它就不能被称为一个无关痛痒的题外话。事实上，还有很多看似与主题无关的内容。如果要我究其责任，我必须把错误归咎于人的自身缺陷。我们应该去看我们生活中的方方面面，然后我们能够看到所有人的一生都是这样的——不断地去规划自己的生活和行为。所以说我缺乏主题也情有可原，并不是说我是一个史书原则的门外汉。

同样的话被很多人阐述过，但是相比于那位出色的学者，这些人都不是很优秀，而且辞藻也不是很精练，那个人就是弗兰西斯·培根爵士。基督教的条文我们也是通过那些预言家和使徒们之口被告知的，并且他们每天都对我们传教。但是我们仍然不上道，仍去做那些违背教义的事。而且那些传授道义的老师，他们自己都没有做好，却向其他人传授思想。

就像在这之后波斯人强行从迦勒底人手中夺取帝国，并且确立了君主立宪制——对后世产生了深远的影响。在这之后，希腊的命运也和它极为相似，即便它崛起的速度很快，并且在短时间之内超越了波斯，可最终它还是被罗马吞并。玛代人、马其顿人、西西里人、迦太基人和其他国家的人都曾经试图与罗马抗衡，却成为它扩大的范围中的一部分。我们应当记得它们是如何开始的。在这样的时期、这样的地点、这片富饶的土地上，他们建立了君主制度，他们依仗着优越的地理优势，不断扩张自己的疆土。可依旧像是小溪汇入江河，最终融入了大海。对于维吉尔来说，他将此写成了《牧歌集》。而对于我而言，我的第一卷也使用了希伯来语。我承认，当时我曾想过是否要使用其他的语言，但除了希伯来语，我实在不知道使用哪种语言更好。虽然

---

① 古罗马诗人，公元前 70 年—公元前 19 年。

我承认，这些词的确是有着自己的出处的，有的是来自蒙塔纳斯，有的是圣塞尼瑟斯里的拉丁词语，而其余的文字则都是我从朋友曾翻译过的作品里借鉴过来的。于我而言，这两种语言无论哪一种我都不擅长，那么在长达11年的熏陶下，我总会有一种能够运用自如的吧。无论是什么时候，总有人对我说，如果写一些当代的历史，也许更会受到读者的喜爱。但对于我个人而言，不论是谁，如果在写历史的时候过于接近真相，那么他最后也基本不会有什么好的下场。我得说，它就像是一个能给它的跟随者无尽痛苦的引领者，如果我们离它太远，我们就会迷失方向；但是如果距离太近，我们又不知道应该将这叫作克制还是品德恶劣、败坏。我所剩下的时日不多了，所以在有生之年，我已没有时间再去效仿那些拥有野心或胆小怯懦的人，去取悦世人了。我得说，以我此时的境遇，我若是只想写一些年代久远的事便已经足够了。就算是这样，也一定还会有人跳出来说，我是在借古讽今，针砭时弊。对于这些，我只能大喊自己实在是冤枉，但是除了大喊之外我又没有什么可以做的了。就像是我画了一幅古代的老虎，却偏偏有人硬说我画的是他，还大声责怪我把他画得面目全非，这责任并不在我，而是在他自身。

我能够庄严发誓，我从未对任何人怀有恶意。同时我也清楚地认识到我不可能得到所有人的喜爱，我甚至很少能看到某个人对自己完全满意，因为每个人都不是完全自由的个体，他们都受制于自身的情感以及欲望，这让他们在同一天里看上去就像不同的两个人。塞尼卡曾经说过这样的话："一个人完全可以体现出一群人的特点。"这个说法也获得伊壁鸠鲁的赞同："我这么做不是为了其他任何的某个人，而只是为了你。"或许在这里我可以借用古代哲学家的一句名言："一个就足够了，如果一个也没有，我只能说这样也是足够的。"我将这本书献给伟大的亨利王子——那个同时身为未来的王位继承人和基督世界最伟大的人之一的人。这本书的一些部分或许曾经让他感到愉悦，但同时他也原谅了这本书的很多疏漏之处。现在，我将这本书呈现给世人，让所有人都批评或是感谢它所呈现出的内容。我知道不论什么样的演说都是没有任何意义的，就像仁慈者会以最温柔的善意看这个世界，我遇到的所有苦难都让我没有力气再去反抗那些怀揣恶意的人。我已经没有什么可以失去了，因为我已经重重地跌落到了谷底，那个不容许我再退缩的状态。我不想让读者们觉得我在刻意地讨好，而努力克制自己不去说他们有多么的谦和有礼；也不去作任何承诺，不说任何的第二卷以及第三卷（即使我有这个打算）。我想，关于这些，我已经做得足够了。我总是觉得，如果我们一味地往读者身上堆积那些华丽的辞藻去赞美，这只会让我们看上去像是一个傻瓜，愚蠢透顶。最后，来谈一谈我的希望：我曾遇到过一些十分粗鲁、缺乏教养的读者，希望以后不会再遇到更多此类读者了。否则，我就不会再有更多的闲情去愚蠢地写书、出版并公之于世了。

# 弗朗西斯·培根[1]〔英〕

## 《伟大的复兴》导言（提纲）、献函、序言

如果人类不能深刻地认识自己，那么他们所拥有的智慧就不能帮助他们解决困难。人类自身的智慧会使其陷入困惑，紧接着在很多方面会发生许多愚昧的事情，并由此导致因无知而发生的无数灾难。解决这个问题的最好方法就是恢复人的心灵与物质本质之间的交流状态，即使不能完全恢复，有一点改善也好，因为它比地球上的一切事物都宝贵，至少在尘世中没有什么比它更弥足珍贵了。迄今为止，有些错误仍存在着，并且将来也会依然存在着，它们本应该就是这样的。不要奢望它们能借着知性的力量或借助逻辑学工具，一个接着一个地进行自我修正。人们对事物的基本认识建立在心智的接受、储存和积累（它们是不断发展和运动着的）上，而由此得来的认识又是令人费

---

① 弗朗西斯·培根（Francis Bacon，1561 — 1626 年），英国文艺复兴时期的散文家、哲学家。他是实验科学的创始人，也是近代归纳法的创始人，又是科学研究程序进行逻辑组织化的先驱。主要著作有《学术的伟大复兴》《论科学的增进》《新工具》。培根希望通过《学术的伟大复兴》一书开创新的科学革命，进而使人类的思维摆脱亚里士多德哲学思想的禁锢。此著作最终未完成，但通过其导言、序言可以看出此书的宏伟所在。

解的、草率的，甚至是与实际相背离的。间接得来的认识具有随意性和反复无常性。由此我们可以这样说，人类探索大自然是根据人类的理性，而这种理性就像一栋没有任何基础的建筑。当人类为自我心智中所表现出来的虚假的景象所迷惑进而拍手称赞的时候，他们恰恰是对那些真正的力量视而不见或者采取了抛弃的态度。如果人的心智是归顺于自然而非主宰自然，这种力量便会唾手可得。

因此仅仅剩下一种方法——依靠合理的想法做出新的尝试，进而将自然与人文科学进行革新，使其形成一套严密的理论体系。单单从想法上来看，它可能是一项没有尽头的工作，而且仅凭人力是不可能完成的，但一旦实施起来，你就会发现这项计划是多么的伟大。同时也产生了一些问题：虽然现在所做的这些对科学理论建构有着重大的意义，但困惑一直存在，目前的科学建树总是从起点回到重点，总跳不出自己设定的怪圈。虽然他意识到在科学事业的大路上，他或许形单影只，更别提收获更多的掌声与肯定了，但他向前走的劲头非但没有消减，反而与日俱增，因为他认为，这是开启人类心智的不二之路。他认为，比照那些困在当下的科学囹圄中找不到出路的人来说，打破束缚、突破限制，开辟一条新的路，便是科学之未来的出口。虽然此行一路曲折蜿蜒，但希望与光明就在远方。

他的思想一直在路上，即便前无古人，后来者、志同道合者也相见甚少，但他坚信，人们一定会看到他的所作所为，历史终究会验证他的思想的。他想尽快将自己的著作公之于世，目的并非博得名与利，而是出于工作之担忧。他一直惦念着，万一不久于人世，残留下来的、业已完成的构思设计和一些设想也将服务于万众，进而流芳百世。在他眼里，充满野心之人手中的特权与他手中已经完成的事业相比，无论怎样都显得贫瘠、低微：发现问题不是目空一切，或者他的伟大之处就是不求回报，乐在其中。

# 《伟大的复兴》提纲

在我的作品里面，不可能把每一件事都清晰明了地阐述出来，我的内心想法是简单的，就像新生的孩子一样单纯、天真。首先，让我来解释一下这部作品的顺序和计划，我把它分成六部分。

第一部分大概描述了人类拥有的学识。在我看来，停下来思考一下我们究竟获得了什么，是很有好处的，因为年长者更容易实现自我，而青年人更容易靠近自我。我把它提升到一个高度，即我们必须把它作为一个目标，以此来获得更多。除此之外，这也能让人更好地倾听我的想法，正如谚语所云："那些无知不会在任何文字上获得知识，除非你先告诉它那些已存在于心里的东西。"所以，我们将沿着科学的海岸继续前行，在我们的旅途中或许还能碰到一些实用的东西。

在科学上的划分是这样安排的，我不仅仅考虑已经发现了的和已知的，同时也考虑可能存在却被忽略了的。知识的世界同现实世界一样，有宽阔的通天大道，也有布满荆棘的羊肠小路。我走的就是那些不同寻常的路，因为时代变了，过去的知识只适用于过去，现在的时代需要一些新的知识。

关于这些知识，我将作为一个标记记录下来，并进行简单的讨论，因为我总是有机会去述说那些不足的事，显然它们在一定程度上是模糊的，以至于人类不可能明白我的作品所要表达的意思。所以我的任务就变成了教人们如何去理解。因此，在不通过作品本身而获得帮助的前提下，一些建议性的指导显得尤为重要，因为它仅仅关乎我个人的荣誉，跟其他人的利益没有关系。我不会让别人觉得我脑子里的是不着边际的想法，也不会让别人觉得我所说的分享是虚情假意。事实上，有些东西，只要人们愿意，就是会被人类所驾驭的，我对这件事已经构思得差不多了。我们做的不是像占卜师那样弄虚作假，我们要攻取的是科学的高地，我们要做的就是攻进这些城池。这是第一部分。

对于转瞬即逝的古老艺术，我需要做的第二步就是把我们的勇士变得强大，让他们可以去冲锋陷阵、征战沙场。第二部分，就是属于这个理论的。我希望科学工作者能够利用这个理论去克服在探索之路上的困难。基于这样的目的，我所提出的方法其实是一种逻辑。它的自称保护和服务于理解功能都是一样的，但还是有三个重要区别：目的、探究顺序以及探究起点。

我提出这个并不是为了提供一种新的论据，而是为了开辟一种新的艺术。目标不同，结果亦然，其中一个可能会帮到辩论的选手，而另一个则可能是可以支配自然的。

验证本质和顺序是符合这一目的的。在普通的逻辑中，几乎所有的运行都是三段论。我呢，恰好相反，反对用三段论的框架作为行动的规范。三段论是由命题组成的：词命题词，语做标记，还有概念的标记。现在，如果头脑的概念性（这是因为词的灵魂和整个结构的基础）是从不正确的途径得来的，那么模糊的、不明确的定义就会出现在很多方面，整个结构就会变得更加抽象。因此，我拒绝三段论。而且，有关作品中也出现了这样的问题，基于三段论的影响，作品远离实践，对科学积极的人们来说将完全无法进行阅读与运用。所以我一直坚持使用归纳法，即使它是没有操作性的，但它至少接近可操作的边缘。

与此对应，验证的顺序也需要修改。目前看来，验证的过程大多投机取巧，从命题中得到其他的东西，这种做法固然轻松，但它永远不会带领人们去发现自然。我现在是有目的的，渐渐地过渡到下一原理，最后到命题，那时你再来看，他们就不再是空洞的概念。我做的最大改变就是改变了归纳他们的形式。逻辑学家所说的归纳，在我看来是一种幼稚的方法，结论是危险的，而且结论很容易推翻，他们只会考虑自己熟知的东西，因此不会得出任何有意义的结论。

现在科学需要一种实际经验分析的归纳方法，并通过一定的程序得到正确的结论。如果通过逻辑学家进行普通判断练习是如此费力，那么我们需要做好准备。我们正准备着手此项工作，这种收获不仅仅来自心灵深处的赐予，同时也来自大自然的馈赠。

这还不是全部。因为我们探究得更加深入，所以比前人更加接近事物的本源，它检验了从未怀疑的事。第一，逻辑学家们提供的法则本身就是从这个学科借用来的；第二，他们非常尊重心智的最初概念；第三，他们的信息直接来自感官。就凭这一点，我觉得逻辑就应该具备更高的权威，不应是只属于几个学科本身。虽然最初概念的形成都受心智的控制，但概念在得到重新验证和判断之前，是不能被信赖的。最后，我用不同的方法验证了来自感官的各种信息，可以肯定的是，那些信息是假的。

有两种情况感官是不起作用的，一种是感官不提供信息，一种是感官提供错误信息。鉴于第一种情况，有很多事物感官无法察觉的，即便感官捕捉到了，但理解得过于片面也是不正确的。感官信息的收集是与人有关系的，而与宇宙无关，所以感官不是衡量事物的尺子。

为了应对这些困难，我寻求各方面的努力来解决问题，通过努力用仪器完成实验，纠正其错误。对于实验来说，当辅以精致的工具，此形式远远大于意义本身。因为人的感官终究比不上仪器那么精密，那些被巧妙设计出来的实验是为了某个问题的试验。所以我不太相信感官给我带来的信息，它只是用来判断试验的，而试验结果才是我们最终的目的。我的职业就是一位感官牧师（通过感官获得所有自然的知识），而不是一个误人子弟的骗子，我确确实实在行动，为的是发现真正的自然之光，找到它并点燃它。人类智慧就像一张空白的纸，上面什么都没有写。但由于人类的思想充满奇怪的困扰，所以有必要寻求治疗的途径。

现在偶然的景象、幻影，不是先天具有的，就是后天接受的。如果是后天接受的，那肯定是从一些教条或规则得来的。如果是先天的，那是人心灵天生的特点，但先天固有的智力比感觉更容易出错。人类在欣赏和崇尚思维时，其实就像是由一面不均匀的镜面扭曲了射线进而映射出根据自己部分所成的图像。所以，当它接收到通过感觉印象的图像时，是不能够相信真实图像的，所以形成的概念其实是自己与自然的事情。

如果前面两种算是很难消灭的那种，那么还有一种是不可能消灭的，我们能做的不过是发现它们，然后让灵魂去纠正它们（由于灵魂本身的特点，新的错误与旧的错误毫无关联，所以我们的任务是改变它们，而不是清除它们）；另外，我们需要在这里做下记号，确立为准则（防止悲剧重演）。如果不是通过具有合理形式的归纳，心智是没有用的。通过清除心智中的种种错误使他具备探索真理的资格，对于这种错误的观点，我觉得在三个方面是不妥的：哲学、验证和自然理性。解释它们就是解释事物特点与心灵特点之间的关系，就像是给心灵和宇宙装饰新房一样。让我们祝愿它们二位能帮助人类不断开拓创新，消除人类的痛苦。这是第二部分。

第三部分的工作包含了宇宙的现象，也就是说，通过各种经验的证明，这样的自然历史可能为其构建哲学奠定基础。我了解到，对于那些非怀疑论者和神圣的人来说，谁都无法去模仿和设计这个难以置信的世界，但我们可以检查和解剖这个世界的本质，这就要求我们去研究事实本身所给予的一切。完成它并不是有天赋就可以的，即使集所有人的天赋于一身也不行，所以我们不能放弃。时至今日，人类在这件事上依旧没有长进，所以也难怪人类没有征服自然。

第一，有关意识本身的信息，有时会失败，有时是错误的。粗心的观察、不合时宜的机会、虚荣的谣言、盲目的实验，这些都导致对哲学的错误理解和对科学材料糟糕的分析。而这些错误的分析接着又为理解哲学和自然科学提供相关的素材。

之后，他们试图去修补因为荒谬而被破坏的争论的问题。但是这来得太晚了，这个问题已经错过了补救的最佳时期，而且离纠正事物和抹去错误也已经相去甚远。因此唯一的希望在于增加知识或者重建科学，只有这样科学才能走得更远。

复兴这件事须在一个有原则、有基础的环境中进行。房子建好了，没人住又有什么用呢？另外，还要安排好心智的角色，保证它能正常地指导工作。这里所说的基础是有关于历史的，它有别于现代历史——目标责任、内容结构、细致程度、选材编写及实际操作。

进一步来说，迄今为止，在研究自然历史方面，我较其他研究者更为严谨地挑选了自己所主张的实验，因为我只承认自己亲眼看到的真相。对于它们，我始终秉持着谨慎、严肃检验的态度；我所陈述的都是完好的而不掺杂神话或糟粕的，没有任何夸大的迹象。或许那样科学就不再困扰它们了吧。那些逐渐灌输给孩子们的神话、迷信、愚昧将给他们的心智带来严重损害，在这点上是毋庸置疑的；同样的思考让我焦虑，形成的对自然、历史认识的哲学观将对孩子们的童年产生指导作用，我们不应该让他们一开始便顺从地接受那些毫无价值的理念。此外，不论何时，当我想起任何一个精巧的新实验（至少在我个人看来是明确的、有水平的），我还是会出于习惯来详细描述，这样人们会完全了解其中的意义，也许会注意到是否有些错误与此相关，也许会燃起他们寻找更为可信的、精准的证据的热情。最后，我随时随刻都能准确地说出对自己的告诫、顾虑与警示，希望起到驱赶邪念、驱散幻觉的作用。

既然我们已经在忠诚的帮助和守卫下围绕在智慧的周围，那么我们就有理由去认真、仔细地挑选一部正规的、神圣的作品，这看上去似乎是我们最应该做的，但实则我们已经深入哲学本身。然而，仍旧有一些让人感到困惑和怀疑的东西，它们形成了必要的前提，一部分是为了方便解释，另一部分是为了当下使用。

首先一点，所有提出的事例都是按照我的方法来进行调查和发现的，通过一些特定的主体来表现预期。在调查之下，选择这样的主题都凸显其尊贵性，同时它们彼此之间也是不尽相同的。在这部分，我就不过多地解释加入了一定规则的事例，因为这些内容是存在于第二部分之中的。但我在此部分中要说的是实际的类型和模式，这是心智的整个过程，同时也是特定的主题从开始到结束的整个结构和过程，这些不同的、值得注意的事物仿若置于我们眼前。这就如同数学，在我的记忆中，如果你身边有一台机器的话，你就会很容易进行证明；但是如果没有的话，你就会发现，这比原本的难度还要显得微妙。在很大程度上，在一定的细节上，第四部分的应用要弱化于第二部分。

第五部分仅仅是供临时使用而作，此部分是对其他部分的一些补充。由于我并没有盲目地结束我的创作，而忽略一些有用的东西也有可能随时出现，因此在第五部分，我将会发现、证明、补充我自己，这并非基于真实的原则和解释方法，而是出于在询问、发现之中能够对理解达到最基本的运用。除此之外，我希望那些没有迷失自我的结论能够被理解。对于那些归属于不同哲学流派的人来说，他们不会接受次于他们自身流派的学说。但是他们并不能像我一样为感觉和理解提供帮助，而是简单地带走了属于他们自己的权威。这是完全不同的，甚至是相反的两回事。

关于第六部分的工作，我将揭示和阐述哲学的合法性和调查的重要性，并详细地解释并提出建立和发展的途径。然而在这最后一部分完成的基础上，我的力量超出了我的想象。为了做好手头的研究，这不仅仅是一种意愿，而是出于对真正的研究和人类的命运以及所有操作的力量而言，人不过是大自然的仆人和翻译：他做什么，他知道的只是他所观察到的事实或自然的秩序，除此之外，他什么都不知道，什么也做不了。而在食物链的问题上，任何彼此之间的力量都不能太松或被破坏，自然也可以使用其规律。

所以这一切取决于你是不是能把注意力集中在自然的事实上，并如实地将它们的形象进行反映和描述。

我们被赋予认知的光芒和心智，并戴着桂冠去完善我们专注的工作。我们一直努力地工作，让我们的所作所为符合要求，我们虔诚地祷告，这或许会让我们坚定，通过我们的双手，获得我们人类新的恩泽与福报。

## 《伟大的复兴》献函

致以我们最高尚、强大的国王和我的主

詹姆斯

承蒙圣恩

大不列颠、法兰西、爱尔兰国王，信仰的捍卫者

最高尚和伟大的国王：

您或许会指责我盗窃，指责我偷走了您用来工作的时间，从你繁忙的事

务中盗用这么多时间在这项请求上。现在，我知道该为自己说些什么。时间并不会做出什么样的赔偿，除非它已然从您的事务中抽离出来，并且去铭记您的名字和您的荣耀。而这些恰恰是值得做的。当然，这些是全新的，所有的一切都是崭新的。从其原型的角度来说，它可能古老至极，它可能是世界本身，也有可能是物质和精神的综合体。从事实的角度来讲，出于我自身的原因，我会将这项工作当成时间的产物，而不是将其视为智慧的结晶。仅有的奇迹就是关于事物的第一理念，长时间以来有关物质的巨大猜想渗入了人们的头脑之中。其他的东西也都有所遵循地发展下去。无疑，总有一些偶然或者幸运的东西，就像人们不经意之间想起要做什么或是要说什么一样。但是，就我所说的这种偶然，我希望是一些我所提供的优质事物，这些事物都是源于上帝的无限慈爱、善良以及陛下您所创造的幸福时代。在我的生命中，我一直充当着诚实和热情的仆人的角色，所以，在我死后，我会穿过哲学黑暗中的光明地带，成为这个时代的著名之人，当然，我也会到达科学再生和重建之地，而那里恰恰就是最聪慧、最博学的国王的领地。最后，我有一个请求，相对于您的王权，这个请求绝对是对您有所帮助的，这个请求是关于手头上的工作的——您在很多方面与所罗门很相似，您审判严肃，统治安宁，胸怀天下，您所提供的丰富的书籍将进一步完善自然和历史实验学科，这些都是真实的，也是严谨的（文献和书籍学习），如所建立的哲学学科。事实上，我可以如此恰当地予以描述：在经历了几个时代之后，哲学和科学可能不再是虚无缥缈的，而是停留在每一种充满了经验的坚实基础之上，它们被检验者不断权衡着。我已经提供了相关机制，但这样的东西必须从自然实例中进行收集。愿上天庇佑您与您的王权！

您最忠实的仆人

弗兰西斯

# 《伟大的复兴》序

目前看来，知识领域的状况并非一片繁荣的景象，也没有取得太大的进步，所以我们应该创新，为人类铺开一条人类理解不同于现在的知识之路，同时也向人们提供必要的帮助，进而使得人们可以从内心深处审视事物的本质。

在我看来，人类并没有真正地了解他们所储备的知识和他们所具备的力量，他们高估了前者，而低估了后者。因为他们总是过高地认识自己的能力，所以不再对未来进行探索；他们同时也小瞧自身的实力，进而将力量花在小事上，并没有公平地审视主要的事情。这使得人们在知识的道路上停滞不前，因为他们缺乏勇气和愿望去探索未来。要知道，人之所以要求改进，主要原因是对已有的知识存有一定的看法。如果只是满足于现状，就无意于为将来做好准备了。既然这样，在开始工作的时候，就需要将“高估现有的成就”直截了当地摈弃，同时也应该适当地警告人们不要夸大这些成就。一个人只要仔细地阅读各种各样的科学技术类书籍，就会发现到处都有重复的东西，尽管论述的方法不同，本质却没有新的变化，因为看似储备的知识很多，但是一旦检查就会发现少之又少。

从价值和用途方面来看，我们必须承认，我们主要从希腊人那里得来的种种智慧，只不过是知识的初级阶段：那些知识仅仅具备这个阶段的特质，却没有什么实质性的进展。那种知识只能进行传授，而并不能进一步生成其他知识。因为它充满了争辩性，不具有实效性。因此我们学术界的现状就好像古老的寓言里描写的海妖那样，长着处女的头和脸，子宫上却挂着乱叫的妖怪，它们不能进一步进化。我们所熟悉的那些科学也是如此，它们虽然看起来有些特殊并且有一定的学术性，但一碰到具体的事物，需要产生成果时，就会引起没完没了的争执。这就是事情的结局，就是它们所能产生的全部结果。

据观察，如果这类科学里还有些许生命的话，那么在经历了几个世纪之后是不会发生今天这种情况的。他们就在那里存在着，并没有进行任何改变、更新，没有增加任何对人类有价值的东西，因此过去说过的话现在还要说很多次，过去提出的问题到现在仍然是个问题，并未通过讨论而得到解决。各种传统的传承依然是师徒之间的事情，而不是发明者与未来发明者之间的传承。在机械技术方面，我们看到的情况就不是这样的。相反地，它们有一些正在呼吸着的生命体，因而它们在不断地生长，变得更加完善。在发明的初期，它们一般是粗糙的、笨拙的、不成形的，后来被注入了新的力量，有了比较成熟、便利的结构组成。从目前来看，人们过早地离开他们所学过的东西去追求崭新的知识，这让他们的研究没有达到最高的水平。与此相反，哲学和精神科学却如同神像一样受到人们的崇拜和赞颂，却是一点都没有发生改变，一点儿都没有前进。它们在初创时期会显得非常繁荣，以后就一代不如一代了。因为人们一旦依赖他人做出判断，他们就会不经意地同意支持某个人的意见。如果这样的话，科学就不会进一步发扬光大了，而是变得为个别的名家涂脂抹粉。不要说什么过去的科学一直在成长，最后终于达到了完善的程度，并且在少数作家的作品中固定下来了，现在已经没有发明新东西的余地了，剩下的工作只能是把已经发明的东西拿来润色润色、琢磨琢磨了。

要是那样倒还不错！可是事实上，科学上这种拿来主义的做法，无非是出于少数人的自负和其他人的懈怠而已。因为在科学的某些部分得到辛勤的更新之后，就会出现某个大胆的人，以提供人们喜好的方法和捷径而出名，表面上把它们归结为一种技艺，实际上却把别人的成就统统破坏了。然而这种做法却是后人所欢迎的，因为它把工作变得简便易行。其实就是让人们少了一些思考，因为人们早已厌倦了思考。如果有人把这种一般的默认和同意当成万无一失、经过时间考验的论据，我可要告诉他，他所依据那个道理是极其错误、毫无力量的。因为，首先，各个时代、各个地方的人在科学技术方面所揭示、所发表的一切，我们并不是全都知道、了解。至于个人私下所从事的和做出的一切，我们更不是全都明白的。其次，人们对“同意”本身的看法，以及保持“同意”的时机，也并不是很值得考虑的事。因为政治领域的统治思想是见仁见智的，科学领域的却是一成不变的。它一直是而且也将永远是受欢迎的、被接受的。我们知道，最得人心的学说总是那些具有争辩性的、论战性的学说。那些外表堂皇、内容空洞的学说，可以说都是挑逗逢迎的、惹人注意的。这样一来，我认为，无论同意与否，毫无疑问，功力最深的智者已经被迫离开自己的道路。对于能力和智力庸俗的人来说，这算是一种欣慰。因此，即便是有些高级的思想出现在某处，也会被流俗的见解毁得一干二净。所以时间就像是一条河流，它把那些自高自大冲到了我们面前，那些沉重的、扎实的东西却沉淀下来，离我们远去。就连那些在科学界窃取权威地位、自命不凡地以立法者身份自居的人，每当扪心自问的时候，也难免不会抱怨自然微妙、真理难寻、事物隐晦、原因纷纭，他们会认为人心的力量微不足道。事实就是这样，他们从来不向外界展现出自己温和的一面，因为他们所责备的是人类和自然，并非他们自己。然而，不管技术有没有达到，只要是技艺做不到的，就直接说这违背自然。让一门技艺自己审判自己的案子，它怎能判决自己有罪呢？这不过是摆摆样子，免得显出自己的无知，大丢其丑罢了。现在，那些被传递和接收的东西都表明——作品荒芜，充满疑问，作品贫瘠，满眼问题。它们在外表上看起来是华丽的，但其实内容很空洞。

因此，如果有人决心要审判自己，想用自己的力量推进科学工作，但是又不能接受自己的观念有悖于传统观念，所以他们从知识的源头开始寻找，觉得自己只要在原有的知识基础上添加一点自己的东西就非常了不起了。他们小心翼翼地添加自己的见解，这样他们既能扬名于外，又能保护自己的自由。但这些庸才得到的是如此多的表扬，这是对科学发展的重大损害，因为人们无法超越自己的信仰。知识是水，水一流到低处，就再也不会高于原来的水平了。这些人虽然修正了一些东西，但进展不大；他们在使知识的高度提升时，并没有扩大其维度。

事实上，只有能够放开胆量去从事一项事业的研究，才可以使他们的天才得以发挥，这样可以为他们所主张的观点铺设一个通道，同时也可以推翻前人的见解；然而，他们的声势很大，但他们的所作所为对事物的推进却不大；因为他们的目标并不是推动哲学和艺术的发展，而是改变学说的形式。这样做的结果当然是一无所获，因为他们同样错得离谱。

还有一些人是随性的，他们希望将自己的观点和他人的意见综合起来考虑，虽然意图很明显，但是努力不够。他们满足于真理中的模棱两可、辩论中的举棋不定；他们随意地探索着，但过于散漫，缺乏严谨性。必要的时候他们会跳出研究的范畴。虽然部分人通过经验几乎改变了机械学，但他们的研究同样不能让人信服，因为他们不够严谨。另外，他们的目光过于短浅、狭隘，时常小题大做。他们根本的问题是不能实事求是地研究物质的本质，这就导致他们不论怎么调整自己的实验都无法得到正确的答案。

另外还需要指出的是，所有行业开始提出自己要完成的研究时，都是怀着过早的热情去追索的。我想，这种追求式的实验其实是带着预期成果性的实验，而不是带着“伟大前程”式的实验。

那些优先考虑到逻辑的人，往往会在科学中找到逻辑的帮助。从整体来看，他们的思维方式是正确的，但没有理智的人是不可靠的，逻辑思维太简单是无济于事的。人们现在大多接受的思维方式并不是万能的，它具有一定的局限性，用它来处理一些不合时宜的事情是荒唐的。

对人类的理解而言，宇宙简直就像迷宫一样；表现为它在各方面都是模糊的呈现，各种事物、各种征象似是而非，各种自然现象杂乱无章、纠缠不清。即便这样，我们也要穿过这迷宫，要依靠那种不确定意义的光，那种光有时照耀、有时阴晦，当要穿过树林时，它便通过各种迹象向前迈进。而对于一些自以为是的向导来说，他们自己也搞不清方向，错误的次数在不断地增加，迷失之人的队伍也逐渐地扩充。在这样的情况下，人类的那些幸运的判断力已经丧失了增加成功的机会的能力。无论多么卓越的才智，无论多么恰当的时机，他们都无法克服要面对的困难。我们需要一个向导，这样我们可以在最初就有一个可以依靠的计划。

我的意思并不是说，我们花费了几代的时间，付出了那么多汗水和劳动，都终将一事无成。在久远的年代，通过对星象的观察，人们乘船可以沿着旧大陆海岸航行或是跨越几个内海。但在穿越大洋发现新世界（新大陆）之前，罗盘的使用，提供了更为精确、更为可靠的指导。迄今为止，这样的方式已经在艺术和科学领域取得了新发现，完全是要通过实践、冥想、观察、论证而进行的，因为它们靠近感觉，又都是在共同的观念之下进行的；只有这样，我们才能到达到比自然更遥远、更隐蔽的部位，所以我们需要更完美地使用与人类心智相连的应用。

我自己至少服从过真正的、永恒的爱，在不确定的、困难的方法之中，我依靠神的帮助对抗周遭的意见，破开自己内心的迷雾。我做这些只是希望能给我的后人们提供一些可借鉴的经验罢了。所有那些我之前所致力于的艺术、发明和相关的人，对研究这件事不过是浅尝辄止，然后祈求在精神上能有人知道，就像是发明是一种脑力劳动一样。在我注意的纯粹的自然化的现实中，我没有从可视的图像和光线中得到进一步的满足，因为这仅仅是在视觉上的；但是，智慧力量较大的人，很少做这件事。同样地，我将所做的发明应用在教学当中。我做的这些努力，并不是想证明哪个人是错的，也不是想为我的学说增光添彩。做一件让自己增光的事很容易，但这不是我想要的。无论什么时候，我都没有左右过谁的判断，我只是将事物的本原呈现给别人看，这样他们就可以知道他们自身有什么样的能力，可以做些什么事。如果我在探索的途中失败了，或者其他人发现了我的错误，我会坦诚。他们发现了我的错误，知识不会受到伤害，其他人同样可以胜任我的工作。通过这样，我相信我的经验已经和天赋结合在了一起，如果它们被迫分开，那一定会带来不少混乱。

因此，意识到这些事并非完全取决于自己，在工作之初我非常谦卑和热诚地去祈祷，回忆起人类在灾难时和朝圣时穿破旧衣服的日子，他们只允许我们用双手去赋予家庭恩惠，同时我谦卑地祈祷，人类的事情不应由上天来干涉。我也祈祷神可以一扫我们的无知，净化我们的思想，让我们能够听从神的旨意。最后，我祈祷神可以向我们传授清醒的知识，让我们能够满怀对知识的向往去探究未知的领域。

现在说出我对人类的祈祷，有对健康的追求也有对公平的诉求。我的第一个理想是人类继续尊重神所赋予的责任感。我的第二个理想是人类远离他们所陷入的邪恶和错误。如果他们认为所从事调查的自然事件中任何部分是禁止的，他们一定会去做。亚当是根据生物的礼貌性来给生物取名的，这并不是单纯的自然知识。用道义上的知识去判断好与坏也是一种愿望。而对于这方面的科学性来讲，神圣的哲学家说，隐瞒事情是上天的荣耀，但弄明白事情的来龙去脉终归也算是一种荣耀。虽然神喜爱与孩子们玩捉迷藏这类善良的游戏，并与此同时赐予他们良善之心，但在比赛中，人类变成了精神的继承者。最后我要解决一个通用的问题：知识的真正目的是什么？他们寻求到的并不是心灵的愉悦，或为争夺，或为比别人优越，或为利润，或为声誉，或为权力，或为任何劣质的东西。但是为了效益和长远的发展，他们完善了这些，并且管理了他们的慈善机构。这是权力和力量的欲望，人们自从有了知识的欲望，慈善就不是多余的，也没有危险的存在了。这些问题是我必须要问清楚的。

就我个人而言，我劝人们相信在工作中举手表决并不是代表他们的意见。但是要做的工作一定要做好，我努力地夯实基础，并且没有受到任何的教派或学说影响，但是人的效率是有限的。接下来我让他们放下所有的既定模式和偏见，公平地处理他们自己的利益。为了有一个良好的前景，不要认为我所创立的学说以及我对科学的态度是一件不着边际的、超出人类能力的事，它的到来是对无限错误的终止和那些所谓真理的结束。同时，我们也要明白它绝对不是人文科学潜在的风险。最后，不要用人类智慧的那点小小的部分去探索科学，而是要对这个大千世界有敬畏之情，但是空的东西总是有着无边无际的空间，而实际的东西大多在狭小的、紧凑的空间里面存在着。我现在只有一个要求（任何的不公平对我来说，也许都像商业存在的风险一样），人们是不是有资格来对我的这些学说指手画脚，人们将要为此做出慎重的考虑，而我必须坚持我自己的主见（如果我一直这样坚持自己的观点），即使是有成千上万的反对观点充斥于我的耳边。

# 《新工具》前言

有些人将他们所研究的大自然的规律记录下来，将其作为其研究材料。不管他们将这些材料当作简单的保证还是专业的论断，都会对业已完成的哲学和科学造成极大的伤害。因为，此种作为虽为人们提供了相关的佐证并让人们深信不疑，但也有效地终止了人们的思考进程，人们不再为科学或哲学的未知而进行探究。因此从这一点上来说，这一作为所产生的负面效应要高于其产生的有益价值。然而，有些人采取了相反的途径，断言没有一种事物是可知的——无论他们得到这种见解是由于对古代诡辩家的憎恨，还是由于心灵的游离，甚至是由于对学问的专心——他们这样做无疑推进了理性对知识的进一步要求，而这正是它的不可鄙薄之处。但是他们既非从真理出发，也没有得到正确的结论，热情和过度的修饰又把他们的论证置于千里之外，无人能懂。世间万物的可知性与不可知性一直争论了很久，古希腊人（他们的著作已经失传）则采取了中立的立场，做出了明智的论断。出于对两个极端认识的理解，前一个是对任何事物都敢妄下结论，后一个则是对任何事物都不去研究。古希腊人一方面总是抱怨没有办法去了解、认知事物，就像狂躁的马匹不停地咬着衔铁；另一方面他们会通过尝试了解自然事物来确定它们是否可以被认知，通过辩论是解决不了这个问题的，而是要去不断地尝试实践。然而，他们过于相信他们自己的理解力，不去深究探索事物的方式和方法，他们把对任何事物的认知都寄托在冥思和相关的思维活动上。

我的方法解释起来很容易，操作起来却很难。我准备建立一个可以不断进步式的阶梯，但仍旧保留通过感官的验证方法，以便帮助进行修正。但是之于感官活动中的心灵运动，我将拒绝采用其中的大部分。我已经为心智开通并铺就了一条崭新的、确定的思维处理之路，从最简单的感知运动开始。重视逻辑的人对此深信不疑。他们如此重视，说明他们也正在寻找心智的方向，并且现在毫无头绪。但是这种补救措施施行得太晚，以至于没有取得什么好的结果。这样不仅不会解决问题，还会使问题恶化。要想彻底解决这个问题只有一种办法，那就是重新开始做这件事，做好每一步，这就像安装一部机器一样，要安好每个零件一样。当然，如果仅靠空空的双手而不依赖于工具进行思维活动，就像仅以单纯的理解力来进行一样。即便是竭尽全力联合起来进行思维活动，成效也是极其有限的。现在，假想一下，如果要将一座巨大的方尖塔从原位上挪开，如果仅凭赤裸的双手，外人一定会认为这是疯子的行为。如若他们还是按照原始的办法，去招募更多的人来进行此项活动，外人是不是会认为此举更加不可理解呢？如果还是按照老办法，只是在挑选人手之时，筛选掉一些老弱无力之人，参与的是那些精壮之士，外人难道不会认为这疯狂到了极致吗？最后，如果他们还是不满意，那么就采用体育竞技的方法来进行，他们需要将甄选上来的人按照事先规定的规则将油料、药物涂抹于手臂之上，那么外人会不会大叫出来，认为这种方法或计划疯狂得有些道理呢？其实，人们在做智力活动时是同样如此的——同样进行了疯狂的努力，但确实没有成效。他们希望伟大的事情或者来源于人数，或者来源于合作，或者来源于个人的智力。的确，他们提高理解力的途径就是通过逻辑的方式来进行的。而这种所谓的逻辑思维方式，就是单纯地运用智力加强对事物的理解、判断。实际上，每一项伟大工作如果仅仅凭借赤裸的双手而不利用工具和机械的话，即便从事的人付出再大的努力，终究是无法成功的。

以上仅为前提条件，我要提醒的是，以下两点才最为重要：首先，我很高兴地看到人们并没有因为我的计划而对古人有丝毫的不尊敬。如果我的方式与古人相同，人们势必会把我们放在一起比较。这样做没有什么合不合适之言（如果前人有错误，我也可以利用我本来具有的自由来和他立异）。不过，不管理由多么正当，以我自己的力量来衡量，这似乎不太妥当。我的目的只是想要开辟一条崭新的理解、思维之路，一条前人没有没理解过也没尝试过的路。现在已经不存在什么言论之争了，我只是一个探路者而已，没有什么权威，也没有什么能力和智力，完全依靠所谓的运气。

我所要提醒的另一点就是关乎事物本身。在这里需要提醒的是，我并不愿干涉现在流行的哲学，不管是现在的还是将来的更为准确、完善的哲学。我也不反对哲学的应用，不反对其他人对它的喜好，不反对把它作为教授授课的材料，也不反对把它作为谋生的手段。诚实地说，我说的哲学并不同于以上。它不是搁放在路边的，它也不是书本上的，它更不易于人们理解。只有它的作用和效果是被人所铭记的。由此可见，知识当中的两个分支、两个派别相互之间都是互利的。如上所述，哲学中的两个分支、两个派别也不是相对的、敌对的关系，同样是相辅相成、互惠互利的关系。简而言之，一种方法是用来培育知识的，而另一种方法是用来开创知识的。对于倾向前一种方法的，或许是出于心急繁乱，或许是所从事事务的需要，或许是智力一般想要吸收另一种方法来进行提升，我希望他们都能够获得他们想要的，并取得成功。另外，还有人对已有的知识并不满足，想要进一步发掘知识。他们克服困难，要的不是在辩论中征服对手，而是征服自然。他们追求的知识并非是似是而非的，而是准确无误的。我邀请他们加入进来，共同成为知识的子民，超越前辈的错误，我们一定会找到一条通往真理之路。为了使我的意识更加清晰，我要给这两种方法或两种道路命名，一个是人内心的揣测，一个是自然的解释。另外，我还有一个请求，就是我们要拿出真实的东西，还要表达得易于理解。不管他们心存的观念是什么样的，都应该以一种理所当然的方式来进行呈现。就我个人而言，我希望得到人们的尊重。不管是一个人形成的观点，还是一个人的判断，抑或是一个人的观察，还是一堆权威、一些论证形式，我都希望他们不要望文生义。我希望他们能对事物研究透彻，并用自己的方法进行检验，我也希望他们有足够的耐心去修正自己的坏习惯。如果他们能够这样做，那么他们才具有发出疑问的资格，这时候对于他们所提出的问题，我才会认真地审视。

# 亨利·康德尔和约翰·赫明斯〔英〕

## 莎士比亚戏剧集《第一对开本》[1] 序（1623）

致各位读者：

众人对于精明能干的人所做出的评价是：您是众人之翘楚。同样，我们也认为您在此领域中的分量决定了这些书籍的重要性，包括它们在现世所能创造出的辉煌，这并不只是单纯靠您的头脑和您的财力。当然，现在它出版了。各位可以代表自己所属的那部分人来行使特权——去阅读它，并且批评它。但在此之前，首先需要将它买下来。书商说，这也的确称得上是对这本书最好的肯定。那么，无论用怎样的思考方式，无论用什么样的智慧去理解，请各位一定要表现出与众不同的行为。不管它值六个便士也好，值五个先令

① 莎士比亚戏剧的《第一对开本》出版于莎士比亚去世后7年的1623年，堪称英语文学史上最重要的书籍之一。该作品集以对开本形式印刷，共包括莎士比亚的36部作品，由莎士比亚在国王剧团的同事约翰·赫明斯和亨利·康德尔于1623年筹划出版。尽管莎士比亚的18部剧本已经在1623年之前以四开本形式发行，《第一对开本》却为莎士比亚的大约20部剧本提供了仅有的可靠来源，同时也为已经出版过的剧本提供了重要的来源。书中的36部戏剧中，有18部之前从未印刷出版过，包括《麦克白》《第十二夜》和《暴风雨》等。

也好，当然价格越高也就越好了，请您将它买下。但是说老实话，批判并不会带来利益，同样也驱不散那些讨厌之事。假设您是一名机敏睿智的法官，坐在剧院里对戏剧的诸多细节进行审判，如果这些戏剧都接受审判的话，那么所有的罪名都将成立；如果它们被判无罪，原因并非法庭的裁定，而是出于几封推荐信。

有一件事情是可以被确定的，作者本人是希望在有生之年能看到自己的作品公之于世的。但谁又能抵抗命运的裁定呢？死亡剥夺了他的这个权利。我们作为他的朋友，出于关心的角度，收集并且出版了他的作品，希望读者不会认为作者本人就此遭受了不公正的待遇。在我们出版发行它之前，流通于世的作品多为骗子的抄袭之作，它们这样欺骗读者，而我们要将真相与正版献给你们，这里面包括莎士比亚所有的剧本。从内容上来说，他是自然的模仿者，自然同样以此来进行回馈。他的思想与他的写作是相互统一的，即他笔写他心，他可以将自己的想法、构思很好地讲给您听。在他的草稿上，我们甚至找不到什么涂改、修正过的痕迹。我们的想法就是将他的作品收集起来，交到您的手上，是否给出溢美之词，全由您来决定。我们认为，不管作品的层次、内容如何，其中总会有一样是吸引您的，它会使您的灵魂得到提升，这并不取决于您的理解力有多强，人人都能够从中受益匪浅。没有阅读过它，也是您的一种小小损失，同样也会使莎士比亚的智慧尘封。请您静下心来务必多读几遍，如若您仍对此毫无兴趣，可能是您还没有真正地理解他。现在我们向您介绍作者在作品中的那些朋友吧，如果您需要他们，他们可以成为您的引领者，指引着您前行。或许您并不需要他们，这是因为您的思想已经足够深邃，能够指引自己并引导他人，这样更好，我们同样也希望通过作品来产生出越来越多此类的读者。

约翰·赫明斯和亨利·康德尔

# 艾萨克·牛顿[1]〔英〕

## 《自然哲学的数学原理》序（1686）

自从古代开始（帕索斯所进行的定义），人类就已经开始在自然中进行大量的力学的调查研究，可是到了现代，对于这种研究却抛开了结构的束缚和自然的力量，改用数学的理论解释自然现象。我曾经探讨力学与数学的发展，并将它视为一种哲学。古代人从两方面来考虑力学：一种是理论型，通过精确计算得到结果，另一种是实践型。所有的手工艺术都属于实用数学原理，通过这些，实用力学因此得名，但是作为工匠来说，却无法使其完美无误地呈现。所以几何学便从力学中分离出来，精确的被称为几何学，不够精确的就被称为力学。上述所提及的误差完全是由手工所致，并不属于技术或理论本身的问题。如若匠人所做之事、所得之果是不够精确的、不算完美的，那

---

① 艾萨克·牛顿爵士是英国伟大的数学家和物理学家，1642 年出生于伍尔斯索普，1727 年于肯辛顿去世。他以大学教授的身份当选为国会议员。牛顿在 1689 年到 1690 年期间以及 1701 年的时候是皇家科学院的成员，在 1703 年成为皇家学会的会长，并任职 25 年之久。其中，万有引力的理论是他众多发现中最重要的一项，这在《自然哲学的数学原理》中有详细的说明，通常广为人知的是序言中的基本原理。

便不能称得上是完全意义上的力学家。如果匠人能做之事极为精准，他才称得上是真正的力学家。通常来讲，描述线与圆的定义属于几何学范畴，但在此基础上同样也可以说是属于力学范畴的。几何学不会教我们如何画那些线条。因为它认为我们在了解几何学之前已经被教导过如何准确地描述这些图形了。它所要展示的是如何通过这些线条和圆去给问题找到一个准确的答案，但这又不算是几何学的问题，这是需要通过力学来解决的。几何学的用途因此显现出来——就是如何应用这些线条和圆。几何学一部分值得称赞的优点是，通过几个从其他地方获取而来的理论，可以生成诸多的成就。因此可以得出，几何学存在于力学的基础上。它在力学中是属于理论和计算更为精确的那一部分。但是当手工艺术以物体的运动形式变得广为人知时，就会涉及几何学所提到的“量”，因为力学与物体的运动是相联系的，因此这也意味着力学与物体的“量”也存在着一定的联系。就此而言，理论力学是一门精确地提出问题并进行演绎的学科，其研究目的是探讨力是如何产生运动以及运动所需多少力的问题。力学的这个分支学科是一种结合了几何学的学科。这个学科要求对理论概念与实际测量进行研究。古人对这个学科的研究总共包括五种方面。重力（它不是人为的力量）是自身带有的一种自然属性。我们的设计并非全部取决于艺术，而是以尊重哲学和科学为基础，重点不在人的力量而在自然的力量。我们主要考虑重、轻、弹力、流体的阻力以及类似的力之间的联系，包括其他被排斥或被吸引的力。因此我们将此书称为充满哲学意义的数学原理。对于哲学上的困难，即看上去是来自于理论现象却需要去研究的自然之力，进而研究通过这些力去推导出其他的什么现象。对于这个命题，我们将在此书的第一部分、第二部分中做出相应的结论，在第三部分中我们会给一个例子，作为对整个宇宙方面的解释。经过前面两部分的总结，可以追溯来自于天体的现象，这种作用使天体趋向于太阳和行星。然后依据这些数据和理论，以及其他的一些精确的命题，我们可以推断行星、彗星、月亮的运动以及海洋潮汐的运动周期。我希望我们可以通过同样的力学原理中推导出其他的自然现象，因为很多原因诱使我怀疑它们是受很多已知力量所左右的。一些天体微粒由于未知的原因导致了这些现象，其中每一个力都在互相作用，并且有规律地相互吸引或被排斥。正因为这些力的不确定性，所以试图以此继续探索自然的意图是徒劳的，但是我希望记录下的这些可以对未发现的事物有所帮助。

关于此书的出版，多亏了最敏锐、最博学的埃德蒙·哈雷先生，他不仅给予我在理论和图形方面上的帮助，他的游说和规劝也使得这部著作的出版成为可能。他见证我得出了天体运行的一些具体特点后，不断地鼓励我去同皇家科学院进行联系，所有的这一切促使我决定将这些理论成果进行出版。我最初思考的是对月球的计算方面存在的偏差，后来又有关于重力和其他力的一些规则、原理，还有根据所给出的定律，描述物体按一定的规律被另外的物体所吸引或排斥，以及一些物体之间的运动，物体在阻滞介质中的移动，包括力量、密度和移动方式等。在我做完一个有关那些问题的调查之前，我不断地推迟它的出版，想要将其囊括到其中一起发表，比如包括是什么引起了月球的运动。我已经把所有命题的推论都汇集到一起形成命题 66①，进而避免被迫去证明某些与此无关联的方法的正误，但同时这样做也避免了某些定律的连续性被打破。在事后所发现的瑕疵之处，我不得不在一些不算恰当的地方进行插入，这些替换之处也许会将命题和引文的数量改变。我发自内心地向您请求，请求您认真地对这本书进行深入的研究，对我进行的并不完美的课题给予一个非常客观的评价，并且同样非常客观地指出错误。

艾萨克·牛顿

剑桥大学三一学院

1686 年 5 月 8 日

① 命题 66 是《自然哲学之数学原理》第一部分的内容，是著作中最长的命题。牛顿在此部分初步探讨了三个巨观物体在彼此间引力作用下的运动。这一问题后来被称作“三体问题”。

# 约翰·德莱顿[1]〔英〕

## 《古今故事诗集》序（1700）

有些时候，诗人也会与建筑师们在某些地方不谋而合。当他们计划投入成本时，首先会得出一个非常精确的预算。但是通常来说，可能会出现一些常见的偏差，例如计划的预算在实施的过程中不够了。因此，随着进度的深入，相应的开支也会根据各种情况进行不同的调整，因为这么做会提高效率，虽然从理论上讲是增加了这样或那样的额外付出。类似的经历我也体验过，我所写就的这本书就好比建造一座房子，尽管这本书被我“建造”得像是一个草屋，但它仍然是有着我自己的特点的房子，比起那位贵族[2]来，这座房子似乎要成功得多，因为那位贵族并没有在离世之时完成他的宏伟巨作。

---

① 约翰·德莱顿（1631—1700），十七世纪后叶伟大的戏剧学家和文学评论家，他所翻译的维吉尔的《埃涅阿斯纪》被收录在哈佛文学经典中。他在散文方面的创作不逊于诗歌。他所做的此篇序来自一部关于乔叟的叙事诗。通过他温和而尖锐的批判，读者可以看出其智慧的品质，在他身上也可以看出其所生活的时代的特征。德莱顿被誉为英国评论界第一人，作品中所表现出来的现代散文体也被后人称颂。

② 此处的贵族暗指白金汉公爵。

我首先从翻译荷马的《伊利昂纪》（我本打算凭借这部译作来换得一份工作）开始，到翻译奥维德的《变形记》的第十二卷，因为它包含着特洛伊战争的起因、经过以及结局。按常理来说，我完成以上工作之后应该就此搁笔，但当我读到《变形记》第十五卷，也堪称本书的精华部分之时，我深深地被书中的埃涅阿斯和尤利西斯的故事所吸引，其中精彩的部分仿佛沿途的风景，我根本无法将其忽略，所以我便将此部分译成了英文，并怡然自乐于此。之后我便发现，这已然译成的部分有着十分丰富的内容且完全可以独立成书，兴趣盎然的我便翻阅了《变形记》的前几卷，找到了“猎猪记”“基尼拉斯和密拉”，以及“博西斯和腓利门”等故事，并把它们逐一翻译成英语，加入之前翻译的行列之中。我希望所完成的译著是贴近原著并能反映诗歌之美的。说到这一点，从不涉及功利的方面来讲，并不是每个诗人都有我此番天赋的。毫不夸张地说，在过去的百年之中，能达到此种高度的人无不是才高八斗、文采飞扬之士。对于在伊丽莎白女王统治时期的两位活跃的诗人斯宾塞和费尔法克斯来说，可以称他们为语言大师，他们也理所应当获此称号，他们对于诗歌的理解比那些追随者们还要深刻。对于不同流派来说，每个派别都有其直系和旁系的继承人，弥尔顿属于斯宾塞诗歌的后继，沃勒则继承了费尔法克斯的衣钵。弥尔顿已经不止一次地向世人宣称，他是乔叟死后两百年后的再生，他身体中有着乔叟的灵魂。弥尔顿也向我表示过：斯宾塞是其创作的源泉。而众所周知的是，沃勒也公开承认过自己的诗歌韵律是借鉴于费尔法克斯先生翻译的《布永的戈弗雷》。

但话说回来，通过这次翻译奥维德的作品，我想起了我们的英国诗人乔叟，两人旗鼓相当，并没有什么高低之分，我竭尽全力地想要对他们进行比较，发现他们和我一样，一直都是在努力地歌颂我们祖国的荣誉。因此，我决定拿他们的优点来作为评判的标准，通过将《坎特伯雷故事集》中部分内容翻译成英语来比较两者。这意味着，这两个诗人，虽然拥有相似程度的智慧和语言表达方式，但通过比较，读者可以自行做出判断，而非受我影响。如若我过分偏袒我的同胞、我的前辈、桂冠诗人乔叟的话，那奥维德的支持者们定然不会同意，这其中不乏泛泛之辈，或许也有博闻强识者。或许我所列出的证据显得过于主观、狭隘，但读者的眼睛是雪亮的，他们会根据实际情况来进行判断。按照霍布斯的理论进行下去——思想总是具有连贯性的，我通过乔叟想到了薄伽丘，两人不仅生活的时期一致，就连创作的类型都属于散文体小说、诗歌。据了解，薄伽丘创造了八行体的韵律形式，从此这个模式一直被所有意大利作家在书写英雄体诗歌中所沿用。两者的另外一个相同点就是他们都专注于精炼、完善自己的母语。但不同的是，但丁在薄伽丘之前就已经着手完善意大利语的工作了。而散文的改革完全是由薄伽丘本人倡导的，他从自己的老师彼特拉克身上得到了诸多帮助。时至今日，他仍是意大利语的一个标准，尽管他所使用的词语都已经过时了，但这也是难免之事。正如博学的赖默先生所言，乔叟是首个将苍白单调的英文进行完善之人，他从当时最为优美的普罗旺斯语中取经，进而将英文加以丰富。就此点而言，当时伟大的评论家已给出肯定，而作为同胞的我还需进行评论吗？出于时代的原因，乔叟与薄伽丘的相似之处使得我决定将两者置于书中进行比较。与此同时，该书还收录了我的一些其他文章，这些文章是否可以与我的诗歌相媲美，这一点还是让读者去评论吧。当然我希望他们不会太过于苛责我的这些文章，但如果他们真的那样做的话，我将引用一个老绅士的故事来进行辩解——他在女士面前行动迟缓地爬上了马背，他希望人们在评判他的所作所为之前考虑一下他 88 岁的高龄。感谢仁慈的上帝，还有不到 20 年我也将要如此，现在的我已经能够感觉到我的四肢是如此的虚弱，但是否能说我的心智也随着年龄而衰老，这就要由读者来亲自确定了。在我看来，在一定程度上我的心智并没有怎么衰老，它仍然如往昔一般充满活力，只是我的记性大不如从前，不过也没有退化到可怕的境地，即便是再糟糕一些，我也没有任何理由去抱怨。岁月的沉淀非但没有让我的判断力衰减，反倒是在与日俱增，各种想法每日都会源源不断地涌入我的大脑中，对我而言，唯一的困难就是我是选择接受还是拒绝这些想法；到底是运用诗的方式，还是运用完美的散文方式来将其表达出来呢？简而言之，我已经进行了这么长时间的学习和实践，它们已经成为我的一种习惯。虽然我仍然可以用那个跟老绅士相同的理由，但我会留到实在需要时再用。我不会用它来敷衍我的读者，而是请求原谅我因人性的弱点而滋生出的种种问题。我不会向读者抱怨说，我在写这本书的过程中遭遇了疾病的困扰从而显得有些仓促，我也不会向读者苦诉我数次想要放弃的念头。那些喜欢自我宣扬的人会花费时间在前言中表述自己在写书过程中用时之短，并且中途遇到诸多难事。但是读者当然也会这样问一些问题：为什么他们不花费时间来让他们的作品更完美？为什么他们笔下的文辞枯槁，读起来毫无乐趣可言，就像写的时候没有打过草稿一样？难道读者就该读到一部不尽完善的作品吗？难道读者的鉴赏能力就该被鄙视吗？

以上为序言的第一部分。我将第一部分总结为：这是我整个成书的全部过程。而我的第二部分将会表明：我并没有写什么伤风败俗或亵渎神灵的内容。至少我心中并未生发出此种写作念头。如果你们在书中碰巧发现了不敬的词句或者极度荒唐的想法，那么请您将其视为我的疏忽，并予以销毁及忘却。另一方面，我尽量选择一些有深刻寓意的古今寓言进行翻译，其中一些有着教育意义，在这些寓言中，有的来自古代，有的来自现代。我本可以在前言中将其详述，但此种方法又显得过于乏味，如若直接表述，读者的兴趣将会大打折扣。就我完成的那部分而言，我相信在创作之时是十分谨慎的。对我来说，诗歌并不都是美好的和令人愉悦的，有时它也会与传统的习俗或者宗教发生冲突，或是像贺拉斯所说的空有辞藻的堆砌而没有多少实际意义的句子——言之无物的诗句，虽动听但无意义。如果有人指责我说，我的诗歌曲解世俗道德或是亵渎神灵，我希望我能够为自己辩护。那些经常自诩为宗教律师①的人，无不是披着法律的外衣，行使着诬告之事，他们颠倒黑白，对那些持有不同意见者诽谤中伤。

我们先退回到我所翻译的《伊利昂纪》的第一部分，我之前就表示，翻译荷马的作品要比翻译维吉尔的作品愉快得多。就我个人而言，相比较于翻译拉丁诗人的作品，我更愿意去翻译希腊人的作品。从两人的作品中，可以窥探其各自的风格与品格。维吉尔是一个性情安静的人，而荷马是一个热情奔放的人。维吉尔的主要才能表现在他常规的想法和精雕细琢式的语言上，

① 《简论英国戏剧的不道德和亵渎》(1689)，柯里尔·杰瑞木著。

而荷马的才能主要体现在他丰富的韵律，以及天马行空的想法上，荷马的语言能力堪称那个时代的巅峰。同时，荷马作品中所表现出的创造性更为丰富，而维吉尔相对来说则具有一定的局限性。如果没有荷马在文学上所铺设的道路，维吉尔是不会去创作英雄史诗的，这可以从维吉尔的作品中略知一二。维吉尔所创作的英雄史诗其实是《伊利昂纪》的续写，很多人物都极其相似——埃涅阿斯其实是《伊利昂纪》中赫克托[①]的进一步完善的人物。维吉尔的《埃涅阿斯纪》的前六卷其实就是仿造了《奥德修斯》中尤利西斯的冒险故事，虽然具体的故事内容不同，但故事所发生的地点是相同的，尤其是埃涅阿斯和奥德修斯流浪的海域的名字也是相同的，作品中黛朵[②]和卡吕普索[③]也类似于此。并且戴尔也拒绝成为诗中的海中女神的女儿。维吉尔诗歌的后六卷是《伊利昂纪》的浓缩版，两部作品都讲述了因一个女人所引发的战争以及一座城池的沦陷。我如此表述并非要诋毁维吉尔，毕竟他笔下的故事都源于其原创，不管是故事的内容还是写作的手法，都具有独特的标志性，即便故事的原型源于荷马。从这一点上不得不说，是荷马教会了维吉尔文学上的创作。如果原创性是史诗作者的标签的话，那么拉丁史诗只能位列第二。

霍布斯先生是以简单引用的方式来修饰完善《伊利亚特》的，对于霍布斯先生来说，当他完成这一整部作品的时候，同时也开始发自内心地赞扬起荷马先生来。他告诉我们非常重要的一点就是怎样领略史诗作品的美妙，其方法在于如何品鉴典故的来由，以及细节的处理。首先在语言上运用的是充满色彩的语言，然后考虑的是语句之间的自然。整体的构思、角色的性格以及习惯都在这篇文章未完成时按作者的描写试图模仿出诗人所定义的人类生活。的确，华丽的语言像耀眼的色彩夺人眼球，同时最绝妙的是路过并捕捉到这一刻风景的人。但是如果从草稿就开始出现错误，举例毫无说服力，人物性格也与之不相符，其间规律不一致、想法不自然的话，就算是语言的色彩再美好，最终也只是一个不尽如人意的残次品。维吉尔和荷马在以前的创

---

① 《伊利昂纪》中的勇士。

② 《埃涅阿斯纪》中的迦太基女王。

③ 《奥德修斯》中的海女神。

作中都不存在类似这样看起来美好却致命的缺陷。但在另一方面，如果是罗马诗人，至少可以胜任希腊的一些学者所不能胜任的，我在别处了解并传播悦耳的音乐与不屈的品质，以补充他们在语言方面对辞藻的匮乏。但是话说回来，我们的两位伟大的诗人居然能在性情方面如此的不同，一个易怒乐观，一个冷漠忧郁。这也使他们可以通过各自的特点而擅长某一方面的写作，比如，阿喀琉斯是充满热情的、焦躁的、深藏仇恨的人。我之所以会得出这样的推论，主要是根据作者的脾性，我认为荷马维吉尔更充满激情，得出这种结论令读者十分认同。一个温文尔雅的学者，在另一方面却是激烈火热的，永不中断他的热情。这样的差异，使得朗吉弩斯会受塔利和德摩斯梯尼口才的影响。另一方面，当你读荷马时觉得没意思，甚至心思都不在书中的时候，可以得出的结论是，那本书其实能是取代激烈游戏的一个新的事物。从那里可以看出，你的思维需要非常迅速地进行应对，并且得出结果。我得承认，荷马的这种激烈更符合我的脾气，所以我觉得他这整本书比维吉尔的作品更有乐趣。持续着的紧张神经必须需要一个释放，不论是在怎样的法则下，以及包括时间方面的话，都要停下来休息一下并储备下一次所需的能量。

我认为需要在此说说荷马。我对奥维德和乔叟二人关系的评价，是对两者深思熟虑之后才得出的。从乔叟式的单一英语语言使用开始，他便与奥维德结束了整个罗马文学的黄金时期。诗人们的表达方式开始不尽相同；然后是两人的教养、本性、性情、自由度，至少在作品中还可以在他们的生活或是哲学和语言学方面表现出部分一致性。他们两个都了解天文学，奥维德的关于罗马节日的书和理论论述的星盘，确实是足够让人信服的。而乔叟也是一个占星家，维吉尔、贺拉斯，以及马尼吕斯也一样。

薄伽丘的《十日谈》是首次出版的，从那本书中，我们英国人提供给他《坎特伯雷故事集》作为素材。然而，我应当证明一下：一些意大利诗人所著的内容也可能被包括在内。故事是彼特拉克整理的，由他送到薄伽丘那里。参考《特洛伊罗斯与克瑞西达》《伦巴德人史》使得对英文的翻译进一步的美化，我们的同胞以及其中的天才们发明创造了具有我们特色的诗歌。我发现序言的本质其实都是漫谈，这并不罕见。这是我从诚实的法国作家蒙田的身上学到的，同时我也很荣幸地结交了奥维德和乔叟，他们两个都是我无比敬佩的人，他们二人的成功都是建立在别人的发明之上的。到现在，乔叟也有了自己的作品，如《巴斯妻子的故事》《公鸡和狐狸》，这些都是我曾经翻译过的作品，也被别的作家翻译过。尽管我并不全部记得关于奥维德的事情。他们俩都理解礼节，在这个字眼下就是我所理解的他们两人的激情，从更大的意义上说，主要集中在对人类的描述和他们特有的生活习惯上面。比如，在我看来，《腓利门书》整本都堪称完美，好像是古代的画家亲手绘制的一样。在《坎特伯雷故事集》中所有的教徒，他们的幽默、他们的特点和他们特有的服装都让人感到十分清晰，似曾相识一样。但是我觉得乔叟描绘的事物却非常生动逼真，他总是能够选取一个很好的有光的角度来进行描绘。不过在这个问题上，我并没有多少时间去证明，在此，我想告诉读者，我心中的确对两位诗人没有什么成见，我的这些想法和评论都是有待考虑的，我也是借助于奥维德或者乔叟的英语语言来进行会话创作，乔叟身处语言的曙光之中，因此，我认为没有什么能够超越他。按照艾妮乌斯所言，奥维德和乔叟所用的语言机制同我们现在使用的英语一样。在我们的诗中不用修饰被视为保守的行为，而他们的初衷则是强化现代艺术。当他们自然地对别人进行描述时，针对的也就是这个场景或那个场景。如果是庸俗的法官，十个人中会有九个向别人炫耀他们的高傲和机智。在我看来，相对于罗马人来说，我更喜欢英国人。我感觉，罗马人非但不诙谐机智，反而是令人作呕的那种，因为他们并不真诚。有为了爱情的将死之人把他的这份情感描述为水仙花的吗？如果这个算作是机智聪明的话，穷人不都是喜欢在痛苦中死去的吗？这就像是约翰·利特尔维特的《巴塞洛缪集市》一样，他有一种悲惨的境遇，同时也有一种可怜的高贵。在这种情况下，人们应该努力提高怜悯的限度，而不是这样——通过对奥维德作品的阅读大声笑出来。维吉尔从来不利用这些手段，当他想要让你去同情帝舵的死时，他不会破坏它原来想要给人的想法。乔叟让爱西特在他的爱中变得蛮横，进行不公平与不懈的追求。他会让他死得合情合理，对他的爱从不感到懊悔，因为那是他选择的人物。但是对于知道进程中的不公平并且放弃去帕拉门的埃米尔来说，奥维德会在这种情况下做什么呢？他一定会让爱思特在临终之时变得富有智慧。

乔叟在保持着自我思维的情况下选择了拒绝。尽管出发点相同，但他们都喜欢卢侃和奥维德。至于句式方面的运用，奥维德是优于别的诗人的，就算有时会出错，有时会突兀。但是正如强烈的感情总是稍纵即逝的，激情也是需要慎重而严肃地对待的，并且不允许有任何的儿戏。法国人对他有一个很高的评价。但是乔叟此人其实是很简单的，他很亲近自然和生活，而不是单纯地去“利用”身边的素材完成写作而已。所以我觉得最出色的还应该算是乔叟。

首先，因为乔叟是英国诗歌之父，因这一点我对他抱有同希腊学家霍默和罗马维吉尔同等程度的尊敬。他是那种能够给人一种好的感觉的人，他学习过几乎所有的科学，因此他在所有学科上都得心应手，正如他知道怎样去说话一样，他也知道何时运用实用的例证。几乎没有什么古代人可以像他这样，我想，或许维吉尔和贺瑞斯可以如他一般。后来之所以伟大的十四位诗人之一的尊贵名声消沉殆尽，就是因为他从不忘记任何以他自己的方式思考出来的想法。这里会有各种类别、各种充满品味的东西，整个金字塔形的果脯堆都是为孩子和妇女准备的，很少有针对男士的实物。这个主张不是说他想要任何的知识，而是辨别的能力，不是他想要证明对美丽的事物有洞察力，也不是要发现指责其他诗人的错误，但是只要当他沉浸在自己的写作盛宴中时，写作带来的变幻就可以让读者不会发现任何的错误。也是出于这个原因，他一直被认为是伟大的诗人，而非最好的作家。对于他的功绩来说，连续数年的工作使得他的著作堆积如山，就像罗德·罗切斯特所说的那样：不要选择他成为上帝，他真的承受不起。

无论何时何地，乔叟都坚持追随自然的态度。他从未想过无所畏惧地去超越它，他深知在个人与自然之间有很大的差别，如果我们相信卡图鲁斯，就像在谦逊的行为和无比的讨喜之间做出选择。乔叟的诗文，我承认，有一些对我们来说是相对不和谐的，但是他的口才应该得到肯定。他们与他生活在一起，在之后的一段时间里，他们竟然认为这是可以接受的，这出乎我们的判断。如果将里德盖特与高尔比较的话，就像他同时期的人，有非常令人怜爱的，也有非常自然、让人感觉愉悦的，可是这些人也并不全是完美的。对于这样一个常识，一定是可以让读者信服的。它是一件很容易去实现和发展的事情，包括那些无法言说的也是如此。我们只能说，可惜他生活在诗歌的初期，在那个什么都不完善、不成熟的时期。当然，在我们成为大人之前，我们也都是孩子，对吧？首先要说的是艾妮乌斯，以及在发展的后续出现的路利西斯和卢克莱修，他们都在维吉尔和何瑞德之前；在乔叟之后还有斯宾塞、费尔法克斯等人。他被雇佣在船上，被爱德华三世、理查德二世和亨利四世宠爱。我认为，他们几个都是这样的人。在理查德时代，我怀疑，普遍的叛乱都是有影响的，作为他的姐夫，也难怪他的命运是和他的家族紧密联系在一起的。他在亨利三世、四世的时候被罢免，并不是因为受赏识，而应该说是因为他是一个富有智慧并且英勇无比的贵族。我想说，伟大的政治家应该为在他的那个时代里出现了最伟大的智慧感到高兴，他们应该将其赞美。奥古斯都曾以他为例。他建议维吉尔和贺拉斯去赞美他。在他活着的时候，他自然是受欢迎的；而在他死后，他所留给后人的就显得更加弥足珍贵了。至于宗教诗人，他似乎对威克利夫有点偏见，具体表现在《农夫皮尔斯的故事》上。但我不责怪他在那个时代激烈地反对神职人员的恶行：他们的骄傲、他们的野心、他们的盛况、他们的贪婪、他们眼中世俗的利益，值得他去抨击他们。就是在《坎特伯雷故事集》中他也都没有放过他们。乔叟笔下的修道士、教会，都没有表现出正面的特征。一个讽刺诗人对坏祭司进行了声讨。我们仅仅关注着，我们是不是一齐被谴责裁定有罪或无罪。好的东西过了头也会变得不好，腐败的当然就是坏的。当一个牧师被鞭打时，他的声望也会在第一时间陨落在地。但如果他被证实是冤枉的，他的所有行动是遭到诽谤的，那么他的尊严则会保存下来。如果他违反了法律，那么他就成了诗人口中的危险之物。但他们会告诉我们，所有的讽刺语句，尽管从来没有摆在明面上，但带来的全是背地里的遭人蔑视。然后是英国的贵族，他们有时也会因为叛逆而遭到折磨。如果他们诋毁权贵是罪犯，那么他们就是犯了诽谤的罪行。他们只关心自己是否被诗人抨击，而不去关心他们所要做的。这时他们就会说：他们关注的是每个成员的荣誉。我可以更为深远地提出我的意见，我敢肯定这一性质所引起的纠纷已经成为有关英国国王和坎特伯雷大主教的恶作剧：一方面是支持他的土地法律以及其他拥有荣誉的教会；另一方面是部分高级教士被谋杀，并且在陛下的鞭打之后成为他赎罪的支柱。我必须说，我不会再给这样的牧师任何的机会，除非他是一个慈善的基督徒，这样我才能原谅他。到目前为止，我的不满并没有造成什么不对的迹象，我已经跟随着乔叟，将我自己的性格同这位神圣的人大胆地划起等号来。如果我要想适应以后的生活，这一主题就会给我增添不少的人生乐趣，同时我也将保留自己的权利。同时，在我离开乔叟之时，我学会了他身上的优点。我认为他一定是个最完美的综合体，因为他是一个真正的观察家。在《坎特伯雷故事集》里，他表现出了那个年代里英国所有民族的各式各样的利益取向和幽默。这不仅仅是一个单一的角色。他的所有崇拜者都可以各自区分成不同的国家来看，不仅从他们的爱好倾向里，还可以从他们的心理和样貌上进行区分。各种研讨会都没有很好地描述清楚他们的本质，而是需要通过诗人留给他们的标记才能了解到。他们的关于利益的故事，以及他们的讲述，都是为了适应他们不同的教育、幽默和欲望，他们中的每一个人都会分为以下几类：他们的论述都是符合自身的年龄、职业和社会地位的，他们仅仅是他们而已。有一些角色是罪恶的，有一些是善良的，有一些是被人认知的。即使是猥亵的话，从不同卑贱的角色中说出来也是不同的：城镇长官、磨坊主和厨师是几种不同的人，有各自的特点，还有装腔作势的女修道院院长以及巴斯那肥硕的、牙齿有缺口的妻子。但是通过这些，就像是在我面前出现各式各样的游戏一样，在我的决定中我是主宰者，而不是去他人的跟随者，这充分地证明，根据这些格言来看，这其实是上帝的旨意。我们的祖先指引着我们，他们在乔叟那里找到了证据。这些普通的角色也就这么被人们铭记。其实在英国，他们被叫作修道士、女修道院院长和修女。人类在某一方面总是不尽相同的。没有什么事情是可以违背自然的。但其实也有许多事情已经被更改了，我可以在司法的角度上背离自己的本意吗——我的敌人或对手可能并不存在，现在距离我被承认是一个好诗人已经相去甚远，他们不会允许我成为一个基督教徒或者一个品行端正的人。我可以离开，去通知我的读者我已经克制住了自己对于乔叟之诗的享受。如果我放缓语气去请求而不是去强硬地命令，里夫斯、米勒、西普曼曼斯特、萨姆那和巴斯的妻子，在他实际的序言里，即便他们是镇上的花花公子或者名媛，他们也会获得许多朋友和读者的支持。但是我不会选择再冒犯礼仪，我是明智的，我认为应当这样，对于我的那篇拙作，感谢公众理解。对于有关自然的任何事情，比如渎神这件事，实际上我也是浅尝辄止的，我离大胆地说出那些惊世骇俗的字眼还相距甚远。乔叟在他的完满的 26 卷书稿中，有进行道歉，薄伽丘也是这样，但是我不会在这点上追随他们。有位我们的同胞，在他这个角色的末期，在《坎特伯雷故事集》面前，用微笑的言语进行道歉，这在书中尚有提到：

第一次我祈祷你的恩惠，
那些被捕者还不够书写我的奸谋，
其实我明白地说明了经过
告诉你，她的 28 个字：
我尽可能准确地复述她的话，
和我一样，
在那个人之后，我不知道谁将会给我讲这个故事，
他预演着他曾经做的：
他负责的每段词，
他从没那么粗鲁地大肆宣扬。
他述说着他虚假的故事，
或是讲述着善的东西，或是创作新的篇章：
他可能不会吝惜，就像是他的兄弟，
他也同其他人说的一样。
基督徒说他自己在圣经前很富有。
同时，没有一丝一毫的奸谋之心。
主会选择谁可以得到他的劝告，
这所有的话，在兄弟姐妹间流传。

现在如果有人询问薄伽丘或者乔叟他们会怎样介绍这个角色的话，比如，下流的词汇怎么适当地从他们的嘴里说出来，听起来不会很下流，我知道这不会有答案。这样的故事也不应该告诉我。单单看乔叟的文章原稿的话，给人的感觉是让人无法理解的荒芜，而关于他这一生所经历的坎坷，也像是音节一样拼进了他所讲述的语句文章，不曾超过我们现在的英语范畴。

我也整理了许多关于乔叟的工作，关于我现在工作项目的描述有一点小问题，我发现一些人尝试把这些诗变成现代英语，因为他们认为那样会尊重我的付出，因此他们也会把乔叟看成是枯燥无味的、过时的，我还听说考利自己就有类似的观点，把这看成是对上帝的请求。我不敢抒发我的观点而反对这么伟大的作者，但是我认为他这样做注定失败。然而回到大众观点来说，考利也说不清自己的理论，因为他从没有深刻感受过。我承认，乔叟像是一块坚硬的金刚石，必须擦亮它才能让其发光。我不否认，他几乎没写过什么现代的诗，但就像有时重要的事情中难免会混杂着琐碎的东西，尽管有时这样，也有更多的、更好的作家超过乔叟，其实所谓成功，无非就是他们失败的积累。一个作家就算不能写出他的全部思想，但也要有个梗概成熟于胸。我没有受困于自己平庸的翻译，但经常会省略那些不重要的词句，有时，我会更进一步地探索其中的意思，我也会在一些原文中表达得晦涩的地方增加一些自己所理解的东西，我如此大胆，是因为我找到了其中的灵魂。我已经熟悉了它，这就像一首诗，一个年代，它带来的是不同以往的自由，这就像乔叟想表达的感受一样。举个这样的例子，你或许就会理解了——在帕勒门和阿赛特的故事中，你会发现在作家身上会体现出各种版本的戴安娜：戴恩看见我转向树后，我的意思不是说女神黛安，而是维纳斯的女儿，那个也被称为戴恩的人。这也是经过思考之后向你们解释的，我知道被改编后的这种感觉，达芙妮是河神珀纽斯的女儿，她被变成一棵树。我并不是说奥维德很会扯谎，我想说的是，他是不同于我的作者，因为我还没有理解他、读懂他，但经过其他的判断，我认为我应该尊重原著，不应该将自己模棱两可的东西也翻译成英文。出于相反的观点，并基于以前的语言，他们期望能有一个稳定的信仰，能够改变更多的渎神者。古老的话听起来有意义是因为它的久远，对于上古时代，我一直秉承着一颗尊重之心，但话说回来，也要取其精华弃其糟粕，话语不仅仅是一条因暴行就会轻易改变的界线，风俗是会慢慢改变的，旧的社会地位等级也会被废除。合理合法的事情一定是那些忠于最初制定的法律的，基于此种观点，是否可以认为语言的创新是源于争论、辩论呢？我想，争辩可能会使语言失去它原始的美。也许正是因为“失去才懂得珍惜”这种古老而简单的原因，争辩才从来不会被理解。我承认在语言灌输的过程中有丢失的现象，在所有的翻译中，符合翻译者感觉的部分会有所保留，其他的则可能会遗失殆尽，当它因遗落太多而缺乏理解时，还有多少人能说读懂它了呢？

如果通过牺牲自己的娱乐时间并且不求利益的方式会使它更加完美，我想我应该能接受这些，让读者们忽视我的存在，因为他们不需要与原文思路不同的存在，是因为它才能有我的成功，理解它的感觉和其中的诗意，当它的含义和感觉融入语言中，他们就能够理解，而我也将继续，并且敢于去进一步增加砝码，就像是赠人玫瑰手有余香。我可能更偏爱于我自己的决定，让读者们去判断，并且让读者们选择信服与接受，我认为我有机会向他们解释，因为他们理解它。总的来说，他们本该尊敬无比的那个人应该是他而不是我，我已经完成了翻译工作，大概在我的一生中这份经历令人难忘，至少这是对他的话的一种复原，翻译了它也使我变得更好，与此同时，我得承认我在翻译时已经这样做了。在翻译期间，它被翻译成现代法语，我那时已经知道它已经被翻译成普罗旺斯语过，事实的确是这样的，这使我想到命运，在特定的时期之后，当他身在英法两国之时，名誉和过去被重新评判，其实对他来说，这是一个绝好的机会，而我却不敢要求太多。

薄伽丘是最后一个被认为和他年龄相同、有着相同的天赋和相同的写作能力的人，两个人都写小说，同时他们都对母语精通至极，这两个著名作家在生活方式和冒险的方式上都有着惊人的相似，在这一点上，我只是蜻蜓点水般地略过了，因为我没有翻译过薄伽丘的文章。在诗歌方面，优势完全在乔叟那一方，因为英国人已经从意大利“借了”许多传说来。但是乔叟已经将从薄伽丘处舶来之物进行了纠正。当我不要求读者与我的思想保持一致时，思想就变得更加自由，表达也变得更加简单了。我们国家的人一直在负重竞赛，并以劣势赢得了比赛。我要做的是把对同一对象的两种想法同时展示出来，每个人都会在这两者之间做出选择。我最先选择翻译的是乔叟，在剩下的作品当中包括《巴斯妇的故事》（《巴斯妻子的故事》），在翻译前言的时候，我不太敢发挥自己的想法，我担心这太过于肆意妄为：乔叟讲的是一位出身卑微的老妇人嫁给了一个具有贵族血统的骑士，最后被抛弃的故事。在新婚之夜，当她躺在他的身边，发现他十分厌恶她，她便想尽办法去对他进行说教。老妇人告诉他，什么才是真正的男人，什么才算是高贵的绅士，告诉他贫穷和丑陋的种种好处、娶个丑女的诸多优越和娶个美妻的各种危险。最后老妇人让骑士做出选择：是要又老又丑的妻子，但换来的是对他永远的忠贞，永远地取悦于他；还是要又年轻又漂亮的妻子，但换来的是随时随地利用一切机会招蜂引蝶，给他戴绿帽子。骑士实在没有办法，一声叹息，无可奈何地对妻子说：你随便选吧，对我都是一样的，只要你高兴，我就高兴。这时妻子说：这就是说，选择权在我了，我可以依据自己的意愿来做决定。骑士说：当然了。于是妻子说：那我选择又漂亮又对你忠贞，我要不是世界上最漂亮、最忠贞的妻子，任由你发落，撩起帘子来看一看吧。骑士打开帘子，妻子果然倾国倾城。他激动无比地把她紧抱在怀中。从此只要能博取丈夫的满足和欢心，妻子就尽力而为。巴斯妇人的故事是这样结束的。当我认为已经竭尽全力接近乔叟的思想时，我发现自己又回到了奥维德的思想上来，此时也已全然忘记了《巴斯妇的故事》。当我重拾薄伽丘时，并没有注意到我已经更加注重人物的道德和美德，而非贵族的血统。举个例子来说吧——就是《西格斯蒙德的故事》，如果我没有记错的话，我是避免这两方面的一致的。如果他们认为我偏袒乔叟而非鄙薄薄伽丘的话，就让读者自己来衡量两者孰轻孰重吧。

相比于他的其他故事，我更欣赏我们国家的一些故事，《帕拉蒙与阿尔西特》就是这一类的，可能相比《伊里亚特》或是《埃尼斯》来说还显得低了一个等级，但故事的情节比照两者来说更为有趣，形式也堪称完美，格式也更趋于诗歌的类型，可学习性之深、之广，包括艺术形式也较为完善。但是亚里士多德并不赞同故事情节的持续性，这样就很轻易地使得《帕拉蒙与阿尔西特》狭隘化。我想更加敬重我们的民族，它的特点是极其特别的，故事也是英国化的，基本可以说是完全源于乔叟的，我并没有受薄伽丘的影响。随便看了一眼《第七日》的结尾，我发现了狄俄涅和弗拉梅塔所说的话。实际上这个故事与薄伽丘还算有些渊源的。故事的原作者早已无从记载，乔叟则变成了这个故事的作者。所以说，故事在流传的过程中会生发出不一样的光彩。除了这个传说，这里还有另一个他自己的发明，在普罗旺斯人的方法之后，命名花和树叶的方法，发现律法政治和道德原则都会使我特别高兴，以至于我不能阻止自己去听取读者的意见。

作为一篇序言的结尾，我不得不对其他人也保持公平，一小部分应归功于我自己。但是值得注意的是，这里有一些人写一些粗俗的话来攻击我。一个在这里的人，假装在其他人之中与我发生口角，说我曾十分堕落地违反祭祀的规则：如果我有过，我只会请求神父的宽恕。为了让他感到满意，他将不会强迫自己成为我的敌人。他的作品通过维吉尔之笔所进行的翻译回答了他对我的批评。对比我的译本，他最喜欢的是欧格雷布的译本：他在每一个欧格雷布下面都写下了他对此非常认同的观点：可能，你会说要做到这样是非常不容易的，但是有什么是做不到的呢？然而，当我和他同处一个时代的时候，我很满意，我并不会被认为是那个时代最坏的诗人。看起来我曾希望他写一些不好的言论来反对我，但是说实话，我没有收买他来为我服务，并且在他的小册子上我是完全无辜的。如果我说服他继续他的事业并且写一些其他的关于我的文章的评论，我会很高兴：因为我发现他能很好地感动读者，让他们激发出更好的观点。当他谴责我的任何一首诗的时候，他也会与我的读者发生冲突。他在我的诗歌上面会受到挫折，但是没有人会被说服站在他的一边。如果我来到教堂（跟他断言的一样，但是我从没考虑过），我会有很多想法，如果没有更多的恩泽，是不会把我从诽谤圣职的作家中解放出来的。但是他的有关我的礼仪和原则的记述与他对我的诗所挑剔的意见是一致的，由此我也是和他永远地拴在了一起。

作为一个城市诗人，或者说是一名骑士医生，我和他曾因为我是《押沙龙和亚希多弗》的作者而争吵。但是我会更谦恭地对待他的两首诗，因为没有东西比死亡更坏，因此他的阿瑟王就意味着和平。我只会说那不仅仅是一个高贵的骑士，而且还是一部关于阿瑟王的史诗。我可以少说一些克里尔先生的事，因为在很多方面他让我肩负着公平的重担。我曾经为所有思想的过错辩论过，并且也表达过我可以反驳淫秽不敬的观点。如果他是我的敌人，就让他取得胜利；如果他是我的朋友，我会在非私人的场合向他表达我的忏悔。我想证明的是，若要粉饰太平其实不难，并且我可以通过那些亵渎神明的话来证明他们没有犯罪。此外，他有很多的恶作剧，同时在战斗中，他也像一个独裁者。我不会说他很热情，但我可以确定那已经融入他良好的修养中了。有些人或许会有疑问，这些问题都集中在他的不拘小节上面：或许是他把古代和现代的戏剧当成垃圾。一个牧师会更好地缓解他们的痛苦，因而可能导致他缺少同情心地去了解他们。他们用诗歌来表达观点、抒发评论，或者说，如果没有霍勒斯、朱韦纳尔、马蒂亚等人去解释一些恶习，没有他们的翻译，现代的我们将不会理解个中种种，同时我们也不会对之前的时代做出公正的评价。

这是弗莱彻的剧本一个充满污秽的地方，被称为城市的风俗。在我的记忆中，这里经常有舞台表演。可以根据他们现在的状况来推断二十五年前是什么样的。如果是那样的，我很庆幸我们的道德准则已然被修改了。但是我对研究的事并没有成见，只不过是我放弃了抵抗：他们有他们自己的答案，并且不论他们还是我都认为科利尔先生是强大的，我们需要回避与他为敌。在某一天结束的时候，他失去了光辉，他的思想太过遥远，就像康德王子在瑟内夫的战斗：从无所不能到孤身一人。但是在正义面前我只能屈膝。至于剩下的那些写反对言论的人，苍天有眼，使他们获得应有的惩罚。

# 亨利·菲尔丁[1]〔英〕

## 《约瑟夫·安德鲁斯》序言（1742）——散文体滑稽史诗

可能仅仅是因为英国读者与此卷作者在“传奇”文学上有着不同的观点，因此在接下来的内容中他们更期盼能够得到捧腹的快感。然而他们的愿望注定要落空，因为这种深埋在作品中的乐趣不曾被人们发掘，当然这不是读者们刻意而为之的事，而作者也没有这方面的打算。古往今来，我还不记得在我们的语言里见过此方面文体的尝试，所以我感觉用如此少的语言来作序或许显得有些不太适合。

① 亨利·菲尔丁，18世纪最杰出的英国小说家、戏剧家。1707年4月22日生于英国萨默塞特郡的格拉斯顿伯里，1754年10月8日在葡萄牙里斯本去世。18世纪英国启蒙运动的代表人物之一，是英国第一个用完整的小说理论来从事创作的作家，被沃尔特·司各特称为“英国小说之父”。在《约瑟夫·安德鲁斯》《弃婴托姆·琼斯的故事》和《阿米莉亚》中，菲尔丁奠定了至19世纪末一直支配着英国小说的全面反映当代社会的现实主义传统。其中，散文体滑稽史诗《约瑟夫·安德鲁斯》的序言，就是一个绝佳的范本。他对文学的最大贡献是他创作的现实主义小说。菲尔丁和丹尼尔·笛福、塞缪尔·理查逊并称为英国现代小说的三大奠基人。

史诗与戏剧，被分为悲剧和喜剧。荷马首创了史诗这种体裁，他的创作亦是悲剧与喜剧的典范，然而后者却没有被我们传承下来。这种消失了的内容是亚里士多德告诉我们的，正如他对荷马的《伊利昂纪》的评说一样：此作品与悲剧、喜剧同样重要。正是因为我们遗失了喜剧的传承，因此现在的我们从古代先贤的作品中拿不出更多的作品来，喜剧如果能够得以幸存，我们可能就会发现更多喜剧的作家、作品以及演绎者、效仿者。

另外，此序同时包含了悲剧与喜剧的因素，我也就可以毫不顾忌地说它既是诗歌又是散文：虽然它需要一个属于史诗的构成因素，比如韵律，这种韵律是评论家在史诗的组成部分中列举出来的。但我依旧认为作品中如果包含了一定的寓意、情节、人物、情感，即便缺少韵律，它也应该被称作“史诗”，因为至少没有哪个评论家将其独立成说或是归为哪一类。

因此，康布雷大主教的《泰雷马克》，以及荷马的《奥德修斯》对我来说似乎都是属于同类史诗的范畴之内。事实上，将《泰雷马克》降到一些长篇传奇的等级未免让人产生困惑。其中包括《克蕾莉亚》《克娄帕特拉》《阿斯特莱娅》《卡珊德拉》《伟大的赛勒斯》等传奇，就我的理解来看，这些作品虽然篇幅磅礴，却几乎不具有任何指导意义或是娱乐意义，反倒与史诗齐名似乎显得不那么合乎常理。

如今，滑稽史诗也被称为散文体滑稽史诗，它有别于喜剧，就如严肃史诗有别于悲剧一般：因为散文体滑稽史诗的情节更为深入和广泛，它包含一个更大的范围，并引入了更多形形色色的人物。它不同于严肃史诗的地方在于其寓意和情节，在于它们一个严肃庄重而另一个却是轻松诙谐甚至荒诞。滑稽史诗在人物方面引进了一些地位低下的人，他们行为习惯粗俗，然而严肃史诗则在我们面前设置了最高的规范，就是去描绘那些崇高的英雄人物。最后是在情感和遣词造句方面，它保留了滑稽的成分而舍弃了崇高庄严的部分。在我看来，在用语方面，滑稽戏本身有时是被认可的，其中就有很多关于滑稽戏的例子在这部作品中发生，就像这样的戏份也会出现在对战斗过程的描述中一样，关于其他部分也加入了这种戏份的片段，我就不全部指明了。对于一流的读者来说，这些诙谐诗与滑稽戏的娱乐效果会被轻易地察觉到。

尽管滑稽史诗作家在言语中有时会采用诙谐的辞藻，有时也会把它们从作品的情感氛围和人物塑造中剔除掉，因为诙谐的措辞往往是在滑稽戏类型中自然而然地发生的，否则我们从不会说明使用诙谐措辞的作用，这并非我们故意要这样做的。事实上，没有哪两种文体形式可以比滑稽史诗和滑稽戏有更广泛的区别，因为后者更善于用“扭曲夸张”的视角去进行表达。如果我们仔细地审视这种表达方式，一定可以发现我们的乐趣总是由令人惊讶的荒诞而引发的，享受这种由高转低带来的荒谬，便是“反转”。然而滑稽史诗却仅仅限于对自然的效仿，将所有的乐趣以这种方式传达给明智的读者。也许，有一个原因可以解释为什么一个滑稽史诗作家是所有作家中最不需要找背离自然的借口之人，因为对于一个严谨的诗人来说，可能并不总是那么容易面临伟大而又令人钦佩的局面，但生活中却处处都为善于观察之人提供了荒谬的素材。

我已经表明了一些关于滑稽戏的主张，我也常常听到一些表演被冠以滑稽戏的名号，尤其是对于滑稽史诗来说，而这只是因为它们的作者有时在措辞中承认使用诙谐措辞而已。人们大都认为史诗的措辞就是它的外衣，就像人物的衣服可以体现他的性格（措辞是史诗的唯一，而服饰同样能表现人物的所有）一样，在粗俗的观念里，措辞甚至超过了任何要素。但可以肯定的是，滑稽史诗存在一定的诙谐风格，但人物和情感是完全自然无伪的。相形之下，没有比空洞浮华和饱含尊严的话语更能构成一部滑稽戏，在这里，其他的一切都是卑贱和低劣的，这种诙谐的风格可以把任何表演都称作真正的庄严。

在我看来，仅仅只有沙夫茨伯里伯爵对于纯滑稽戏的意见和我相一致，因为他断言“在前人的作品中是找不到这种文体的”。但也许我对这种文体的厌恶比其他人要少些：这并不是因为我在这个舞台上以这个方式取得了一些小小的成就，而是它能够比任何其他的形式更能让你们贡献出忘情的欢乐和笑声，而这种效果是其他方式所不能企及的。其对于内心健康来说，更是身心健康的治愈良药，也更有助于清除坏脾气、忧郁症和失落的情感，这也是一般人所没有想到的。不仅如此，我认为它更能吸引普通的读者。不管读者是否有幽默感和善心，只要坚持读两三个小时的滑稽史诗，都会乐在其中，相形之下，这可比悲剧或是苍白的演讲有趣得多。

或许我们可以通过另一个学科来了解滑稽史诗的特点，这门学科可以让我们更为清晰明了地看清这种区别。让我们用被意大利人称漫画的方式来检视一位滑稽的历史画家的作品，在这种方式中我们将发现历史画家的作品的最优秀之处在于它们对大自然最精准的描绘，就此程度而言，一个明智的头脑会拒绝任何荒诞不经的事情。画家拥有搞笑的特征，并且在漫画中使用了我们认可的所有夸张的表现手法。它的目的在于表现怪物而非人类，因此我们能够接受其中所有的夸大和扭曲。

既然我们可以把戏剧中的滑稽戏看作漫画，那么喜剧作家和画家也会以相同的方式联系起来。相比之下，就会观察到画家似乎和从前一样有着一定的优势，而作家也一样具有与生俱来的优势，两者彼此彼此：怪异更易于通过描绘来表现，而荒谬则更容易用书写来呈现。

也许写作的确不能像绘画一样给予人们最直接的感受，但我相信我们同样能从中获得更加有益的乐趣。在我眼里，就算把独具创新精神、如天才一般的贺加斯称为滑稽画家，也不能给他带来多大的荣誉：因为在画布上以荒诞的手法画一个有鼻子有眼的人或是以荒诞怪异的方式表达都是轻而易举的。但是要是在画布上表现人物的情感则是另外一回事，如果一个画家的画作栩栩如生，仿若有了生命，他定会备受追捧，如果还能让人们感觉到他的画作有思考的内容，那么他就会获得更多的褒扬。

但是话又说回来，正如我之前提到的那样，滑稽可笑的描述只出现在这部作品当中。如果一个读者知道作者是如何精心设计荒诞情节的，就不会认为作者的解释多此一举，即使是精于此的作者也不会这么做。因为对于这样的失误，难道我们就可以将所有的努力都归因为嘲弄黑暗邪恶吗？讥讽目前最可怕的灾难吗？有什么可以胜过一个作家荒谬的言行？谁能以嬉笑怒骂的方式来书写尼禄撕碎母亲肚子的故事？又有什么比将贫穷作为嘲讽的对象而更让人震惊的呢？读者不会愿意涉及过多这样的故事，以免让他们觉得这些故事都是在嘲讽他们，都是在述说发生在他们身上的事。

此外，让人费解的是，善于下定义、拟概念的亚里士多德也无法给出“荒诞”的具体含义。事实上，他评论道：荒诞适用于喜剧，可是荒诞并非只为描绘反面人物。即便如此，亚里士多德也没有说明“荒诞”究竟意味着什么。就连阿贝·贝列卡尔也无法明示究竟何为“荒诞”，即便他曾经探究过“荒诞”的起源并撰写过多篇文章进行阐述。

荒谬可笑的唯一来源（在我看来）是装腔作势。尽管荒诞主义只有一个源头，其分支却众多。如果我们寻根溯源，必感叹于它的浩荡无边。当前的装腔作势由两个原因造成：虚荣和虚伪，因为虚荣使我们为了赢取赞美而创造了反面的人物，虚伪则使我们借助美德的外衣来隐藏缺点从而竭力去避免被责难。我们经常会混淆两者，但是它们的确开始于截然不同的动机，所以它们在表现形式上是独特的：事实上来源于虚荣的装腔作势比起源于虚伪的装腔作势更加接近实际，因为它不需要努力去摆脱本性的罪恶，而因虚伪而起的装腔作势却需要。正如我们之前所说的一样，装腔作势并不完全否认假装的品格。因此即使装腔作势起源于虚伪，它可能更会结合欺骗手段。然而如果仅仅是虚荣引起的装腔作势，则会带有虚有其表的性质。比如说，一个爱慕虚荣的人故作大方时的表现必定明显有别于一个贪婪的人故作大方时的姿态。因为尽管爱慕虚荣的人实际并不像他自己表现出来的那样，人们也未必会认为他有如此的品格，这远不像在贪婪的人身上表现得那般拙劣，因为这种表现和他贪得无厌的本性截然相反。

给读者带来欢乐、惊喜的也就是荒诞主义的装腔作势，从更深层次上来讲，因为虚伪的装模作样比虚荣的装腔作势更能达到预想的效果，因此也更加可笑，因为当你发觉前者的实际情况与假装的完全相反，你甚至会大吃一惊，结果也就更加荒谬可笑。我可能会理解本·琼森的理论与做法，因为他是所有人中最能理解荒诞主义含义的人，也是最会善用虚伪的装腔作势的人。

现在仅仅就装腔作势而言，生活的不幸和灾难，或者大自然的不完美都可能成为被嘲弄的对象。然而，视丑陋、疾病和贫困为荒谬可笑的人本身就有着肮脏的思想，他可以冷眼旁观丑恶、虚弱和贫穷，就好像（他认为）它们本身就是可笑的。我也不会相信一个大活人认为曾经碰见了一个脏兮兮的家伙坐着二轮运货马车驶过街道滑稽可笑。但是如果他看见同一个人从四轮大马车上下来，或者是手臂夹着他的帽子下来，他就会开始自以为正派地笑起来。同样地，如果我们即将进入一间破败的房子，并且看到不幸的一家人在瑟瑟发抖、饥饿憔悴，这可能不会使我们发笑（如果我们看见此情此景时还能笑得出来，那一定是人本恶的性情在作祟）。但是如果我们发现了餐具柜上装饰有鲜花的空盘子或是精美的瓷器，或者是在这一家人服饰或家具装饰上表现出来的富有、华丽，他们却过着忍饥挨饿的生活，我们的发笑就确实可能被原谅，因为我们嘲弄的是如此不切实际的装模作样、矫揉造作。天生的缺陷或不完美很少成为嘲笑的对象，但是如果丑陋的人（或事物）想要人们称赞其美，或是跛腿的人竭力去表现他的行动敏捷，这样的事情可能起初会得到我们的同情，接下来就只能成为我们的笑料了。

正如有诗所云：颠倒众生并非奇事，矫揉造作才显滑稽。

如果诗的韵律能够从第一行就以“荒谬”的形式存在，诗歌的思想可能会表达得更为确切。我们憎恶的对象是一些无法掩盖的缺点以及我们所遗憾的那些过错，但是在我看来，“装腔作势”是表达“荒谬”的真正来源。

也许有人会反对我，因为我违反了自己的规则，把这世上的种种不堪与恶行都陈列其中。对于这个，我将作答如下：第一，努力去描述邪恶并保持自己本身的“出淤泥而不染”实属不易。第二，书中所表现出来的“恶”表面上是人的思维所致，其实却是源于人性的怯弱。第三，写“恶”的目的并非简单的嘲弄、讽刺，而是要引起人们对“恶”的痛恶与厌恶。第四，书中的人物并非效仿的榜样。最后，书中之“恶”并非“人本恶”，只是言不由衷、身不由己而已。

# 沃尔特·惠特曼[1]〔美〕

## 《草叶集》序言

美国不抵制过去，也不排斥在过去的各种形式下，或是以往的各种政治制度中，或社会等级观念里，或古老的宗教信仰中产生的东西，而是平静接受教训，耐心地坚持学习与生活息息相关的礼仪和文学。当提供其需求的生命已经变成新时势下的新生命，而腐肉仍然附在思想、行为、文学之上时，美国并不像人们想象的那样急躁不安。懂得尸体应该从饭厅和卧室慢慢地挪走，需要在室内多停留片刻，懂得它曾适合那个已成为过去的年代，它的基业已经传递给了走到他跟前的那位强壮的继承者，而这位继承者将会是最适合这个时代的。

古往今来，无论任何时候，美国人的诗歌意识都可能是最饱满的。其实，

① 惠特曼（1819—1892），最早的美国诗人，出生在长岛，在布鲁克林的公立学校受教育，也是打印机学徒。作为一个青年，他在农村学校任教，后来去了纽约布鲁克林和新奥尔良。“草叶”出现在1855的第一个版本，随着前言在这里印刷。在战争期间，他在军人的医院里担任志愿护士，在医院关闭了后，在华盛顿他作为一名职员在政府服务，直到他死前，他仍然在写诗。

美利坚本身就是一首伟大的诗。迄今为止的世界历史上，那些最宏伟、最生动的事物，比起合众国更宏伟、更生动的事物，似乎已经显得驯服而有规矩了。在人类的活动中，到现在为止，这里终于出现了与昼夜所传播的活动一致的东西。美国不仅是一个民族，而是由多个民族融合而成的生机勃勃的整体。这里涌现出了一种从必然不注重特点和细节的束缚中解脱出来了的事业，这种事业正浩浩荡荡地在在广大群众中进行。这里永远有一种象征英雄的慷慨精神。在这里，人们发自灵魂地喜爱粗犷之人和长着大胡子的人，还有辽阔、险峻和淡漠的气质。在美国，它的群众和团体不屑于那些繁文缛节、琐碎小事，他们以大无畏的精神努力推动着自己的前程，干劲十足，热情澎湃，以汹涌的气魄延伸，到处是一片欣欣向荣的景象。你看，只要地里长出庄稼，果园落下苹果，海湾里生产鱼虾，男人可以让妇女怀上孩子，它一定就拥有那一年四季的财富，永远也不会破产。

其他国家通过他们的代表来表现自己，但美国的天才们并不是在其行政或立法机构里，也不是大使、作家、大学教授、教会人员、上流人士，更不是新闻工作者或发明家，他们总是在最普通的人民之中。他们的举止、言语、穿着、友谊，他们清新爽朗的外表、率真的性格，他们那独特生动的淡定举止，他们坚持不懈地追求自由，他们憎恨一切不得体的、软弱的、吝啬的事物，一个州的公民受到的其他州的实际认可，他们被激起强烈的怨恨，他们对新奇事物的好奇心和欢迎，他们的自尊和强烈的同情心，他们对蔑视的敏感，他们面对上层人物所表现出的从容的心情，他们言语的流畅，他们在音乐中体会到的快乐，男子气概的柔情灵魂也以自然优雅的形式进行展示，他们的总统向他们脱帽表示的致敬——这些也都是不押韵的诗。它在等待与之相配的、恢弘大气的吟诵。

广袤的大自然和伟大的国度，如果没有相应的博大和慷慨的精神，就显得很畸形了。无论是大自然，还是富强的国家、街道、轮船、繁荣兴旺的商业和农场、金钱、学问，也许都不能使人的理想得到满足，也不能满足诗人，也没有什么回忆可以满足他们。一个充满生机的国家总是可以留下深刻的烙印，可以以最低的代价获得最高的权威，即从它自己的灵魂中实现。这就是对个人或国家、目前事业和辉煌成就，以及诗人的题材的有益使用的总和——似乎还有必要一代又一代追溯东方的历史呢！似乎那些可证明的美丽和神圣必定不及那些神话的美丽和神圣呢！似乎在任何年代，人类都能留下自己的烙印呢！似乎西方大陆的发现带来一切的新开端及发生在北美和南美的事情，还不如古代的小剧场和中世纪那漫无目的的梦游呢！美国的骄傲留下了城市的富庶和繁盛、商业和农业的所有收益、辽阔的地域和对外的胜利，欣然去培育那些完全成长了的、不可征服而又单纯的人。

美国诗人需要囊括新旧事物，因为美利坚是一个多民族的国家。作为一个吟游诗人，要与美利坚民族相称。对他来说，其他的大陆都能为他所用。他是为了它们，也是为了他自己而接待纳它们。他的精神与他的国家的精神相适应，他是这个国家的地理、生态以及湖泊与河流的化身。密苏里河、哥伦比亚河、俄亥俄河、瀑布密布的圣劳伦斯河、充满阳刚之气的哈德逊河、年年泛滥、水道曲折的密西西比河——它们流入海洋，更流入了他的心脏。那辽阔的蓝天，无论是弗吉尼亚州和马里兰州内海上的蓝天，是马萨诸塞和缅因州附近海域的蓝天，还是曼哈顿湾、张伯伦湖、伊利湖上的蓝天，还是安大略省和休伦湖和密歇根州及苏必利尔湖上的蓝天，还是在得克萨斯和墨西哥、佛罗里达和古巴的海域上的蓝天，又或是加利福尼亚和俄勒冈附近海上那片蓝天，都与下面那片湛蓝的海水相映衬，而他也与这碧海蓝天相连接。当大西洋海岸和太平洋海岸延伸时，他也同它们一起向北或向南伸展。同时他也从东到西横跨在它们之间，并且反映它们之间的所有。一些生命力顽强的生长物在他身上长出来了，它们赶得上那些松树、雪松、铁杉、槲树、三羊槐、栗树、柏树、山核桃树、菩提树、杨树、鹅掌楸、仙人掌、野葡萄树、罗望子树、柿子树等，它们交织在一起，仿佛和藤丛或沼泽里的缠结物，如同覆盖着透明的冰、被挂着啪啪作响的冰凌的森林，又像是山脉的侧面和顶峰，像无树的平原或高地或草原那样美丽而广阔的牧场，到处是飞翔、歌唱和尖叫的声音，与那些野鸽、啄木鸟、黄鹂、大鹞、浪鸭、红肩鹰、鱼鹰、白鹮、印度雌鸡、猫头鹰、水雉、牢狱鸟、杂色雄鸭、乌鸦、嘲鸫、秃鹰、夜鹭和鹰隼等相互应答着。对他来说，容貌来自于父母双方的馈赠，而进入到他内心的是真实的东西和过去及当下的事件的本质：有多种多样的气候、农业以及矿山，有土著人的红种部落，有进入新的港湾或停泊在充满岩石的海岸的饱经风霜的船，有北部或南部的第一批移民者，有灵敏矫健的身躯和肌肉，有一七七六年无情的反抗、战争、和平和宪法的制订，有经常被挑衅者包围但保持冷静和坚定的联邦，有不断涌入的移民、码头很多的城市和好的船只、未勘探过的内陆，有圆木房子和林中空地，野兽、猎人和捕猎者，还有自由贸易——渔业、捕鲸业和淘金业，不断地孕育新生的新州。每年召开的国会，准时从各个地方及最远的地区报到的议员，年轻教师和所有自由美国工人的高尚的品质，平凡的热情、友爱，事业心，男女之间的完全平等，强烈的爱欲，人口的自由流动，生产、贸易以及省力高效的机器设备，南北的互通有无，纽约消防队员和野外打靶，南方的种植园生活，东南部的、西北部的和西南部的特性，奴隶制及其胆小的护卫者，在奴隶制结束之前或在舌头停止说话和嘴唇停止运动以前，都会坚决反对奴隶制的势力。对于上述种种，美国诗人的表达将是超凡且新颖的。他们的表达将是非直接的、非叙述式的、非史诗式的。它的性质不仅贯穿于这些之中，而且涉及大得多的范围。让别的国家歌唱他们的时代和战争吧！让它们详细描述它们的纪元和品质吧！让它们如此这般结束它们的诗歌吧！但是共和国的伟大的赞美诗不是如此。在这里，诗歌的主题是兼具创造性和长远性的。在这里，在那些受人们钟爱的石匠中，出现了一个断然而科学地策划的人，他果断地在今天没有坚固之物的地方看见了未来牢固而又美丽的丰碑。

美利坚合众国这样的血脉中充满着诗意的国家，是最需要诗人的，而且必将拥有最伟大的诗人，并让他们的才能得到最大限度的发挥。这个国家真正的仲裁者不是总统而是诗人。伟大的诗人是整个人类中最稳定公平的人。事物不是在他身上时，而是在离开了他时才会变得怪异、偏执或反常。尺有所短，寸有所长，事物的好坏没有绝对。他以适当的比例恰当地赋予每个物体或每种质量。他是灵活的裁判，起着关键的作用。他使他的时代和国家相平衡，他为那些需要的人供应其所需，他制止那些需要制止的。如果是在和平年代，他便显示出和平的精神，即拥有广大的土地、富裕的生活、节俭的好习惯以及建设规模庞大和人口众多的城市，鼓励农业、艺术和商业——照亮对人类、灵魂、永生的研究——联邦、州或市政府，婚姻、健康、自由贸易、水陆交往，没有什么太近，也没有什么太远，星球的距离没有那么远。在战争时期，他是最凶狠的战斗力，谁要是征募了他，就是征募了骑兵和步兵，他会拿来专家们见过的最优良的大炮作为武器。如果时代变得怠惰而沉闷，他知道如何唤醒它，他所说的每一句话能为时代带来活力。在旧俗、恭顺或陈规的泥沼中，无论什么停滞了，他都绝不会停滞。恭敬顺从不能支配他，但他能支配恭敬顺从。他站在高不可及之处，打开一盏聚光灯，用手指扭动枢轴，他能轻易地追上并且包围那些最敏捷的奔跑者，并把他们击败。虽然随着时间的流逝，世界渐渐沦于背叛、阿谀和嘲弄，但他们仍然凭借自己坚定不移的信念屹立于世，他呈上自己的菜肴，他奉献出自己的美味而营养的肉食来强健人们的体魄。他有最杰出的头脑。他不是辩论家，而是裁判。他不像一个法官，而是像围绕在一个无助者身边的阳光。由于他看得最远，他有最坚定的信念。他的思想里包含着事物美德的灵魂。离开了他的立场来谈灵魂、永恒和上帝，他便保持沉默。在他看来，永恒并不像一出有头有尾的戏剧，他在人的身上看到永恒，他不把人看得如梦幻般那样虚无或微不足道。信念就是灵魂的防腐剂，它弥漫在人群中，保护着他们，他们从不放弃信念、期待和信任。一个无知者会蔑视并嘲笑一个高尚的、极具表现力的艺术天才，这显示了无知者难以形容的幼稚和混乱。诗人能确切地看出，一个并非大艺术家的人也可以像最伟大的艺术家那样神圣和完美。他随意运用毁灭或改造的能力，但从不运用攻击的力量。凡是能过去的终将过去。如果他不展示自己优越的典范并一步步地证明自己，他就不合乎需要了。伟大诗人的存在所要战胜的不是会谈、斗争或任何准备好的意图。他从那条路走过去了，你看他的背后，没有留下绝望、厌世、狡诈、排他、种族或肤色之耻和对地狱的幻灭或肯定的一丝痕迹。从那以后，不会有人因为无知、缺点或罪过而再受到批判。

在最伟大的诗人眼里，没有鸡毛蒜皮的琐事。如果他给曾经被认为微小的事物注入生命，那么它们就会壮大起来。他未卜先知，他独一无二，他是完整的。别人也同他一样优秀，然而只有他明白，别人却不知道。他不是合唱队中的一员，他从不会为了遵守任何规章制度而止步不前，他是掌管规章制度的人。视力对其他的事物起什么作用，他也起那种作用。谁知道视力难以理解的奥秘呢？其他的感官证实它们自己，但是这个感官除了它自己以外就没有任何其他证据了，而且它是精神世界的所有特性的先驱。它只要轻轻地一瞥，就能嘲笑人类的全部调查、世间所有的工具和书籍以及全部的推论。什么是不可思议的呢？什么是未必如此的呢？什么是不可能的或没有根据的或模糊不清的呢？你一张开那桃核大小的眼睛，看看或远或近的，看看日落，都能将所有事物迅速、温柔又及时地纳入眼底，没有任何混乱、推撞和堵塞。

陆地、海洋、动物、鱼类、禽鸟、天空、星辰、树木、山岳和河流，这些都不是微末的主题，但是人民期待诗人去表明的不仅仅是这些事物的美丽和尊贵，他们期待诗人指出在现实与他们的灵魂之间的路径。人们对于美的察觉已足够好了，也许和诗人一样好了。猎人、樵夫、早起者以及菜园、果园和田地的耕种者们的热情和韧性，健康的妇女对刚强的体态和航海者、赶马人的爱慕，对阳光和野外的激情，这些都是长期生活在户外的人们对美的无穷感知以及他们身上充满诗情画意的各种各样的体现。他们从不需要靠诗人的帮助去感知（高雅优美），有的人也许想要这样，但他们做不到。诗的特性不在于韵律的安排、形式的统一或对事物的抽象的表达，也不在于感伤的抱怨或有益的箴言，而在于所有这些和其他内容的生命，它们都存在于灵魂之中。押韵的益处是它为更甜美丰富的韵律降落了一个种子，而形式的好处是它将自己传达到土地那视野所不能及的根里。完美的诗歌形式应允许韵律的自由发展，应准确而松散地结出紫丁香和玫瑰般的花蕾，形状像栗子、柑橘、甜瓜、梨子那样紧凑，并且散发出无形的香气。最好的诗歌、音乐、公开演说或背诵的流利性和修饰都不是独立的，而是依赖于他物的。所有的美丽都源于美丽的血液和美丽的大脑。如果这两种不凡之处结合在一个男人或女人身上并同时体现出来，那就足够了。全宇宙都认同这个事实，但插科打诨和虚饰即使一百万年也不会被接受。过于费神纠结于装饰和流畅的人是误入歧途了。你应该做的是：热爱万物，轻视财富，对需要帮助的人施以援手，包容愚人和疯子，憎恶土豪劣绅，有耐心和宽容对人，对上帝虔诚，不向已知或未知的任何人或一群人卑躬屈膝，去与未受过教育的人自由地相处，在你生命的每时每刻细细品读这些片段，审视你所被告知的在学校、教堂、书上得来的一切知识，丢弃任何侮辱你自己的灵魂的东西，那么你自身就会成为一首伟大的诗，不仅在语言里，而且在你的唇和脸的静默的线条里，在你每次眨眼间，你的运动和关节间都具有了最完美的流畅性。诗人不应把他的时间花费在不必要的工作上。他知道土地总是松好了土并施好了肥的，随时可以耕种，别人可能不知道但他必须知道。他的坚定的信念应该去统率他所接触的每件事物的信念及一切情感。

在已知的宇宙中若存在着一个完整的爱人，那就是最伟大的诗人。他消耗着永恒的热情，不考虑会碰到什么样的机遇或可能发生什么幸福或不幸的意外，并且坚持每天每时付出的珍贵代价。那些阻碍和打击旁人的东西反而能激励他前进并给他带来无上的快乐。别人接受乐趣的容量在他面前微小得几乎要等于零了。迎接黎明的曙光，观赏冬日的树林或孩子们的嬉戏，他环绕上他或她的脖颈。他的爱最重要的是休闲和广阔——他离开房间里的自己。他不是一个优柔寡断或可疑的爱人，他是可靠的，他瞧不起若即若离。他的如阵雨般刺激的经历不是徒然的。没有什么能使他感到震惊，苦难和黑暗不能，死亡与恐惧也不能。对他来说，抱怨、嫉妒和羡慕是埋在地底的腐烂的尸体，他看见它们被埋葬。像大海相信海岸，海岸相信大海一样，他深信他的爱和所有的美好都会有结果。

美的结果不是偶然的，它像生命一样必然发生，像地心引力般确切且绝对。它像是一种注视的目光、一种长久的听觉、一种绵绵不断的声音，永远对人类与事物之间的和谐感到惊奇。不仅那些被假定代表其他人的代表们能够懂得并感受到它的存在，那些其他人的身上也有美和善的影子。他们都懂得生活中美和善的法则，懂得它的完成对于每一件事物来说都是为它自己并且从它自己的方向向前发展，懂得它是很大度且无私的，懂得无论在白天还是在黑夜里的每一分钟，是在大地上的每一寸水或每一寸面积上，它都无所不在——整个宇宙、人间的每一个行业、时势的变迁，都有它的存在。这就是关于美的表现有精确和平均的理由，不需要让一个部分高于另一个部分。最好的歌唱家并不一定是声音最好的人，诗歌的愉悦也并不是那些采用漂亮的韵律、比喻和音效的作品。

最伟大的诗人毫不费力就能让一切事情、感情、景色、人物多多少少地在你听它们或阅读它们时影响到你的性格。要很好地做到这一点，就意味着要努力掌握那些时代前进的规律。一定要明确这样做的目的和方法，其中最好的也是最清楚的方法就是时刻地暗示自己，过去、现在和未来是连接在一起的。最伟大的诗人使将要发生的和已经发生的与现在正在发生的事物连接在一起。他把死者从他们的棺材里拖出来，让他们重新站起来。他对过往的事物说：站起来，在我面前走走，好让我知道你。他接受教训，他存在于未来转化为今天的地方。最伟大的诗人不仅仅以其人格魅力影响他人的性格、感情和事物的情景，并且最后要使其提高，他把那些谁也不明白其作用的东西表达出来，但他只在那最后的时候看着。他在表现那最后一次隐约的微笑或愁容时是最精彩的，这临别时的表情会使每一个目击者事后多年仍受到鼓励或担心。最好的诗人并不作道德的讲说或运用道德，他了解灵魂。灵魂有着只接受自我检讨却不接受他人批评的自豪感。但是灵魂也有着像自豪感一样存在的同情心，它们保持平衡，它们在一起相伴，不离不弃。艺术最深的秘密与这两者睡在一起。最好的诗人紧紧地躺在二者之间，它们在他的风格和思想中是重要的。

艺术的艺术、表达的光华和文字的绚丽在于质朴。没有什么比质朴更好的了，其他任何表达方法和质朴相比都不能算是好的表现手段。能将每个题目都说清楚的本领并非罕见，但是在文学中，表达时能像在森林中的动物一样，活动自如又自然，还能与周围的花草和谐地在一起，那才是艺术的完美的成就。如果你见过一位有这样成就的人，那你就见过了自古以来最好的艺术家之一。你会满意地注视着、想着他，就像看着海湾里飞翔的灰色海鸥、俊美的纯种马、高高的歪着脖子的向日葵、在天上运行的太阳和跟在它后面的月亮那样。最伟大的诗人所特有的不是一种鲜明的风格，而是一种对思想和事物的恰如其分的理解，同时这种理解也能让他自己感受到自由。他向他的艺术宣誓：我不愿多管任何事，我也不高兴让我的写作中有繁琐、深奥的东西存在，像是帷幕一样把我和我的观众拉远，我不要任何东西挡在中间，哪怕是最华丽的帘子。我要精确地说明我所说的那些东西的实质。让别人去吹嘘、去震惊、去迷惑或安抚吧，我有着像健康、温度或冰雪一样的目的，不考虑别人的意见。我将把我所体验或描绘的东西从我的笔尖不带修饰痕迹地表达出来。你要同我一起向其实质中看去。

有血性和纯洁的素养的大诗人们将由他们的从容自在来证明。一个无畏的人会放松地走过和走出不适合他的风格、先例或权威。那些作家、学者、音乐家、发明家和艺术家的兄弟关系的特性中，没有什么比前进的新的自由形式的无声的挑战更好的了。在需要诗歌、哲学、政治、机制、科学、行为、工艺、一种适当的本国大歌剧、造船业或任何工艺的时候，他永远能提出最具独创性的实例。最简洁的表达就是发现没有能实现自己的价值的领域，开放创新的领域并实现自己。伟大的诗人给每个男人和女人的信息是：用平等的身份到我们这儿来，只有这样你才能了解我们，我们并不比你好，我们所能围绕的你也能围绕，我们所能享有的你也能享有。你认为只能有一个上帝么？我们肯定有无数个上帝，而且一个并不与另一个相抵消，就像一种眼力并不抵消另一种一样，并且那时人们会变得很好或者极重要。你认为宏伟的风暴、肢解、最致命的战争、破坏、自然最疯狂的暴怒、海洋的力量、大自然的运动和人类的渴望、尊严、仇恨与爱的剧痛都在哪里呢？据说灵魂中的某些事情在说：愤怒吧，旋转吧，我到处扮演主人，天空痉挛和海洋破碎的主人，自然、激情、死亡、所有的恐怖和所有的痛苦的主人。

美国吟游诗人用慷慨和喜爱来鼓励竞争对手。他必须千变万化，没有垄断和秘密，乐于将所有传递给其他任何人，每天都渴望对手。他们不会注意财富和特权，他们就是财富和特权，他们会察觉谁是最富裕的人。最富裕的人就是面对所有他看到的等同物时更强大地展示他自己的财富。美国吟游诗人不应该专门去描绘一个劣等的人，也不应该主要地描绘爱或者真理，或者灵魂，或者身体，不应该重视东部各州甚于西部各州，或重视北方甚于南方。

精密科学和实践运动对于最伟大的诗人而言，不是束缚，而是对他的鼓励和支持。那里是始发点和充满回忆的地方。那里有最先将他高举并拥护他的双臂。那里是他在经历风风雨雨后最终要回到的地方。水手、旅行者、解剖学家、化学家、天文学家、地理学家、骨相学家、牧师、数学家、历史学家和词典编纂者不是诗人，但他们是诗人的立法者，他们的建树是每一首完美的诗的结构的基础。无论什么出现或被表达出来，都是因为他们给送来了概念的种子。灵魂的看得见的凭证来自于他们，并且站在他们身边。各种各样的强健的诗人永远只能从他们的精液中产生出来。如果父亲和儿子之间有爱和满足，如果儿子的伟大来自父亲的伟大，那么诗人与真正的科学家之间也必然有爱。诗的美中包含着科学的繁荣和赞赏。保证有丰富的知识和对事物的深刻思考是重要的。诗人的灵魂膨胀起来，但它永远能支配自己。深渊是无法测量的，所以是平静的。天真状态恢复了，它们不谦卑也不鲁莽。那种关于特殊与超越自然和所有纠缠或从中引申出来的东西的整个理论都像梦一般消失了。以前发生过的、现在发生的和可能或必然要发生的，所有都逃不了那些重要的根本法则。它们适用于任何情况和一切情况，不会加快也不会放慢。任何事物或人物的奇迹在庞大而清晰的设计中是不能承认的，而那里的每一个动作、每一片草叶、男人和女人的身体和精神及与他们有关的所有，都是完美的、相互关联的、有特性的奇迹。而且，要承认在已知的宇宙中有什么比男人和女人更神圣的事物，这也是与灵魂的实际情况相悖的。

尘世间的一切生物，都需要从事实出发，并且对于他们曾经、现在和未来的研究也绝对不可以停止，要十分公平地完成。在这个完成的同时，哲学家们也在思考着，他们始终面对诗人，始终注视着所有向往永远幸福的趋向，这些趋向和各种听到的、看到的、感觉到的与灵魂所感觉的东西一直都是一样的。因为只有那些憧憬幸福的永远趋向能证实那些聪明的哲学理论。不能完全做到这一点的，不能够与光和星球运动的规律有着同样的作用，可能比不上那些与坑蒙拐骗之人相合适的法则，可能比不上时间的漫长之路、地壳加厚、逐渐形成隆起的小山——这所有的一切都不值得我们去关注。假如将上帝写进一首诗中或一个哲学的规律中来与某个存在物或某种力量相抗衡，同样不值得重视。聪明与完整性是优秀大师应该具有的特点，如果在一件事情上毁坏了，那就全部都毁坏了。优秀的大家与身边的奇迹有关系。因为他是普通人中的一员，所以也变得健康起来。在他优秀的时候，他才能看到自己的缺点。简单的基础逐渐发展到完美的形式。能够顺从一个法则是非常好的，这就是适应性。优秀的人知道这样是非常好的，知道所有事情都是非常优秀且顺其自然的，觉得没什么，也不太在乎。

在一些优秀的人身上，思想的自由和独立是必需的。只要有人类存在的地方，自由就是被伟大的人所信奉的，但诗人从来都是比别的任何人都更加支持和欢迎自由的，诗人是自由的提倡者。他们是从古至今符合这个称呼的人，自由已经被授予给诗人了，诗人们需要去保护它。对于诗人来说，没有什么比自由更重要的了，没有任何东西可以诋毁它。优秀的诗人们鼓励低阶层的人去信奉自由，来压制君主。诗人们的举手投足，都对君主充满了恐吓，给低阶层的人们带来了希望。你只要接近优秀的诗人们，尽管他们没说太多，你都能学到一堂有益的关于美国的课。那些心地善良却屡战屡败的人，或者是太过自大的人，或者是太过势力、太过胆小的人，都不可能是自由的忠实信仰者，自由是靠自己去慢慢体会的，不去承诺任何事情，安静地坐着思考，积极生活，自然安逸，从不低沉。战争依然在进行着，时进时退，如果敌人打败了我们，那么就是各种的酷刑，在执行时他们觉得是理所应当的事情。正义沉睡了，被卡在咽喉处，年轻的人相遇时都不敢直视对方，难道他们是失去了自由吗？当然不是。自由永远都不会是第一个要求退出的，它永远会坚持到最后。当曾经的荣誉都已经消失的时候，当那些热爱祖国的人不被人们所承认的时候，当大家被谣言弄得不再相信他们是爱国者的时候，当新生儿不再以英雄命名而以暴君命名的时候，当人们不再同意自由者的观点而是觉得暴徒的观点正确的时候，当我们去到其他的国家，看到同胞们以平等的友谊对待我们，不叫任何人主人却对他们感到同情的时候，当我们看到被奴役的人民而感到十分欣喜的时候，当深夜里暗自用心灵进行思考的时候，当他们把一个善良的人经过熏陶变成一个神志不清、不分善恶的人的时候，当各个地区那些能够真正发扬美国精神却没有不反对北方的奴隶制度的南方人、阴险狡诈的政客、希望在政府等相关机构得到捷径的人，他们无论有没有名分可能都会得到人们的爱戴，当你宁肯成为一个坐在办公室拿着高薪的傻瓜、无赖，而不愿意做一个有自由却没有固定工资的机械修理工或者是一个可以不摘下帽子却心胸坦荡的农民的时候，当某个政府的机关可以以或大或小的规模奴役人民，却不会因这罪行而得到应有的惩罚的时候，或者更直接地说，当地球上所有生物都被清理的时候，那时候可能自由才会从世界上消失。

全世界的诗人们的热情都沉浸于对自由的渴望和热爱中，所以他们的诗的真实性高于一切其他的小说，在他们通过写诗进行自我的真情流露的时候，白天变得更加光明，夜晚也因此变得更加幽暗深邃。每一个真实存在的物体都会因此有了属于它自己的美感。算数方法表现出它的美，老年人也因此而变得更加美丽，做木工的行业也因此变得美丽起来，歌剧也变得更加美丽起来，在大海上也有那美丽的纽约号在辉煌地驰骋着，美国所有高层政府也闪烁着美丽的光芒，那些简单而美丽的拥有奋斗目标的人也变得美丽起来。诗人们打破所有的束缚和不平等的条约。他们是非常有价值的人，他们在对自由的追逐中消除了贫穷，打破了自满，赢得了财富。他们这样说：你作为领导人，永远都不知道什么叫作贫穷。图书馆的所有人不是为了图书馆的所有权而去经营那个图书馆。所有的人都是图书馆的主人，同样阅读过各种不同风格、不同条件的人，但是他们自由地穿梭于其中，努力地去奋斗，去得到一个充实的结果。当诗人们的品质进入到真实的肉体和灵魂以及对事物的乐趣时，他们真真切切超过所有的小说和浪漫的故事。当他们沐浴在阳光下，日光照亮了更多的事实，在日出和日落之间的幽暗也要加深很多。每一个精确的对象、条件、组合或过程中都表现出一种美——乘法表的美丽，年老的美丽，手艺好的木匠显现的美丽，大歌剧的美丽，在海上扬帆闪耀着无与伦比的纽约帆船的美丽，在美国各界和政府协调上也有美的存在……那些最普通而明确的意图和行动也同样有美的存在。宇宙的诗人们预先通过所有介入的覆盖物、混乱及战略向最初的原则出发。它们的使用是有用的。他们从必要性，并从其需要和财富来帮助他们消除贫困，从自己满足的状态中消耗他们的财富。他们说，你是大老板，或者感觉比任何其他人都不会多。图书馆的主人是否就拥有合法权利，只因为他买了它。任何一个进入图书馆的人都是可以阅读相同的语言、题材和风格的所有品种的主人，它们可以轻松地进入人们的心中，在那里获得柔软、强大和丰富的力量。

在美国各州，强大而又健康的、不以破坏自然环境模型的行为是快乐的，违反自然环境的行为也是不被允许的。在矿物、木板画、装饰或雕刻中，或在报纸和书籍里插图中，或在任何的喜剧或悲剧的打印纸里，或在编织的东西、任何美化居室、家具、服饰图案中，或在放在船头或船尾的飞檐上，或纪念碑里，或摆在人们眼前和室内室外的任何地方中，如果扭曲了真实的形状，或造成人、地方或突发事件，就是一种滋扰和反抗。人类的形体是如此伟大而又绝不荒谬。对于一件饰品，没有什么是可以让我们改变的，但是这些饰品符合自然的事实，以及无法抑制饰品本身的完整性所必需的装饰是被允许的。大多数美丽的作品是无装饰的，夸张会在人类生理上受到报复。干净的、充满活力的孩子是在自然形式的社区公共模型的每一天中产生的，伟大的天才和这些国家的人民必须不会堕落到浪漫的爱情之中。历史正确地告诉他不需要更多的浪漫和修饰。

伟大的诗人，他们的诗作是没有所谓的完美的，但诗人本身光明正大的言行是人们所尊敬的。然后人们的大脑跨越回新的爽朗的欢乐和高尚的声音之中：坦率是多么的美丽！因为完美的坦率，人们的所有的缺点都可以被原谅。今后，不要让任何人对我们撒谎，我们已经看到，坦率赢得所有的世界，没有一个例外。通过富有的一个国家或整个共和国来看，一个说谎或狡猾的人会被发现和鄙视，灵魂不会被愚弄。也永远不会被愚弄，从来没有在任何大洲，也没有在任何行星、卫星，也不会在小行星，也不会在太空的一部分，也不在密度之中，也不会在海的流动下，也不在婴儿出生之前，也不在任何时候的生活的变化中，也不在我们所谓的死亡之后，或者是任何生命的中止或活动时期，也不在任何地方的形成过程或改革之中。

格外小心或谨慎，最合理的健康本能，妇女、儿童的强烈希望和喜爱，破坏性和因果关系，是与自然统一的完美感，同样的精神应用到人类事务中是恰当的。这些被称为世界上最伟大的诗人从母亲的子宫里诞生出来时所获得的要素。谨慎很少远远不够。如果一个谨慎的公民致力于实际上的利益，很会为自己及他的家人考虑有无债务，过着合法公民的生活。最伟大的诗人看见了并承认这些经济体，就好像看到了食物和睡眠的经济体，那样，他就会对谨慎有较高的概念，比如他认为非常谨慎的时候，他轻微地关注一下大门的门锁时就不会认为他是立了大功了。生命谨慎的前提不是它的热情好客或它的成熟和收获。除了单独搁置安葬费的一小笔费用和几个围在四周的隔板的开销以及一年的普通衣服和饭菜的费用之外，作为这样一个伟大的被遗弃的忧郁的谨慎的人，必须经历炎热的天、冰冷的夜以及令人窒息的诡计和卑劣，或无所谓殡仪馆的小事，或别人饿肚子时折磨别人而大吃大喝，或地球的气味和绽放的花草的气氛和海的传递，或在青年时必须做的，或妇女和男子的本质的全部损失并引发疾病和绝望的反抗，以及一个天真的生活的宁静和庄严和死亡的可怕的喋喋不休，是对深谋远虑的现代文明的大骗局，是污点表面和制度文明不可否认的草稿，并用泪水滋润灵魂的吻传播和舒展开原本的样子。

但是关于谨慎，正确的解释仍然没有完成，这仅仅是财富、最尊敬的生命、尊严上的谨慎。在那些或大或小的人一想起还有适于不朽的谨慎的思想时都回避的情况下，就显得很微弱而不能引起凡人眼睛的观察。什么是智慧，填补了一年或七十年或八十年间距的年龄，强劲并且丰厚，参加婚礼的宾客有着清晰的面孔，就可以在一定时间看到每一个方向宾客的面孔，这像兴高采烈的你吗？只有灵魂本身指的是一切，所有的人认为是结果。一个男人或女人的举动可以影响他或她，在一天或一个月或某个阶段或死亡的那一刻会影响他或她前进，然后间接地影响任何部分。间接总是直接的另一面，伟大而又真实。精神从身体出来，传递给身体的是一样的。没有一种言语或行为的名字，不是性病溃疡，没有隐私的手淫，不是腐败静脉或干涸血液，不挪用公款或狡猾、背叛、谋杀，没有毒品去勾引女人，不是女人愚蠢的不屈服，卖淫，年轻人的任何堕落这意味着不是实现增益，没有污秽食欲，严厉的军官人或法官对囚犯、父亲对儿子或儿子对父亲或丈夫对妻子或老板对自己的孩子的严厉的行为，不贪婪的表情或恶性的愿望，也没有任何的诡计练习，并且正式进一步在其中实现，他们又再一次地回来了，慈善机构或个人的力量也不能推动智慧，永远不在深刻的探究其原因，添加或减去或将是徒劳的。小的或大的，知道或不知道，黑人或白人，合法或非法的，生病或健康，从最初的灵魂到最后期限，所有的男性或女性都是充满活力和仁慈的，在宇宙永远不可动摇的范围中，对他或她是有利的。如果野蛮人或罪犯是明智的，如果伟大的诗人或学者是明智的，如果总统和首席大法官同样聪明，如果年轻的技工或农民没有更多或更少的聪明，如果妓女是聪明的，那么也没有什么不同。回报将回到现在。所有最好都行动起来，战争与和平，给予亲人、陌生人、可怜的老人、悲伤的孩子、寡妇和病人帮助，所有的人都被变成奴隶，逃避所有的自我否定，站在稳定而冷漠的残骸上，看着别人坐上救生艇，原因是座位都提供给物质好或生活好的人，或为朋友着想或提供意见的缘故，所有邻居嘲笑他们的伤痛爱好者、所有甜蜜的爱情和母亲珍贵的痛苦，所有困惑中正直的人或无冲突的为数不多的古代民族生活的片段，我们继承成百上千的力量，更古老的国家不为我们所知的名字或日期或地点的好的开始，无论成功或失败，神圣的或用他的伟大的双手塑造所有是好的想法或在全球的表面的任何部分，我们在任何的流星或那些固定的恒星形成好的想法，或你是如何诞生的，或者是今后将要被你们或任何人很好地设想或完成的——所有这些，各自和全部地在它们当时或今天或今后都适用于它们所从中产生或将要产生的那些本体——你猜他们任何人只活了他的时刻吗？世界不是这样存在的，没有明显部分或长时间的无形存在，现在存在的问题是没有结果来自它的先行者。最值得一提的地方是，这样追溯下去，就不能说这个发展中的哪一点比另一点更接近其开端，无论是否满足灵魂的真相。最伟大的诗人在谨慎的渴望和灵魂的渴望中找到最后答案，并不是从轻蔑不谨慎的方式，而是是否符合它的方式，不允许让自己或者在任何情况下，都把生与死视为什么都没有的特别的安息日或审判日。

如果他不淹没在自己现在的年龄里和广阔的海洋潮汐中，如果他不能吸引他的国家的身体，将无尽的爱缠在它的脖子上，把自己犹太人的肌肉变成它的优点和缺点……如果他不把自己的时代理想化……如果他的永恒没有打开，给所有的时间和地点和流程，有生命的和无生命的一样的形式，这是时间的债券，今天的游泳形态从它的模糊性和无限性中上升，是举行生命的韧性锚，应将目前的点变得能通过过去和未来，致力于这一小时的波浪，这一个波浪的六十个美丽的孩子，让他融入一般运行中等待他的发展。

诗歌或是任何字符或是工作的最终测试，有先见之明的诗人能使自己成为预测未来几个世纪，预测时间变化后的法官。它们能通过这些？它仍然能不知疲倦地坚持？将相同的风格和相同的文采作为理想的方向？没有新的科学发现或到达思考、判断和行为的更高层，能使他像飞机被人看不见？有几十甚至数百和数千年的时间，为了他愿意向右、向左摆手？在他被埋葬后很久很久还会被爱？年轻的男人也常想到他？年轻的女人经常想起他？中年人和老年人都想着他？

一首伟大的诗是很多很多个时代所共用的，是所有阶层、所有民族、所有部门和所有教派共有的，是所有女人和男人共有的。一首伟大的诗并没有结束一个男人或女人，而是一个开端。是否有人幻想，有一天他能坐在应得的权威上，满意于一些现实的解释，并且觉得愉快而充实？伟大的诗人不会走到这样的终点，他既不会停止也不会安于舒适。他的灵巧表现在行动中。把确信的坚定的控制力带到前所未有的领域的人，从此以后不眠不休，他把看到的空间和不可言喻的光泽，当成是有旧的斑点和光泽的死的真空吸尘器。他的同伴把看到的进步和学习当成一个意义。年老的鼓励年轻人并且告诉他该如何做，他们也将无畏地在一起，直到新的世界固定一条适合自己的轨道，然后镇定地看着那些星星中较小的轨道，并迅速掠过那些绵延不绝的圈子，永远不再安静。

不久将没有更多的牧师。他们的工作已经完成。他们可能会等待一段时间，也许一代或两代人便逐渐衰落。上级应采纳他们地方的宇宙和先知，集体将取代他们的位置。一种新的秩序将出现，他们将人的祭司和自己的牧师区别开。根据他们的愤怒建造的教堂应为男性和女性的教会。通过自己的神性将宇宙和诗人的新灵魂对男性和女性的所有事件和事物做解释。他们应当在现在、过去和未来的症状中找到自己的灵感，他们不会屈服，并将捍卫不朽的信念、事物和自由，或精致美观的灵魂及现实的完美。它们将出现在美国，并得到来自地球的其余部分的回应。

英语是乐于表现一个伟大的合众国的。它足够强健、足够灵活而且足够丰富。它生长在这个历经各种环境变化但从不缺乏政治自由思想（它是一切的主导）的民族的粗壮的枝干上，吸收了更加优雅、更加快乐、更加微妙、更加优美的语言中的词汇。它是有抵抗力的强大语言，是一种大白话。它是那些骄傲的、忧郁的种族和所有壮士的语言。它能表达信仰、增长、自尊、自由、公正、平等、友好、审慎决策和勇气。它是表达不可缺少的语言工具。

没有任何伟大的文学作品，也没有任何类似行为：演讲、社交、家庭安排、公共机构、雇员的老板的处理方式，也不执行细节、陆军和海军，也没有立法精神、法院、警察、学费、建筑、歌及娱乐或年轻人的服装，可以躲避美国标准的忧心忡忡和富于热情的本能。不管这种迹象是否无规则地出现在人们的口中，它总是在每个自由人的心中激起一个疑问：它是与我们的国家一致的吗？它否适合这些一直都在发展壮大的、由兄弟姐妹和爱人组成的公社，比旧模式更生机蓬勃，比所有的模型更丰富？是不是它的诞生就是为了供我如今使用呢？适合我这样一个美国人的东西是否会适合其他个体或国家？又或者是没有普遍需要的？或者它只适合特殊的、欠发达社会的需要？又或者只是适合现代科学或社会形态覆盖的愉悦而古老的需求？这是否表示言论的绝对自由？是否应为废除奴隶制而不惜牺牲生命？这将有助于生育一个健壮的男人，并生一个能成为他完美的和独立的伴侣的女人？它是否有利于社会风气的进步？它是否有利于抚育合众国的年轻一代？它是否可以和多子的母亲的乳头上甘甜的乳汁很容易地融合？是否拥有它愈老弥坚的公正与克制？它是否给予了刚出生和快长大的人、误入歧途的人，以及目中无人的人平等的爱呢？

从其他诗中提取出的精华部分可能会消逝。那些懦夫也必将消逝。只有朝气蓬勃的伟大行为才能满足朝气蓬勃的伟大希望。那些微弱的反对声、那些简单无力的反映工具和委婉谨慎的作品，将随时间消逝，不留下任何印记。美国镇静、充满善意地打发掉游客。这不是驱赶，是他们的保证与欢迎。才华横溢的艺术家、巧妙的编辑、政治家，博士，他们在做他们的工作。这个国家拥有勤劳的灵魂。没有伪装可以通过，没有伪装可以隐瞒。它没有拒绝，它允许所有。但它只欢迎与自己一样优秀和与自己相似的东西。个人因为出色的国家而优秀，只要他具备构成优秀的民族的素质。灵魂最大的、最富有的和最自豪的国家应尽量去满足它的诗人。种种迹象表明都很明显。没有恐惧错误的。如果一个是真，那么另一个也是真。诗人的凭证是，他的国家亲切地吸纳了他，正如他吸纳了他的国家一样。

# 塞缪尔·约翰逊[①]〔英〕

## 《莎士比亚》序言（1765）

慷慨的赞誉总是赠与逝去之人，盛情的夸赞也总是留予古时贤士。由此一来，便总有人对此充满怨念之情，他们其中一些人无法使真相有所增益，反而希冀于用似是而非的胡言乱语来博取虚名；还有另一些人满腹经纶却得不到赏识，在失望之余只好仰赖安慰人心的权宜之计来安稳度日，他们想象着不久的将来会有人授予他们无边的荣耀与尊贵的桂冠，相信时间终会留给他们一个肯定的答案。

在古时，就如同世人总有迷恋的事物一般，无疑也不缺大量的敬拜者，此种崇拜并非出于理性之光，仅仅是源于个人的偏见。一些人毫无缘由地偏

---

① 塞缪尔·约翰逊（1709 年 9 月 7 日－1784 年 12 月 3 日），常被称为约翰逊博士，英国文学史上重要的诗人、散文家、传记家。约翰逊于 1747 年开始编撰《英文辞典》，1755 年才完成。《英文辞典》开创了英文辞典学的新阶段。在此之前，英国只有冷僻的难词或新词语的汇编。约翰逊从大量文学著作中搜集素材，选出例词例句。辞典的条目中提到富兰克林的电学发明，引用了大量名作名句，这在当时是辞典学的创举。此外，他还注意日常用词的解释，并对当时的英文拼法起到了规范作用。在 1828 年美国韦氏大辞典问世前，它是最具权威的英文辞典。

好旧时之物，从不加以思索和区分，却未曾料到时间也会掩人耳目。如此相比，古时事物的地位便高于今夕之物，古代贤人的地位便一直凌驾于现世英杰之上。或许人都乐意尊古而非今，人心透过尘封的岁月来审视贤达之士，正如眼睛透过烟熏的玻璃来观察太阳。于是，为何批判争论总是被奉以伟大，就是因为它是将不同时代的长短之处做对比。一个文人尚在尘世，世人就以其最坏的表现评估他的才华；可等到这位才情满腹的文士撒手人寰后，大家才以其最佳的成就品评其功。

然而，作品的卓越性并不是绝对的，而是更多地展露出其存在的潜质与被比较的特性以及与之相关的可能性；虽然有些作品没有明确的指导意味与科学性的理论，但其完全表现出被生活磨砺出的智慧与经验，它只有经过时间的沉淀，才能获得历史客观、公正的评价。一直以来，人自身就拥有审查和对比的特性，所以，如果他们一直保持这种特性，即便面对纷繁复杂的比较，他们也会深信不疑地坚持自己的态度。基于此，就好比大自然所赐予的那些作品，你若从未去感受过它，从未知晓山河之多少，怎敢随便地说出山川如何？所以，圣人的大作也是如此，只有与许多他人的作品比较过了，才会如此出类拔萃。真理在出现的一瞬并没有显示出它的伟大，但它能经得住时间的打磨与推敲，反观岁月的流逝，它需要依靠不同的人群、不同的标准对它加以理解与评价。说到第一座拔地而起的建筑物，未成之时，就已注定其形貌，但它是不是一座巍峨的广厦，却必须等到时间来加以验收。毕达哥拉斯提出关于数字的定理后，便立刻被认同并给予高度的赞誉；但荷马史诗虽未超拔于人类思维的限度，却是历经了百世千代，世人才发现并不能对其中的一字一言做出有丝毫偏差的改动，除了把荷马的故事偷梁换柱，为他的人物起新名字，为他的妙笔更换措辞，也再少有作为。

因此，被高度推崇的著作都是饱含岁月痕迹的，推崇并不是因为盲目追随、信任前人的智慧，也并不是因人类的智力与创造力日益退化这一说法而垂头顿足、万般失望，而是因为有着自身完善的知识体系和自信的思维模式，即：广为流传之作，已被深思许多；已被深思熟虑之作，众人皆知。

这位著名诗人（莎士比亚），我曾对其著作做过一定的修改和订正，如今他在现世之人眼中是古人的优雅气质的代表典范，其美名无可动摇，其尊荣已成惯例。他如今的价值已经超过了他曾经存在的那个年代。他已经不再可能从其作品中获益，因为出于他笔下的鲜活的生活方式与独有记忆已然变得模糊。他的作品无法给予任何观点强有力的支撑，也不能为任何一次争辩提供灵感源泉；如此他即便无法论证事实的真相，也无法给任何虚伪机会。在这个时代，阅读他的著作可能仅仅是为了那么一点虚荣的快感，借由他本人以及作品的知名度来彰显自己阅读水准的高超。可是，如此一来，也正是因为不会深入探究其中蕴藏的高深奥义，才使得在时代的角逐中躲过了纷繁的阅读口味与不断变迁的阅读方式，它辗转流连于每一世纪，享受着人们不断给予的美誉。

可是人终究为人，其判断力始终存在弊端，永远不会有完全正确或是绝对错误的存在。同样的道理，对一个事物的赞许虽然会长存许久，但是这终究只是一个时间段中产生的结果，可能只是因为针对性不同而造成的。基于此，众人就有理由开始质疑并思考，莎士比亚究竟是因为什么而让他的伙伴们对他喜闻乐见，仅仅是他优秀的品质吗？

除了对于真实自然的完美叙述，再没有什么能够得到众人普遍的认可，或者长久的荣宠了。特殊的事物往往拥有特定的真相，所以懂得的人也是少之又少，那他们也就不能准确地知道它们存在的真实性，不能精确地掌握其中真理。正是因为对于平凡生活的厌倦，人们开始追逐不寻常的事，这便成为流传在人们之中的一股潮流。可是随着时间推移，突然而起的奇妙之感，须臾之间即被耗尽，可是心灵仍然向往着亘古不变的真理，还是寄希望于真相一直守在身边。

莎士比亚不同于其他作家，他是永远流露着真情的诗人，他一直都持有一面明镜，为的就是通过读者照映出人类最真实的一面。他所刻画的人物没有一位被后人修饰改写，他们都是活在他的思想中的，没有表现出被现实所驱使的麻木性格，也不会因为异国文化的渲染而导致学术思想的不同，一时的标新立异也不会改变其本真的模样。他的作品是人类所珍重的，他所呈现出的真实其实就是这个世界每天呈现出来的，就是智慧的眼中所折射出的美妙真理。他所创造的人物的一言一行、一举一动都被融入这万千世界的日常情绪和行为原则之中，他笔下的模式也在有序并真实地变化着。而在其他作者的笔下，这些人物却是独立的整体，他们没有完整地结合。相比之下，莎士比亚的作品中，每一个人物都是一个群体，他们可以代表一类人，甚至代表的是整个人类。

如此多的词语都是精妙的描写，都是完美的延伸。正因如此，才会令莎士比亚的著作充满了实用的格言和淳朴的智慧。据说，欧里庇得斯剧作的每一节都是一则箴言，此说也适用于莎士比亚，从他的著作中，或许能够搜集整整一套民政与经济的智慧法则。但是，他真正的力量并不显示在某些经过特别修饰的美妙段落中，而是表现在他的情节展开中，表现在他的言语中——在他的引古据今的话语中，他就好像是生活在希洛克勒时代的学者。

可否细细联想莎士比亚是多么擅长把他真正的感受与现实的生活联系紧密，但此事却不容易设想，如此便只好拿他和其他作家作比较了。有着古代雄辩术的那些学派有言：学生越勤奋，其在世时就越无能，而他们本身也自知，只因为他无法于书中寻得答案，寻得解决现实生活中所发生的疑难问题的方法。同样的说法或许适用于每一台戏，但是不适用于莎士比亚的戏。剧本在被别的作家掌控之际，剧中人物是你在生活中未曾谋面的，说的话是你不曾听到过的，所谈的话题是在人类交往中不曾出现的。但是，莎士比亚所描绘的剧本中，明显是由产生这种对话的际遇所决定的，话被一遍一遍、翻来覆去地推敲，这是多么的平易而又简朴，根本看不出来这是虚构出来的情节，这完全就是从日常的谈话中撷取的精华，是从司空见惯的生活事件中拾取的精粹。

平常的儿女之情没有任何的界限之分，它会让全人类产生共鸣，这全凭爱情的力量，善恶在故事的每一个情节中都得以彰显。把一位爱人、一位小姐和一个情敌引入其中，把他们置入矛盾的情节之中，用彼此相悖的利害关系来使他们烦恼，然后用彼此不协调的欲望暴力控制他们；让他们兴高采烈地相逢，痛苦不堪地分离；用夸张的快乐和骇人的悲伤占据他们的口舌；用人类不曾遭受的苦楚让他们痛苦；提供他们人类不曾遭受的万般苦难——这就是现代戏剧家的写作思维。因此，一旦写作模式遭到了违背，生活将遭到错误的曲解，语言也将遭到败坏。但是，爱仅仅是诸多激情中的一种，何况爱对生活整体也没有什么巨大的影响，爱在一位诗人的剧作中就没有很大的用武之地，诗人应该从现实生活中汲取更加美妙的事物，感受感性情绪，再流露于作品表面。他明白，其他的情感存在才是福或者祸的诱因。

要使能反映众生的、饱满的人物形象得到肯定或得以流传，并不是一件易事，然而，似乎没有什么诗人特别在意把人物塑造得各具特色。普波认为每句话都要符合人物性格，因为有许多话放在谁的嘴里都可以，并不具有任何的标志性。但是，尽管有些话适合于每个人，但你会发现，若一个人有自己的话语体系，你若要把他的话转给另一个人来说，那是何等的困难。

其他戏剧家就只能通过描写夸张而过分的人物，通过浮夸的笔调或者堕落之举，来赢得青睐。举个例子，生活在罗马时代的作家们，习惯用巨人和侏儒来取悦读者，而那些指望从剧本或者故事中看到现实人物特点的读者，仍然会受骗上当。莎士比亚没有英雄人物，只有普通人占据他的戏剧场景，那些普通人的所言所行，正是读者认为他们设身处地思考后，自己也会与之一致的所言所行。即便有超自然的因素起作用，对话也与现实生活并不相悖。另外，那些作家为最自然的感情、最常见的事情披上了虚饰，因此那些在书里看到这些的人，就不理解世上的实情。莎士比亚把遥远之事弄得近似于我们自己的事情，把奇异之事写得我们似曾相识，他呈现给我们的某件事情或许不会发生，但如若出现，其发展可能会如他所描绘的一般发展下去。我们或许可以说，他不仅展现情急中的真实人性，也展现在官司中的人性（人在受审的时候就善加掩饰了）。

他的戏剧是现实的一面镜子，这正是对莎士比亚最好的褒扬。在莎士比亚未曾出现之前，那些所谓的戏剧大家们习惯将光怪陆离的故事呈现于读者，而莎士比亚却是用平常人的语言去叙述平常人的生活，他沉醉于其中，自我得到满足，内心也在被治愈着。在他的故事中，戏里的一位隐士或许就能判断世事的变迁，一个悔罪的人或许就能预言激情的进展。

他朴实无华的写作风格与真实自然的描写使他遭受到困陷于死板规矩的

批评点论家的非议。丹尼斯和莱默认为他笔下的罗马人并非罗马人；伏尔泰指责他笔下的国王缺乏王者风范。丹尼斯则认为莎士比亚把身列古罗马元老院的美尼纽斯议员描摹得如跳梁小丑一般；丹麦的那位篡位者被描绘成了一个酒鬼，这实在太不斯文。但是，莎士比亚总是让本性高居于偶然事件之上，如果莎士比亚要保住人物的本性，他就不十分在意尊卑之别这种外加的偶然因素。他的故事可能涉及罗马人或者国王，但他只考虑人本身。他知道，罗马和其他每个城市一样，有脾性各异的人，而他需要一个小丑，那他走进了元老院，而元老院肯定会满足他的要求。他有心展示一个可憎而又可鄙的篡位者和杀人犯的形象，因此他就在他的品性之上加上了醉酒这一项，知道国王好酒一如其他平民百姓，知道酒对国王发挥其自然的魔力。对莎士比亚的那些苛评，都是渺小之人的吹毛求疵；诗人不顾国家和环境导致的那些无关紧要的尊卑名分，正如画家满足于形象，而不在乎画布。

他把悲剧场景和喜剧场景杂糅起来，这涉及他全部的作品，也招致指责。这样的指责值得更多地考虑。让事实首先得到陈述，然后再对事实进行审查。

莎士比亚的剧本，在严格而苛刻的意义上，既不是悲剧，也不是喜剧，而是自成一类的作品，展现普天之下人性的真实状态，其中有善有恶，有喜有悲；悲喜的成分有无尽的多样性，悲剧和喜剧的结合有数不清的方式，却只为表达人世的沧桑，在其中有失也有得；与此同时，在狂欢者对杯中物趋之若鹜时，送葬者则在掩埋他的朋友；在一个人实施恶劣行径时，另一个人在嬉笑打闹；许多不利和有利的事情，得以成就，或受阻碍，不曾谋划。

按照虽未成规矩却自成一体的规律，古代文人从彼此纠结的恩怨情仇的混乱中，选取人类的某些罪行和荒谬之事，选择某些重大的生活变迁、某些比较轻松的事情、某些恐怖的苦难，以及某些顺遂人意的快乐之事。于是产生了两种模仿的方式，即我们熟知的，以悲剧和喜剧为名。它们以相反的手段成就不同的目的。古代诗人认为悲剧和喜剧少有联系，对于我来说，我想不起希腊或者罗马作家中有一位尝试两者。

莎士比亚把令人激动的大笑和令人痛苦的悲伤联合成力量，不只擅长其中之一，而且把它们混合在一个戏文之中。他的几乎所有剧本都分为严肃和滑稽两种人物，并且随着剧情被设计，有时候产生出严肃和悲伤，有时候产生出嬉闹和笑声。

人们容易认为这样与批评界的规则相反。写作的结尾是教化，诗的结尾变成了索取。混合的喜剧或许传达伤感或者全部教化是不可否认的，因为它比悲剧和喜剧都更接近生活现象。

反对的观点说，如若人的情感被场景的变化打断，以及主要的事件不能由被安排波折而促进发展到达预期的戏剧与诗歌转换的效果，这都是他们所提出的批评之声。这个理由过于似是而非，就相当于，那些在生活经验中被认为是错误的，在剧中却被当作真相存在。纠缠在一起的情景总是能够孕育出饱满的情感。小说也许不能轻易地使感情交错，却能够调转读者的思维方向，尽管有时不被接受的草率之举和被认可的忧思愁肠是被允许的，但我们可以换个角度，愁绪并不是经常使人高兴，但是一个人跳脱出痛苦的愁苦时可能会有另一个人陷入，不同的观众有不同的习惯，总之，愉悦感是在多样性中构成的。

众人把作家的作品分为喜剧、历史剧和悲剧。一个情节，无论是严肃还是愁苦的，只要最终的结局是主人公的幸福美满，那么在他们的观点里，就构成了喜剧。这种喜剧的观点在我们中间继续蔓延着。可是若将灾难改成剧本，那么有可能今天是悲剧，明天就是喜剧了。

悲剧并不是比戏剧更加高尚或者更加打动人心，而是一个需要灾难式结局的剧本，令以前的批评家都得到满足，无论观众的情绪是伤感或是愉悦。

史书是按时间先后顺序排列的事件集成的，每一个都是独立的，没有要介绍或者协调的结论。它与悲剧并没有分得很清楚。在悲剧中，《安东尼与柯立奥佩特拉》与历史戏剧《查理二世》相比，并没有联系紧密的事件。但是一部历史可以在很多剧中穿插，这好像没有计划也没有限制一样。

莎士比亚所创造的方式中也包含这类，因剧的严肃而嬉闹，观众的情绪或在这时软化，或在那时澎湃。但是，无论他的目的是使人高兴、使人沮丧，还是要心平气和地讲一个故事，他都可以仅通过简单而普遍的对话方式去达到目的，对此他从未失败过，他摆布我们，使我们大笑或者悲伤，或者安静地坐下沉思。

当莎士比亚的思想意图被理解的时候，莱默和伏尔泰的大多数批评就消失了，《哈姆雷特》中仅有两个哨兵并没有错误——埃古朝着博拉班修的窗户吼叫，这样的情节对剧本的格局无伤大雅。

莎士比亚将他眼中的世界完美地融入戏剧当中。古老的统治者只有少数人知道，但是公众的判断尚未成型，他没有知名的作家作为榜样学习，没有严厉的批评家约束他的夸张。因此，他让自己自然的性情在创作的草原上肆意驰骋，而他的性情，正如莱默所言，更易于喜剧的创作。在悲剧中，他的作品经常带着艰涩的表象，但会伴随着些许的幸福。在他的喜剧场景中，在观众看来，创作得不费吹灰之力。在悲剧中，他总是会挣扎着加入一些喜剧元素；但在喜剧中，效果经常超过预期或者原本的要求。他的喜剧通过思想和语言使人捧腹，而他的悲剧则把大部分内容集中在事件和情节之上。因此，我们可以这样评价他——他的悲剧源于技巧，他的喜剧则是出于天性。

他的喜剧场景在方式和语言上经历了半个世纪的改变才得以保存下来。正如他的人物以真性情的原则行事，很少被妄加其他的行为方式，他们的高兴与悲伤能够跨越事件与空间的限制，他们是自然性的反应，因而能够持久。而那些在剧中有着怪癖行为的人物却只能昙花一现。悲剧与喜剧的方式如果偶然结合，那么，如果偶然不在了，结合也就不存在了。但是出自原来品质的质朴，却是不能加减的。随着时间的流动，洪水和泥沙持续不断地冲刷其他的诗人，却无法撼动坚定不移的莎士比亚。

我相信，一定模式的措辞和语言的比喻是可以持久留存的。有修养的人总是抓住流行事物进行创新，而有学问的人总是会离开固有的理论框架，希望能给世人带来赏心悦目的东西。那些希望出彩的人会摒弃低俗话语。语言在对话之中都有低劣成分，但经过去粗取精之后仍可登上大雅之堂，我想这就是语言大师的功力吧。

这些观察结果被认为是独一无二的，其中包含许多的真理。莎士比亚式的对话，肯定是流畅而明确的。他笔下的人物被赞誉为“自然式的存在”，尽管他们的情绪和行为有时会令人费解，这就好像地球是球形的，但它仍有凹凸不平的表面。

莎士比亚和他的各位人物同样会犯错误，但这些错误足以掩盖和压倒其他优点。我必须指出的是，对我来说，对于莎翁，我没有嫉妒、怨恨或迷信式崇拜。毫无疑问，基于此，我便可以肆无忌惮地讨论著名诗人的自命不凡了。

在我看来，他的第一个缺陷是：善恶的划分不够明显。在他的道德体系中，他似乎没有善良或邪恶的标准，也没有对善恶的出现做一定的调配。

第二个缺陷是：故事情节稍显松散。他似乎并不总是完全理解自己的故事设计。人们可能也会注意到，他的许多戏剧作品的后面部分并没有用心去设计，在写作即将结束的时候，他似乎感觉大作马上就要成功了，就减少了劳动付出，他在最该努力的时候省去了劳动，他悲剧的结局总是让人不太信任这是他的心血之作，这多少让人有些唏嘘。

第三个缺陷是：他没有注意到不同的地区有不同的风俗，毫无顾虑地把一个时代或国家的风俗习惯和想法搬到另一个时代或者国家之中。于是，我们没有必要带着问题去寻找赫克托引用亚里士多德名言的地方，有时我们会读到提修斯和希波吕忒的情爱之事中还穿插着有关哥特式女神的传说。而实际上，打破年代顺序的，确实不止莎士比亚一个人，因为和他同时代的文学巨匠西德尼在《阿卡迪亚》中，也把封建时代的田园生活、那些天真而安宁的日子与动荡冒险的日子混杂在一起。

在他的喜剧场景中，当他让人物比赛谁更聪明、比赛谁说话更刻薄时，你会发现，他们的俏皮话一般是粗俗的，玩笑话一般是淫秽的，他的绅士和淑女都不是很文雅，如果只是凭有教养的举止，就不足以把他们与小丑区分开来。他展现给读者的是不是当时时代的真实谈话，不容易判断；伊丽莎白时代一般被认为是一个庄重、多礼、矜持的时代，但是这种拘谨一旦松弛下来，那情形可能就很不体面了。然而，总是有一些娱乐方式比另一些娱乐方式更适合，而一个作家应该选择最好的。

在讲故事的时候，他用词浮华、婉转得让人厌烦，做作得失去了分寸，他一直絮叨，把故事讲得很不圆满，甚至使语言过于死板。诗剧里的叙事，本来就很乏味无聊，所以感觉沉闷、没有活力，阻碍情节的发展，因此，故事总是讲得很快，中途常常加一些波折使它跳动。莎士比亚也发现创作太过冗长，但他并没有把故事冗繁这一点解决，却努力用高贵和华丽来讨好观众。

他的著作中描写演讲或是争论的语言都是苍白无力、冷淡而虚弱的，因为他的语言是最接近真实的语言。当他与其他的悲剧大家一样努力挣扎着去将事件叙述得更完美或完整时，他会试图向读者展露自己的才情与博学；相反，他不去思考该如何进行言语与场景的正确搭配，这样的他会让读者产生厌恶心理。

时不时地纠缠于难以驾驭的感情，他不能完整地表达出这种感情，但也不想舍弃，这对于他来说是很少见的事。他与这感情斗争，如果继续这样下去没有结果，他就会敷衍了事，任其乱作一团，留给那些有着更多空闲时间的读者去理解。

不是所有的语言都是复杂的，不是所有的思想是微妙的，不是所有的形象都是高大的，平常的词语和事物常常被忽视，而令人失望的是微不足道的情绪和低俗的想法总是被注意，即使它们代表的是响亮的绰号和肿胀的数字。

但这个伟大诗人的仰慕者从来不缺乏让自己的梦想被放逐的理由，他们坚信故事中的主人公总是一直有着超出常人的优秀，就算他一心想要让他的信徒们沉溺在沮丧中，他会通过错综复杂的情感来让他们的内心得到些许抚慰。他有时也会变成自卑的可怜之人和不知名的骄傲者。当恐惧和遗憾在内心中弥漫时，他冷漠地忽略心灵深处那一点真挚的呐喊，打消那些准备自我改变的念头。

辩论是莎士比亚在黑夜中行进的灯光。他遵循它的冒险，它有能力影响他的表达方式，并使他深深地沉溺其中。它有一些恶性力量的思想，但它的魅力是不可抗拒的。无论他对作品内容进行了怎样的修改与添加，他总能将自己自成一派的诡辩理论引入其中。这于他而言，诡辩是他的致命的缺点。举个例子，诡辩就是他在事业的上升期去做一些坏事，又或者他为到达制高点而努力攀登时，却弯腰拣了金苹果。诡辩于他只有害而无利，但他却坚定地追随，就如同埃及艳后克里奥帕得拉与安东尼，为了能够享有她，就算丢了江山又有何妨？

但这也很奇怪，在列举这位作家的缺陷中，我还没有说起他忽视的事物，他违反了一致性这一缺点，这一直是被批评家们抓住不放的。

对于他的偏离的艺术写作，我不认为站在他的立场上会好些，反而批评家做出的评价才与正义有关。因为他的好与坏、他的优越之处与不足之地是需要被摆到台面上供人检阅的。但当他因缺乏一致性而受到责骂时，我应当给予他应有的赞成。

他的历史，由于不是悲剧也不是喜剧，则都不受任何规则约束；毕竟预计范围之内的行动变化、扑朔迷离而又让人印象颇深的事件，还有各种生活在自然描写之下的人物都是让人期待万分的。这不就是一直在追寻的一致性吗？

他在其他作品中充分保留的统一形式，都是他为一致性做出的最大努力。事实上，他没有想过故事被一个阴谋困惑或瓦解：他不极力去掩饰自己设计的情节，而是去发现它，去揭露它，因为这是真实事件很少发生的，莎士比亚式的自然诗人，但他的计划普遍拥有亚里士多德所需要的东西——开始、发展和结局。两个事件相联系，结论伴随着简单的结果。也许有一些事件可以幸免，正如其他诗人所说，拥有很多可以在舞台上尽情演绎的话题，这个戏剧的结局就是期待的结局。

他未曾考虑过要将时间和空间结合在一起。站在高乃依的时代角度，对于写作风格一味地循规蹈矩是会对作品造成不可估量的伤害的，如若将他们所追崇的教条抽出，他们会发现自己已经给世人带来了更多的麻烦，而不是将欢乐带给观众。

为了追求剧本的可信度，在这个需求下，很有必要去观察时间和空间的统一。评论家们坚持认为要相信在三个钟头里所做的事情代替几个月或者几年的作为是不可能的，或者要观众们认为他们自己是坐在剧院里。当军队中的使节们已经出发，充满犯罪的城镇被大军包围的时候，或者看到人们向强势的一方献殷勤的时候，他们应该为自己对后代所做出一切感到唏嘘。他们用思想和明显的谎言做着无畏的抵抗，他们相信谎言可以掩盖一切，失去真实就将失去观众、失去一切。

知情的旁观者看见了在亚历山大城出现的第一次转移也不敢预见他会在罗马城再次出现。在如此短暂的时间内，就算是美狄亚的巨龙也难以达到这个程度，他很确信他没有移动过，也知道空间没有变换过，就像屋顶不会变成川原，就像底比斯永远不会变成波斯波利斯一样。

不按规矩出牌的诗人所遭遇的一切都是批评家们欢庆的理由，这就是批判性的喜悦胜过了不幸和苦恼，这种喜悦普遍是没有阻力和响应的，这时就应该通过莎士比亚的戏剧原理将这种想法进行实现，当他的心态化作语言时，他的那种易于理解的语言将会是一种谬误。正是这种错误，任何陈述都成了对真理的误解。任何戏剧的语言，从它的本质上来讲曾经都是可信的，或者说在曾经的一段时间内是被相信的。

第一次反对声音的出现是在亚历山大向罗马征战时。当戏剧开始时，观众们真正假想着自己正身处亚历山大时期，同时相信他到剧院的过程就像去了趟埃及，并且还在安东尼和克里奥帕得拉居住了几天。他确信通过想象这些，可以感受到更多。他可以把舞台的情景在某个时间布置成托勒密王朝的某个地方，也可以在半个小时布置得像亚克兴角的海岬。如果这种幻觉被没有任何限制地接受了，如果这些观众被说服，他熟知的亚历山大和卡萨尔，就会出现在观众的视野中。法尔萨利阿的平原或者格拉尼卡斯的浅滩上，他处于一种超越于理性的高度上，从现实中高度的诗意，可能会忽视了地球自然的界限。所以让手中沉迷的思维在时间的计算中消逝是没有道理的，或者说那就是为什么一时的头脑发热而创造出的舞台剧中的一个小时不可能变成一个世纪。

事实上，观众们总是坚持自己的观点，而且他们从头到尾心里都是明白的，那个舞台只是舞台而已，那些演员也只是演员罢了。他们来听一些故事，来听有着优美姿态的、典雅的、经过修正的、背诵的台词罢了，这些台词是有关某些动作的或者某个地点特定发生的动作。但是那些特定完成的故事所要求的不同动作可能是在很远的地方发生的。这就是荒谬的地方，开始还在雅典出现，接着就出现在西西里岛，这真的只是一个现代戏剧而已？

假设地点可以改变，时间可能会延长。寓言需要时间流逝，其最主要的部分在各种行为之间，由于太多的行为正如它所代表的真理和诗意的时间一样。如果在第一个部分中，米特拉达的战前准备在罗马进行，如果这个战争事件并不荒唐，这意味着，在灾难中，它就应该发生在蓬托斯。我们知道这里不仅有战争，也有为战争做的准备；无论是米特里达特还是卢库鲁斯，都不在我们面前。戏剧连续展示，为什么第二个不能在第一个之后代表这个行为，如果它是如此连接的，那么只有时间才能干预它。时间印证了所有模式的存在，大多数谄媚的想象力，一年之后很容易被想象为时光的消逝。在沉思中，我们容易缩短实际活动的时间，因此也可能会缩短戏剧中的时间。

那么问题来了：戏剧中的场景移动是怎么运作的？其实它归功于，无论它怎么运行，只是一个真实的原版画面；它总是代表自己亲身去感受，如果它要去做或者接受什么，假装承受去做。罪恶在我们面前不一定是真实的罪恶，那可能是我们自己暴露出来的邪恶。如果有任何错误，不是我们忽略了这些演出者的行为细节，而是我们掩饰我们一时的情绪冲动；但我们哀叹这个可能性而不是希望痛苦的存在，好像一个母亲为她的宝宝哭泣，当她觉得死亡可能从她的怀里带走婴孩。悲剧的乐趣来自我们对其虚构性的意识；如果我们认为谋杀和背叛是真的，我们将不再欢乐。

模仿产生痛苦或快乐，不是因为它们是隐藏着错误的真相，而是因为它们带来了现实的想法。当想象被画境重建，树不能自动给我们提供庇荫，喷泉难道不应该是凉爽的吗？但是我们考虑到，我们应该怎样高兴地在喷泉边玩耍，树林里的树向我们挥手。我们很激动地阅读亨利五世的历史，然而没有人把他的书推向现实领域。一个戏剧性的展示是一本带着附加物的背诵书。熟悉的喜剧在剧院里是比在纸上更有影响力的，帝国悲剧就更少了。彼特鲁乔可能被负面影响得更多，但是什么声音或者什么动作能增加力卡托的体面和尊严？

阅读影响大脑就和行动一样。因此很明显，舞台上的行动不应该是真实的；它是有规则的，之间的行为可能时间更长或者更短才能被通过，一个戏剧中没有更多的空间或时间组成，比起由读者的故事组成，谁能在一个小时中阅览一个英雄的生活或者一个帝国的革命。莎士比亚是否知道该拒绝无理的舞台设计，或者偏离他们的无知的幸福。我认为，我们可以合理地假设，当他注意到，他不希望学者和评论家们警告和劝告，最后，他故意坚持这种做法，他可能已经开始了。寓言本身没有什么必要，但行动一旦加了进来，特定的时间和地点出现了明显错误，由于限定了戏剧的表现程度，减少了它的品种，我不会认为它有太多感叹，他们不知道的或者没有观察到：他的第一部剧在威尼斯通过了，他的下一部在塞浦路斯。这种规则的颠覆当时是正面的，这成为莎士比亚的天才之处，这样的责难符合伏尔泰的一针见血的批评：然而，当我这样说有些引人注目的规则，我不能不想起他们拿多少智慧来攻击我；我不认为现在的问题是要由单纯的机构决定，但因为它是可疑的，这些戒律没有那么容易被接受，除非有比我能找到的更好的理由。而这种公正将会成为可笑的、吹嘘的公正，是的，时间和地点的统一并不是戏剧的本质，尽管它们有时可能会有助于快乐的产生，需要复制自然并且指导生活。

他说，不应该减少任何卓越的东西，应保留完整的一切，应该像建筑师一样，谁能在一个城堡建筑中表现所有的要求，而不减少它的任何组成部分。最受青睐的戏剧，是对自然的直接反映同时也要指导生活。可能我在这里不是武断而审慎地去写，而是应该仔细地回忆戏剧创作的原则。如果我的那些论据不能很容易说服他们认同莎士比亚的判断，那么我想他们一定会为自己的无知来买单。

一个人的表演要想得到正确的评价，必须与他所生活的时代相对比，有自己特定的机会；然而作者在给读者一本不好不坏的书的情况下，总能给出一个沉默的人、工作的人的能力来作为参考。如果相比于欧洲君主的房子，秘鲁或墨西哥的宫殿肯定意味着狭窄的住处。

在莎士比亚时期，英国正处于摆脱文化蛮荒的阶段。在亨利八世统治时期，英国引入了意大利的语言学，继而被莉莱、厉纳尔克等人成功改进。在希腊，政府将这些知识教授给重点学校的男孩，所以那些勤奋学习的人能够读懂意大利和西班牙的诗。但是对文学的研究依然局限于专业的学者或者处于高阶层的人。大众依旧愚昧，读写的技能依然罕见。

一个未经科学开化和启蒙的民族，其本质是蛮荒而粗鄙的，无论表象如何；就如同孩子轻信他人一样，那些对粗俗事物有着热切追求和向往的人往往会把精力花费在冒险旅行、巨人怪物和魔法妖术上。在这其中，《亚瑟王之死》是最有代表性的。

已经习惯了魔幻小说那天马行空地想象世界的人们对枯燥无味的事实已经毫无兴趣，不会被日常平淡的作品所打动。对于帕尔梅林和《瓦威克的盖伊》的崇拜者来说，一个单纯描述这个世界表象的剧目太平淡无奇了。他是写给喜欢猎奇事物和寓言传说的观众看的。对于那些蠢蠢欲动的好奇者们来说，这部剧使正统成熟的知识受到冲击的惊人之处在于它的主要推荐的作品。

我们的作者的情节通常从小说中借过来，而且这应该是很合理的，因为他选择了诸如被很多人读过的、和更多东西有关联的、很受欢迎的小说，所以他的读者们是可能通过错综复杂的戏剧情节来跟上他的节奏的。

第二，我们现在发现的故事，仅仅是在很偏远化的作家身上，而这些在他们那个时代是很熟悉而且可以被理解的。像大家都喜欢的那个寓言，就是从乔瑟格林那里复制过来的，这都是那个时代的一个缩影，还有老盖博先生记得的用浅显的英语散文写的哈姆雷特的故事，就是现在批评家们从萨克索格拉玛提库斯找到的。

作为古代作家，他从英国历史和民谣中获得了历史事件。英文版的《旧约》和英语歌谣以不同的版本被他的同胞所熟知，他们为这些作品注入了新主题，他将普鲁塔克的部分生平融入戏剧中。

他的情节，无论是历史或神话，总是在熙熙攘攘的事件中。粗鲁的人更受关注，因为他们更容易抓住观众的情绪，这就是奇妙的力量。对于莎士比亚的悲剧，每一个读者发现自己的想法都比其他任何作家都强烈。别人给我们做特定的演讲，但他总是让我们有焦虑的事件，我们通过读他的作品来读他，也许在成功表达写作目的这一点上，他和荷马是志同道合的。随着知识的进步，快乐从眼睛和耳朵里萌发出来。在崇拜莎士比亚的读者心目中，他有丰富的语言能力，并将此展示在了排比中，而不是字里行间；除了对话中流露出的评论，他们也容易联想到被不公平对待的人或者事物。他心里清楚地知道，他应该如何在写作技巧上讨得读者的欢心。所列举出的事例是否能够被人所接受，我们也能提出一个观点，在舞台上，需要的不仅仅是说，还有做。演员需要通过生动形象的表演形式来传达出情感，而不是麻木地说出冰冷苍白、毫无新意的台词，这个规律适用于一切，包括音乐剧和悲剧。

伏尔泰表达了自己的疑问，作者的言行被整个国家所操纵，卡托的悲剧就此被衬托出来了。艾迪生所描写的语言是诗歌，而莎士比亚所描写的语言是人类，我们清楚，艾迪生有无数迷惑我们的美人，但我们看不见任何我们熟悉的人类的情感或行为。我们在尊贵无比且持有正义公平的贵族身上全力寻找，好在奥赛罗是朝气蓬勃和活泼的，他完全是个天才。卡托提供了一个人为的、虚构的奢华展出，并且展出了在措词方面容易高端的和谐的仿制品，但他的希望和恐惧对心灵并没有造成撼动。这个作品向我们明示了它的作者，虽然我们明明知道是艾迪生，但我们叫他“卡托”。一个正确的和有规则的作家的作品就是一个被精心建造的花园，他用心种植树木和香气四溢的鲜花；莎士比亚的创作是一片森林，在那里橡树伸展着它们的树枝，和松树在空气中相互触碰，有时夹杂着杂草和荆棘，有时会荫庇桃金娘和玫瑰；眼睛被如此的盛况填满，无尽的多样性愉悦着人的思想。其他诗人展示珍贵的、精细的、已完成的作品，并加工成各种形状，把它们打磨得熠熠生辉。莎士比亚开凿了一座蕴藏无尽黄金和钻石的矿井，虽然里面被沉淀物覆盖了，却没有因混有杂质和大量更坚硬的石头而贬值。

莎士比亚的优秀源于他天生的才能一直备受争论，学校的教育、批判科学的戒律和作者之前的实例对他的写作都是有帮助的。一直盛行着莎士比亚想要进一步学习的传说，因为他没接受过正规教育，在僵化的语言上也没有更多的技巧。他的朋友约翰逊证实，他只会一点拉丁语，不会希腊语。莎士比亚的性格和他的特点都是众所周知的，他没有诱人的谎言。他的这些证据决定了这个争论，除非能有一些其他的有同等说服力的证据才能与此抗衡。

有人已经料想，他们已经在先前作者的仿本上获得了深刻的学习，但我极力证实，与在他同时代所翻译的书相比是没有胜负的；或者说，这样的想法是一个简单的巧合，它会发生在所有有相同话题的人身上；或者对那样的生活的评论或有关道德公理的谈话，都是通过世界的俗语传播开来的。

我明白，当凯列班做了一个愉悦的梦后说“我哭着再次入睡”，这位作者模仿得像其他人一样，在相同的场合拥有相同的梦想的阿那克里翁。有一些是以模仿的方式流传下来的桥段，却如此的少。喜剧在普劳图斯的孟那可米公开上演；在那时，这是唯一用英语演绎的普劳图斯戏剧。这将比那些抄袭的且将抄袭更多人的作品更容易上演，但那些未被翻译出来的内容是无法理解的。

他是否了解现代语言是不确定的。然而他的作品中有一些法国场景略微证实了这一点；他也许能够轻易地完成它们。也许，即使他已经了解了普通程度上的语言，但在没有帮助的情况下，他也不可能完成作品。在《罗密欧与朱丽叶》的故事里，他被人注意到已经采用了英语翻译，这是偏离意大利语的；但这却在其他方面证明没有什么能与他固有的知识相匹敌。他要模仿的不是他自己所了解的那样，而是他的读者所了解的那样。

最有可能的是，他已经充分地了解了拉丁语，但是他还没有达到罗马作家那样精通的程度。关于他是否在现代语言上有很高的技巧，这一点有待考证，但是他的作品中从未出现过法国和意大利作家著作的影子，即使当时意大利诗歌风靡世界。我也就相信，英语和意大利诗歌相比，他更倾向于后者，他的写作素材中也应用过一些翻译过来的作品。

波普发现那么多的知识是被融汇到他的作品后才深入人心的，但是这样的知识通常在书籍中是无法找到的。苦心钻研莎士比亚著作的人知道决不会仅满足于在密室里研究莎士比亚，他们有时也需要在不同领域和商品中寻找他的意义。

然而，无论是否有足够的证据，他都的确是一个天分与辛勤并存的作家。如果不是我们的语言太过平淡无法表达出美妙的言语，他也不会如此自由地满足自己的好奇心。很多罗马作家的作品都被翻译过来了，还有一些希腊作家的作品也被翻译过来了；改革已经使国王充满对神学的好奇，大多数英国作家已经发现了人类研究的话题；诗词也被革新，不仅仅是勤勉类的，也有有关成功的。这是一种适宜且进步的思想，是对知识充分的储存。

但是他最出色的部分是他与生俱来的天赋异禀。他发现了当时英国戏剧的粗蛮：没有悲剧性的文章或是喜剧性的文章出版，由此可以推断出，那个时期的人内心总是充满愉悦感。观众对于戏剧中的人物与他们的对白都是一知半解的。从某种程度上说，莎士比亚也许就是这两个方面的优秀领路人，他真的已经把曾经缺失的部分介绍给我们了，并且他已经在一些快乐的场景中把这些东西极致地呈现给我们了。

持续关注他的社会等级在不断变化，对于他工作的年代还是没有详细的记载。罗威说："我们大概无法找寻他工作的进程，就像其他的作家，在他们完美的作品中也无法确定详细的时间。然而，在他所创造的著作中，艺术性虽略显贫乏，却完美地呈现了自然性。由此可以欣赏，他的巅峰作品就是在他早些时候所创造的。"尽管尚未知晓他的目的是什么，可是自然的力量就是辛勤努力的回馈，或是幸运机遇的馈赠。自然不能直接提供给人类知识，但当想象力通过学习和经历被收集起来时，我们能够做的就是帮助它们结合在一起并且应用它们。即使莎士比亚博得大自然的偏爱，大自然能够给予他很多学习的东西，让他的理想不断丰沛，可像其他平凡的事，他也是通过逐渐的积累而获得的。他像他们一样，智慧随着年龄的增长而增长，这样他就能够把生活展现得更好，当他知道更多知识的时候，就会产生更多的功效，因此他得到了更为充分的指导。

保持高度警惕性的观察和准确性的区分，是书籍和箴言不能给予的。莎士比亚一定已经掌握了人类的真知灼见，他灵活地运用已经处于最高程度的好奇心和细心。在其他作家只能借用之前的作家的角色，多样化只是他们通过附属物的形式进行呈现时，这就像是套在一个特殊的外套当中，但内里依然如出一辙。可是我们的作者为读者提供着物质和形式，乔叟例外，他是我认为的从中获益的一位作家。无论语言的表达形式是什么，都没有任何一位古代文人或是现代作者如他一般还原出生活原本的色彩。

在关于人的原始善心和恶毒的较量尚未开始时，未开始分析的思想，未追查情感的来源，未展开邪恶和美德的首创原则，或内心深处的声音以及行动的动机等问题，在那个时候，人对以上这些问题的研究已经具备很好的洞察力，但是还会常用懒惰的诡计。之于故事，在人们成长的起步阶段展示出的只是行动的表象，相关的事件却省略了原因。人类并没有接着研究那些隐藏在事物背后的东西；他会知道，在这个世界上，他可以在日常活动和娱乐活动中收集他必要的语言。

波伊尔庆贺他能够出生在这个世上，他的一切好奇心得到了满足，也得到了发展。反观莎士比亚，他来到伦敦之后一直以清贫示人。天才的许多作品都源于当时的生活状态。因此在他的意识观中，上进心和意志力是成功的必备要素，一切障碍在它们面前都不堪一击。莎士比亚的天才是不会被贫困的负担压倒的，也不会受限于狭隘的谈话。物质所带来的困难于他而言仅仅是皮毛沾染了尘埃，内心却无所畏惧。

虽然他遇到这么多困难，靠着极少的援助来克服这些困难，但他已经能够获得生活中最为真实的知识；他通过多样的视角去观察生活、分辨生活。在最初的阶段，他并没有模仿的对象，但是后继的作家都主要以模仿他为主，不管是模仿他理论方面的巨大成就还是节俭的原则，这些都是他留给这个国家巨大的贡献。但在此是否可以提出一个疑问：后来的学者们的作品是否有更多以神学为主的作品，有写作技巧的完善？

他的注意力并没有局限于人类的行为，他是单调世界的精确的观察家，他的描述总是有着自己的特点，考虑事物的真实存在。可以看到，许多国家最古老的诗人在世的时候都竭力保护他们的声誉，在后世，他们的才华却湮没无声。不管他们是谁，他们的感情和描述一定是从知识中直接获取的；因此，他们的描述要经过每双眼睛的验证，他们的情绪决定着每个人的心情。那些人的名声同他们的研究是紧密联系在一起的，在抄袭自己的同时也不忘抄袭自然，直至自己的作品成为权威的代表，又再次成为后人所敬仰的临摹榜样。模仿总是会偏离原题，最后便成了变化无常和漫不经心。对于莎士比亚来说，无论是生活还是自然都是他的主题，他用自己的双眼清清楚楚地看到周遭的一切；他展示给世人的画面就是他所看到的，这些在他的意识当中并没有被削弱或扭曲。

除了荷马，很难找到一个人的创作像莎士比亚那么多，他有着很前卫的思想，在他们那个时代，在他们国家，他有着如此多的新奇想法。形式、主人公、语言，英语戏剧的表演都是出自他自己的创新思维理念。丹尼斯说：“他把素体诗与多音节和双音节相糅合，成为英语悲剧糅合的起始。与英雄史诗有所不同使它更接近于我们共同关注的，更多地适用于语言、行为和对话。例如，我们在写散文的时候可以作一些诗，我们在对话的时候可以作一些诗。”

这不仅是一件关于值得赞扬或应该严厉禁止的事。他在戏剧中关于双音节词根方面确实遭到了批判，尽管这样，我想早期的作家，像高布达克，也是如此，在年代不确定的地区仍然相信有最早的剧本。但是唯一确定的是他是第一个既确立了喜剧又开创了英式悲剧的人，但并没有表现出他在戏剧方面的老态。他的名字大家都知道，不只是一些研究者和书籍的收集者或是探寻者才知道，他们人数很少，好像又不少，因为他确实很受尊敬。

当然，斯宾塞是可以和他共享这份荣誉的人，但我们的赞扬要将他与斯宾塞区别来看，斯宾塞是第一个发现英语是可以融合的人。有时候他在演讲中所展示的感觉是一种精致，而非柔弱。他的确尽力于日常的影响力和对话的新奇上，但是很明显，只有在他用柔情舒缓身心的时候，这一效果才得到了无限放大。

最后得承认，我们拥有的一切都属于他，他也拥有我们的一切。如果通过他们的尊敬和评判来赞扬他，那么用观众的尊敬来赞许他是非常明智的。我们睁开眼睛凝视他，把他从一个畸形人和一个被人们鄙视的人转化过来。如果我们能忍受没有赞扬而去尊敬我们先辈的剧本，可能会给我们找到理由。但是在一些现代的评论书中，在一些不同的收集中，显示出在每一个堕落的时期都会有一种语言堕落的趋势。就像一个荣誉的纪念碑，他的赞扬者会逐渐增多。

他有着不被质疑的天才能力和优秀品质，但是也许并不是通过某出戏剧而表现出来，也许他现在就存在于当代作家的某一部著作中。你可能会听到一些结论，我要确定这是经过了深思熟虑的。他的作品是他对美好事物的一种描绘，正如观众满意度和他们喜欢作者的程度。这对于比莎士比亚更出名的作者来说是很少见的。这在他们的那个时代是一个标杆。这在当前也得到了足够的赞扬和尊敬。

莎士比亚当时并没有认为他的作品是留给后人的，他的任何理想也没有要向未来致敬，当时没有取得任何进步的前景，也没有拥有现在的人气和利润。当他的剧本开始上演的时候，他的希望也就此终结；他没有恳求得到读者的荣誉。因此，他在很多对话中毫不犹豫地重复相同的笑话，或因纠缠于不同情节而感到困惑。

粗心大意却是这个伟大的诗人的缺点，尽管他退隐之后享受着安逸富足，但他也因疲劳而感到反感、恶心，他没有收藏他的作品，也不想重新修订那些已经出版的作品，他没有让自己的作品成为外部世界的真实写照。

关于同名《莎士比亚》戏剧的剧本，大部分没有公布，也没有冠上他的名字，直到在他死后的第七年，在很少有人解读他也未去掌握他的文学理论的情况下，这部剧作公之于世。

在出版商看来，他们的过失和不熟练的校订在后期被充分地展示出来——缺点确实不少，不仅破坏了诸多段落，在逻辑上可能也无法进行修复，但让别人怀疑这只是些过时的措辞或作家的不熟练的做作而致。改变比解释容易得多。我们应该静静地坐下来解读他在作品中错综复杂的情节，并使一些晦涩的东西变得更为清晰。

很多没有修订的句子也产生了很多错误。莎士比亚作品中的这些藩篱主要表现为其作品本身不符合语法，并充满了困惑和模糊。他的作品还是很少有人能够去理解。为了使对话简化，很多时候都将演员联合在一起进行舞台表演，这在后来的出版中并没有被指正过来。

在这种状态下，它们不是沃伯顿博士的假设，因为它们是不被关注的，因为编辑还没有使用现代语言的习惯，我们的祖先都习惯于英文拼写中的错误，他们也会表现出一定的耐心去忍受它、接受它。最后一个版本是由罗威编撰的，不是因为一个诗人要出版另一个诗人的作品，而是因为罗威似乎认为版本修正、改正的地方的确很少，而莎士比亚看起来更像他的兄弟。罗威一直抱怨，并不打算亲自去做编撰的工作，但是现在，他承诺要去完成此项任务，他也对此部分做了很多修改。感谢他认真地完成了这件事，这才让莎士比亚的作品广为流传，才让他不必因后人的失误而被戳脊梁骨。

在全部的编辑版本之中，我保存了罗威的序言，同时也保留了作者的生活片段。虽然没有足够的优雅或完美，但这也是作为著作传到了继任者的手中，让我们了解到了我们应该知道的一切，也使出版的可能性增大了一些。

英国多年来一直都对罗威先生的表现很满意，当波普先生让他们熟悉莎士比亚的文本的真实状态时，他们表明这些文本都非常糟糕，并进一步对莎士比亚的作品提出相关的改革建议，同时也提出了许多完善和修改的方案。他收集了很多旧有的副本，想要在检查之前复原这些作品的完整性。但是，他也收到了一些批评，因为他拒绝任何他不喜欢的东西出现在他的译本中，而他给出了一个众人皆知的理由：既已腐坏，何不除根。

我不知道他为什么因沃伯顿博士的称赞而去区分剧目的真假。在这个选择上面，他没有做出自己的判断：海明斯和康帝作为第一编辑，收到了由他提交上来的剧目；而根据当时的新闻管制规则，他拒绝了其他的剧目。在莎士比亚的一生中，署有他的名字的作品都被他的朋友们忽略了，直到1664年，才重新正式增印了莎士比亚的名字。

波普认为，这项工作并不能反映出他的真实能力，这项工作也成为他自己蔑视的“一个编辑的乏味的任务”，但他明白这只是他一半的承诺而已。一种像这样的整理任务的确是枯燥的，但是，像其他的单调乏味的任务一样，这也是很有必要的。但一个修订的评论就会让他的工作发生质的变化，为了找到所谓“腐败”的东西，他必须找出所有这方面可能的表达。除了进行许多阅读，他还必须要选择最适合的状态，还有就是每个时期所流行的语言模式，以及作者的创作思想和表达方式。这一定要和他的知识以及他的品位相符合。推测性的批评需要有更多的人文关怀。现在我们都知道每个编辑都会有沉闷的任务了。

成功被冠以自信之母。如果谁在一个领域中取得大成就，他都会昭告于天下，之后，他的成就与成果也将大放异彩。波普所收到的结果远远低于自己的预期，他真是非常生气，如果他还有什么留给别人去做的事情，那就是他的后半生基本上都在众人的口头批评和指责中度过的。

我保留了他所有的笔记、所有的文学碎片，因为我担心这么伟大的作家的作品真的很可能会丢失。序言，对于他的写作和正确记录都有很高的价值。他的缺点，也会招致很多批评，没有什么可以说得如此精确，没有什么可以有如此的争议，每一个编辑都对禁止发表的东西感兴趣，而每一个读者都想加入其中。

波普的继任者是西奥博尔德，一个理解能力很狭隘和没有什么成绩的一个人，他没有内在的高尚品质也缺乏外在的优雅，很少能看到学习之光出现，却对细枝末节有着狂热的追求。他校对古代的副本，并纠正许多错误。他被给予希望做更多的事情，但他做的都是微不足道的小事，他不受重用这一点毋庸置疑。

有关他的详细资料中使我们对于他不受重用的处境有所了解。有些时候，他手头上只有一个版本，但他却自称有好几个。在他所提到的编辑目录中，第一章最受重视，也最有权威和真实性，而第三章的权威就不如这般，可事实却不是如此。文章中的章节都是平等的，偶尔出现的意外也可能是印刷错误所造成的意思偏差。无论何人，只要拥有了其中的任何一个章节，就可以看作拥有了第一章节，因为复述性内容总是重复其中。就拿我来做例子，我曾经尝试去做全面的分析和整理，可事实是我只运用了第一章。

我保留了他所保留的第二个版本中的笔记，他说，除非他们被后来的注释所驳倒，否则多么微小的作品也值得被保存。有时候我会采纳他的标点符号，但是在他取得成绩时自我赞美的声音却没有得到我的留意。他的措辞经常生出旺盛的赘生物，这也是我要删除的，即便我有时压制住自己的情绪，因为他对普波和罗威摆出了胜利者的姿态。对于他的一些无聊卑鄙的掩饰，我总是选择隐藏起来装作看不见；可是为了作者的某些特性，我还是得展示出他的个性，不论是为了解释隐去的部分还是如同他的自我展示。

后来《莎士比亚》到了托马斯·汉默先生手下，在我看来，一个牛津编辑还是可以胜任这项工作的。他明白，基于过往的批评，需要进一步修订的东西是什么，诗人的意图又是如何被发掘出来的。他无疑读过很多书，他熟识风俗、意见、传统，很少向世人传递他不懂的知识，并有努力去找出这些难懂的事情的意义。对于一些所发现的事物，他也是保持着草率的态度。他并不在意语法在剧作中的使用，他认为作者不必在语法上面花费太大的精力。相比于词汇来说，他更加看重观念在剧作中的表现。如果他想把意思传递给读者，语言绝对不是首选的工具。

汉默发现，在很多文章当中都有一些改变，这些都是一些编辑默默进行的，他认为，他可以进一步对文章的域度进行扩充。他对文章的修正，后世是认可的，起码他并没有对文章进行太大的破坏。

但是，在他所插入的注解中，有的是自己的解释，有的是从其他地方引用的，同时这些注解并没有相关的副本，因此他所做的努力，所呈现出的自己的这个版本不具有太大的权威。他对自己和其他人都充满自信。他设想如果两人所做都是正确的话，他就不会对相关评论的错误有所怀疑。

如果没有仔细的询问和勤奋的思考，他是从不下笔的，我收到了他所有的笔记，相信每位读者都希望知道得更多。

对于最后的编辑来说，编撰《莎士比亚》看上去更是难上加难。尊重是源于较高的地位、名声、天赋和学习；他不会因为一个例子而被冒犯，也不会因为一个想法而被冒犯。我想，因为创作的激情减退，他也不再流露出喜悦的表情。

在他的评论中，那些最初的、最主要的错误都是他对原始创作的尊重。对他来说，对一件事物的认识是由表及里的。他的笔记有时候也会流露出这样的解释，有时却是不可猜测的。一直以来，他都想给作者赋予更深刻的意义，而并不是单纯的对句子的肯定。另外一点就是，他一直想给读者一个清楚明白的解释。他总是高兴于自己所做的修订工作，同时也很智慧地对一些晦涩的文章做出解释。

他指出，我通常拒绝去了解公众的声音，自己也不会谴责那些声音。我想，作者本身是渴望被遗忘的。我已经对他其余的部分给出了最高的认可。在阅读中，通过在文本中插入注解来让我们的读者自行判断。这其实是一种猜疑的、似是而非的做法。

对于我来说，在我所修改的卷册之中，辩驳之处浪费了我诸多笔墨，这些都是让人不太愉悦的事。不管是谁，都会把学习中各种重要还是不重要的问题当作他们在其智慧和理性中所行使的权力。他思考到，每个作家的劳动其实都是对眼前的事物的一种破坏。一个新系统的建立，首先是要拆除，其次才能建立。这就是不破不立。他渴望的是，对于作者的评论，都显示出评论者对作者的疑惑。这种说法曾经一度流行，上述事实已然为争论提供了佐证，另一种反驳和拒绝再次与那个遥远的年代联系起来。因此，人类没有进一步被置于运动当中。因此，有时真理和错误，有时正面和负面，彼此作用、相互占据。似乎，知识的潮流只会倾注在一代人身上，过后，留给下一代的便是赤裸与荒芜。智慧宛若转瞬即逝的流星，在荒蛮之地洒下一片光亮，而光芒消失之时，剩下的寓言将会鼓励这里的人继续前行。

人们崇拜声望、名望，可如果没能得到它们，那一切的矛头都将指向批评家们，而众所周知的矛盾也是经由传授者的知识传播的，因为最富有智慧与高端智力的人群就是他们。阿基里斯对他的俘虏说：“如若今天他们遭受的正是阿基里斯某一天即将遭受的，那他们将该如何向命运虔诚地祷告?”

沃伯顿博士是一个名望极高、受人尊崇的学究，他的对手以站在他的对立面来提升他们自己的名望，以至于他的研究引发了一场喧嚣。抨击他的作者代表就是《批评的规则》和《莎士比亚作品回顾》的作者，他们中的一个用暴躁的谩骂方式去指责他的错误。而另一个人带有恨意地去攻击他，就好像他对于公正的评判是凶手，是纵火者，是累赘。这刺痛就像一只嗜血的飞虫，吮吸了一点血液，飞呀飞，又回过来吮吸更多；另一些就像一条蝰蛇，似乎在它们身后留下它们所创造的红肿和坏疽会让它们觉得很高兴。每当我和他的部下想到这些，我都会回想起那个危险的克里奥兰纳斯，他害怕女孩子的唾液和男孩子的石头，他害怕在一场小的战斗中被杀死。当另一些幻想穿过我的思想，我想起了《麦克白》：

猎鹰环绕于他的自豪之地。

猫头鹰会置他于死地吗?

无论如何，我都要公正地评判他们，一个幽默风趣，一个博学鸿儒。他们在发现错误方面都有着足够敏锐的洞察力，都能率先理解一些可能隐晦难懂的文章，但是当他们立志去校正时，我们就会发现我们的自我价值是多么卑微，他们所表现的出来的仅仅是如何教会自己去更公正地去评判他们的努力。

在沃伯顿博士的版本之前，一些学者研究莎士比亚都是通过厄普顿先生曾经出版的版本。厄普顿先生是一个在语言方面很有技巧的人，他博览群书，但是似乎没有很旺盛的精力，没有天赋，乃至没有太精准的品位。他的许多阐述稀奇古怪并且很平常，但是即使如此，他还是宣称他会抵制一些编辑盲目的自信，坚持那些老的版本也不能完全平复参与修订者们的愤怒，尽管他的激情近乎病态地依附他的技巧。每次当他的心脏因为一次成功的经历而膨胀或是因为即将成为一个理论家而骄傲的时候，一些修订人就会在这个他们并不幸运的时刻猜想他的思想。

具有批评性、历史性、阐述性和解释性的《莎士比亚日记》已经被格瑞博士出版。格瑞博士是一个勤奋的人，并且熟读古英语作家的著作，这使得他可以提出一些建设性的观点。他所承担的一切工作都能完成得足够优秀，但是他无法做出公平的判断，也没有修订批评性言论，他更喜欢跟随他记忆性的理解而不是精确地判断。对于那些在学问方面不及他的后辈，确实应该尽力模仿、学习他诚实的品质。

我可以真诚地对我的后辈说，我希望他们可以对莎士比亚进行深层次的研究。我从莎士比亚身上所得到的一切都是从对他的研究中获得的。可以确定的是，我将此冠上自己的名字之后，便不再会有人来盗取我的思想。而如果有人指出我有侵犯他人言语的行为，那我就将把我的一切荣耀心甘情愿地拱手让人，让与第一个揭发我的人，让他独享尊荣。除此之外，便可以让民众们了解一个自命不凡的人，也让他分清自我创作和他人创造的分别。

我公正地对待他们，这一点得通过仔细观察而不容易知晓。发现一个注释者的讥讽时可以很自然地表现出来是不容易做到的。他所讨论的主题都是些不太重要的东西。它们既不涉及财产也不涉及自由，也不赞成教派或政党的利益。对于文章不同的阅读和注释似乎成为可以进行练习机智的环节，而且不带有任何迷人的情感。但不管怎样，这样一件小事都可以使主人公自豪、虚荣并且抓住机会。在一些评论中，经常可以看到，在某些政治活动中一些自发的抨击和轻视，这看上去比大多数的争论者都显急切、更有恶意。

也许有些故事有着轻松的结局和磅礴的气势，但通过调查才得知人们的愤怒和呼喊在作品中被放大。这一切都与原始状态不同。当命运赋予了它被关注的名字，它便成为受关注的对象。对于批评家们来说，忍不住想为人们提供他想要表达的，即使没有艺术和勤奋也能提升精神世界的境界。

我从前写过或者借过的笔记都是具有解说性的，这其中的难点也都是被注释过的，优点和缺点也被修订过。

从他人那里被改编过的解释，如果我不增加其他任何的注解，我希望它们普遍都是正确的，至少我想要通过默认的方式来承认，因为我的确没有更好的办法来进行修正。

在所有编辑工作之后，我发现许多这样的文章，并且都在我的眼前出现，阻碍了大多数的读者，并认为帮助他们的文章是我的工作，这对评注者来说写得太多或者太少都是不可接受的。他可以根据他自己的经历来判断什么是必要的，无论怎样都要进行慎重的选择。我会努力成为既不多余又小心翼翼的人，我希望我所表达出来的意思更接近这样的一些人，他们在仔细阅读之前往往都会通过理性的方式来使某些事物公众化。

通常，对一个作家的评价不是系统形象的，而是具有结论性的、随意的，作家在被提及的时候总是随意地、非正式地被设定为某个人物，而不是像预期的那样是个老学究。在所有人的印象中，当一个名字被封杀时，一定会在一些年里是不能被提及的。同时特殊的习惯也会很容易引起世俗的关注，例如穿着打扮、社交礼节、行为规则、处事方法及礼仪的实践等，这些都是一些平时最能体现一个人本质的东西，可以被人带有感情色彩地载入所谓的“史记”之中。有这种想法的人虽然不多，但是当一个作家引起公众注意时，他会被人曲解，人们会以自己看到一部分所谓的事实来否定他为自己的事业所做的努力。

有时候，我必须放弃一些文章，即使我现在不是很理解它们，尽管它们将来或许会被发现或被重新定义。我希望是这样的，即使它们现在是因为存在错误而被忽视的，有时还会被评论甚至被曲解，就像每个作者都会带入个人情感一样，或者经常被众人忽视作者的勤奋努力，而不是赞同他们应当获得的。但是最困难的往往不是最重要的，对于一个作家而言，他的作品被曲解、被糊弄，是对他最大的嘲弄。

我没有费尽心血地去观察被诗化的美丽或缺点。一些作品或多或少都有被公正看待的地方，不是它们所有的功过都是均衡的，我只是给了这部分我自己的一些想法和思考。我认为读者都希望看到自己的观点被认同，我们一般更加乐意得到收获而不是去发现和探究。判断力就像其他才能一样是会随着练习实践得到提高的，但是对专制独裁决定的投降会阻碍其发展，就像被封锁定格的记忆一样无法继续发展。有些启蒙是必要的，比如技巧、规则命令的灌输、习惯的养成。因此我认为夸奖比批评更容易使人获得成功。

在许多戏剧最后，我会添加小小的评价、有关文章错误的简单责备或者优点的夸奖，即使我不知道我同意的现下的观点有多少，但是我不会假造文辞的稀有之处使它偏离原有内容。没有什么东西是会被严密详细检查的，因为戏剧被责难的地方有许多赞美之词，被赞美之处也有许多责难之词，所以它是不被人信以为真的。

对作者部分的批评会被关注，由此引起过分的卖弄和尖锐的言辞，这是对腐文的校正，大众的注意力或许被波普和西奥博尔德之间的隐藏在言语下的刀刃所吸引，这其中包含了某种困扰，即一种阴谋，并上升到了公众与莎士比亚的编辑们之间的对抗。

值得肯定的是，在编辑们的手里，译文与原文或多或少都有出现一定的偏差，在所有存留下来的工作中，对各种版本的比较验证和睿智思维的猜想就是他们唯一能做的。进行对比工作的编辑，其工作相对轻松；而对于猜想思维的编辑来说，这项工作就充满了危险与挑战。至今戏剧最伟大部分的保留只限于副本，这其中的危险和困难是无法避免的。

在现存的这部作品中，充满了被修订的企望，我已经给每个出版商提出一些工作，在我看来，这些是充分的支持。不用说，我已经摒弃了一些明显的错误，将一些作为支撑平衡异议和辩护的留在了注释中，而非责难或赞许，还有一些悦目的但不恰当的，我已经随后插入了评语。

整理过他人的言论，最终，我尝试能够取代他们的错误的方法，补充他们所遗漏的，收集整理手中的副本，希望获得更多，但是我没有发现这些珍品的收藏者都非常健谈。我已经给出我自认好的版本的总结，可能不会因我没有能力去做而疏忽被谴责。

通过核查旧期刊，我发现自夸勤勉的出版商准许许多侵权的文章，他们在文章中用罗威的校准来满足他们自己的利益，即使他们知道那很武断，稍稍思考一下就可以发现那是错误的。通过更改、去除个人倾向的只言片语，显得更简洁、更明了。此外，这些非常频繁的、稳定的节律或规范化的韵律，我还没有练习到那样地严谨，如果仅仅是一个词被调换或者一个词缀被插入或省略，这种自由很容易被允许，副本就是这样易变。我有时因此经历诗篇停止，但是我没有听任这种惯例被更深地推进，无论何处，重新确立简单用语都是被首选的理由。

和所赞成的版本相比，我已经将所提供的副本的修改插入到原文中，有时还附带注释或些许改进意见。

我想说的是，我建议有副本的人更可能直接去读它，这样我们就可以不仅仅靠想象来进行阅读了，但是显而易见的是，他们也经常犯无知和奇怪的错误，因此一些人可能企图通过考证来维持折中的看法。

至于我的批评，我想是必然的，因为一些文章歪曲原意，令读者晕头转向。而我需要做的首先就是到处去查阅旧的文献，我从不合时宜的词汇中拯救出了许多台词，并修正那些得以保存下来的场景。我已经接受了罗马人的观点，那就是拯救一个公民比杀死一个敌人更荣耀，保护比修正更应该小心谨慎。

我已经一幕幕地保存了戏剧中常见的场景，尽管我相信几乎所有的戏剧都缺乏权威性。戏剧剧本的固定模式需要四个流程，但是在莎士比亚的剧本中并没有明显的划分，戏剧中的一幕大多像没有时间调停或地点改变的跨越，一停顿便生成新的一幕。因此，在每一个真正的和模仿的表演中，间隔或多或少，五幕的限制是次要的和任意的。这是莎士比亚所了解和实践过的。

在恢复作者的作品的完整性方面，我认为标点符号完全在我的范围内。可能是句号和逗号毁坏了单词和句子。无论如何，调整标点是必行的。我有时候不太注意插入或忽略一些权重较弱的词汇，其他编辑也会这样做。

大部分读者惊讶于将这么多劳动花费在一些纯粹的琐事上，而不是通过琐事责备我们，用这么重大的辩论和这么严肃的措辞，对于这些我自信地回答：他们正在评价一门他们不理解的艺术。至今不能对于他们的无知过度责备，一般也不能期望他们通过学习批评变得更有用、更幸福或更聪明。

当我越多地练习揣测，我也就越学会了“尽信书不如无书”。同时，在出版了一些戏剧集之后，我下定决心在文中一点都不涉及自己的思维模式。基于此，我每天都庆幸自己能够进行严格的自查。

由于我已经把自己的想象力上升到了极限，如果在它的允许范围内扮演一些怪胎，它也不能被看作是无聊的。如果它被提出了新的猜想或假设，在推测上它是没有危险的，我可以再进行写作，因为这对我来说并不难。对于一些肤浅的读者所提出的似是而非的问题，编辑是不会表现出愤慨的。我一直怀疑阅读是否是正确的，这需要很多词语来证明。而对于校正错误而言，不付出努力似乎也是不对的。

在我看来，我要努力避免错误和失误的发生，而正是这样的谨慎工作、小心行事让我倍感压力。每一页中，我都用智慧努力克服自己的惰性，认真解决各种各样的困惑。我被迫去评判那些我所敬仰的、被我剥夺其存在意义的作品，不知道有多久就会有同样的事发生在我身上，又有多少我修改过的读物会遭遇如此命运。

批评有另一个名字：抹去，

踩在相同的位置，

而其他人也一样，很快他们就将退去，

或是取代，原景重现。

——波普

靠着思维惯性进行评论的批评家的做法常常被认为是错误的，是不对的。对于别人或自己来说，一旦他的批判理论被认可，那么在他的艺术里将没有体系，没有公理和真理。他有机会去尝试新的方法，即便使用了错误的方法，也足以使他失败，被人耻笑。

我并没有任何贬低“大胆尝试错误”的意思，因为大多数智力超群的人都对此进行了深入的研究和实践，从文艺复兴时期直至现在，从阿勒利亚主教直至英国宾利。本文对古代的批评家的智慧进行了修正与提炼，而《莎士比亚》是注定要经过现代人进行编辑的，他们的主要任务是修正语法和解决语言问题。

事实上，纯粹的推测是，斯卡里格和利普修斯修正的往往是模糊的和有争议的地方，他们足够睿智和博学，像我或者西奥博尔德一样。我还没有说到，也许我没有因为错误而被责备。随着读者要求的提高，作为作家来说，很难满足那些不知道自己究竟要什么的人的要求，对于此，我的确失望过。我尝试过尽力去满足他们的要求。有时候我和其他的作家、世人一样失意，但毕竟我努力了，我拒绝失败。

我积累了一些简单的学习方法，但是不免有些粗枝大叶，有些地方会没有必要，我想说的仅仅如此而已。经常做笔记是必要的，但它们也是挺令人生厌的。对于莎士比亚来说，他希望通过戏剧给人们快乐，从第一场景到最后，他完全忽略了所有评论家的想法。他关注的是他所从事的事业，而不屑于名声。

如果认为几代的编辑都无法修饰好一部作品的话，那就大错特错了，当读者带着不正确的想法读文章的时候，他们羡慕、学习，在忘我的境界中忽视了升华自己，直到他宣布“莎士比亚既可以是现代的诗人也可以是古代的诗人，他就是这样的人，有着最伟大和最丰富的灵魂”，所有的自然的画面对他来说都是礼物，并且他并不费力就画下他们。幸运的是，当他描述任何事情的时候，都能让你感觉置身其中。

让我慨叹的是，我何德何能可以面对公众的评判，他们的声音将会鼓励我去接受即将到来的荣誉。每一篇文章都有不足，尤其是在句子上面，但若是博学之人给出的评价，那我将欣然接受。

## 《英文辞典》序言（1755）

命运早已经注定，他们要从事低微的工作，过着卑微的生活：这是受到不幸的恐惧所造成的，即便他们心中满怀对未来的无限憧憬。他们收获的只有指责，没有被赞美的希望，而且会因失败而颜面无存，也会因疏忽而受到惩罚，即便是成功时也没有掌声，勤奋努力也未得到该有的回报。

而此部《辞典》的编纂者恰恰就是以上不幸福之人，人们不再把他们当作学生看待，而是科学的奴仆、文学的先锋，他们的命运注定要成为学者与天才们的垫脚石，去为后者扫除成功道路上的垃圾与障碍。他们辛辛苦苦卑微工作的成果却得不到统治者的一个笑脸。其他类型的作者还有可能获得不同方面的赞美，而辞典的编纂者却只能希望少些苛责，而实际上又有多少人能逃脱命运的藩篱呢？

我虽已明知这点，却仍义无反顾地投入到对英语辞典的编纂工作中。我想，这是用于文学修饰的工具。迄今为止，它一直被忽视，并处于杂乱的发展状态之中。随着时间的推移，它终于呈现在无知的腐败和不断的革新之中。

当我对我所从事的事业的第一次进行审视的时候，我发现我们的语言虽然丰富但是杂乱无章，有激情但是没规矩。无论我如何转换我的视角，都要首先解开困惑，梳理混乱。选择可以有无限的种类，没有任何既定的原则；不站在任何立场上去对词汇去伪求真；不因任何文学大家已定的模式而影响自己接受或摈弃某种表达方式。

因此，我决定不靠任何帮助而只是依赖于最基本的语法来开展我的工作。

作为作家，我自己主动阅读，并注意任何可能使用的词或短语，及时地将它们汇总成册。其中，我衍生出促进工作效率的不同方法：一是经验，它随着实践和观察不断增加；二是类比，虽然某些词看上去是晦涩的，但换个词来解释便浅显易懂。

调整拼写，这已经到了充满不稳定和偶然性的时候了，我认为有必要区分人们与生俱来的语言上现存的违规行为以及后继作家们对语法规则的破坏和忽视。每一种语言都有其异常，虽然有时会带来些许不便和不必要的麻烦，但我们必须容忍事物的缺陷，我们要做的就是标记出来，使它们可能不会再增加，并确定下来。每一种语言都有同样的错误或荒谬的地方，这正是辞典编纂者要去纠正或取缔的。

因为语言最开始只是口头的，所以在形成书面用语之前，所有词汇的日常用法都必须要以口头的形式存在。当它们不受任何可视的标记所固定时，一定要使会话呈现多样性。现在我们观察那些识音不准、发音模糊的人，当这些狂热和野蛮的术语第一次被归集到一种字母体系时，每个文人都试图用他所习惯的发音方式去表述，这就使得词汇再次被人为地破坏。当它们被运用于新语言时，字母的力量一定是模糊的、不确定的。因此，不同的人会用不同的方式去表述同样的一个发音。

方言其实就是不确定性的发音出现在同一国家不同的区域而已，人们也注意到，方言的差别会随着书本的增多而减少。我猜想，每一个民族的早期作品中，都会有困惑和纷乱，不同字母的发音直接反映为撒克逊英语拼写方式上的不同，这就是语言的“异象”。但发音一旦成型，“异象”的东西一旦得到统一，语言的规则就不会轻易地发生变化。

举个例子来说，length（长度）是 long（长的）的名词形式，strength（力量）是 strong（强壮的）的名词形式，darling（爱人）是 dear（亲爱的）的名词形式，broad（宽广的）的名词形式是 breadth（宽度），drought（干旱）是 dry（干燥的）的名词形式。而精于类比学说的弥尔顿曾一度将 height（高度）写成 high（高的），若是把所有的名词都变成其形容词形式，操作起来太庞杂，若像弥尔顿只变化一个词，又显得没有什么意义。

在元音当中，这种不确定性极为常见，它们发音的随意性较强，并且被有意无意地用不同方式来进行篡改。不但地域间存在着差异性，就连个体也是如此。我们都知道词源学，一种语言可以推演为另一种语言。在正字法中，这种瑕疵不是错误，但是在英语中，对它们的影响却是非常深刻的，那些错误永远无法消除，只能保留原样，不作改动。但是有些词也或多或少地发生了改变，随之而来的是，相关的发音已经变得模糊，而一些字母则以不同形式进行书写。作者以技能和目的来分辨他们，正因为这样，寻找真正的正字法是非常必要的。像这样，按照法语书写 enchant（迷惑）、enchantment（巫术）、enchanter（巫师），遵循着拉丁语去写 incantation（咒语）。同样，我们更加倾向于 entire（整个），而不是 intire，因为它的词源来自于法语的 entier（完整的），而不是拉丁语里的 integer（整数，整体）。

对于许多词来说，弄清楚它们是来源于拉丁语还是来源于法语是非常困难的。因为在那个时候，法语还占据着统治地位，而拉丁语则多用于宗教仪式中。然而，我的观点是英语主要还是源于法语。因为在英语中有些术语与法语有着相似的形式，而拉丁语的词汇在英语中则少之又少。

即使是一些词源很明显的词，我也通常牺牲其一致性而屈服于习惯用法，比如，为了能和多数人保持一致，我也经常会去写些词：convey（传递）、inveigh（抨击）、deceit（诈骗）、receipt（收据）、fancy（想象）和 phantom（鬼魂）。有些时候，派生词和原始词不相同，比如 explain（解释）和 explanation（解释），repeat（重复）和 repetition（重复）。

一些字母的组合有相同的效果，在使用的过程中可以通用，比如 choak 和 choke（呛）、soap（肥皂）和 sope、fewel 和 fuel（燃料）等，有时候我会将两种形式都标示出来，以方便人们查阅。

在正字法的前提下检查任何可疑的词汇时，人们往往会认为我会将我自己偏好的正字法加入辞典中。对于辞典中所收录的那些词句，我想说的是，我并没有对原始素材进行改动，读者的眼睛是雪亮的，他们可以分辨出以下区别：有些人虽志向远大，但对于发音和词源并无见解；而有一些人虽然精通古语，却对我们的日常用语知之甚少。因此，哈蒙德会将 feasibleness（可能的）写成 fecibleness，我猜想他认为此词是来源于拉丁语。另外，有些词如 dependant（依赖的，依靠的）与 dependent；dependance 与 dependence（依赖，依靠），它们不同的地方在于最后一个音节，作者便可随意挑选其一进行使用。

在工作方面，我会以一个学者的身份和一个文法家的治学态度来编纂此部辞典。请原谅我偶尔的任性，或是因为一点点小创新便沾沾自喜，渴望别人的称赞。怀着对古代学者的崇敬和语法学家的尊重，我已经努力地、极致地发挥我的天赋。我尝试着做了一些细小的改变，无非是从现代用法改为过去用法。我希望那些乐于标新立异的人不要仅仅因为自己狭隘的观点而去打乱祖先留给我们的正字法。据说扬名于世比追寻真理更重要。据胡克所言：变革绝非易事，更何况从坏至好。能够保持稳定不变是一个持久的优势，这要好过那种缓慢渐进地调整。这就像我们的书面语逐渐发生口语化的变化一样，每时每刻每处的变化就会使得其意义不同于其本身。后世的著作又对其进行模仿，再进行改变，然后再使用模仿的方式来遵循这种改变。

关于字母组合所表现出来的稳定性和一致性，我认为这会影响到读者的情绪或观点，那些怪异的、不正确的拼写方式无法传递真相。我没有因为迷失在浩瀚无际的词汇学中而忘记“词汇是尘世间之花，而尔等万物则是尘世间之果”。语言仅仅是科学工具，词语则是思想的符号。然而，我希望这种工具能独善其身，这种符号能恒久不变。

在正字法部分的编纂时，我并没有完全忽略发音。我会在尖音和高音的音节上标注重音。有时你会发现，所引用的作者有时会将重音符号标注在字母序列的不同位置，这只是发音习惯的不同所致，读者也可以将其视为一种错误。在我看来，字母出现不规则发音时，我也会进行标注。在此部辞典中，难免会出现一些标注遗漏的现象，也恳请读者原谅。

在编撰正字法和词的部分时，一定要考虑它们的词源。因此它们被分为原词和衍生词。原词指那些不能追溯词源的词，如 circumspect（慎重的）、circumvent（包围）、circumstance（环境）、delude（迷惑）、concave（凹面）以及 complicate（使复杂化）等词，尽管它们在拉丁语中属于复合词，但是对于我们来说，它们就是原词。衍生词就是那些可以在英语中可以找到其词源或词根的词。

我在上文中已经提过衍生词的原词，其实纠结于其准确性有时是没必要的。大家能看出来 remoteness（遥远）源于 remote（使遥远），lovely（可爱的）来自 love（爱），concavity（凹陷）是 concave（凹陷的）的衍生词，demonstrative（论证的，说明的）来源于 demonstrate（论证，说明）。对于我的编纂工作来说，语法的丰富性是不容降低的。在研究语言的基本结构时，通过注释其衍生词和变形的模式而成功地在另一个词中找出其词源是非常重要的。在编纂的过程中应当保持其一致性，尽管有时会显得生硬刻板。

除了这些衍生词之外，我已经小心地引入并且阐明异常的名词复数形式和动词的过去式，这在日耳曼方言中是很常见的，经常使用的人当然熟能生巧，但对于那些二语习得者来说却会感到突兀与尴尬。

对于原词的出处，我想说的是，它们多数来源于罗马语和日耳曼语。我将法语归于罗马语系，再将撒克逊语、德语归于日耳曼语系。值得指出的是，多数的多音节词都来自于罗马语，多数的单音节词则来自于日耳曼语。

对于罗马语的起源，有的词是从法语舶来的，但是这又可能涉及拉丁语。有鉴于我目前的工作职责是解释语言，所以我没有仔细地研究拉丁语是纯粹的还是野蛮的，而法语是优雅的还是陈腐的。

当我们谈到日耳曼词源时，我常感谢朱尼厄斯和斯金纳，我在引用他们的书时并未提到他们的名字，并不是我要窃取他们的劳动成果或者是窃取他们的荣耀，而是我要书写一封特别的致谢词。这些或许我不应该说，但从始至终我都怀有对师长和捐助者的敬意，这是因为：朱尼厄斯学识渊博，斯金纳也有超群的理解力。朱尼厄斯精通所有的北方语言，而斯金纳也许只消粗略看一下字典就能够进行古代与偏远方言的对比。但朱尼厄斯的研究成就往往有悖其初衷，而斯金纳总是能找到取巧的捷径。斯金纳也许无知，但从不荒诞，朱尼厄斯或许学识渊博，但其判断能力也会因此受到影响，他的学问当中总是夹杂着荒谬的思想。

当北方的缪斯女神的信徒们发现有什么对朱尼厄斯不利，使他的声望、荣誉受损，他们都不可能轻易地压制住自己的怒火。但无论别人的尊敬是源于他的勤奋，还是他取得的成就，都不能对这位词源学家过于苛刻，他能认真地从 drama（戏剧）衍生出 dream（梦想），因为人生如戏，戏如人生，人生如梦，梦如人生，因此戏如梦，梦如戏。他又以调侃式的腔调表示，moan（悲叹）是从 uovoc（孤单地）衍生而来的，而 monos 又有“孤单地或孤独地”之意，因此他认为悲者天性孤独。

我们对北方文学的了解是如此的贫乏，以至于那些来源于日耳曼的语言始终无法从古语中追根溯源，因此我只能在荷兰语或德语中寻找其替代词汇。它们不是这些英语词汇的原词，而是与这些英语词汇有着平行关系的词汇，它们之间不是所属的关系，而是并列平行的关系。

即使是被称作“子孙”或“同族”的词汇，在含义上也不尽相同，这对于词汇来说是偶尔发生的，就像它们的作者那样，从他们的祖先开始就已经退化，当他们改变国家之时，也开始改变了自己的行为方式。关于词源的问题，如果发现是同族词可能会较容易地融入彼此，或可以被置于同一概念之下，这就已经不错了。

众所周知的词源问题，很容易就可以在公开发表的书目中查阅到。而且，只要稍加适当地注意其衍生词的变化规则，词汇的拼写错误就可以避免。但是要收集我们语言中的词汇的确是一项非常困难的任务，辞典难免有其不足之处，当他们穷尽全力在辞典中收集之后，就只能凭运气在各类书籍里寻找了。另外，能够在杂七杂八的日常用语中搜集到辞典上不存在的词汇也算是幸事一件。通过以上途径，我非常有幸地将词汇进行了扩充。

我的初衷是设计一本通用辞典，因此我省略了全部的专属名词，比如 Arian（阿里乌斯派教徒）、Socinian（索奇尼派教徒）、Calvinist（加尔文教徒）、Benedictine（本笃会修士）和 Mahometan（伊斯兰教徒），但还是保留了一些通用的名词，如 Heathen（异教徒）、Pagan（异教徒）。

对于专业术语，我收录了那些存在于科学典籍的词汇和已经收录到哲学典籍中的部分词汇，那些词有的只是个别地出现在一些典籍中，有的还未普及就被世人接受为通用词汇；这些词就像候选人和试用生那样，必须取决于它们将来被使用的情况。至于外来语，无论引入它们的人对外语是精通的还是无知的，是他们因空虚而产生的戏谑，还是为了迎合潮流而标新立异，我通常会如实收录在册，并警告那些作者不要再对外来语一味地照搬来损伤我们的英语。

工作至今，我没有有意拒绝过任何词汇，仅仅是因为它们没有必要或不切实用，而且我还接受了不同作家不同写法的词，如 viscid（粘性的）和 viscidity（粘性），viscous（粘性的）和 viscosity（粘性）。

我很少注释复合词或双字，除非这些词与合成它们的各个部分意思截然不同。

因此，对于 highwayman（拦路抢劫者）、moodman（樵夫）等词汇，我需要加以注释，而像 thief-like 或 coach-driver 这样的词汇就不去解释，因为其各个组成部分都包含了复合词的含义。

还有些通过固定的规则而随便组合的词汇，就像以-ish 作为后缀表示“稍微”的形容词：greenish（略显绿色的）、bluish（略带蓝色的）；以 ly 结尾的副词：dully（迟钝地）、openly（开放地）；以 ness 结尾的名词：vileness（卑鄙）、faultiness（过失）等等，我没有仔细去找，而且当我找不到我所要收录的典籍时，还会有意地省去很多，并不是因为它们的不纯正，而是因为它们的意义与原词相同，一般不会被弄错。

以 ing 结尾的动名词，如 keeping of the cattle（城堡的守卫）、the leading of army（军队的统帅）往往被忽视，或只用来说明动词的意义，除非它们代表动作之外还表示某物，因此其具有复数的形式，如 dwelling（居住，住宅）、living（居住，住所），或具有一个绝对和抽象的意义，例如 coloring（着色）、painting（绘画）、learning（学习）等。

分词也因同样的方式而被忽略，除非它们表达了习性和品格而不是行为，这样它们就表现出了形容词的特性，比如 a thinking man（一个有思想的人）、a pacing horse（一匹踱步的马），我将以上此类的词归于分词形容词。因为它们很容易就被理解，参考一下动词的意思就不会有错。

有些词虽然已经过时，但还有作者在使用它们，如果这些词有重新使用的价值，我也会将其收录其中。

因为组合是语言的主要特质之一，我想为我的前辈们所犯下的疏忽进行一些修补，方法就是通过插入大量的复合词来进行，比如在 after（之后）、fore（之前）、new（新的）、night（晚上）、fair（公平的）等词之中，就能找到相关的复合词。这些词不计其数，而且还在不断地增多，这样这种用法和人们的欲望都能因此得到满足，我们语言的结构和构词的方法也会被大面积地创设与使用。

有些词的构词方法，就前缀 re 来说，它表示重复，前缀 un 表示相反的或是丧失，我们不可能积累所有这样的例子，因为这些前缀的使用，现实中如果不是完全任意的，也很少会被限制，导致一有必要的时候就可以随时加到一些词前面。

还有一类复合词出现得不是那么频繁、常见，但这也成了外国人理解英语的最大困难。在这类复合词中，我们通过插入一个虚词而改变许多动词的含义，比如：to come off（离开），to fall on（进攻），to fall off（下降，跌落），to break off（中断，折断），to bear out（证实），to fall in（倒塌，集合），to give over（停止，放弃），to set off（出发），to set in（开始），to set out（启程，开始），to take off（拿掉）等等。这些词数不胜数，其中一些显得极不规则，与其组成单纯词的意思大相径庭，任谁也无法想出它们如何会演变为今天的样子。对于这些词，我只能小心翼翼地解释，虽然我不能自夸我的搜集是完整无瑕的，但我相信我已竭尽全力，到目前为止这些可以用来辅助我们进行语言学习的词已经不再是难以攻克的问题了，同时通过这样的方式来找词是简单的，还能解释缺少的动词和虚词的组合。

很多词仅仅冠以贝利、安兹华斯、菲利普斯的名义，或者加上缩写的 Dict. 来表示源于辞典，以此作为词源凭证。有些词我自己都不太确定它们究竟出于哪部专著，或仅仅出于编纂者自己的作品，这样的词统统会被我删掉，因为我从来没有读过它们或是见过它们。当然也有些词真的被我收录，原因是它们真的存在并被我留意到。然而，它们不过是作为之前的辞典中的词而被相信、采纳。对于其他词，如果我认为它们是有用的，或者知道其用法的，虽然暂时我还找不到权威来佐证，但我还是会硬着头皮继续去证明我自己，我所行使的特权和前辈们相同——就算是没有证据也要努力去获取读者的信任。

那么按照这样的程序来收录、处理词汇，是出于对语法的考虑：它们都涉及不同的词性，当它们发生不规则的变化时，可以通过各种后缀来追溯其起源。我对这些词的解释从不纠结于个别词汇的用法，而是这对我们解释语言十分重要，这也是迄今为止被文学家们忽视或遗忘的方面。

作为我工作的一部分，对词语的解释是最容易受到别人恶毒攻击的，但我也从不曾指望我所做的事情令所有人都满意，甚至我自己有的时候都不满意。用英语解释英语是困难的，因为一个词不能只用其同义词来解释，许多同义词的名称及解释也不止一个。然而也不能意译，因为许多词会被模糊地描述。对于性质不明确、概念模糊不清的事物，不同的人看法也不尽相同，由此表达此种词汇就会令人倍感困顿。这就是不幸的辞典编纂者的命运了，无论黑暗还是光明，都会成为他的阻碍和困扰，或多或少的了解都不能让他把词汇解释得恰如其分，因此一定要使用更加通俗易懂的词汇来进行注释，而要找到这样的词并非易事。因为这世上所有的事都不能仅凭感官去理解，必须依靠证据来证明。同样的道理，简单的词语是很难被下定义的。

还有些词意多变而不定，以至于无法明确地下定义，这些词常被文学家称为感叹词。在没有活力与潜力的语言里，这些词都遭受过无声的对待，它们除了用来填补诗歌和调节句子结构外没有其他用途，但它们很容易在口语中得到运用，它们拥有力量去强调语气，虽然有时使用它们是因为没有其他更好的表达形式。

同时，英语里还有一类出现得特别频繁的动词，这也增添了我不少工作量。它们的含义十分宽泛，用法也十分模糊且不确定，很多意思与基础用法都有天壤之别，很难通过复杂的变化找到词源，知道其最初的意义，并对其加以限制，或者用任何明确的词来进行解释，比如 bear（负担，忍受，带给，具有，挤，向）、break（打破，违纪，折断，削弱）、come（来，来临，到达，出现）、cast（投，抛，投掷，浇铸）、get（获得，变成，收获，使得）、

give（给）、do（做，实行），put（放，摆，安置）、set（放，置）、go（离去，走，进行）、run（跑，行驶）、make（制造，安排）、take（拿）、turn（转动）、throw（扔，掷）等。如果这些词完整的意义不能被准确地解释，那么就要记住，既然我们的语言是如此的灵活，它可以随着任何人的语言方式而进行改变，它们的关系也无时无刻地在发生变化，就像在暴风雨中无法准确地描绘小树林的景象那样，也不可能在字典里将这些词的意义固定下来。

虚词在各个国家都已被广泛地应用，以至于在任何范围的解释下都不能忽略它们，而且英语虚词的问题与其他语言一样多。我以呕心沥血的工作态度来进行编纂，因此希望能获得成功，至少可以被理解为完成了一件至今无人完成的任务。

有些词我无法进行解释，因为我也不懂。我本可以偷偷将其省略，但目前为止我不会放纵自己的虚荣心，就像塔利在不知道《十二张桌子》中莱瑟斯指的是哀乐还是丧服时，他勇敢地向世人承认了自己的知识盲点；就连亚里士多德都拿不准《伊利亚特》里的 oupeus 一词究竟意味着骡子还是赶骡人。当然我也就没有了羞愧，我将一些晦涩、隐秘的词留存下来等待更为恰当的解释，或在以后进一步完善信息。

我在词条的释义工作中严格要求自己，词条和释义应在意义上完全吻合。我一直以此要求自己，但并不总是能够达到尽善尽美。词语很少有精确的同义词，是由于前者解释得不充分才会引入新词。因此，一个名称通常可以表达很多概念，但很少有一个概念对应好几个名称，这时近义词的作用就凸显出来了，因为单词术语的缺乏很少通过长篇大论的议论来补充。这样残缺的解释并无大碍，因为词的意义很容易就会在例子中得到补充。

对于有一系列用法的词汇，标记其意义的发展过程是必要的，同时还要阐述清楚，这些词究竟是以什么样的顺序演变至今，让每一个先前的解释为它后续的解释服务，有规律地将最初的含义与最后的含义串联起来。

这种方法看似值得推广开来，但并不一定可行，因为相似的意义可能是相互交织的，以至于无法独立地被解释，也没有任何一个理由解释为什么一个意义被安置于另一个意义前面。当一个词最初的本意分出几个平行分支时，如何从本质上将其间接的意义组成一个连贯的体系呢？词的意义十分微妙，有时还会潜移默化地进入对方的范畴之下，导致它们一方面截然不同，另一方面又有一定的关联。同源的词汇虽然不是完全一致的，有时略有差别，却找不到清晰的语言来清楚地表达这种细微的差别，尽管把它们放在一起时很容易察觉到不同；还有些时候，它们的意思一塌糊涂，无法区分。

对于那些没有考虑过词汇的特殊用法的人来说，抱怨这些麻烦的人无疑是想夸耀自己的劳动成果，更是隐晦地为他的研究邀功。但是每一门艺术对于无知的人来说都毫无意义，对术语含义的模糊对于曾经把哲学与文法结合起来的人来说再熟悉不过，若是我尽力了却仍不能清楚地表达出来的话，那么别忘了，这也正是英语里所谓的“不可言传”的东西。

有些词经常被比喻性地使用，因此其真正的含义反而被人们忘怀，但我必须把它们的本意与词源注上。我不知道是否有人将 ardour（热情，灼热）用于指物质的热，或是用 flagrant（燃烧着的，不可容忍的）表示 burning（燃烧着的），但后者才是上述词汇的本意。因此我把它们放到了释义的开端，虽然没有例子，但很容易就能推理出其他比喻意义。

许多单词都有丰富的意义，但辞典的编纂者几乎不可能收集到所有的意义，有时衍生词的意义必须在原始意义中长期寻求，有时对原始意义的不足解释可能会引出一系列相关的意思。在有疑问与困难的特定情况下，考虑到同一组所有词都是正确的，因为其中有些词被省去了，为避免重复，还有些词的解释比其余的更加简洁。当把词汇带入复杂的结构关系里时，学习者就会发现词汇变得通俗易懂了。

正如“八仙过海，各显神通”一样，并非所有的词汇都可以按照相同的技巧来解释，也并不是所有的解释都天衣无缝：难易度相同的事物对于同一个人可能难易有别。金无足赤，人无完人。每一个会写很长很长单词的人都可能在简单的词汇上出错，虽然这种错误并没有误导得他们含糊不清，也没有迷惑得他们晦涩不明，但归根到底他还是犯错了。在查找词汇时，很多措辞会被无心地忽略，很多比较也会被忘记，而很多细节最后会被一个看似毫无关系的人改良。

正如“人不可貌相”，许多表面上的错误都属于对事物性质的误估，而不是当事者故意的忽视。因此，一些重复或循环的解释是不可避免的。有时更容易的词会变成更难，比如 hind（雌鹿）解释为 the female of the stag（成年雌性鹿），将 stag（牡鹿或雌鹿）释义为 the male of the hind（成年雄性鹿）。还有时，一些高级词汇代替了一些低级词汇，如 cinterment（墓葬）变为 burial（埋葬或安葬），siccity（干燥）替换了 dryness，paroxysm（阵发）替换了 fit（抽搐）。最简单的单词，不管它是什么，能不能翻译成一种更容易的解释？这是一个相对性的问题，如果我们用外来语解释英语，目前看来也许只会增加读者理解的难度，但将来也许可以通过这种途径来解释英语。因为这个原因，我经常引用日耳曼语和罗马语对英语进行解释，比如用 to gladden（使……高兴）或者是 exhilarate（鼓舞）解释 to cheer（使……快活），这样不同母语的英语学习者就能通过其熟悉的语言进行理解了。

所有困难的解决方案、所有缺陷的补充，都必须寻求例子作为辅助，在例子中，附加到每个词的各种意义后，都根据它们原作者的先后顺序排列。

当我最开始收集这些典籍时，我希望每一个引文都可以有更多的用途，而不仅仅是单纯地解释词汇。因此我引入了科学家、哲学家缜密的原则，还有历史学家的经典事例、化学家尽善尽美的论证过程和诗人精美绝伦的描述。当时间以优雅和智慧的姿态积累成一串字母序列时，我才发现，我成堆的典籍会把成千上万的英语学习者吓跑，因此我不得不背弃我的初衷，去把句子改为短语，保留了部分意思。因此我违背了自己的本意，这给我本来就无聊透顶的抄写工作徒增了烦恼。尽管如此，我还是保留了一些章节，这可能会减轻语言搜索者的工作量，并为贫瘠的语言学沙漠点缀些蓬勃的绿叶红花。

如此残缺的例句已经不能传达作者的情感了，凡是含有被解释词语的从句大多数都被小心翼翼地保留了下来。当然，还是有很多被粗暴地删除了，导致句子的整体结构也发生了改变，正如神可以抛弃自己的信条，哲学家可以背弃他自己的知识体系一样。

一些例句的作者并不出名，作品也不是家喻户晓的典范，但是要寻找必要的言语以供使用，因为在精美的典著中找不到关于生产和农业的术语。大多数引用文章只是为了证明词语的存在，没有其他用处，因此并没有精挑细选，导致它们并未承担起传承词汇构架和关系的责任。

我不想收录那些当代作家不太认可的作品，这样我就不会因自己的好恶而去妄加评断，而且作家们也没有了抱怨的理由。我没有改变这个想法，除非有实在难得的佳作让我去膜拜。当我记起一个需要的例句出自最新出版的文章，或许我会因为喜爱而标注上作者的名字。

到目前为止，我一直都避免用高端的词汇使得我的作品显得高入云霄，因此我从 1660 年英国的王政复辟前的著作中，有意地努力去收集例子和寻找学术权威，我将这些作品视为纯粹的英语的源头，作为真正发音纯正的来源。在近一个世纪以来，我们的语言因为很多原因逐渐从原来的日耳曼语的角色中偏离，朝着法语的结构和用法转变。我们应该努力使日耳曼语的特征复兴，将古代典籍作为文体的基础，再锦上添花一些，使其能被所需之人利用，并与我们本地的语言习惯相结合。

但是每一种语言都经历了一个从无法解释到完美诠释的过程，同样，词的变化也是一个由错误到精确的过程。我一直谨慎，免得我的热情会将我送回到遥远的古代，那里满是多数人不能理解的书和词。我把西德尼的作品设定为分界线，之前的作品我只字不提；把伊丽莎白时期兴起的作品作为有用途的、高贵典雅的演讲词。如神学语言是从胡可和《圣经》中翻译提取的；自然科学从培根的著作中提取；关于战争、政治、航海的方面从拉雷的作品中提取；日常生活从莎士比亚的作品中提取；文学方面的词汇从斯宾塞和西德尼的诗歌和小说的方言中提取。这些几乎包含了所有人类能表达的思想，因为所有现代英语的空白都在这些词汇中得到了补充。

一个词显然是不能准确表述的，除非结合一些鲜明的、特定的例句，因此我会挑选这样的段落：如果一个作家给一个词下了定义，我就用其定义来完善我的释义。其他正常情况下，我都是遵循着时间的脉络来写的。

确实，有些词虽然没有任何的证据作为基础，但它们却是非常常见和通用的派生词或副词，是由原词经过常规的变化形成的，它们通常表示那些不常见的事物，或是那些被怀疑是否存在的东西。

我也许会因为自己举例过多或过少而受到大家的谴责，有时我也怀疑自己有没有必要去收集那么多的典例。有时一些例句本打算省略，它们本可以轻松地被找到，然而，辞典中的典例不应该被如此粗暴地视为无用。对于那些粗心的读者来说，也许只是为了彰显他们博览群书，但对于要求更高的研究者来说，这些范文提供了一个词不同的含义，还有一个含义的几个不同方面：一个例句可以指人而另一句可以指物；一句可以褒义而另一句则可以贬义，不但如此，还可以表达折中的情感；一句用来表明出于古代作家，另一句表达出于现代作家；一个不怎么可靠的范文被另一个更可靠的范文来进行佐证；一个表意不明的句子通过一段清晰明了的文章也可以变得更加清晰可读。但无论词语怎么出现，它们都要结合不同的搭配，被冠以不同的形式，因此每段引文都为语言的稳定发展贡献了不可小觑的力量。

当词语被含糊不清地使用时，我会慎重使用；若是使用修辞手法，我就只能选择它的最初用法了。

我偶尔会忍不住发表一下个人见解，去说明一个作者如何抄袭另一个作者的思想，这些引文和重复原文几乎是一样的。虽然这种情况并不多，但还是应该受到指责，因为它不曾为人类思想的进步提供任何的帮助。

我认真地标明了例句中出现的各种各样的句法结构，至今为止，很多词的使用方法来源于不同的句法结构，因此导致我们的文体反复无常。当同一个实词和不同的虚词结合在一起时，我会优先选择最恰当的用法，并引导人们去选择。

因此，我努力去设计正字法，注明推理规则，确定句法结构和单词释义，竭尽作为一名辞典编纂者的义务。但我有时也会不能按时完成任务，这个工作证明了我的勤奋和努力，但还是有提升的空间。就像我设计的正字法充满了争议，词源释义仍有很大的不确定性或是一些错误的解释，这些释义有时有太多的局限，有时又很散乱；意义的区分时而靠技巧，时而靠感官。由此看来，读者很容易因为那些细枝末节而分神。

当然我也有太多的不当判断，有时候对一些不错的例句还是选择性地进行了删除，或是错误地引用。因为我们的心始终都充斥着焦虑不安，书稿中有些不完整的部分，我只能凭记忆去完善。

尽管一些术语很重要并且有效，可还是被经常性地省略了。其中还有一些词语也是经过认真考察、深思熟虑的例子证明了的通用词汇，但仍有部分含义被我遗漏。

尽管经历了频繁的失败，但我始终矢志不渝，也许追求完美是要付出代价的吧。尽管背负着有压力的进取心，整个过程往往让人心力交瘁、力不从心，但是对于一些怀有梦想和视野开阔的人来说，他们永远会朝着理想前行。而对于一些对自己很满意的人来说，并不是因为他做得多，而是因为他想得比较少。当我第一次被这份工作吸引时，我决定不会忽略一丁点儿未经核对的细节，并且发誓一定要让自己乐在其中、陶醉于文学的长河里。那些隐藏在深处的、晦涩的文学词汇，想象它们是被人遗落的宝藏，它们正等待我去探索、发掘。待我胜利之时，我可以向世人展示我的战利品，想象那时这项工作带给我的喜悦与成就感，我就无比兴奋。因此，当我探究词源学时，我就仿佛真的很热爱这门科学，钻研各种学科，仔细推敲字典里收录的它们的名字，用精确的语言描述自然和艺术的产物。这样我的书就会取代其他的辞典来介绍这些词汇究竟是普通的名词还是科技性的专有名词。然而这些美丽的梦境不会实现，字典编纂者早晚会在美梦中惊醒。我很快发现，当这项工作开始进行时，去寻找工具实则太晚了，我只能竭尽全力地工作。当我碰到不懂之处，我就会放下手头的工作，无限期地推迟进程，然而这种拖延对问题的解决、对我的工作没有丝毫的帮助。因为我发觉：根据我的实践，我不懂的东西绝不会轻易地被钻研透彻，我的问题只会不断地接踵而来、永无止境。就算找到了所谓的答案，我也不一定能理解。基于追求完美的性格，我就只能像第一批阿卡迪亚的始祖追赶太阳那样，当他们竭尽全力到达他们认为的太阳所栖息的山峰时，却发现太阳依然远在天边。

我开始缩进我的计划，决定全部依赖于我自己，不去请求辅助人员，如果那样，可能带来的是累赘而非援助。这种获得词汇的方法可能会有一个优点，即会减少我的工作并使其能够按时完成，虽然并不完善。

从未有过的消极意志开始伴随着我，也压抑着我，并让我开始粗心大意，一些错误最终仍会出现，它们影响着我的勤奋与不屈不挠。对于像我一样习惯了精益求精的人来说，想要忽略词汇小而精微的不同含义也非易事，有时甚至要拆开搭配来区分词意。这在许多普通的读者眼中或许是无用的，但对于那些高级的学者来说，这种拆分重要并实用，也正是这种做法使得辞典能够经得起世人的考验。

从某种意义上来说，虽然这些词的含义不尽相同，但还是有联系的，因此读者经常会感到困惑，但大多数人不以为然，因此不能精准地使用。一些例子可能会产生一些其他的意义，这也确实不是我能估算出来的。我虽没有创造语言，但我记录着语言；我虽然没有教过人们如何思考，但我始终关注着人们的表达方式。因此，我绝不会接纳这种模糊性。

尽管我对那些残缺的例句感到扼腕，但我却无法去弥补，我希望它们能够获得更多文章的诠释。有些段落闪耀着想象的光芒，有些则充盈着智慧的宝藏。

尽管正字学、词源学不完美，但是这种不完美并不是编纂者考虑不周造成的，而是因为计划总是赶不上变化，不能准确地实施。而且有些想法并不都能得以实现，况且我们手头的资料也未涵盖了四海八荒，最终的结果只能走向无法应用的死胡同。

坦率地说，许多艺术品及加工品在这其中被忽略了，我敢大胆地断言，这样的过失是不可避免的。我并没有深入到洞穴中去了解矿工的语言表达方式，也没有进行一次航海以了解海上水手们的专业语言，也没有参观商人的仓库或能工巧匠的商店来了解那些没有在书中所提及的制品、工具和设备的词汇。有些词是在机缘巧合中遇到的，这些词同样未被忽略。但是，通过已有的资料去搜寻它们，并要在过程中与粗糙的记录进行持续性的博弈只会让人心生沮丧。

为了把这类词交给“秕糠学会”的会员，满足他们卑微的虚荣心，波兰兹罗提以他的思想创作了一系列的喜剧，就像《拉菲耶拉》《交易会》等。但是我从来没有如此依靠，因此我很高兴和他们一样有相同的诉求，当满足不了时，也从来不会抱怨。

不是所有遗漏于词汇表的词会因被人们遗忘而感到可悲。那些从事体力劳动和商业活动的人们的语言是随意的，并且是千变万化的；他们的多数术语是出于暂时的或当时当地的方便应运而生的，尽管在特定的时间和地点被广泛地应用了，但是在大多数情况下，人们对这些术语还处于一无所知的状态。这种短暂的使用总是处于激增或衰败之中，难以捉摸的术语不能被视为一种语言的经久不变的素材，因此必定会与其他不值得保留的东西一起消失殆尽。

然而，智者千虑，必有一失。想要抓住千载难逢的机会，却总是不小心让它溜走。有些人总认为，自己会抓住失去了还会再来的机遇。而那些崇尚奇迹之人，却总是忽略平常生活里的俗事、小事。许多最常见的、粗略的措辞几乎没有添加什么解释说明，因为在收集典据时，我想当然地放弃了收集那些我认为会随时出现例句的词汇。当我回顾我收集的成果时，竟然发现连sea（大海）这样的词，我都没有为它收集例句。

因此，当事情变得困难时，随之而行的往往是人们对该事物的一无所知；而当事情变得简单时，随之而来的一定是人们自负感上升。人们总是拈轻怕重，匆忙地将自己从艰难的探索中撤下来，而又以轻蔑的态度担负起不能完成的任务。他们有时表现得妄自尊大，缺乏应有的审慎态度；有时又瞻前顾后、犹豫不前，不能拼尽全力；有时会在平坦的小道上虚度时光、碌碌无为；有时会在迷宫中心猿意马、浑浑噩噩，沉醉于各种臆想。

一件大作由于大而困难，尽管它所有的组成部分都可以轻易完成；大事是由很多要做的小事组成的，每一件小事都需要占整体一定比例的时间和精力，就像不可能寄希望于庙堂之上的石头都是方形的、被擦得像项链上的钻石般晶莹透亮一样。

正是因为我对这件作品呕心沥血，因此我对这件作品有着几分父母对孩儿般的疼爱。这件作品的结局有如此多的解释，形成猜测是很自然的。那些被我说服而高度评价我的设计的人，也主张我们应该修复语言，终止那些迄今为止偶然形成的话语机制。对于这种结果，我承认我对自己感到有些小庆幸，也许是我高估了自己的影响力，或者是我放纵了世人既非客观理智又非主观经历的预期。当我们看着人类长大并在既定的时间里一个接着一个地逝去，我们嘲笑那些能延长寿命的长生不老之药。同样的道理，对于一个国家的辞典编纂者来说，编辑出一个长久保持不变的措辞或短语也终究难逃贻笑大方的命运。他们认为辞典里能够保留他们的言语会话机制，保护它们不腐朽或衰落。这何尝不是一种天方夜谭？

然而，出于这种希望，他们学会建立对他们语言使用的保障，并击退“外来者”，力求保护语言的纯洁性。至于他们的警惕行为，迄今为止都是徒劳的，他们不可能立法来约束语言的稳定；还有音节，人们如果想给音节一个限定，立下不可更改的准则，这就像眼高手低的人永远不愿用实力来衡量他们的希望那样，只会是徒劳。法语虽然在用法上有很强的限制，语法规则也很严谨，但随着时间的流逝，它也仍然发生着明显的改变。在库拉耶看来，阿姆洛翻译的《保罗神父》其风格已然过时，没有一个意大利人认为当代作家的措辞与薄伽丘、马基雅维利和卡罗的措辞雷同。

一种语言完全的或突然的转变是很少发生的，被征服者和移民所一直沿用此种语言也实属罕见，它们看不见的进步可能比人类对它们的抵制显得还要高级，就像四季交替、潮水涨退那样。然而，通商又是必需的，通过它可以赚钱养家，尽管它堕落礼节，腐化语言。经常与陌生人相交的人，他们努力去让自己及时地学习外来的方言，造成了一种四不像的混合方言，如地中海和印度海岸的商人所使用的行业术语。这些语言并不局限于交易，商人在货栈或港口同样会使用它们，这种言语也会潜移默化地影响其他行业的从事人员，最终和通用语言融会贯通。

还有一些内部原因导致了同样的现象。最可能出现的就是：在没有变化的情况下持续很长时间的语言成为那些有一点改变的民族的一部分。他们完全忙于追求生活的便利性，要么没有书本，要么只有一点点。因此人们都忙着做事，没有时间进行阅读、学习，仅仅依靠一些平常需要使用的词汇。他们用相同的符号来表示相同的观点，这种情况可能会持续很长时间。但是这样的持续性在一个文明辉煌、等级分明、一群人靠另一群人劳动供养的社会里，要让语言恒久不变是不现实的。那些有很多空闲时间来思考的人，总是在不断地拓展他们的思维，每次斩获的新知识，无论是真实的还是虚构的，都会产生一些新鲜的词汇、词组。当这种思想脱离了人们的基本需求，他们必将关注更高的层面；当它完全沉迷于思考、推断方面偏离太远的时候，它就会转变观点，就像风俗一旦被废除，用来表达的相应的词语也会消失。如果一种观点逐渐流行起来，那么它会以它改变惯例的形式悄悄地创造一种新的语言模式。

由于受各种学科的影响，科学进步的同时，语言也得到了发展。随着越来越多的词从原意产生新的意义，越来越多的新词也喷薄而出，词汇量也因此得到了进一步地扩充：学者们会谈论一个奸臣的人生顶峰，也会闲谈一个野蛮英雄的古怪特点。丰富的词汇给了人们更多的选择空间，一些措辞是首要考虑的，而其他的则会被降级处理，因为时尚的变迁会迫使新词汇的使用或者将已知习语的意义进行进一步的扩充。诗歌的修辞常常侵入语言机制，比喻含义将演变为通用的释义；发音会因无知人们的欠考虑或被忽略而得到改变；也会有不合格的作者因为公众的无知而出了名；普通人不知道外来语的来源，会在口语上肆无忌惮地运用它们，完全不理会其正确的用法。随着文明程度的提升，一些表达会被认为太粗糙、庸俗，其他的则太正式或充满了礼仪性，不能表达愉悦轻快的含义。这样就出现了新词，而这些词也会因相同的理由在适当的时候遭到淘汰。斯威夫特在关于英语语言学的论文里，主张适时引入新词，但不认为该淘汰什么词。但是什么原因造成了词组过时，导致了人们的不再使用呢？当它传达了冒犯的意思，还会一直以此姿态沿用下去吗？当它一度不被使用而变得生疏、不熟悉进而不悦耳，它应该如何被人们重新接纳呢？

还有一个原因也是引起语言变化的因素，而且这个因素是无法避免的。两种语言的混合将会产生一种不同于这两种语言的第三种语言，而且这三种语言往往被混在一起。教育最主要的目的莫过于让习得者精通古语与外来语。研究表明，长期研究非母语语言的人，他的头脑充斥着这种语言的词汇与短语，同时因为轻率或疏忽、优雅或做作，他有时会随口甩出那些外来词汇。

对于语言来说，最大的害处莫过于频繁的翻译。没有哪部书不是从一种语言翻译到另一种语言的，书中必定会加入作者当地的方言，这是一种综合型的创新，但危害极大，影响甚广。它改变的不是建筑物中的某块石头，而是那些栋梁的排列顺序。如果要建立学院以树立英语的语言风格的话，我希望这种英语被使用所表现出的自由精神不被阻碍和破坏，希望尽量少给那些翻译人员发行许可证，不让他们随意地编纂辞典。若是阻止不了，有些人的懒惰和漠视将会影响工作的进程，最终重蹈法语的覆辙。

如果这些变化无法避免，那我们就像面对其他人类难以抵抗的灾难一样，唯有沉默相对。剩下的便是减缓变化的速度以降低变化给我们带来的痛苦。即使不能战胜死亡，也仍要努力去延长寿命。语言就像政府，在它诞生之际就注定了腐坏堕落的命运，但是既然我们可以让宪法延续至今，那么同样为我们的语言也做出些努力吧！

正是源于对这终将腐朽的语言能成为不朽的期望，我致力于编纂此部辞典，献给我的国家与同胞，这样我们就不会在语言学方面低其他欧洲国家一头了。每个人都会从作者那里获取荣光，而我的努力是否真的能为英语语言学添上一抹荣光，那只是时间问题了。我生命中的很多时间在与病魔做斗争时度过，还有一部分时间被我浑浑噩噩地浪费，还有更多的时间被我重复着以前的步调，但是我仍然不希望我的职业是无用的或是被忽视的。如果通过我的劳作，能让我的同胞成为知识与真理的弘扬者；如果我的努力可以为知识殿堂增添一抹微不足道的烛光，并且能为培根、胡克、弥尔顿、波义耳书写赞歌的话，我就会认为我的努力并非毫无价值，而是充满了荣誉。

当我被这种希望鼓舞的时候，我愉快地欣赏着我残缺不全的书，我努力把它交付给带有人类精神的、尚有缺陷的世界。我从未向自己承诺当它发行之日便会风靡一时，因为我知道它少不了出现各种错误与可笑的谬论。也许我会因它而一时成为人们口中的笑料，收到来自某些人的无情嘲讽。但是勤奋终归会有结果、回报的，因为我的辞典多少弥补了一些空白。有谁会认为一本辞典会是完美的？因为即使是当我手忙脚乱地去出版我的作品时，也会有新词正在喷薄而出，还有一些词正在逐渐消亡。人的一生不能只浪费在研究语法和语源学上，因为就算用尽一生也不够用。辞典的编纂者有时会急于收尾，有时会被一项工作累得死去活来。斯卡利杰把这种工作比作血钻之工或是煤矿之活。有时，显而易见的东西不一定是广为人知的，而广为人知的东西不一定是显而易见的。编纂的过程中一些意想不到的问题可能会击溃心理戒备，一些小小的业余爱好也会使人分散注意力，不经意地走神会使研究之路变得黯然无光。我对于自己曾经经历的事务所进行的追忆往往被证明是徒劳无益的，在脑海里曾经清晰明了的事物也会突然变得模糊不清。

我想事先提醒下读者们，当你们阅读我的作品并发现些许遗漏时，请口下留情，毕竟它的贡献要远大于过失。尽管没有哪部作品因为作者的疼爱而免于指责，但我想说的是，读者在开口责难之时，请秉持着热情去探知是什么原因导致了这些过失。我编纂的这本《英语辞典》，是在从未受过任何贵人相助或是资金资助的情况下编纂而成的；它也不是在我隐退之后，在我身处卑微的情况下写就的；它更不是在学术避难的情况下完成的。它是在我身边充满了分心的琐事中，在穷苦、嘈杂、疾病和悔恨中写成的。如果有人因为我们的语言因为此部辞典没有得到完全的展示而去恶意地批判，我可能会说：我的失败同样是人类从未达到的。终有一日，作者作古，历经多年修订，篇章磅礴的辞典也难免有不足之处。然而由几十名意大利人多年呕心沥血编纂而成的辞典仍是会遭到指责；法兰西学院花费五十年编纂的辞典也必须要被修订；那么仅凭着我这穷困潦倒之徒独立完成的一本辞典，又怎么可能毫无毛病可言呢？如果仅仅因为这些毛病而让我得不到应有的肯定、赞誉，那又何妨？我仍旧会心安理得！赞誉于我又有何用处？我一直在拖延我的工作，直到那些我想要取悦的人相继入土为安了，我才着实急切地希望其出版。成功或是失败，于我而言早已如过眼云烟。因此，我带着淡漠的心情出世入世，不去理会闲言碎语，只想一心地将我的辞典出版。鄙人不惧责难，亦不求赞赏。

# 给尊敬的切斯特菲尔德伯爵的一封信

尊敬的伯爵阁下：

近日来，《世界日报》的所有人告诉我，有两篇阁下您写的文章，他们想通过我向公众进行推荐。能为您做这样的事是一种荣誉，我尚未习惯迎接如此伟大的爱戴，也不知道怎样接受这份荣誉，更不知道用何种方式来表达我的感激之情。

当时，得以一丝鼓励，我便拜访了阁下您。我像所有人一样，被您言谈的魅力所折服。我忍不住希望我也可以这样夸耀我自己——“我是地球征服者的征服者!”我可以获得这方面的荣誉，得到全世界的关注。但是我发现我的拜访并没有得到任何欢迎，无论是出于自尊心还是谦虚，我都不能继续久滞于此了。我是一个沉默的、不会阿谀的学者，当我在公众场合向您致意时，我用尽了所有艺术的语言来取悦您。我做了所有我能做的事情，没有一个人见自己的努力被忽视了还会很高兴，即使他的努力是那么的渺小。

我的伯爵，自从我第一次在您的房间外等候您，被您拒之门外到现在，七年已经过去了。这段时间里，我一直在努力地工作，解决困难。现在抱怨这些是没有用的，好在我的作品终于要出版了。在这之前，我没有得到您一次的援助，没有受到您一句话的鼓励，没有看过您一个赞同的微笑。我没有指望有以上的待遇，因为我向来也没有赞助之人。

维吉尔作品中的牧羊童最后找到了爱神，却发现他完全铁石心肠。

我的伯爵，有的人看见在水里挣扎的人不去帮忙，等他到达地面时才去关心他，这是救他吗？这样的人并不是赞助人。要是您曾关注过我，那我便足够温暖。当被通知您对我的作品很满意时，这是一件好事，却已经晚了，现在的我已不会再感到些许的欢喜了，我已经习惯了寂寞，无人可与我分享，而且现在我的工作终于为人所知，尽管我不再需要此番肯定。既然我没有任何受益，我想否认得到过您的帮助，我不愿让公众认为您是我的赞助人，这不算太过偏激吧，上帝会支持我这么做的。

迄今为止，我几乎未得到任何来自学界友人的帮助，我不会沮丧，即使受到的帮助再少我也要完成它。

我的伯爵，我早就不再做美梦了。我已经从那个充满希望的梦中醒来，即使我曾在美梦中自诩为：

我的伯爵阁下，您最谦卑、最顺从的仆人，塞缪尔·约翰逊。

1755年2月7日

# 约翰·沃尔夫冈·冯·歌德[1]〔德〕

## 《雅典柱廊》发刊词[2]（1798）

被自然与艺术吸引的那一代年轻人认为，只要有足够的努力，他们就能很快穿透内心深处的圣所；经过很长一段时间的思考，他们发现，自己仍然处在内心圣所的外面。

这样的观察结果表明了我们的主题。我们通常会和朋友们一起等待，我们在路上、在门口、在前厅、在内外室之间、在庄严和平常之间。

如果《雅典柱廊》（《神殿入口》）会让你回忆起雅典的城堡和密涅瓦的寺庙的结构和组成，这和我们的目的是不一致的。但是在这里计划着去建造一个类似的辉煌的作品不应该以欺骗我们为目的。这个地方的名字应该被理解

---

① 约翰·沃尔夫冈·冯·歌德（1749 年 8 月 28 日—1832 年 3 月 22 日），出生于美因河畔法兰克福，作为诗人、自然科学家、文艺理论家和政治人物，歌德是魏玛的古典主义最著名的代表。而作为诗歌、戏剧和散文作品的创作者，他是最伟大的德国作家之一，也是世界文学领域出类拔萃的光辉人物。

② 《雅典柱廊》期刊，创办于 1789 年 7 月，歌德和他的朋友海因里希·迈耶在短暂的三年中共同创办，除了编辑的著作，席勒和洪堡德也有短暂的贡献。其目的是传播关于艺术的目的和方法；在这个著名的介绍中，作者阐述他对这些问题的清晰而深刻的认识。

为在这里发生过什么的象征，一个可以供人们对话和讨论到底有没有价值的地方。

哪位学者、艺术家不希望在最好的时间里来到他们一直神往的地区，居住在一个我们渴望却从未到达过的理想环境中？一个美丽的文化所表现出来的连续性是那样的令人慨叹！哪个民族会像希腊人那样拥有着如此这般的艺术修养？而在某些方面，哪个民族又从希腊所吸收的营养比德国多呢？

希望大家明白我们为什么选择这样一个具有象征意义的刊名。也许这个刊名能够一直提醒我们：不要脱离古典主义的土壤。我们希望通过它的简洁性来吸引一众对艺术感兴趣的朋友，并满足他们的精神要求。这部刊物中包含朋友们对自然与艺术的终极思考。

有艺术造诣的人，对周围的环境都是相当的敏感。各种事物及其组成部分都在不同程度上影响着他们的注意力。通过实践观察，可以将其洞察力锻炼得更加敏锐。在他们的早期职业生涯中，他们会利用一切手段为自己服务，之后他们会高兴地服务于他人。因此我们希望撰稿者能够将你们有意义的故事寄来。

但是谁能欣然地同意纯粹的观察在我们生活中是司空见惯的呢？我们总是会由于我们的经验而困惑于我们的感觉、我们的意见、我们的判断，因此，我们不会在观察者的消极思想中停留过久，反倒是我们应该做出迅速的反应。通过这些，没有什么事物可以代替人们的自然性和逻辑性。

我们可以从和别人和谐的相处中、从协作式的工作中获取更多的强有力的自信。但是通常情况下，我们经常认为一个令人困惑的问题不是属于我们自己该解决的——当我们发现别人表达出和我们完全不一样的想法时，我们会惊惶得不知所措；当我们发现和别人的想法一致时，那种惶惶不安的感觉会逐渐减弱甚至消失，也只有在这个时候，我们才能在长期经验的原则保证下继续喜乐着。

当许多周围的人联合起来，进而成为朋友，这都是因为他们有着共同的兴趣，他们都希望能够通过彼此不断地完善自己。他们的目标也都彼此相似，这使得他们能够同心协力。他们虽然行走于不同的路上，却殊途同归。他们虽有暂时的离别，但终究还会山水相逢。

谁没有经历过对话所带来的愉悦？虽然说对话是短暂的，但是它所带来的好处是不可消除的。文字可以简单地记录复杂的成长过程，结果可以让我们满意，回过头看看我们成长的道路是有益的，因为它让我们看到了未来因为我们的不松懈而将要取得进步的希望。

短篇文章记录了一个人的思想信念和希望，为了找到以前流逝的兴趣爱好和娱乐，这是帮助自己和他人成长的一个很好的辅助办法。当一个人考虑把短暂的时间分给生活时，更多的障碍会挡在前进的道路上。

朋友之间应该做的是：彼此交换意见，特别是谈论自己在科学和艺术范围内的观点。

从事艺术或科学方面的人士，要与同行与外界时刻保持着联系。如果一个人的思想具备了普遍性，那么他就是属于整个世界的。自然赋予了作家天生的谋求外部认同感的心理，这也使得作家本人能不断到达事业的新高度。上天所赋予作家的每一种能力都会让其体会到赢得公众的认可是来之不易的，每一分收获的背后都是毅力与汗水凝结的结果，虽然运气与机遇也会带来此番荣耀，但终究不及自身努力换来的成果持久。

作者与公众所维系的关系在他的早年创作时期是非常重要的，甚至到了创作后期，也是不能缺少的。他很少去教导别人，但他也想和那些他认为有天赋的人交流思想，即便是他们都分散在世界的各个角落。正因为这样，他希望能重新建立和老朋友们的关系，并同时和一些新人继续保持联系，作为他生活中的念想而赢得年轻一辈的肯定。他希望通过自己的经验来告诫年轻人少走弯路。

正是基于以上原因，我们这样一个初创团队正式形成，我们所从事的事业是那么的令人兴奋，能快乐地参与其中，也算是我们的缘分，时间会证明一切的。

我们打算出版的文章，都是由几位作家写就的。希望在主观上他们各异，但在表达主旨上却不尽相同。世界上没有两片相同的叶子，同样地，两个人的想法也会出现分歧，再往深了说，两个人的思想和判断力不可能总是一致的，但重要的是，两人都能够沿着自己的风格前行，并以坦诚示人。

就像笔者所希望的那样，渴望彼此之间以及与公众的一大部分保持和睦相处，他们必须不能忽视这个事实，即使他们面临着不和谐的声音，他们也必须意识到这些异端只是因为他们从最一般的观点中分离出各种观点。尽管不去期待能控制或改变第三个人的思考方式，他们仍然将坚定地表达他们自己的观点，这也将避免或引起一场争吵。不管是谁对这个问题有兴趣，都一定要准备好表明立场，否则他在任何地方都不会得到关注。

然而，如果我们承诺提出关于自然的思考和观察，我们必须同时暗示这些将会具有主要的参考价值。首先，有艺术造型；然后，大致的艺术；最后，艺术家综合的训练。

成为一名艺术家最高的要求是：要忠实于自然，学习自然，效仿自然，创作出一些与自然相似的作品。这是多么伟大、多么庞大啊，这要求真正的艺术家从经历中学习，在进步中学习。自然与艺术的裂痕通过借助外力才能进行弥补，如果不是这样，任凭天才也无法做到这点。

如果一名艺术家仅仅通过他的天资和体验、通过实践和实验，实现对事物外在的认识并创作出一部令世人惊叹的作品，这实属罕见。但是如果一位艺术家透过事物的表层窥探到自己灵魂的深处，他将创作出自然化的和超越自然的作品。

人类是造型艺术最高尚、最典型的塑造对象。为了理解它们，将自己从身体结构的迷宫中解脱出来，对自然有个系统的了解是完全有必要的。艺术家同样应该对自然的无机物有个基本的认识，如果可能，也应该对声音和颜色进行认知。如果他们想要去校园里向解剖学家、自然学家、物理学家寻找支持，他们就是迫使自己走上一条曲折的道路。是的，实际的问题是，他们是否会找到对他最重要的东西。这些人为了满足，对他们的弟子有完全不同的要求，这与艺术家的需求完全不同。鉴于此，我们的目的是参与进来，尽管我们不能预见工作的前景，但对工作整体与细节却都有一个基本的认识。

人类的角色决定了我们不能仅仅通过对表面的观察来了解，内心必须是要深入的，那些隐藏的、永恒的，还有那些在记忆中留下深刻印象的东西都是值得去探究的。我在这里想引用一句格言：我们只看到自己了解的东西。这就要求我们从整体出发，洞悉内部的组织结构。

正如艺术家首先精确地从人类身体部分中获取知识，最后再次使它成为整体，总的来看，对相关物体有大体了解是非常有帮助的，它让艺术家能够上升到理论层面并抓住事物之间表面上不紧密的关系。比较解剖学已经提供了有机生物的一般概念，它引导我们从一种形式到另一种形式，并且通过观察生物的密切或远近。为了看到它们的特性，我们把它们提炼到一个图像中。如果我们能够记住这个图像，我们就会发现在我们观察事物时，我们的注意力有了一个确定的方向，而且我们能够了解那些零散的现象并通过对比再次进行研究。

此外，我们会鼓励艺术家获得无机世界的知识，这些都可以轻松地完成。画家需要一些关于石头的知识，以便掌握它们的特点；雕塑家和建筑师也要学习这些知识；宝石切割师不能不懂这些石头的特点；鉴赏家和玩家也要认知这些知识。

在物理学家看来，色彩是一种理论。截至目前，画家已经很少去怀疑物理学家关于色彩的理论，那样不会获得任何益处。然而，通过长期的训练以及实践的需要，画家的自我感觉让他进入自己的一种方式。他感觉到整体色彩和谐中的栩栩如生的对比，通过合适的感觉，他指出确定的特性。他运用冷暖色调，有些表现出亲近，有些表现出疏远。在他个人的方式中，他把这些理论与自然最一般的规律紧密地结合起来。这种双向性的对立关系，是需要我们进行双重或多重性认知的。

我们非常想要揭露自然的奥秘，但是现在我们最需要的是找寻艺术的宝藏。

对于此本刊物来说，我们并非要解构其整体，相反，我们是要将分散的个体构建成一个整体的形态。我们第一次会以造型艺术类文章进行首刊，相似的题目也将通过我们的解释和方法进行呈现。在这里，强调艺术门类的重要性将会成为我们主要关注的对象，从古至今，有关门类的问题一直都是被忽视的。

迄今为止，我们一直认为自然界是我们选取素材的宝库。然而，如何通过艺术来对素材进行加工呢?

当艺术家以任意的自然形式为研究对象时，这些研究对象已不属于自然；事实上，我们可以说，艺术家在那一刻是通过提取重要的特征、兴趣来创造对象的，或者说，通过于此使其具有更高的价值，像这样精确的比例、高贵的形式、较高的特点；这个完善的规律、意义的范围和完整性的结论，即自然欣然地接受它为最好的财产，即使这样它也很有可能退化为丑陋而失去了自己的中心。

快乐的艺术家并没有错误地进行工作，谁知道如何选择或决定什么适合艺术！他彷徨不安地分散在神话和相去久远的历史中寻找主题，他希望能被厉害的学术所吸引，在他的作品中经常会碰到意想不到的障碍。

对于艺术家来说，幸运的是，他们知道如何按照自己的标准对艺术进行选择。而那些通过师徒学习而获得渊博知识的人，往往在创作过程中会遇到意想不到的困难，或是没有目标地进行创作。如果不能把创作的意图表述清楚，不能通过内心的剖析来了解自己的话，所做的一切都将徒劳无功。

我们往往通过以下三方面来处理已然发现的对象：精神层面、感性层面以及机械层面。精神层面主要以研究对象内在的结构及联系为侧重点。感性层面主要通过感官彻底理解作品。而机械层面则以客观表述其现实性为主。

一切事物都在不断变化之中，因为某些事物不能并存，因此它们表现出来的是相互排斥。对于知识、表达方法和原则而言，也是如此。人们的目标总是几乎保持一致的：他们与古时的诗人、艺术家一样，也仍然渴望优秀。我们感到疑惑的是，自诩为这个国家骄傲的艺术家们所走的道路就一定是正确的吗？他们的趣味就没有低级、狭隘的吗？在这一点上，我们不是要进一步继续进行详述，我们应该对造型艺术进行详细阐述。对于意大利的艺术家来说，他们都是通过不断努力学习和模仿人类的图形的比例而进行积累的。通过全身心地投入到实践中，他们才得以创作出完美的作品。

最糟糕的图画同样可以吸引我们的感官和想象力。最好的艺术品也会吸引我们的感官，但是这就需要在更高一级的表达方式上进行。这就要求我们将感受和想象力紧密结合，不能轻易忽视每一部作品，同时要求我们陶醉于其中，这样我们的身心才会得以升华，我们的品鉴能力才会得以提升。

艺术衰变的主要标志之一就是各种元素进行混搭，这在一定程度上破坏了其固有的结构。所以说，真正的艺术家要在艺术创作领域中保持独立，艺术门类保持彼此分离，这同时也是艺术家的责任与道德。

已经注意到所有造型艺术都在向绘画、文学艺术等方向演变，这一观点可能在未来带给我们重要的反思。

真正的艺术家追求真理，大胆的艺术家在现实中追求盲目的冲动。通过前者，艺术达到最高峰；通过后者，则坠入谷底。

艺术家一般拥有良好的艺术感，雕塑家则必须通过不同的感觉来进行思考。以提高浮雕为例，这是由各种部分和人物的形成组成，并通过增加建筑和景观来实现，使作品产生了一半是绘画一半是戏剧的效果。

值得注意的是，不完美的作品往往可以点燃人们对艺术的热爱。这是一种模糊的、不确定的感受，对于艺术的初学者来说往往体会不到这一点。因此，对于艺术来说，太过细致的批评往往会破坏对艺术的享受。

随着体验和经验的进一步提升，他们对于不完美艺术的鉴赏力也会得到进一步的提升，而当他们真正地看到完美无瑕的作品时，将体会到更多的乐趣。

当人们意识到细节和整体都近乎完美时，他们是心甘情愿地进入审美的迷宫。事实上，一个人发现作品的短处越多，说明他越懂得欣赏作品的长处。究竟是用模糊的感官去接触一个拙劣的整体，还是用清晰的感官去认知一个完美的整体，这终究是个问题。

在实践过程中，每个人都要了解不同的事实。更多的人将有能力的知识和洞察力放在事实上，可以说，每个人都可能否认自己和外部对象。当没有争议的偏执和狭隘的固执强加于最高的作品时，就不会在自然和艺术上表现出个性和片面性。说话的艺术恰好会影响自己和他人的真实利益，讨论也应该只限于作品本身。因此我们刊登作品的初衷就是要激发读者的阅读欲望，刺激其想要进一步解构作品的想法，进而对作品进行整体上的享受。

然而，我们假设读者已经看到作品，他们将尽全力在作品中看到自己的将来。当我们提到复制品的时候，我们应该确定在艺术和古董作品上是可同仿古作品的创作者进行对话的，特别是德国人。

一部艺术史可以根据最高的艺术和详尽的理解来完成；只有当一个人知道什么是最好的事情时，人才可以产生一条通向艺术心理和时间之间的通路。这样的艺术作品其实更易于表达，它灌输给人快乐、自由以及充满个性的感觉，可以激发起艺术家的创作灵感，创作过程也将表现得很愉快。

通过观察古代和中世纪的艺术作品，我们发现因为个人的关系，爱和恨的人，赞成或不赞成的人，都可以很容易地进入生活。因此，到目前为止，人们应该从理论与实践两方面尽可能地追求自我。每一项艺术都需要共同努力来完成，艺术可能达到的最高程度需要全人类共同完成。造型艺术的实践是机械的，培养艺术家应该在他与艺术接触最早的青年时期。

该是结束的时候了，我们之所赘述如上只是为了预期的工作，同时也是我们的初衷。到目前为止，我们的观点得到了外延。无论生活、旅行还是日常事件，都在提醒我们，不应将其排除在外。最后，我们想说，对艺术家的培养、对艺术的享受，是自古以来工作最伟大的意义所在。除了有一段时间地位稍有变化，在其他时期，它们都居于重要的地位。然而，现在发生了一系列巨大的变化，这将给艺术的整体和内部结构带来严重的后果，现在我们比以往任何时候都认可意大利是一个伟大的艺术集散地。

被破坏了的东西也许永远都是充满神秘色彩的，但文化的集散地巴黎将可能在几年内建成它自己的博物馆，艺术家和艺术爱好者都可以在法国和意大利进行创作。一个更重要的问题也会随之产生：在其他国家，特别是德国和英国，艺术不停地流失、损失——到底在艺术和科学领域有没有纯粹的宝藏？这个问题需要真正具备世界性的头脑来发现、解决。此时此刻，在眼泪还没有被擦干时，还来得及进行补充。

关于本刊的宗旨，我就介绍到这里吧，希望它能够得到您很好的支持。

# 威廉·华兹华斯[1]〔英〕

## 《抒情歌谣集》附录（1802）

或许，我没有权利期望这篇序言会经得起读者们仔细推敲，但是如果不像过去那样加以定义，再因为篇幅有限，我就无法将我的想法准确地传达给读者。因此我迫切地希望为“诗的辞藻”赋予一个确切的概念。出于这一目的，我必须在这里增加一些内容，粗略地讲述一下我所批判的措辞的起源和特点。

各民族早期的诗人的创作灵感往往来源于真实发生的事件所带来的震撼与热情。诗人同每个普通人一样，有着强烈的情感，且他们的语言大胆而富于比喻色彩，一语双关，通过自然的感情抒发使得这种语言具有独特的魅力，引发人们强烈的情感共鸣。在诗歌后来的发展过程中，受到这种语言的强烈影响，诗人与想成为诗人的人没有相同的热情被激发出来，只是一门心思地想获得名声，这种截然不同的渴望所带来的鼓舞显然不能创造出相同的效果。

---

① 华兹华斯（1770—1850），英国浪漫主义诗人，桂冠诗人。其诗歌理论动摇了英国古典主义诗学的统治，有力地推动了英国诗歌的革新和浪漫主义运动的发展。他是文艺复兴运动以来最重要的英语诗人之一，其诗句“朴素生活，高尚思考”被作为牛津大学基布尔学院的格言。

他们便呆板地去接受有格式的模仿，机械地运用修辞，偶尔能恰当地加以发挥，但更多的时候是无法将他们的思想感情和诗歌自然地结合。于是便自然地产生了一种独特的语言，这是一种不同于在任何情况下产生的具有人类真实情感的语言。当触碰到这种语言时，人类会发现自己处于一种忐忑的状态；当受到热情真挚的语言影响时，他们仍是处于这种不安、不寻常的状态。他们常见的判断能力和理解力在这种情况下像是睡着了，基本上没有发挥任何作用，他们无法本能地让自己拒绝虚假的事物，辨别真伪，于是真的东西与假的混在了一起。但这两种情况下的情感都是令人非常愉快的，所以人们把这两种情感混为一谈，相信它们都是在相同的情况下或者因相似的理由而产生的。除此之外，诗人作为集天赋与权威于一身的存在，被寄予很高的期望。因此，掺杂着很多其他的原因，这种扭曲的语言经过允许被接受，甚至得到了大多数人的赞赏。诗人起初只是滥用一些语言，这些语句最开始还来源于真实的情感释放。然而现在他们变本加厉地引入了一种句子，这种语句表面上像是拥有激情的、形象化的语言，实际上却是诗人们虚构的，不同程度地偏离了理智和天性的常轨。

不得不说，最早的诗人的语言确实与普通的语言有着实质性的差别，因为它是应用于特殊场合的语言；但它仍是被人类说出的语言，是诗人自己被某件事影响时所描述的话语，抑或是他听到的他周围的人说出的话语。这种语言很可能是一些整理好的韵律或加上一些早期的描述语言。这种用真正语言创作出来的诗歌来源于普通的生活，所以，凡读到或听到这些最早诗人的诗歌的人，都会在某种程度上产生一种感动，但是又不像现实生活中的感动，而且这种感动明显是由与现实生活的影响不同的东西引起的。这是种巨大的诱惑，由此产生的堕落随之而来：在这种感觉的保障下，后来的诗人便虚构出一种语句，这种语句与真正语言的诗歌只有一个共同点，即他是不同寻常的。换句话说，这是不能常在现实生活中听到的对话。但是早期的诗，正如我所说的，作为一种特殊场合下产生的语言，虽然不寻常，但仍是大众的语言。然而，后世的诗人无视这种现象，他们以为自己可以采用更简便的方式唤醒人们的快乐，于是他们开始以自己创造的表现形式引以为傲。

随着时间的流逝，韵律成为这种不同寻常的语言的一种象征或者保证。根据他在诗歌上拥有的才华的多少，将虚构的语言杂糅到他的作品中去，直到正确和错误交织在一起无法分开。这种语言像自然语言一样被人们所接受，最后，通过书籍影响人们，并变得确实有一定的深度。这种弊端从一个国家传入另一个国家，并随着用词的精炼日益发展成一套自成体系的日常酸腐的用语，通过复杂的伪装使古雅的形式、象形文字以及难以理解的问题进入平凡人们的视线。必须指出的是，由夸张、荒诞的辞藻所带来的愉快的原因不应该被认为是无趣的。这些辞藻所能带来的愉快取决于多种因素，但其中最重要的是它们能让读者感受到诗人的古怪与狂妄，并且通过其性格拉近心理距离，进而奉承读者的自恋，达到正常思维的习惯性效应，从而使读者接近那种烦躁不安、迷惑、迷失本性的精神状态。如果发现自己不在这种状态下，他就会以为自己无法领会到诗和诗应当能够给予的特殊快乐。

我在序言中引述的格雷的那首十四行诗，除了用斜体字印刷标识的那几行之外，全都是用这种辞藻堆砌而成的。虽然这不是最糟糕的，而且说实话，如果允许的话，这种辞藻在古今的优秀作家中也都在一直沿用。要准确地解释我所谓的“辞藻”的含义，最好的办法莫过于比较圣经中用韵文翻译的章句和现有的常见的翻译。读一读蒲柏的《弥赛亚》，看一看普莱尔的《哥林多前书》第十三章，“甜美的声音装饰我丝绸般的舌头”“如若我能说人类所有的方言，并天使的话语”等等。再看看约翰森博士的诗中的最贴切的例子：

停驻你流转的目光，看看那精明的蚂蚁，
观察她的工作，懒汉，明智些，
没有严厉的命令，没有训诫的语言，
来规定她的职务，或者管理她的建议，
但她及时地做出判断，并迅速地行动。
想抓住富足的时光给予的恩赐；
在丰收的夏天，在果实累累的平原上，
她收获，并且储存粮食。

懒惰侵占了你多少空闲时间，
使你失去活力，束缚住你的力量，
就像用巧妙的咒术将你放入温文尔雅的圈套中，
柔和的诱惑你进入梦乡，在沉寂的魔力当中减少了欢乐，
一年又一年，无法缓和也无法逃脱，
直到意识到自己的欺骗与迟钝，
活力则就像埋伏的敌人一把把你抓住。

从这华丽的语言转去品读原作中的表述，“去看看蚂蚁，你这个游手好闲的人，考虑她的生活方式，你就将得到智慧。蚂蚁没有指导者，没有督工，没有统治者，尚且在夏天储备食物，在收割时聚敛粮食，懒惰的人啊！你将睡到几时？你何时才能睡醒？在睡片刻、在打一个盹、在抱着手臂卧躺时，你的贫困必如强盗般来，你的困窘必仿佛拿兵器的人一样到来”。（《箴言》第六章）

再举个例子，科伯以亚历山大·赛尔克之名写下的诗句。

宗教！是数不尽的财宝，
寓于这神圣的字眼！
它比金银更珍贵，
或许只有这世界可以承受。
但是去往教堂的车铃之声
山谷和岩石却从未听过，
也从不会为丧钟而叹息，
或为安息日的来临微笑。
然而风，让你我运动，
传送到这个荒凉的海岸，
一些亲切可爱的报告，
关于我不会再访问的土地。
我的朋友们，他们有没有时不时

寄予我一个愿望或想念?
请告诉我，我还有一个朋友，
尽管是一个我不曾谋面的朋友。

这篇文章是由三种不同风格所组成的实例，前四行的表达苍白无力，一些评论家会将其归类于散文体；事实上，它是一篇很糟糕的散文，这样的语言即使写成了韵文也还是一样糟糕。

“去往教堂的（church-going)”被用来修饰车铃声就是一种错误使用的实例，而这样的作品竟出自科伯这样朴素的作家。这充分证明了诗人起初是如何在诗中滥用语言的，在他们或他们的读者发现错误之前，他们会沿着错误继续前行，将之视为理所当然。接下的两行“也从不会为丧钟而叹息”“或为安息日的来临微笑”，在我看来，是极具激情的语言，但这种组合韵律太过单调，用在这种不恰当的场合显得十分生硬。我必须谴责这篇文章的前几段的辞藻，即使只有少数读者赞同我这种想法。

最后一节自始至终都是美好的表达：无论是作为散文还是诗歌都是同样的出色，读者除了看到自然的语言感到愉悦之外，还很自然地联想到了优美的韵律。这个优美的章节让我得出了它不失优美的原因，也是我想确立的一个原则。这个原则是不应该被忽视的，也是我上文讨论的内容的一个主要的指针，即我一直在论述的富有想象力和情感的作品，只要在思想和感情部分是有价值的，无论是散文还是诗歌的构成，它们就都需要精确为同一语言。韵律仅仅是锦上添花，措辞才是必要的手段，如果一篇文章只是用华丽的辞藻堆砌起来的，即使十分优雅，那也是没有价值的。

## 《抒情歌谣集》序言（1800）

诗集第一卷已在人们之间流传。作为一次试验，它出版了。希望它可以解决一些问题。如果修饰人们在社会生活中有着鲜明特色的语言，为其添加韵律，同时在里面加一些快乐成分，能否完美地表达出诗人想要传达的快乐？

我曾对那些诗歌产生的影响做过充分的、正确的评价。喜欢这些诗的人，阅读时会感到异常的兴奋，为此我也感到高兴。然而，不喜欢这些诗的人，他们只是怀着更复杂的情感去读它们。喜欢这些诗的人如此之多，这个结果在我意料之外。

我的朋友们都期待诗作成功。从信仰的角度来说，如果这些观点能够实现，一种新风格的诗将会诞生，使人类产生永久的兴趣。作品的质量是重要的，因此，他们建议我在诗集前写一篇序言，为诗歌理论加一个系统的保护。但我不想接受这个任务，因为一旦这样做，读者会讨厌我，认为我自私并且愚蠢地让人们认可这些诗。我不愿意接受这个任务最主要的原因是要充分表明不符合序言的格式并且对其进行论证。首先，把问题条理了解透彻，需要知道英国目前的社会现状是健康的还是消极的。其次，要指出语言不仅是由文学决定的，而是依照社会本身进行发展的。因此我不做过多的辩解，但是我又觉得把那些不加修饰的东西介绍给读者是对他们的不尊重。

作家应该形成自己独特的风格，读者就会明了作品中会出现哪些思想和语言。不同时期的韵律语言有不同的特征，例如，在卡塔路斯、泰伦斯和卢克莱修的时代，在英国的莎士比亚、博蒙特和弗莱彻多恩和考利的时代，或者德莱顿或蒲柏的时代。我不会像其他作家那样向读者做出承诺。很多读者已经习惯了现代作家的华丽、空泛的辞藻，如果他们坚持阅读这本书，毫无疑问他们将会陷入陌生和别扭的感觉中，他们会在这部作品中不断去找寻诗，他们一定会质疑，具备什么样的特征才能称得上是诗呢？我希望读者不会因为暂时的“不适”而责怪我，我虽然没有做出什么承诺，但我一定会把我要做什么、为什么这样做说清楚的。这样一来，读者也不会失望。对一个作者而言，我自己也能够免受最无耻的指控，即被别人诟病为“懒惰”。

此部作品中的诗可以定义为对日常生活的描写与叙述，竭尽全力采用口语化的表达方式，并用一定的想象来包装这些平常的事。我们会选择低微的乡间生活作为题材，这样可以让人性中的热情迸发出来。由此可以看出，我们的情感其实是孕育于本真的状态之中的。人的激情也表现为自然性，正因如此，我们才会采用贩夫走卒、乡野村夫的语言来表达出最为精彩的事物。其实，此种语言要比诗人的语言留存得长久，更能彰显哲学的意味。我也知道，我的几位诗人朋友也会在各自的诗作中运用此种卑劣的语言，他们也因此遭到了各方的指责。我想说的是，如果这种结果都能招致如此恶果，那些华丽的、标新立异的语言将会使诗人羞愧难当。每一首诗都有其初衷、目的与情感，这就是为什么说好的诗歌是情感的自然流露。只有带着情感去写诗，读者才能与作者形成共鸣。

我一直强调的是，好的诗歌所蕴含的强烈感情都是自然流露的，这一点是毋庸置疑的。我想说明的是，此部作品中的诗与时下流行的诗在情感上是有区别的——即情感左右着情节和情景。因此纯粹的感情，是自然的，是彼此联系的。

读者应该注意这一区别，我不会因为逆着读者的意愿而感到羞愧，主题的重要性远不及诗的内涵。因为人类的情绪在没有极端的、强烈的刺激下也能变得很激动。所以，在我看来，作者或诗人应该具有这样的能力，这种驾驭情感、抒发情感、解密情感的能力。对于莎士比亚、弥尔顿这类大师的作品，我们怎能束之高阁？我们怎能去选择那些疯狂的小说、病态的悲剧、无聊的故事诗呢？我希望此部作品能成为抵抗时下颓废之风的一股清流，即便它可能显得有些微弱，我相信，像我一样的作家、诗人也会逐渐掀起这股清流之风。

时下的这些诗人啊，你们把生活中发生的事件和情况作为主要的目标，你们不厌其烦地叙述、描绘它们，直到变成现如今人们所使用语言，我对此感到莫大的悲哀。这些读者抛弃他们既有的想象力，一味地追求那些不切实际的靡靡之物。我还是倾向于选择谦虚、朴实的生活，因为在那种情况下，心中最本真的情感能够找到一块好的土壤，在不受拘束、约束的情况下，能够表达得更清楚、更彻底、更明白，语言也会变得更加有力，只有这样，我们的情感才会与自然达到美丽的结合。

现在，我们来说说诗的风格，避免读者因为我没有去做我从未期望过的事情而责难于我。读者将会发现抽象概念的人格化几乎没有在这些书卷中出现，甚至被完全地舍弃了。我的初衷就是人们尽可能采用自己的语言，那些拟人化的语言并不是语言的自然组成部分。拟人化，我更倾向于它属于一种修辞格，如果人们机械地使用它的话，最终难逃陷入语言囹圄之厄运。我希望陪伴读者的语言是鲜活的，而非那些了无生机的，我希望他们相信我这样做是想要使他们对语言、诗歌充满兴趣。其实，我并不想干涉别人的语言诉求，但我希望读者可以明白我的希冀。人们也许很少会在这些书卷中发现所谓诗的辞藻，因为我们花费了很多努力才避开了这一点，就如同我们曾经花了很多精力来完成它一样。我做这些并非出自刻意，我不知道如何能更加确切地向读者表达我对自己诗歌风格的见解，我的风格来源于我的愿望和意向，我一直很重视这一点。因此，我希望在诗中不要有虚假的描绘，同时我也希望自己的想法能够以更好的方式表达出来。

在一首诗中，如果你发现一行或几行诗在语言安排上很自然，但从韵律上来说却与散文无二区别，这就会招致众多评论家的指手画脚，他们感觉自己发现新大陆一般，会将诗人奚落一番。通过这些评论家的角度所建立起来的规则，使得热衷此种“散文诗”的读者大叹不解。其实一首好的诗歌，除了韵律要有别于散文之外，其他的语言是和散文相差无几的。这种说法的真实性可以通过所有带有诗意的文字段落来证明，甚至弥尔顿自己也是如此。以格雷为代表的一群人在诗歌当中试着将散文和韵文进行合理的扩大化，他的诗歌也证明了这一点。

清晨的阳光向我微笑、照耀，
炽热的太阳燃起金色的火焰，
鸟儿吟唱多情的曲调，
欢快的田野已然重着绿装。
可这又有何用？
我的耳朵因别的音调而悲伤，
我的眼睛需要不一样的景象，
孤独的痛苦已融化我心，

快乐在我的心中消散；
清晨的微笑伴着匆忙的脚步，
新生的快乐带给追求幸福的人儿，
田野献上自己的圣礼，
鸟儿的低唱柔化了恋人的心肠。
他无法听到我无望的哀怨，
枉然的哭泣也使我更加悲伤。

显而易见，这首十四行诗其中有些部分是用斜体字标注印刷的，同时，除了韵律，辞藻上“苍白”可见。这首诗的语言与散文并没有什么不同。

我们很喜欢追溯诗与画之间的这种相似之处，因此我把它们称为“孪生姐妹”。但是我们该怎样在韵律和散文创作之间根据各自的特点找到密切的联系呢？它们都讲了相同的内容，它们的影响相同，大部分都相似。它们表层的外衣各异，但内在都是相同的。诗歌流露出人类自然的眼泪，而非天使的眼泪。

韵律节奏的安排颠覆了它和散文语言的相似性，这一点已经被证实了。我认为这种类似诗歌的语言已经成为人们一种口语化的选择。这种选择是根据真实的品位和情感而来的。如果诗的韵律被加在其中，我相信这其中的不同也会让一个理性的人感到满意。还有什么其他的区别吗？这些区别又在哪里呢？如果诗歌的主题选择得合适，那将会自然地与情景天然合一，情感也会融入诗歌的语言当中。这种真实的选择其实是明智的，并带有极其鲜明而又华丽的情感。

我会想到，不管是像霍尔顿一样只重视语言的表层，还是按照实际的信仰去对未知之物进行探索，诚然，如果我要得出结论，就必须承认，我们判断有关古代和现代最伟大的诗人的作品将远远不同于他们当时所作。当我们赞美、谴责之时，我们的道德情感和我们的判断都将会受其影响，我相信，我们的道德情感终究会得到纠正和净化的。

既然说到这个话题，那么，我要问了，在一个大致的范围内，“诗人”这个词意味着什么？什么是诗人？他与谁交流？他应该说什么话？——诗人是同其他人讲话的：的确，与普通人相比，诗人更加热情、更加亲和、更加敏感，他的灵魂也比别人更加丰富。因此，诗人更了解人的本性，且满足于自己的激情和意志力，他比其他人更加享受自己的精神生活，他更乐于思考自然界运行过程中那些相似的意志力与激情，他也习惯去创造。除了这些品质之外，他比其他人更易被不存在的事物所影响，他有能唤醒自己激情的能力，这与真实世界中激发的热情不同。

诗人的激情是由真实的条件所产生的，超过了人们内心所激发的情感（特别是在令人愉快的部分）。诗人习惯了感觉他们自己，从实践中，他获取了更加充分的准备和力量去表达他所思考和感知到的东西，尤其是这些思考和感知的东西是他自己选择的，或者是在他自己的头脑结构中存在的，而并不是外在的环境激起的。

我们甚至可以假定最伟大的诗人拥有这种能力，但无论如何，这种能力下产生的语言所具有的活泼性和真理性与现实生活的压力与激情下产生的语言不同。

即使我们赞扬每一位诗人的特点，但当他描述和模仿感情时，与真实的情节和遭遇的自由和力量相比，它的使用在某种程度上也是机械的。所以，诗人希望他的感情接近他所描述的人的感情，甚至在短时间内，可能会让自己陷入整个错觉之中，把自己的感情和其他人的感情相混淆。他的目的是给人带去愉悦，因此将语言加以修饰。接下来，他将应用既定的原则去消除那些在激情中成为痛苦或令人厌恶的东西。他会觉得没有必要去欺骗或提升本质，他越多地应用这一原则，他的信仰就会变得越来越牢固，他的幻想或想象的真理未能与那些现实和真理的化身相匹配。

即使有人赞成这些话所蕴含的精神，他们大概会认为：并不是在任何情况下诗人都能创造出具有激情的语言的，即与真实激情下产生的语言相同，他把自己当作翻译家，使自己具备原本不具备的优点，在某一方面也可以超越原作，来填补他的缺陷。但是，这容易使人懒惰，导致怯懦的绝望。他们说出这样的话是因为他们并不能读懂诗，而只是把它当作一种消遣。他们与我们交谈对诗歌的喜好，好似在谈一个不重要的爱好一样，例如，喝酒和跳绳。

亚里士多德曾说过，在所有作品中，诗歌是最具有哲学性的，因为它的对象是真理，不是个人和局部的真理。把活着的激情渗于心间，真理便成为自己的证词，给予去法庭上诉的能力和信心。诗歌是人类和自然的象征。传记家和历史学家的作品必须符合现实，随之而来的困难也比那些懂得艺术的诗人大得多。诗人的写作有一个限制，他给一个人提供快感，这个人和普通人一样，而不是作为律师、医生、水手、天文学家或自然哲学家来说的，是作为一个人来说的。除了这一限制，诗人和形象的事物之间，是没有对立面的。在传记作家和历史学家之间，存在上千种这种可能。

使人感到快乐并不是诗人艺术的腐化。这是错误的理解，它只是对自然美好的证实，这不是直接但真挚的肯定，那些认为世界充满爱的人觉得这项任务相当轻松；它是对人的得天独厚威严的保证，是对人们愉悦的理解、感悟、生活和运动的原则的肯定。我们只有怜惜愉悦激发的东西，才能感同身受。不要对我产生误解，在任何地方，科学家、化学家和数学家，不管身陷怎样的困难中，他们都能从中察觉到它。不管解剖家的知识怎样与其对象的痛苦绑定，他一直认为知识是快乐的源泉。诗人的想法呢？他认为人与事物是相互抵抗和相互融合的，从而产生一种痛并快乐的东西。诗人依据人的本质和生活中的表现判断出人有着一定的知识、信仰、直觉和推理，习惯性地按照自己的想法推断人生的痛苦与快乐；而且他认为人的感觉与观念交叉时，人的内心到处存在激起自己同情的对象，这是人的天性，并且同情中包含着更多的快乐。

人们自身具有的知识与同情应该是诗人最先注意的，除了生活经验外不需要其他的条件，人就能从同情中发现乐趣。他始终认为天人合一，人的心灵犹如一面镜子，能反射出自然的美丽与有趣。所以，快乐从始至终都陪伴着诗人。由于这种快乐情感的带动，诗人与自然交流，心中的情感如同科学家们经过长期的努力终于可以接触自然的某个部分（即他们的研究对象）的那种喜悦。诗人和科学家所拥有的知识就是他们的快乐，但是我们生存的重要组成部分是诗人的知识，是与生俱来的性质；科学家的知识是通过后天的学习获得的，它们是独立的，不需要我们与他人联系起来。科学家们好似是有距离感的、未知的人，他独自享受他的真理；诗人歌唱着一首所有人都加入的歌曲，很高兴真理能够作为我们的朋友和同伴而存在，诗意是所有知识的精髓，是所有科学的表象激情的表达。

正如莎士比亚说的，“不管是在过去还是在未来”，它是保护人类的本性坚硬的围墙；它的支持者和保护者会带着爱去任何地方。尽管土地和气候、语言和习惯、法律和风俗不同，尽管事情被渐渐地遗忘，一些东西被强烈地破坏，但诗人用热情和知识将人类社会的巨大的帝国结合起来，并且在任何时间里、在全世界范围内进行传播。

诗人的思想无处不在。他喜欢通过人的眼睛和感官去感受它，一旦感受到合适的氛围存在，他就会飞奔而去。诗是最初存在且最后消亡的知识，就像人的心脏一样不朽。如果科学家的劳动能够直接或间接创造出重大的改革，我们习惯性地依照自己的情况去接受，诗人就会觉醒，他将会追寻着人类科学的步伐，存在它的身边而不是仅仅在意那些没有意义的间接影响，将自身的感觉带入科学的对象之中。化学家、植物学家和矿物学家最微小的发现都可以是诗人艺术的对象，在任何时候都可以使用。是时候让我们熟悉这些东西了，这些学科的追随者接触的材料也成了诗人的素材。

随着时间的推移，现在的科学已被人们认可。在某种程度上，它们也有了人类的肉体与血液，诗人也赋予了它们神圣的灵魂和思想的变化，然后被生产，成为一名真正的家庭成员。现在我们所传承的诗人的崇高理想将会被逐渐适应于任何一个经过偶然地装饰的图画上，然后赋予它们神圣的真理，被自己的艺术才华所吸引并赞美。很显然，要形成这种主题思想，必须依靠想象。

对此，读者将它描述成诗人，其中的品质主要塑造一个诗人，这暗示着除了在学识上，他们与其他人并无不同。总的来说，诗人与其他人主要的区别是他们拥有很敏捷的思考能力和感觉能力，并且在没有直接的外部刺激的前提下，他们的表达方式在思想和情感方面产生了更大的能量，但是这些思想和感情都是普通人的情感。那么，是什么把他们联系在一起的呢？毫无疑问，是我们的道德感情和人的感觉，例如世界的外观、暴风雨和阳光、季节的更替、冷和热、朋友和亲人的缺失、受伤和怨恨、感激和希望的心情、恐惧和悲伤。

虽然他只是从人的真正语言中选择，那就意味同一件事情，写着准确的精神这样的选择，我们便知道我们期待他的是什么了。

我们对语言的感觉是一样的，因为它可能适当地提醒读者，韵律的特点就是固定的或限定的，而不是像通常被任意称为诗的用语所产生的一些词一样。

在一个案例中，读者完全听从诗人的摆布，他们让读者去尊重那些与激情相联系的意象和措辞。不同的是，韵律是诗人和读者都愿意提交的特定规则，因为它们是确定的，而且在激情的表达上不会产生干扰，并且可以提高和改善与它共存的乐趣。

现在它将正确地回答这个问题，即我所写的诗为什么表达这些观点？因为即使我限制自己，无论是散文或诗歌，我总是能找到所有最有价值的对象，即，拥有伟大的或普通激情的人，拥有一般或有趣的职业，整个世界在我面前呈现出无尽的组合形式和图像。现在，假设一下，这些对象被有趣的散文生动地描述出来，为什么被谴责？这难道不是被公认为存在于韵律的语言吗？如果不服气，还可以这样解释，一小部分乐趣取决于诗的韵律，只关注韵律是不明智的，除非它与人为的风格有所区别，并且，通过这样的不同，给读者带来快乐的机会。他可以自己来评判。韵律伴随的必要性与某些适当的颜色风格来达到适当的成就，在我看来，这大大低估了韵律本身的力量，这些书卷就是最好的证据。

值得观察的是，现存诗，主题显得更加卑微，风格也更加赤裸和简单，并将快乐一代一代传下去。现在，对于诗歌来说，简单性是一个缺陷，事实上这是一个强大的设定，那么赤裸裸和简单能够提供今天的快乐；而且，我希望主要是尝试，目前，足以证明的是，自己具备写作的理念。

各种各样的原因指出，如果诗歌的风格硬朗，突出主题的重要性，遣词遵循韵律的规则，就会使人感到愉悦，作者也会沉浸在其中。诗让人感到兴奋和愉悦，但是人们会猜测，兴奋是一种不正常而又不规则的心理状态；观点和感觉不对时，在这种情况下，每个人的成功就是由习惯决定的。

但是，推测来看，兴奋是一种非正常、非常规的思维状态。在这种状态之下，想法和感受以一种独特的形式相互融合。但是，如果因词语所引发的兴奋在事物当中很有影响力，或者是与印象、感受相关的话，那么在一定的界限内，这种兴奋就是危险的。现在，一些常规的事情同时出现，思维也渐渐地同各种各样的心情保持一致，或多或少都会有些小兴奋，通过一般感情、感受的相互交织，在压制情感方面收效甚微，这样一来，同情感的联系就显得不那么有必要了。这无疑是正确的。因此，虽然意见起先会显得似是而非，从韵律到语言，在一定程度上是以一种不坚固的、半意识性的形态在整体的组成部分之上存在着，但毫无疑问的是，那些与他们的痛苦相连接的比较悲观的情形和情绪，可能以韵律的形式存在，尤其是在韵律方面，已然超过在“散文体”中旧歌谣的毫无修饰的韵律；其中许多文章能证明这一点，他们如果能够用心熟读下列的诗，他们就会发现相似的例子。这个想法可能通过对读者们经验性的呼吁更进一步表明，他们不愿意重新细读关于《克拉丽莎》或者《赌徒》中不幸的部分，尽管这是莎士比亚的著作中最能令人产生同情的场景，也从来不能对我们起作用。对于令人同情的事情超过了令人愉快的事情的范围——产生的影响，在很大程度上归结于微小的最初的想象，频繁的和有规律的韵律安排推动愉快的惊喜。另一方面（它一定会被允许时常发生），之于强烈的感情，诗人所说的不能与读者相符合，同时也达不到读者想要的愉悦，那么在读者已经习惯的快乐的、忧伤的感觉中进行联系，并以习惯的韵律进行连接，将会非常有助于把强烈的感情传授给诗歌当中的文字，同时也会影响诗歌复杂的结尾。

关于理论系统的辩护，将成为我的一项职责——从有韵律的语言中获取快感。在所公认的原因中有一个原则，以艺术为目标的人对它不会陌生。从名义上说，从思维中获取的乐趣主要是来源于相异事物的外观表现。这个规则成为我们思维活动的巨大动力。从性欲的角度来看，所有的情感都是与之相关的，并以它作为起源。这同时也是我们日常对话的写照。基于我们的品味和我们的道德感受，相异与外观是相互表征的。要将这个原则应用到韵律的表现方面并非无效，因此，韵律也可以展示出很多愉悦的东西。但是我的底线不允许我接触此原则，我必须以一种常规性的结论来说服我。

我曾经说过，诗歌是浓烈情感的自然流露：它源于情感的宁静。情感是对一个事物的反应，从宁静到逐渐消失，这是对主题沉思之后逐渐产生的，它存在于脑海。不管他具有怎样的激情，他一直用愉悦的心情展现给心灵纯净和充满活力的读者。各种原因通过各种有特点的乐趣来引起不同程度、不同种类的情感，因此，在描述所承受的任何激情时，都是一种自愿性的描述，头脑会一直保持享受的状态。和谐韵律的音乐、克服困难的感觉、盲目联合起来的愉悦是来自于同样的或类似的结构中所散发出的节奏和韵律。诗歌中总是能产生可怜又慷慨激昂的效果；同时在轻快的诗歌中，轻盈的韵律与优雅自是读者能够明白的重要途径。所以有必要说，在这个问题上，可能是肯定的，也可能是否定的，无论是热情、礼貌还是性格，他们每个人都可以在散文或其他诗歌中进行创作，诗歌会读上一百遍，而散文只能读一次。

这解释了一部分我写诗的原因，为什么从普通的生活中选择主题，并且竭尽全力使我的语言贴近人类日常的语言，同时我在思考读者普遍感兴趣的东西；所以，对于诗集里面的诗，可能找到一些不足之处。我意识到我的联想有时候具有独特性而不是普遍性，因此会带来错误。我有时候会写一些毫无价值的内容，但是我很少会在这些事情上忧虑。我的语言常常会用一些特殊的文字或短语来描述我的思想或想法，这些思想和想法是被任意地连接在一起的，没有人能够完全地保护它们。因此，在某些情况下，一些温柔的语言都会给我的读者带来滑稽的想法。我发现了这些错误，并且它们还继续存在，我会心甘情愿地采取一切合理的方法，不厌其烦地进行纠正。但它对少数人甚至某些阶层的人来说是有障碍的，做出相关改动也将伴随着危险。对作者的理解，他们有些障碍，或者因为他们的感情改变，离不开那些较大的使自己伤心的事，因为他们自己的感觉是由他们的情感支撑着的。而且，在一个实例当中，如果他将感情搁置一边，他可能会被诱导重复这个动作，直到他失去所有的信心，进而变得完全衰弱。也许，在更大的程度上，批评家应该永远不会忘记，他自己也接触到了同诗人一样的错误。没有理由推断出，大多数读者不太可能会了解一些词汇并且熟悉其中的含义或特别的想法、相互关系的稳定性。最重要的是，因为他们是如此少地关注此方面，他们做出相关判断时也显得漫不经心。

如若读者在释义方面被耽搁，我希望他能允许我提醒他不要将错误的批评模式应用于诗歌，因为这些诗歌的语言往往是贴近生活和自然的。这样的诗句是成功的，例如，约翰逊博士的诗：

我戴上帽子
走向海边，
在那里，遇到了一个男人
他手上拿着帽子。

现在让我们欣赏其他让人仰慕的书卷吧——《木屋里的姑娘》。

这些手牵着手的漂亮姑娘，
在不安地徘徊；
只因再也见不到来自镇上的男孩。

在这两首诗中，词和词序都是源自于最平淡的对话。例如，海边和小镇，这是人们最为熟悉的词语。在我们比较欣赏的诗作当中或是经过过度修饰的诗歌当中，比较起来，不同之处并非来自于韵律，也不是来自于语言，更不是词序，而是出自约翰逊博士那别扭的、粗糙的范本。这是简单而琐碎的，并不是说，他的诗歌不是好的诗歌，也不是否定他的诗歌的内涵，而是诗的感情无法娱乐自己，也无法取悦读者。两者都表达不出自身的感觉或正常的状态，也不能给人思想上的启迪或激发人内心的感情。这是体会此类型的诗的唯一的明智的方法。对于一种生物，你已经知道它的属性，为什么你还要追究将物种分类？知道猿并非人类，为什么你要执意去证明猿并非牛顿呢？

我向我的读者提出请求，要依照自己的感觉判断诗歌，而不是通过别人的判断。总会听到有人讲，我自己是不反对这种风格的，或这样那样的说法，但是在他人看来是可笑的。这种模式的批评，使那些明智的判断受到损害，这种现象却很普遍。让读者遵从自己他的感觉，如果感觉自己受到影响，就不要让这样的猜想干扰自己的快乐。

如果一个作家的某部作品给我们留下了深刻的印象，因此，他的其他作品不能满足我们时，可能是因为他没有写过糟糕的或者荒谬的作品来影响我们吧。

更进一步地讲，对他如此多的信赖可能会诱发我们回忆不高兴的事情，这是我们更多关注的。对于我们信任的某部作品，我们会反复且认真地看。这是一种公正的行为，这不仅是一种审视的行为，而且，在很大的程度上，可以提升我们自己的品位。从艺术上讲，一首有着恰当品味的诗歌，就如约书亚·雷诺兹爵士所说，不是与生俱来的，而是经过思想和长时期的交互创作而形成的。值得一提的是，这不是防止没有经验的读者独立作出判断（我已经说过，我希望他判断自己），只是希望他们不要太过冲动。同时应该指出的是，如果诗歌尚未被赋予一个主题，我们的判断就可能会出错；而且，这样的情况很普遍。

没有什么事情可以如此有效地促使结局向我所认为的那样发展，至于要解释这是哪种快乐和这种快乐是怎样产生的，有韵律的文体已经体现出来了。这种韵律的文体与我尽力推荐的文体在本质上是不同的。对于读者来说：他们已经被这样的创作感染了，能够为它做些什么呢？任何艺术的力量都是有限的。读者会怀疑，如果打算向他推荐新的朋友，就必须让他放弃老朋友，才能发现新朋友。另外，我可以这样说，读者意识到了这种文体可以给他带来愉快，这种特殊的文体被附上了可爱的名字，就是诗歌。所有人认为感激是习以为常的，并且一些正直的事情也会让他们长时间感到兴奋。我们不但希望快乐，也希望在我们习惯的方式下感到快乐。这些感觉可以抵抗争论，我很高兴能得到允许与它们一争高下。要完全欣赏我推荐的诗歌，放弃大部分大众喜欢的东西是非常必要的。但是，我可以指出这种愉快是怎样产生的，许多障碍已经被去掉了。如果在感觉这方面能辅助读者，那么语言的力量不会像他们想的那样有限。对于诗歌来说，给人们带来的娱乐是更纯洁的、持续时间更长的、更为细腻的享受。

主题的这一问题还没有完全被忽视，我也没有打算一定要去证明其他种类的诗歌不生动的趣味、不那么值得激发心灵巨大的能量。我需要说明的是：为什么我的目标实现了，就会有一种诗歌将产生，这是真正的诗歌，它很自然地去适应人类永恒的兴趣，其道德关系的多重性和品质也很重要。

通过熟读这些诗歌，读者可以清晰地了解我的观点并判断出我是如何阐述它们的。还有一个更重要的问题——它是否值得探索，这两个问题将决定我能否得到公众的认可。

# 维克多·雨果[1]〔法〕

## 《克伦威尔》序言

本部戏剧没有什么值得大家关注的地方。值得庆幸的是，它在送审中并未被否定，因此也就没有沦为政治讨伐的焦点。它孤单寂寞、毫无掩饰，就像福音书上那位可怜人——孤苦伶仃、穷困潦倒、衣不蔽体。它从一开始就没有赢得评论家的认可和关注。

本剧的作者在作序的时候是有过犹豫的。虽然读者相对于作品所依据的思想和孕育出的作品的精神而言，更关注作者的才能，就像没有人在参观完厅堂之后还会想要去参观地窖，也没有人会在品尝完果实后还会去想树根是什么样子的，但是，注释和序言是增加一本书的分量的不二法门，至少可以

---

① 维克多·雨果（1802 年 2 月 26 日—1885 年 5 月 22 日），法国作家，19 世纪前期积极浪漫主义文学的代表作家，人道主义的代表人物，法国文学史上卓越的资产阶级民主作家，被人称为“法兰西的莎士比亚”。1827 年，雨果发表剧本《克伦威尔》及其序言。《克伦威尔》序言是雨果的创作进入第二时期的标志，他在这篇序言中正式与消极浪漫主义决裂。剧本虽未能演出，但此序言却被认为是法国浪漫主义的宣言，成为文学史上划时代的文献，对法国浪漫主义文学的发展起了很大的推动作用。

让它们看起来可以放大一本书的重要性。序言的另一个好处就是，当批评家猛烈攻击序言，学者攻击注释的时候，著作反而能幸免于难。

这些理由虽然足够充分，但不是作者做出决定的理由。作者是完全出于一种不同的考虑，才决定作序。在他看来，人们可能不会因为一时好玩而去参观地窖，但可能会因为想了解一下地基而去参观。这无可厚非。因此他宁愿冒着被评判家攻击的危险而去作序。该来的总会来的。他没怎么担心自己作品的前途，也不怕被学术界的人说三道四。在这场戏院与学院、公众与学者的激烈的讨论中，说不定人们会有兴趣去倾听一个孤独的、自然与真理的“学徒”发出的声音。他出于对学术的热爱，及时地退出了学术界；他带来的不是雅趣而是真诚，不是才华而是信念，不是学问而是探讨。

但是，在这里，他仅仅想对文学进行一般性的讨论，没有丝毫为自己的作品铺平道路的想法，也不是为了反对或支持什么写陈情书。对这本书是什么态度，在他看来并不重要。他也不喜欢这种个人之争。看到那些为了个人之争而拔刀相向的事，他只觉得可悲。他预先表示，反对任何人解释他的想法，引用他的语言。用一句西班牙预言家的话来说就是：他要怎么样，都是他自己的事。

与世无争的作者往往会受到秉持着“纯正文学原则”的作家的挑战，尽管他一直想远离纷争、置身事外，但终究难逃被讨伐的命运。他也不会冒冒失失地接受挑战。下文是他对这些人的回应：

说完这些，我们继续往后看。

让我们从一个事实出发：地球上的文明不是一成不变的，更确切地说，社会不是一成不变的，这个表达更精确，包含的意义更丰富。整个人类如同一个人一样经历成长，我们现在看到的他已经垂垂老矣。近代社会称为“古代”的时代前有一个被古人成为“神话时代”的时代，更准确的叫法应该是“原始时代”。看，这就是从最初起源到现在先后所经历的三个重要阶段。既然诗歌是基于社会的，那么我们提议根据社会发展的形式来讨论诗歌在原始时代、古代和近代这三大重要阶段的特点。

在原始时代，当人从这个刚刚苏醒的世界醒来时，诗歌也跟着一并苏醒了。当它面对让人目眩、迷醉的事物时，它的第一句话就是对知识的简单赞美。那时，它离上帝很近，因此所有的沉思都让人心醉神迷，所有的梦境都是神的指示。它的内心激荡充盈，它唱歌犹如呼吸。它的竖琴只有三根弦——上帝、灵魂和创造，但这三重奥秘包罗万象、无处不在。那时，世界一片荒芜，虽然有了家庭，但还没有形成国家，所以有家长，但没有君主。每个种族都按自己的自由意愿生活，没有争斗，没有战争。东西属于每一个人，也属于所有人。整个社会就是一个团体。人们过着游牧生活，没有任何束缚。这样的生活有利于人们幽思和冥想，所有的文明开始萌芽。人们的思想和他们的生活一样无拘无束。这是最初的诗人。他年轻、愤世嫉俗。祈祷是他全部的宗教，抒情歌谣是他唯一的诗歌。

这种抒情歌谣，便是原始社会的诗歌，就是《创世记》。

逐渐地，世界的青年时期过去了，继续向前发展。家庭开始聚集成部落，慢慢成为民族，最后变成国家。群居的本能取代了游牧的本能。营地变为城市，帐篷变为宫殿，庙宇变成避难所。最初的国家首领依旧是“游牧人”，但他现在掌握着国家，手中的牧鞭变成了权杖。似乎一切都静止了，一切都固定下来了。由此，父权社会被神权社会所取代。

与此同时，这个世界有了越来越多的民族，开始有了摩擦，有了国家之间的冲突，产生了战争，他们互相侵占，于是有了民族的迁徙。诗歌反映了这些重大的事件，它的题材从思想过渡到了事物，它变成了史诗性质的诗歌。这时，有了荷马。在那个社会，一切都很简单，一切都具有史诗的特点。原始时期的童贞被现在的贞洁所取代。每个民族虽然不再具有早期游牧生活的特点，但他们保留了对陌生人和旅行者的尊重。他们有了对家的热爱和对祖先的尊敬。

我们还要再重复一遍，只有史诗才能展示出这样的文明。史诗可能有不同的形式，但不会丧失它独有的性格。它更像一位祭司，而不是家长；它更像一位史诗作家，而不是抒情诗人。如果编年史家着手去收集古代传说，开始用世纪来计算年代，那么他们一定会无功而返的——编年史不排斥诗歌，历史依然是一首史诗。

尤其是在古代悲剧中，史诗的气质随处可见。登上希腊的舞台后，它磅礴的气势丝毫没有减损。构成它的人物仍旧是英雄、半神和神；它的主题仍旧是幻想神谕和天命；故事发生的背景也仍旧是战场或葬礼现场，以及这场景的一干参与者。唯一的区别就是，在过去，它们是被诗人所吟诵，现在则是由演员所展现。

此外，合唱团完成了舞台上表演的史诗的情节所无法表现的方面。他们为悲剧慨叹，为英雄喝彩；他们勾勒出人物、场景和时间；他们展现出悲伤和欢乐；他们有时会作为舞台背景的一部分而存在，有时还要负责诠释故事的内涵，甚至有时还要讨好观众。现在，如果说合唱队扮演的是一种介于观众和演员之间的角色，那么他不是那尽全力完成自己的史诗的诗人，又是什么呢？

古人的剧场和他们的戏剧一样庄严、雄伟、辉煌。那里是可以容纳三万人的露天场地，整个表演都沐浴着阳光，而这样的演出往往会长达一天。演员会通过一些手段把自己打扮成巨人，例如改变声音、戴上面具、穿上高筒靴。舞台很大，大到可以同时呈现庙宇、宫殿、营地和城池等场景。也正是因为有这样大的舞台，才可以向人们表现壮观浩大的场景。根据记忆，可以举出这样几个例子：普罗米修斯在他的山上，安提歌尼在塔顶寻找她在敌军中的兄弟（《斐尼希妇女》），埃瓦德内从悬崖跳进了燃烧着卡帕纽斯的火焰（《哀求的妇女》欧里庇底斯），一艘大船驶入港口，从船上下来了五十位公主和她们的仆人们（《哀求的妇女》埃斯库勒斯）。在这里，无论是建筑还是诗歌，都有雄伟的特点。比起这个，古代没有什么比它更雄伟的了。舞台将历史和宗教结合在一起。最早的演员都是祭司，所以他们的表演就是宗教仪式和国家的庆典。

我们还观察到关于这个时代的史诗最后的特点：悲剧无论是在形式上还是主题上都在效仿史诗。所以所有的古代悲剧作家的素材都来自荷马。于是，所有了不起的壮举、所有悲剧的结局、所有的英雄人物，都有了一个同样的源头——荷马。《伊利亚特》和《奥德赛》就是最好的证明。同样，就像阿喀琉斯把赫克托拖在战车的轮子上一样，希腊的悲剧的源头都是特罗亚。

但史诗的时代已几近消亡。它所代表的那个社会也接近尾声，诗歌这一表现形式也在不断地循环和重复中消耗殆尽。希腊是罗马的主体，维吉尔是荷马的翻版。似乎是为了让收场显得不那么尴尬，史诗在最后的分娩中走向了消亡。

时间到了，另外一个时代即将开启，那是一个世界和诗歌的新纪元。

一种精神宗教侵入了古代社会的心脏，它取缔了物质的、外在的异教，并将古代社会消灭，在它文化的断壁残垣上播种下近代文明的种子。这种精神宗教因为真实，所以是完整的。除了教条和仪式，道德也对它有了深刻的影响。它首先告诉人们这样一条真理：人有两种生活方式，一种短暂，一种永恒；一种在凡尘，一种在天堂。同时，它指出人和命运都是二元的：人既有动物的特点，也有思想的特点；既有肉体，也有灵魂。简单地讲，人就是一个焦点，是连接两种存在的纽带。这两种存在包含了所有事物，一种存在于精神，一种存在于肉体，前者包括从石头到人类的一切物质，后者包括人和上帝。

古代的智者可能猜到过这些真理，但是在有了福音书之后，对它们的表述才变得充分、清楚、明白。异教徒的学派在黑暗中摸索前行，他们在漫漫长路上把一切都牢牢握在手上，不管它是真理还是谬论。他们中也许会有几个哲学家，他们偶尔会摸索到几丝真理之光，但这往往只会照亮事物的一面而使它的另一面变得更加黑暗，由此才有了古代哲学家的种种错觉。只有神的智慧才能作为普照世间的光明，代替人类摇摆不定的智慧之光。所以，我们可以举出这样的例子：如果说毕达哥拉斯、伊壁鸠鲁、苏格拉底、柏拉图是火，那么耶稣基督就是日光。

实际上，古代神话在其物质性上而言是无可比拟的。它们不但没有像基督教那样将灵魂和肉体区分开来，甚至还赋予了一切具体的形态和容貌，以及看不见的精神和才智。在神话的世界里，一切都是能被看见、能被触摸、有血有肉的真实存在。神躲在云后面，是因为怕被人看见。他们也需要吃喝、休息；他们也会受伤、流血；如果被打断腿，他们也会一瘸一拐地走路。宗教里存在神和半神。宗教中的雷电是由铁锤锤炼而成的，其上还包括与雷电融为一体的三道弯曲的雨线。在宗教的神话里，天神朱庇特将世界悬挂在一条金色锁链上，太阳神乘着一辆由四匹马拉的马车在天空中飞驰而过。地狱是一个深渊，它的边缘都有与人间分隔开来的指示牌，而天堂是一座巍峨的大山。

异教徒们就是这样，他们用同一种泥土塑造了所有事物，同时缩小了神明，放大了人类。荷马的英雄和神一样强大：埃阿斯敢于挑战朱庇特，阿喀琉斯可以与马尔斯相提并论。基督教与他们的差别已经可以预见，它们是刚好相反的，基督教将精神与物质分隔开来，在灵魂与肉体之间、神与人类之间设有万丈深渊。

在我们大胆地讨论了这一问题之后，为了避免存在漏洞，还要再次指出这样一个事实：正是因为基督教使用的方法，一种新的情感在各民族头脑里产生了。这是一种古人没有的情感，它茁壮地植根于近代人的心灵中，介于沉重与悲伤之间，它名为“忧郁”。

事实上，如果人的心灵因为长期地崇拜等级和司祭制度而变得麻木不仁，那么新的宗教的兴起就能使穷人的祈祷变成富人的财富。这是一种平等、自由、博爱的宗教，如此的人性之风还不足以使它觉醒，并感受到某种意想不到的能力在体内觉醒吗？既然福音书已经与世人见面，感官的深处有灵魂，生命的更深处还有永恒，听闻了这样的事之后，我们怎能不用一种新的眼光来看待身边的一切？

那时的世界正经历着一场翻天覆地的革命，人的精神世界又怎能不发生同样深刻的变化呢？此时，国家的动荡很少能波及人的心灵。倒台的是国王，颠覆的是王权，此外再无其他。受到雷电袭击的只是上层社会，并且正如我们之前说过的那样，这些事物的更替都带有史诗所具有的庄严性。在古代社会中，个人的地位十分微不足道，只有在家族遭遇不幸时，才能打击到一个人。所以那时，个人不会对家族以外的灾难感到悲伤。所以说，国家的灾难会搅乱个人的生活这种话是闻所未闻的。但是，当基督教扎稳根基之后，古老的大陆陷入了一片混乱之中。在这混乱的洪流之中，有的民族迎来了光明的新生，另一些则完全沦陷入了黑暗之中。

诸多的混乱喧嚣带来的影响势必会蔓延进人的心灵。这是有同样力度的反作用力，可不仅仅是波及那么简单。在这兴衰变迁的同时，人类开始自我反省，开始对人类有了怜悯，懂得开始体味生活的幻想破灭之后的苦涩。对于不信奉上帝的加图而言，这是一种绝望的感情；而对于那些信奉并崇敬上帝的基督教徒而言，这是一种忧郁的感情。

与此同时，诞生了考察和探究的精神。而那些巨大的灾难也是波澜壮阔的奇观，是令人难忘的巨大的变化：这是这个即将死去的宇宙的最后的痉挛。看，假使这个世界一断气，就会有成群的修辞学家、文学家、诡辩家对那庞大的尸体趋之若鹜，成群结队地扑向那腐败的尸体并争先恐后地对它品头论足。而那平躺着的尸体的每一处肢体、每一块肌肉和每一条纤微组织都被翻来覆去地折腾着。最后，那些解剖者们都心满意足，因为在一开始就有一个死去的社会供他们大规模地实验，供他们肢解研究。

所以我们看见了忧郁与沉思，它们伴随着分析与争论一同出现。在这新旧交织的阶段，出现了郎吉努斯和圣奥古斯丁两个异类。这是一个不能被轻视的时代，因为在那时播下的种子如今已经硕果累累。在那个时代，最不引人注目的作家都为最后的丰收出了一份力。

看，那个新的宗教、新的社会，在原来的基础上，势必萌生出一种新的诗歌形式。虽然读者在上文也能得出这个结论，但在此我还是要重复一遍：继古代诸多神教和哲学家之后，那些纯史诗性的诗歌也仅是自然研究的一个方面，而把那些世界中可供艺术模仿却与某种典型美无关的一切统统丢弃，毫不吝惜。起初是一种光彩夺目的类型，但随后就会变得虚假、死板、肤浅，这是被次序化后的东西经常会遇到的情况。诗歌被基督教引领着走向真理。近代的艺术之身会站得更高，用一种更加开阔的视角审视这个世界的事物。她会感到创造物身上的美不是全能被人理解的。丑就在美的身旁，丑陋伴随着优美诞生，奇形怪状就在崇高的背面。善恶、明暗相伴而生。她会问自己，艺术家狭隘而相对的理性是否应该胜过造物主无限、绝对的理性；上帝是否需要人来纠正；残损的自然会不会因为它的不完美而变得更美；艺术是否有权力复制人、生活和创造物；如果失去筋骨和活力，事物是不是会失去活动之源；简言之，不完整是否就是和谐的最好方式。诗歌着眼于那些可笑又可怕的事，并且在基督徒的忧郁和哲学批判的影响下，它会迈出伟大且具有决定性的一步。这一步会像地震一样带来剧变，改变整个精神世界的面貌。它开始像自然一样，在自己的作品里，同时掺入暗与明、丑怪与崇高，但是并不混淆它们。换句话说，就是将灵与肉、兽性与知性结合起来。因为宗教的起点一直都是诗歌的起点，两者紧密相连。

由此，我们看到，古人不曾知道的一条原则、一种新的类型被引入了诗歌。既然任何事物内部新增加的元素都会改变该事物的整体，一种新的艺术形式便由此而得以发展。这种类型就是丑怪，它的新形式就是喜剧。

请允许我们对这一问题进行详细的论述，因为先前已经介绍了其重要特征，即最基本的差别。这种差别，在我们看来，区分了古代和近代艺术，现存的艺术和已经消亡了的艺术，或者用不那么准确但时下很流行的话说，“浪漫主义”文学和“古典主义”文学。

在一旁观察了良久，明白了我们意欲何为的人会这样说：“我们终于逮住你们了，正好抓了个现行。刚才你们说‘丑’是一种模仿的类型，你们把‘丑怪’看成一种艺术元素。那优雅呢？风度呢？它们又是什么？你们难道不知道艺术应该纠正自然？难道不知道我们必须使艺术高尚，我们必须有所选择？古人何曾在作品中反映过丑怪？他们何曾把戏剧和悲剧混在一块儿？先生们！请遵照古人的范式！亚里士多德这么说过，还有布瓦洛和拉·阿尔伯。请相信我吧！”

这些说法有道理，让人难以怀疑，最重要的是很新奇，但我们不用回答这些问题。我们不是要在这里建立一个体系，上帝保佑，我们不要什么体系！我们是在陈述一个事实。我们是历史学家，而不是批评家。这个事实是否符合人们的喜好无关紧要，事实就是事实。言归正传，我们想要说明的是，滑稽丑怪和崇高优美这两种典型的结合富有成效。这种结合产生了近代性的特色，它复杂多变、形式多样，创造出无数的作品，它和古代单一的形式形成鲜明的对比。由此指出，必须以这一点为起点，着手建立两种文学形式之间真正的、最基本的区别。

实际上，戏剧和滑稽丑怪并不是古代没有的东西，事实上，是古人们不可能知道它们。万事万物都有其根源，新时代源于旧时代。《伊利亚特》中的瑟赛蒂兹和伍尔坎就是两个具有戏剧特点的角色，他们是具有戏剧特点的人和神。希腊悲剧中因为有很多的自然因素，并且过于标新立异，偶尔也会产生一些喜剧的效果。我们举一些经典的例子，比如斯巴达王梅内莱厄斯与宫殿的女门房之间的一场对话（《海伦》第一幕）、菲尼基人的一场（《奥莱斯特》第五幕）。其中特赖登（人身鱼尾的海神）、萨梯（半人半兽的森林之神）和泰坦神都是丑怪的形象，还有可怕的波吕斐摩斯（独眼巨人）、傻气可笑的赛利纳斯。

但这时描写滑稽丑怪的艺术还十分稚嫩。这是一切都带着史诗标记的时期，史诗完全压制了描写滑稽丑怪的艺术形式的发展。古代的丑怪胆小又懦弱，总是想逃离人们的视线，它对周围的一切都感到陌生，因为这不是它自然生长的环境，它对自己一味地加以掩饰。森林之神、海神和水妖只是稍微有点畸形，命运女神和鹰身女妖外表不可怕但内心丑恶，复仇女神们甚至还很美丽，人们称之为“欧美妮德”，意为“温柔”“仁慈”。其他丑怪的形象也都蒙着高贵和神秘的面纱。波吕斐摩斯是一个巨人，迈达斯是位国王，赛利纳斯是个神仙。

这样，喜剧便湮没在古代史诗中，让人们察觉不到它的存在。在奥林匹亚神的战车旁，泰斯庇斯的手推车算得了什么？在埃斯库勒斯、萨福克里斯和欧里庇得斯这些荷马式的巨匠面前，阿里斯托芬和普劳图斯又算得了什么？荷马带着他们，就像赫拉克勒斯把小矮人藏在狮皮里一样。但在近代人的眼里，丑怪是非常重要的角色，它随处可见。一方面，它创造了非常态和恐怖；另一方面，它创造了幽默和滑稽。它把近千种古怪的迷信附在宗教上，把万般栩栩如生的想象附在诗歌上。这就是丑怪在这世上撒下的成千上万的媒介。我们看到丑怪，这些媒介在中世纪的传统中活生生地存在着。它驱使巫师们在迷醉中做出一些古怪动作；它给了撒旦两只头角、山羊的偶蹄、蝙蝠的翅膀；还是它，在基督教的地狱里投下可怕的面孔，但丁和弥尔顿这样的天才会对它们加以描绘；它有时会投下一些可笑的形象，米开朗琪罗会把这些形象拿来自娱自乐。从想象到现实，它呈现了无数人类的滑稽表演。它的奇想创造了斯卡拉穆恰、克里斯平和哈利昆小丑。这些都是咧嘴大笑的人的缩影，这些类型是严肃的古代所完全陌生的，它诞生于意大利的古典主义。最后，还是这些丑怪，把南北两方的想象融在了同一戏剧上，它使斯加纳莱勒在唐璜的周围雀跃，让墨菲斯托菲里斯在浮士德左右周旋。

它的举止是多么自由豪放啊！它多么大胆地将上一个时代怯懦地包在襁褓的古怪形式解放了出来啊！古代的诗歌虽然不得不给瘸腿的伍尔坎安排一些同伴，但是魁梧的体型弥补了身体上的不足。近代的天才把平凡的故事保存了下来，但是给了这个故事不同的特点，使它更加引人注目；它把巨人变成了侏儒，把独眼巨人变成了矮小的土地。

正是这样的独创性，把并不奇怪的七头蛇换成了民族传说中只有当地才有的龙，如鲁昂的加尔古叶、梅斯的格拉-乌易、蒙德勃利的特赫、塔拉斯贡的塔拉斯克，这些怪物形态各异，古怪的名字更增添了几分奇趣。这些创造物的本性中就有富有活力又意味深长的表现力，在这表现力面前，古代人多半会望而却步。的确，希腊传说中的欧美妮德远不如它们可怕，所以相较于麦克白的魔女，她也就没有那么真实，冥王也不是魔鬼。

在我们看来，如何在艺术中运用丑怪这个问题，完全可以写成一本书，通过它可以指出，近代从这一类型中受到了多大的影响。但今天狭隘的批评仍然对它进行着猛烈的抨击。按照我们这一主题的发展，我们应该马上指出来这一幅广阔图卷的某些特点。但在这里，我们只想说，在我们看来，作为与崇高优美相对照的手段，滑稽丑怪是大自然给予艺术的最丰富的源泉。毫无疑问，鲁宾斯是这样理解的，因为他高兴地在皇家的典礼、加冕礼和荣耀的仪式中安插了几个怪诞的小丑形象。古人们散布在一切事物上的普遍的美不免千篇一律；同样的形象一再重复，难免令人生厌。除了崇高还是崇高，这很难产生对比；任何东西都要有所变化，这样人们才不会厌倦，哪怕美也是如此。从另一方面来想，滑稽丑怪这一形象为人们提供了一个休息的驿站、一个比较的参照、一个新的起点，从这里，人们带着更新鲜敏锐的感觉，向着美丽进发。火舌使水中小精灵拥有取乐的手段；矮小的土地使神仙显得更美。

与此同时，我们可以说，和这种非常态的形式接触所赋予的近代式的崇高要比古代的崇高更纯净、宏大、崇高，崇高本身就该是这个样子。当艺术和自身保持一致的时候，就更有把握使一切达到目的。如果荷马式的极乐世界与天国的情趣、弥尔顿天堂中天使般的愉悦大相径庭，那是因为伊甸园之下还有一个地狱，它比异教徒的冥府深渊还要可怕百倍。但丁如果没有这样的力量，就不会有这样的魅力。有丰腴的河神、强壮的海神、放荡的风神，怎么又会出现晶莹剔透的水仙和精灵？难道不是因为近代人毫不惧怕地想象出了那些在墓地游荡的吸血鬼、吃人怪、食尸鬼、蛇怪还有妖魔？这种想象给了他们非物质的形态。古代的维纳斯美得令人惊叹，这毫无疑问。是什么使让·古容的面孔上洋溢着那种奇妙、纤弱而又空灵的风姿？如果不是因为接近中世纪那粗狂有力的雕塑，那又是什么赋予了它们过去不为人知的生动和伟大？

这些似乎偏离主题的讨论实际上是非常必要的，完全可以再进一步展开。如果这一讨论没有打断读者的思路，那他一定已经意识到，滑稽丑态——这个喜剧的种子，已经根植到比非基督和史实更有利的土壤上，并在广度和重要性上有了非常强有劲的生长。事实上，在新诗歌中，崇高代表的是经过基督教净化的灵魂的精神状态，滑稽丑态表现的则是人类的兽性。第一种类型去除了所有糟粕，拥有一切美丽，必然会有朱丽叶、泰斯特蒙娜和奥菲莉娅这样的人物出现。第二种类型则呈现了所有的荒谬、缺陷、瑕疵。如果将任何人的创造分成两半，那么它属于罪恶、堕落、懒惰，它贪恋享受、阿谀奉承、虚伪、贪婪、吝啬。美只有一种，而丑却千奇百怪。因为，根据人的经历，美只是一种表现在它最简单的关系中、最严格的对称中，与我们最为亲近的和谐的一种形式。所以，它给我们带来的是一个整体，和我们一样是有限的。相反，丑就不一样，它是庞大的整体的一个细节，我们不能理解它，它与所有的创造物和谐，但不与人和谐。这就是为什么它总是以一种新的却并不完整的形态呈现在我们面前。研究滑稽丑态在近代的诞生和发展，是一件有趣的事情。首先，它就像破堤而出的激流。它从奄奄一息的拉丁文冲刷而过，为帕尔斯、佩特罗尼乌斯和尤维纳利斯增光添色，并留下了阿普列乌斯的《金驴记》。然后，它散布在新民族的想象力中，出现在作家的作品里。它从南方到北方，在日耳曼的梦想里嬉戏，同时将生机和活力灌入西班牙的《诗歌集》，这在骑士时代是名副其实的《伊利亚特》。例如，在《玫瑰传奇》中，有一段针对国王选举这一庄严仪式的描写：于是他们选了一位高个子平民，这是他们之中最为瘦骨嶙峋的。

尤为特别的是，它的特点影响了中世纪的建筑，而那时的建筑极其出色，取代了一切艺术。它在教堂外面留下了自己的印记，在门口的拱门上勾勒出地狱和炼狱的画面，并在窗户上用丰富的色彩描绘它们，把怪物、野兽、小魔鬼刻在柱头周围、岩壁边缘。丑陋的形象招摇地出现在各种门面之前，不计其数。它还从艺术领域来到了风俗领域：不仅戏中的滑稽赢得了人们的喝彩，同时又给国王带去了滑稽的小丑。后来在文明礼仪的时代，它带给我们斯卡龙，甚至曾在路易十四的床边出现过。与此同时，它被装饰在徽章上，还在骑士的盾牌上出现过。不仅是风俗，甚至影响到了法律，无数的习惯证明了它曾经进入到组织机构。正如它曾经让身上涂着酒糟的泰斯庇斯在她的坟前蹦跳一样，现在她正和法院的那张著名的桌子跳舞，这张桌子有时也充当民间闹剧的舞台和宴席的台席。最后，它甚至进入了教堂，在每一个天主教的城市，我们都能看到它主持的古怪的仪式。宗教与迷信相伴，崇高与各种鬼怪相随。如果要用一支笔把它描绘出来，请看它的活力、创造力是多么了不起。在近代诗歌刚刚出现的时候，它塑造了三个滑稽丑态的“荷马”：意大利的阿里奥斯托、西班牙的塞万提斯和法国的拉伯雷。

进一步阐述滑稽丑态对第三种文明的影响，那是画蛇添足。在所谓的“浪漫主义时期”，一切都证明了它与美的联系。即使是最简单的民间传奇，也散发着令人赞叹的种种神秘感。古代就没有《美女与野兽》这样的作品。

确实，在刚才提到的那个时代里，我们清楚地看到了滑稽丑态压倒优雅崇高。但这只是暂时的，美这种类型会很快恢复它的权力和地位，它不会排斥另外一种原则，但是会胜过这种原则。现在已经到了这样一个时候，滑稽丑怪应该为在牟利罗的宫廷壁画上、维罗纳神圣的篇章里拥有自己的小角落而感到满足，为出现在艺术引以为豪的两幅《最后的审判》中而感到高兴，为出现在米开朗琪罗装饰梵蒂冈的幻想中而感到满意。是时候建立起两个原则之间的平衡了，不久就会出现这样一个人，他是诗歌之王，两个势均力敌的对手将会把他们的火焰汇聚在一起，莎士比亚从这火焰中诞生。

我们现在已经到了近现代诗歌的巅峰，莎士比亚的喜剧将滑稽与崇高、恐怖与荒谬、悲剧与戏剧融为一体。戏剧成为诗歌的第三个发展阶段的显著特点，也是当下文学的显著特点。

现在，我们要对以上的内容做一个简要的总结。诗歌有三个发展阶段，每个阶段都对应着不同文明的特点：抒情歌谣、史诗和戏剧。原始时代是一支热情奔放的抒情歌谣，古代是一首波澜壮阔的史诗，近代史一部生动的戏剧。抒情歌谣歌唱永恒，史诗赋予了历史庄严，戏剧描绘出人生百态。第一种的特点是天真坦白，第二种是单纯，第三种是真实。诵诗人是从抒情诗人到史诗作家的过渡，传奇作家是史诗作家到剧作家的过渡。历史学家出现在第二个阶段，编年史作家和批评家出现在第三个阶段。抒情歌谣的主角是伟人——亚当、该隐、诺亚，史诗的主角是巨人——阿喀琉斯、阿特柔斯、俄瑞斯忒思，戏剧的主角是人——哈姆雷特、麦克白、奥赛罗。抒情歌谣理想，史诗宏大，戏剧真实。最后，三个阶段的诗歌分别来自三个伟大的源泉——《圣经》、荷马和莎士比亚。

这些就是人类不同时代和不同文明下思想的面貌，也是三张面孔的青年、中年、老年时代的模样。不管是研究具体某一类文学还是将文学作为整体来研究，都能得出同样一个结论：抒情诗人先于史诗作家出现，史诗作家先于戏剧诗人出现。在法国，马莱伯先于夏伯兰，夏伯兰先于高乃依；在古希腊，俄耳甫斯先于荷马，荷马先于埃斯库罗斯；在书籍方面，《创世纪》先于《列王记》，《列王记》早于《约伯记》；或者根据各个阶段具有代表性的作品来看，《圣经》出现在《伊利亚特》之前，《伊利亚特》又早于莎士比亚的作品。

简言之，文明开始于歌唱理想，继而转为叙述功绩，最后变为描述思想。正是因为有了思想，戏剧才能综合最为对立的特点，才能深刻又轻松，既富有哲理又充满诗情画意。

按照这一逻辑，我们可以再补充一点：自然和生活都要经历抒情诗般、史诗般和戏剧般的三个阶段。因为一切都要经历出生、成长和死亡。如果将想象和推理结合起来并不荒谬的话，一个诗人也许可以这样说：日出是一首赞美诗，日上中天就像一篇光辉灿烂的史诗，夕阳是一出忧郁的戏剧，就像白日与黑夜、生存与死亡，它们不停地争夺主宰权。这就是诗歌。荒唐？也许吧！但这又能证明什么呢？让我们记住上述阐明的事实，再补充一个重要事实。我们不是想为每个时代划定一个绝对的界限，我们只是阐明它们的特点。《圣经》是一座抒情诗的神圣丰碑，它的《列王记》和《约伯记》滋养了史诗和戏剧的萌芽。在荷马诗歌里，我们能够感受到抒情诗歌的余韵和戏曲诗歌的气息。歌谣和戏剧在史诗中相遇。任何事物都是相互联系的，但任何事物都存在着一个根本元素使其他事物服从于它，主宰着事物的整体。

戏剧是完整的诗歌，包括高度发达的抒情歌谣和史诗，是它们的集中体现。当然有人说，“法国人不具备史诗的头脑”，这句话很聪明地道出了事实；如果有人说“现代人不具备史诗的头脑”，这句话不仅聪明，而且深刻。但是毫无疑问，史诗的特征也出现在《阿达莉》中，它热情洋溢而又简单淳朴，具有王权时代无法理解的一种极致。同样不可否定的是，莎士比亚的历史剧也具有宏伟的气魄。但让戏剧受益最多的是抒情诗。它会改变自身以适应戏剧的所有变化，从来不会把戏剧拘泥在一个框里，所以会呈现出各种各样的姿态。它有时像精灵阿里尔一样崇高，有时像凯列班一样丑怪。戏剧性是我们这一时代的重要特征。由于这个原因，它也具有突出的抒情性。就像日出和日落、老人与孩童、两个不同的童年一样，开始和结尾之间的联系也不止一种。抒情诗也与这些类似。文明刚刚出现的时候是美丽而耀眼的，但再次出现的时候却已是暮年般的忧郁、深沉，就像《圣经》以欢快的《创世纪》为开头，以《启示录》结尾那样。现代的抒情童谣虽然依旧是有感而作，其中的思考却多于观察。

如果用一个比喻来阐述以上的观点，那么早期的抒情诗歌是平静的湖泊，映着云彩和星宿；史诗就是流淌的河水，只有两畔的森林、田地、城市在其中，直到它汇入戏剧的海洋；戏剧的海洋兼顾湖泊和河流的特质，却具有两者缺少的暴风雨般的力量和不可预知的深度。

在现代的诗歌中，戏剧是一切的目标。例如《失乐园》，它首先是戏剧，然后才是史诗，它有着戏剧的形式和即使是史诗的结构也无法掩盖的戏剧框架。在但丁完成《地狱》时，他天才的本能告诉他，这部诗篇以本质来讲是一出戏剧，而不是史诗，所以他用青铜的笔写下了《神曲》。

由此可见，近代唯一的能和莎士比亚媲美的诗人，在作品的构思上与他何等的一致。他们赋予诗歌以戏剧的气息，将滑稽丑怪和崇高优美混合，撑起了整个文学的大厦。

请允许我们在这里重复一些观点，因为这十分必要。既然我们已经提出了这些观点，现在就需要进行更进一步的阐述。

基督教总是告诉人类：你是双重的，你总是由两种存在组成。例如，这其中一种是消亡的、属于世俗的、受限于渴望的、始终屈身弯腰于大地的；而另一种则是永恒的、属于天国的、浮于狂喜和幻想的羽翼上、向着天国飞翔的。自从基督教说出了这些话起，世上就有了戏剧。你不得不承认，这些对立的原则之间从不间断的斗争实际上不就是戏剧吗？所以，因基督教而诞生的、我们这个时代的诗歌都是戏剧。这些由崇高优美和滑稽丑怪自然结合的产物在戏剧中交汇，就如它们在生活和创造中所经历过的那样。因为真正完整的诗歌，只是存在于和谐统一之中的。我们可以大声地宣布，存在自然中的一切都存在于艺术，连所有的例外都无法在这个规则面前被称作例外。

那么，如果我们以这个观点为基础，来判断我们平凡、微小的规则，来整理清楚这学术的迷宫，来解决两个世纪以来积攒下来的有关艺术的琐碎问题，人们一定会惊讶于现代戏剧的问题的解决会变得如此迅速。戏剧只要再向前迈一步，就能摆脱束缚它的蛛网。

就让那些糊涂而古板的学究继续坚持艺术不应该反映变形、丑陋和荒诞吧！我们大可以这样回应他们：滑稽丑怪就是喜剧，而喜剧显然是一种艺术。答尔丢夫并不英俊，浦叟雅克也并不高贵，但这两个人身上闪耀着的艺术的光芒却那么的耀眼。如果将这些学究从这个沟壑中赶走，来到第二道防线，他们又会开始反对滑稽丑怪和崇高优美的结合，反对喜剧中存在任何悲剧。

我们得向他们证明，在虔诚的基督民族中，他们的诗歌中的滑稽丑怪象征着人类的兽性，而那些崇高优美则代表了人类的灵魂。它们就是艺术中的两个分歧，若是我们不允许它们交汇，反而坚持分开两者，那么将会产生极其严重的后果。它一方面会带来抽象化的堕落和荒谬，另一方面会导致抽象化的犯罪、英雄主义和品德。这两种类型若是被从中间就此割裂开来，它们会各行其是，任由真实被放在中央，而它们则向着左右背向而驰。这样一来，就不再有什么是可以用来表现人的了。虽然既有悲剧又有喜剧，可添加在其中创作“戏剧”的东西却少了。我们都知道，在戏剧中，所有的东西都是相互联系着的，这和生活是何其相似。在戏剧中，肉体和精神扮演着何其重要的角色，人物和事件在这个二元因素的推动下，时而可笑，时而惊心动魄，时而二者兼具。就像凯旋的恺撒会战战兢兢地坐在车上，唯恐车翻殒命，就像路易十一完全服从于他的理发师奥利维叶，这世上所有的天才，无论多么伟大，他们身上总是有着一部分的原始的天性，这些东西偶尔会嘲弄他们的聪明才智，叫他们体现出与普通人的相似性；也因为这些，他们才具有戏剧性。就像拿破仑所说“崇高距离可笑，只有一步之遥”，这爆发的灵魂照亮了文学和历史，这痛苦的呐喊成为戏剧和生活的写照。

所有的这些反差也会在作为人的诗人身上体现，这是不争的事实。他们对生活冥思苦想，挖掘着人身上的弱点，通过这些叫我们哈哈大笑，而他们的内心中却总是充满了深深的忧郁。

滑稽式的“丑”是戏剧所具有的一种极致的美。它不仅仅是一种适合于戏剧的成分，更是一种必需的要素。有时，它均匀地分布在各种完整的性格身上；有时，它渗透着恐怖的色彩；有时，它带着优雅精致的面纱。它无处不在，正如最普通的东西偶尔也会有崇高的时候，最崇高的东西也会有轻浮可笑的时候。虽然你触摸不到，也无法清楚地感觉到它，但它却总是在舞台上的，即便它总是沉默不语，也从不出现在人们的眼前。至少，有了它，就不会单调。有时，它令人发笑；有时，它在悲伤中掺杂恐怖。它让罗密欧遇到了卖药人，使得麦克白碰见了三女巫，促使哈姆雷特遇上了掘墓人。它将刺耳的声音与灵魂中最崇高、最梦幻、最悲哀的音乐和谐地混在一起。

在所有的剧作家之中，莎士比亚用自己独特的手段做到了这一点，让别人无从模仿。莎士比亚这位戏剧的神明，就像是三位一体一样，集高乃依、莫里哀、博马舍这三大戏剧家的特点于一身。

我们可以看到，若是在理智和情感面前，即便将诗歌划分成若干种，它们也会迅速地土崩瓦解。同时，要推翻“二一律”也很简单。我们说的是“二一律”，而不是“三一律”，是因为情节或整体的统一是唯一正确而有充分依据的，在很早之前人们就对这些不再有什么争议了。

当代的一些杰出的人物，都在打击这条根本原则。而且，这场战斗并没有持续太长的时间。实际上，在第一次打击下，它就已经摇摇欲坠了。可见，这些老学究们的知识构架是何等的腐朽不堪。

奇怪的是，那些执着于陈规的人还假装“二一律”是建立在“逼真”的基础上的，但是他们的观点却被现实彻底否决。

当然，会有更加荒谬、更不可能的事情发生，那就是常见的悲剧也会发生在常见的场所，并且会有着人们司空见惯的恶俗桥段：遭受迫害的人声泪俱下地大声向世人宣布自己所遭受的罪行，接着暴虐之人也站出来煞有其事地回敬他们，此间互动就好像那首民谣所唱的：让我们二人对唱，诗歌女神也钟情的歌谣。

学者们对这些事实是向来不屑一顾的，因为在这样的地方不发生这样的事这种说法似乎有点儿不合常理。太过特殊、私密以及具有地方色彩的环境反而会叫人觉得不可思议。也就是说，我们常见的也就是这些了。通常都会有人觉得不够生动、不够形象，面对的并不是一部完整的戏剧，会有只能看到画面而听不到声音的部分，也会有只能看到画面而不能听到声音的部分。一群严肃的人站在这些人与作品中间，像是过场时候的歌舞剧演员，只是向我们喋喋不休地说着发生在寺庙、宫殿和广场的事，我也是其中一员。这常常会使我想要大声地发泄我的不满：“你们说归说，不如把我们带到那里见识一下真正的场面吧！那里一定会有你们疏漏的精彩的细节！”而对于这种要求，他们通常会解释道：“就算那么做，你们确实觉得很有乐趣，但问题不在这儿。你要知道，事实上，我们属于保证悲剧女神尊严的守护者。”

也有人会说："但是，你们所抛弃的原则源自希腊戏剧。"事实上并没有，现在看我们的戏剧与希腊的戏剧几乎完全没有相同之处。前文也说过，对于舞台而言，诗人们可以为了剧情需要现身于任何一个角落。某种意义上，这也算是一种现代舞台的布景更换。所以其实这里也是有矛盾的！希腊时期的戏剧，尽管服务于宗教与民族，但是在自由度上还是要高于现在的戏剧的，那时它存在的目的就是娱乐大众或者对大众进行教育，它只服从适合它存在的法则，现在的戏剧却被要求强加上很多本不属于它的本质的东西。前者是艺术创造的，后者是人为创造的。

现在人们倒是明白保证真实性的第一要素是让这件事在恰当的地点发生。仅靠角色的演技与台词并不能让观众感受到百分之百的真实。发生重要情节的地点也是不可或缺的一部分，如果少了这么一个重要的部分，那么这部戏剧中一个历史性的伟大场面会因为这一元素的缺失而变得索然无味。诗人会想把里奇奥的被害安排在玛丽·斯图尔特房间以外的地方吗？亨利四世如果不在拥挤的菲何勒利街被谋害，那还能在哪儿呢？圣女贞德如果没在老市场被烧死，那么还能有这种感受吗？除了布洛瓦城堡之外，还有什么地方更适合埋葬吉斯公爵呢？查理一世与路易十六只适合在那两个分别可以看到白宫与菊勒里宫的广场被处决，那里看起来就像是宫殿的一部分。

对时间的规定与对地点的规定一样荒谬。想一想，将固定了时间的剧情进行强行削减，裁成统一的长度，那该有多么可怕的后果！就像是鞋匠给人做鞋却是给人做统一大小的鞋，而不是给人量好尺寸才做，这一定会遭人耻笑。但也真的有人借着亚里士多德的名号，一股脑地将时间、民族与人物形象混合在一起，上帝本想将它们分散在广袤的现实之中，继续这么做简直就是在残害历史。仍然这样进行下去的话，就是歪曲原有的历史，历史上这些活生生的东西一到悲剧中就都死了。所以"统一"只有一副模样。

万幸的是，不同的人也会规定不同的"统一"，总有相对适合生存的一种。

束缚着历史上的天才们的无非就是平庸、嫉妒和墨守成规。人们一边殷切期望他们能够展翅高飞，一边又以这种方式剪断了他们的翅膀。剪断了高乃依和拉辛的翅膀，换来的又是什么呢？无非就是个比斯通。

也有人设想说："频繁的布景会使观众们感到混乱与疲惫，分散了注意力的同时也打断了思路；另外，如果在切换布景的时候造成剧情的疏漏，也会导致戏剧的各部分不连贯，他们完全不明白这部戏剧在讲什么。"这种担心也是戏剧艺术正亟待解决的问题，很多题材都会遇到类似的障碍，这不是靠回避就可以解决的问题。

最后，艺术本身也可以证明"二一律"的荒谬。它并不是像两点构成一条直线那样，而是需要剧情的统一。在一个时刻，人们只能将目光聚焦在一件事情上。戏剧中不能有多重统一存在，就像是一幅画不能有三条地平线一样。此外，剧情的统一与剧情的简单也不一样，这是两个需要完全区分开来的概念。前者可以将一些繁杂的小细节整合到大的主线故事中去。"剧情统一"是舞台布景的原则。

但是，对于思维固化的人，他们会这样说："这些都是天才们坚持过的，为什么你们看不起这些规则呢？"这真的十分令人惋惜，如果天才们能够自由选择的话，他们会选择创造出怎样的作品呢？双手奉上任由人束缚可不是天才们会做出的选择。皮尔·高乃依因他非凡的作品《熙德》而在艺术领域占有一席之地的时候，与墨莱、克拉维与斯居戴利地激烈争论，他将这些都一一揭露给了世人。这些人还"把亚里士多德拉出来为他们说话"。你有必要看一看他们是怎样教训他的，这里引一段他们当时的言论。

"请你在说别人之前先好好认清一下自己吧！除非你是斯卡利哲或韩西羽斯，否则那是坚决不能容忍的！"高乃依也立刻回击，诘问他们是否想把他贬低到连克洛埃海也不如的地步。斯居戴利十分不满于他的倨傲，说道："这位写出《熙德》的作者，请你谦虚一点儿，想一想当时同样非常伟大的人物塔索。就算是自己最优秀的作品在遭受刻薄的侮辱时，他也是用谦虚的言辞为自己辩解的。"他继续说道："看来高乃依先生的回答已经告诉我们，他不仅没有人家谦虚，并且连才能也远远比不上。"对于这种"公正温和的责备"，这个年轻人居然还敢反抗，于是斯居戴利又开始抨击他，这次他把"杰出的学术院"搬了出来："诸位，你们要知道，《熙德》并不是一位法国伟人所著的，它只是出自高乃依先生笔下的一部并不审慎的作品而已。我们不应该让其他的人觉得我们心目中认为是伟人所写的著作就是这个样子的。”这是那些嫉妒年轻而才华洋溢的天才们的常用伎俩。现在这种伎俩已经过时了，但是就算这样也还能管用，说明还是有着恶魔在这些人心中作祟。我们不得不佩服斯居戴利这个又可笑又可悲的角色，佩服他侮辱与摧残高乃依的手段。看他怎样依靠手里所有所能动用的一切来试图碾碎高乃依。亚里士多德的《诗歌艺术》的第一章，就可以找出他对类似于《熙德》这类作品的谴责。他通过引用柏拉图的《理想国》中的第十卷、马瑟兰作品中的第二十七卷、尼厄比和杰菲特的悲剧、索福克勒斯的《阿亚克斯》、欧里庇底斯的榜样、韩西羽斯《悲剧结构》中的第六章和小斯加里格的诗歌，最后，还引用“圣典学者和法学家，以婚姻的名义”来抨击高乃依。前几个理由是为了说服学士院的，而最后一个是专给大主教说的。先是轻微刺痛，后是棒槌猛击。需要有一个裁决者来判定这个问题。最终，夏博兰做出了裁定。高乃依意识到自己已身陷困局，狮子的嘴无法张开，或者换一个符合当时潮流的说法，鸟儿（高乃依）被强行拔了它的羽翼。如今来看这出滑稽演出令人心痛的一面：当他初现智慧光芒却被无情熄灭后，这位成长在中世纪和西班牙土地里的、完全归属于近代的天才高乃依，被迫偏离自己的轨道，将全部注意力都放在了古代，为大众描摹了一个卡斯蒂利亚式的罗马，尽管很伟大很高尚，却不能令真正的罗马重现在我们眼前，也让我们看不到真正的高乃依。或许只有《尼高墨》是个特例，它由于其简单夸张的色调，在十八世纪一直被嘲讽。无论是才智还是性情，他完全没有高乃依的高傲和狂躁。他无言地屈服，任由他那感人的挽歌《以斯帖》和雄伟的史诗《阿达莉》被人蔑视。所以我们只能认为，如果时代的偏见不曾影响到辛拉，如果他没有遭受到那么多的古典主义式暗算，那他就不会将戏里的罗居斯特放在纳西斯和尼罗之间，最重要的是，就不会将西奈加的学生在宴会上毒死布里达尼库斯这一幕精彩好戏掩埋在幕后了。可是，我们能够让鸟儿在真空的环境下飞翔吗？从斯居戴利到拉·阿尔卜，这些“品鉴家”们令我们错失了多少美景！他们那熊熊火焰让多少原本可以成为传世经典的作品初生却萎。但是我们伟大的诗人们却总有办法来解决这些障碍造成的问题，让他们自身的才华散发光辉。有些人试图用教条去捆绑他们的手脚，可这都是白费力气，他们就好像希伯来巨人一般，把牢门扛到山上。

至今仍有人在抱怨不断。毫无疑问，在未来很长一段时间里，这些喋喋不休还会继续存在下去，他们说："请遵守这些准则！模仿这些经典！正是这些准则成就了这些经典。"慢着！如果是如此，经典有两种，一种是根据准则而生成的，一种是生成这些准则的经典，前一种始于后一种。如此，天才们会去追随哪一种呢？即使和学究们交谈总是不愉快，可教训他们一次，总比被他们训一次好得多，不是吗？再者说"模仿"！反射和折射过后的光线和原来的一样吗？永远只会循着一条轨道旋转的卫星，能和居中的恒星相提并论吗？尽管有诗作富集，维吉尔却最多是个月亮，永远只能循着荷马这个太阳转动。

那么，又该去遵循谁的脚步呢，古人吗？我们刚刚才阐述了他们的戏剧和我们的并没有任何相似之处。而且，伏尔泰极其排斥循着莎士比亚的步迹，也不愿意去跟随古希腊人。就让他来告诉我们原因："希腊人鲁莽地呈现出的画面，甚是不堪。希波吕忒在狠狠栽了一个跟头之后，竟然一边细细数着身上的伤口，一边发出渗人的惨叫；费洛可戴特突然痛苦不堪，从他的创口处流出深黑的血液；俄狄浦斯挖出自己的双眼，汩汩鲜血不断涌出，覆盖在他的面庞上，他在那里怨天尤地；我们可以听到克莱登尼斯特拉被自己亲生儿子杀死时痛彻心扉的惨叫；我们可以看见伊莱克特拉站在台上大喊'杀了她！不能轻饶了她，她原来都不曾放过我们的父亲！'普罗米修斯的手臂和腹部被死死钉在岩石上；复仇女神对着克莱登尼斯特拉满是血污的灵魂无言地吼叫。所以不论是站在埃斯库勒斯时代的希腊，还是莎士比亚时代的伦敦，艺术始终都处于萌发的阶段。"如此，我们该模仿谁呢？近代的著作吗？什么，那不就是成了模仿的傀儡了吗？千万不要！

但是会有人来驳回，说："根据你们对艺术的解读，似乎你们一直在找寻的不过是伟大的诗人，你们总是希冀于天才。"艺术当然不能靠着庸碌无能之辈。它不会为了这些庸才去制定什么规则，它根本不知道它是何物；事实上，对于艺术来说，庸碌无能的人似乎根本不存于世。艺术赋予的是翱翔的翅膀，而不是跛行的拐杖。唉！多比亚克遵守原则，刚比斯通也效法经典。但这对艺术来说又有什么意义呢？艺术不是为了蚂蚁才盖起自己的城堡。它让蚂蚁去造它的蚁窝，它才不会关心蚂蚁那搞笑的仿造品是不是照着它的城堡建造的。

学院派的批评家们把他们的诗人置于一个尴尬的境地。他们一边不停地叫嚣着“要模仿经典”，另一边又不停地重复“经典是无法模仿的”。如果他们的匠人们通过一番努力，最终能够在这左右为难的夹缝中写出一部苍白无力的仿造品，这些人可不会领情，他们会审视这部崭新的著作，有时说“这简直就是四不像”，有时又说“这简直是一模一样”！借着这里的情形来说，这两种公式化的评价，无论是哪一种，都是一种批判。

让我们猜测得更大胆一些。在这个时代，自由应该就像光明一般洒满世界的每个角落。如果自由的光明独独遗漏了思想的领区，那岂不令人匪夷所思，因为思想应该是生而自由的。我们要敲碎各种理论和诗学的体系；我们要推翻这掩蔽着真实艺术的破旧城墙。什么陈规旧俗，什么模仿经典，都不应存在于这世上。换个说法，不该有其他的规矩，除了凌驾于整个艺术领区之上、自然的普遍法则，以及根据每个特定的主题所生成的特定法则。前者是原本的、不会改变的；后者是外在的、一时的，只能使用一次。前者是支撑房屋的栋梁；后者是用来建造房屋的脚手架，每建一座新的房屋就要重新搭建一次。简而言之，前者是戏剧的血肉主体，后者是戏剧的光鲜外套。但是这些原则并没有被写进任何诗学的理论中。语法家黎希莱也从来不知道它们的存在。天才们的想象预知远超学习效仿，每写一部作品，他们会首先找到普遍的规律，再根据具体的主题想象来制定出合适的特定的规则。他们不像化学家一样，化学家要先点燃炉火，预热坩埚，然后分析，最后破坏；他们更像是蜜蜂一样，扇动着耀眼的双翅，轻盈地飞行在花丛之中，在花朵上吸取蜜汁，丝毫不破坏属于花的美感和芳香。

让我们再一次重申，诗人只能借鉴自然、真理和灵感，而灵感自身就是自然与真理的结合体。洛卜德伟加说：“在创作一部喜剧时，将用‘六把锁’

去锁住世间的清规戒律。”要锁住这些清规戒律，“六把锁”并不算多。诗人们应该特别警惕，不要抄袭任何人，不论是莎士比亚还是莫里哀，不论是席勒还是高乃依。如果一个真正的天才为了使自己成为另一个人而选择遗弃自我，将自己原本的特性丢置在一旁，他会因为成为别人的影子而失去一切，就像放着高尚的天神不做，而甘做奴隶。我们必须从最根本的源头获得灵感。从这一源头流露出的汁液，渗进到了土壤之中，孕育了森林，结出了各种形态的枝叶和果实。在这同一种自然的滋润之下，也产生了各式各样的天才。诗人就像一棵树一般，迎风拂面，受着露水的滋养，他的作品就像这棵树结出的果实。为什么要附着在一个大师上，或者承接一部经典？与其做依仗树而赖以生存的蘑菇或者苔藓，还不如做荆棘或者蓟草，与雪松和棕榈同样受着土地的滋养。荆棘是生机勃勃的，苔藓的生活却枯燥乏味。并且，无论雪松和棕榈如何高大，他们身上的汁液却不能令别的植物长得如它们一般高大。依赖于巨人的寄生虫最多不过是侏儒。橡树虽然高大，却只能养活槲寄生。

请不要误解了我们的意思：如果某些诗人因为效仿而获得成就，那是由于，虽然他们是在古老的经典基础上进行了自己的创作，但仍旧是聆听了自然和自身的特点的声音，在某一个方面体现了自我。他们的枝叶与一旁的树木互相交缠，但是根茎仍旧深埋在艺术的土壤之中。他们是常春藤，不是槲寄生。如果既没有深埋于艺术土壤的根茎，也没有来自灵魂深处的灵感，迫不得已只能去效仿他人，这样便成了不入流的模仿者。正如查理诺蒂埃所言：“光芒四射的雅典学派之后，便是日渐衰败的亚历山大学派。”于是便涌出了一大帮庸碌无能之辈，产生了一大堆诗学理论。这些理论捆绑住了真正的学者，但对庸碌无能之辈却是十分便利。他们说，一切都已完成，不允许上帝再创造出莫里哀和高乃依了。他们用记忆取代了想象，而想象则被不容置疑的原则捆绑。他们还有些条条框框，拉·阿尔卜曾经自信却幼稚地说：“记忆与想象等同，再无其他。”

可是自然呢？自然和真理呢？这里，为了证明新思维只是要在一个更坚固的地基上重新创造自然，而不是要破坏艺术，我们要指出艺术的真实性和自然的真实性这两者间不可跨越的界线。如果同那些不能与时俱进的浪漫主义者一样，将二者混为一谈的话，那就造成很大的过失了。艺术的真实性根本上不能如那些人所说的一般，是绝对的现实。事物本身不能由艺术来提供。让我们来假设一下，一个不假思索便支持绝对自然、不从艺术的角度来看待自然的人，如果观赏了一部浪漫主义戏剧，例如《熙德》，他肯定一开口就会说："这是什么？这部戏剧里的人物怎么可以用诗一般的语言来说话？这样并不真实自然。""那他应该用什么方式来说话？""用散文。"好吧，用散文。如果他是一个墨守成规的人，那么过了一会儿他又会说："怎么会弄成这样？《熙德》居然在说法语！""不对吗？""剧中人物要说他土生土长的语言才是真实自然的，那么他最好是说西班牙语。"这样一改，我们就完全听不懂了。你一定认为这样就行了吧？用西班牙语讲了将近十句话，他又问："讲话的人是西德本人吗？这个叫皮埃尔或雅克的演员怎么有权利用西德的名字？全是捏造的。"他后面还有可能要求我们用真正的太阳代替脚灯，用真正的大树和房屋代替假的舞台工具，照这个逻辑下去，会没完没了。

因此，如果否认艺术和自然完全不同，那我们会陷入荒诞。自然和艺术本质不同，反之，两者不会同时存在。艺术不只有理想这一面，还有世俗的、物质的一面。无论怎样改变，它总是局限于语法和韵律之中，局限在伏日拉和黎希莱之间。最丰富灵活的创作有多种多样的形式、创作方法和完整的一套材料。这些对天才来说是精巧的手段，对庸才来说是笨重的工具。

有人说，喜剧是反映自然的镜子，但是如果这是一面光滑且擦得闪亮的镜子，它只是刻板地照映出物体的形象。它虽然是真实的，但色彩暗淡。因为大家都懂得，直接的反射会缺少一定的亮度和色彩，所以戏剧一定要是聚光镜，它不减少原来的颜色和光彩，只会把它们汇聚起来，把微光变成光束再变成火焰。这样的戏剧才会被艺术认可。

世上存在的一切，无论是历史、生活，还是人，都能在舞台上展现，舞台就是聚焦点，展现的前提是要运用艺术的魔法。艺术跨过时间长河，遍览自然风情，研究历史，努力再现事实（尤其是再现真实的风俗和特色，这比真实的事物更吸引人），还原历史学家丢弃的东西，自然地组织搜集到的材料，修补遗漏，并用充满时代色彩的想象填补它们的空白，聚拢零散的东西，给它穿上自然的、诗一般的外衣，且赋予它生机和创造幻觉的能力；赋予它现实的荣誉，让它去点燃观众和诗人的热情，诗人是性感真挚的，也最容易被撩拨出热情。所以，目标几乎是神圣的。如果让它描述历史，它可以起死回生；如果让它谱写诗歌，它可以创造。

在戏剧中，艺术应该给予自然强有力的支持，剧情应该坚定而从容地走向结局，不烦琐，不过于简练。即，诗人应该展现艺术的多重性，同时照亮人的内心和外在，通过语言和动作表现人物的外部形貌，而用旁白和独白刻画人物的内心。总之，这是用一幅画面展现生活和内心的戏剧。如果戏剧有了如此广阔的发展，那将是何其壮丽的景象。

我们可以想象，要写这样的作品，如果诗人可以选择，他会选择个性，而不是美。不要为原本就庸俗和虚伪的作品画蛇添足。局部的色彩应该在作品的实质核心中表现，而不该在喜剧的表面。它应该充满整个戏剧。戏剧应该充满时代气息，就如空气一样，人一踏入剧场就可以感受到它，再前行又是另一种感觉。要达到这种境界，需要一定的努力和研究，越是研究、努力，就越好。艺术之路遍布荆棘，只有意志坚定的人才能走下去，才会保护戏剧免受缺陷的致命打击。这缺陷就是一般化。站在舞台的角度讲，各种形态都应该尽可能地突出，尽可能地具有鲜明的特点。哪怕是粗鄙和卑微的东西，也有各自的特点。真正的诗人犹如上帝，存在于每部作品中。

我们坚定地告诉那些诚实正直的人，我们不是要损害艺术。我们坚信诗歌是最适合保护戏剧免受之前提到伤害的手段，它像一座阻挡“一般化”洪水的堤坝，一般化总是出现在人的思想里。最近出现了一个特殊的戏剧流派，它就像一种息肉，注定衰亡，它代表腐败而不是生命。它的鼻祖是一位名为戴利的诗人，他以枯燥的描写和拐弯抹角说话的方式见长。他在晚年时常吹嘘他所写过的东西。例如，他写过六只老虎、两只猫等等。

现在戴利进入悲剧领域，成为一个新近发展起来的、自称优雅的流派始祖。这个流派的悲剧与莎士比亚的不同，它认为悲剧只是一个方便的框架而不是各种感情的源泉，只是用来解决这个流派在写作中提出的一些问题。这个流派不完全摒弃生活中琐碎低俗的事，而是去追求和收集它们。路易十四时代的悲剧看到它们绕道而行，这个流派却描写它，使它变得崇高。

卫兵室、民众起义、鱼市场、大帆船、小酒店、亨利四世的“炖鸡”，这个市场对于这个流派是个宝贝。它抓住愚氓，漂白他，给他的罪行贴上闪亮的金箔锌花，披上锦袍。它以把贵族的特权赋予戏剧的所有庶民为目的，台词是高贵身份的象征。

人们可以想象这个流派的诗神是多么的虚伪矫情。要素和自然、真实是不相容的，因为厌倦了亚历山大时的诗体，他们不经审问就做出了判决，匆忙得出结论：戏剧应用散文来写。

他们错了，风格中的虚伪同那些法国悲剧情节中的虚伪一样，该为此负责的不是诗歌本身，而是写诗的人；该谴责的不是被使用的形式，而是使用者。

为了说明诗在本质上并不影响自由表现一切真实，我们应常研究高乃依的作品，更应该研究莫里哀的作品，而不是拉辛的作品。拉辛这位神圣的诗人，他的作品具有挽歌、抒情诗和史诗的特点，而莫里哀更具戏剧性。拙劣的鉴赏力给这令人赞叹的作品带来了诸多批评，现在是该反击的时候了。我们要大声宣布，莫里哀是我们戏剧的巅峰，不仅作为诗人，也作为作家，他配得上这份荣光。

在他的作品中，诗句紧紧围绕着思想内容，同时对思想内容加以约束和发展，并赋予了思想更加精炼、确切、完整的表现形式，将它的精粹呈现给我们。诗句是思想的外衣，能为人所见，因此适合舞台。诗句使文字的组合更紧密、细致。它是连接线索的纽带，是制造出漂亮褶皱的束腰带。那么，要问问散文家们，用诗句来表达真实会有什么损失？通俗地说，装进瓶子里的酒难道就不是酒了吗？

如果要我们说戏剧诗歌的风格应该是怎样的，那么我们希望它是真实、自由、坦诚的，能勇敢地表达出一切，不假装正经，不拘泥于词句，从喜剧到悲剧，从崇高优美到滑稽丑怪，一切自然而然，它时而实际市侩，时而富有诗意，既有艺术加工也有天然灵感，既宽广宏大又细致入微。总之，这种诗文的作者似乎从缪斯女神那里得到了高乃依的心灵和莫里哀的大脑。我们会觉得这种诗文“像散文一样美好”。

这种诗与我们刚做过剖析的那一种没有任何共同之处，两者之间的差别是显而易见的：那种诗是描写性的，这种诗是形象化的。

我们需要再三强调，物体上的诗歌应该摒弃所有的自怜自爱、卖弄轻浮。它只是一种形式，接纳一切事物，不给戏剧强加任何法则；相反，它接纳一切戏剧的东西，并将其传达给观众。这种形式以青铜铸就，镶嵌在格律中的思想是它的内核，具有这种形式的戏剧牢不可破。它让每一个字庄严神圣，使诗人的话深刻地印刻在观众的脑海。诗歌中的思想，有了更闪亮、更敏锐的品质。

人们会感觉到，散文会使戏剧变得平铺直叙，很难具有诗歌的长处。散文的翅膀要小很多，因此，驾驭它更容易。在散文里，庸才们才能自在安逸。根据最近出现的著名的作品来看，艺术领域很快会出现一些畸形早产的作品。还有部分改革派使用两者结合的形式，像莎士比亚一样。这个方法有它的好处，但从一种形式过渡到另一种，肯定会出现一些不和谐。不过，戏剧是否该用散文写只是次要问题。一部作品的地位不取决于形式，而在于其内在价值。只有一个砝码可以左右艺术的天平，那就是才华。

同时，无论使用诗歌还是散文写作，戏剧作家都必须具备一种品质——准确性。这不是表面的准确性，而是内在的准确性。它对自己的立足点很有把握，确信自己的语言与逻辑保持一致，它可以发明自己的风格，也有这样的权利。无论过去那些不知所谓的人（包括本书作者）说过什么，法国语言不会僵化，也永远不会。人类的思想始终在变化，语言与思想相伴，每一个时代都有它的思想，那么必然会有表达这些思想的词汇。语言像大海一样不断地波动，从思想的一个海岸到另一个，而其间激起的浪花最终都将消逝。一些思想正是这样消失的，它的词汇也随之而去。每个时代都会带来或带走一些东西，这是命运使然，想要语言一直保持原貌是不可能的。我们的文学约束想让语言停下脚步也是徒劳。只有死去的事物才会停止运动。所以，当代某个流派使用的法语是死去的语言。

以上是作者对戏剧的全部看法，只是还可以阐述得更深入些。不过作者并不打算把他的戏剧当作这些思想的体现呈现给读者，这些想法仅仅是创作中得到的启发。当然，序言与作品相互支持显然更便捷聪明。但比起展现自己的聪明，作者更愿意展现自己的诚意。他愿意第一个站出来指出序言与戏剧间联系薄弱。他本打算直接呈现作品，在好友的游说下才真诚地回顾戏剧并写下了这篇序言，谈谈自己的收获。必定会有人借此批判作者，如一位德国批评家过去那样，说他创造了一种“专为自己的诗作辩解的诗学”。这有什么呢？他原本就是要破坏诗学，竭力维护艺术的自由。他无论如何也要接受灵感的驱使，并经常变换创作的材料和类型。在艺术上，他是最不能接受教条主义的，讨厌体系下的创作，所以他没有那个志向当然也没有那样的能力去创建一个体系。不论是古典主义还是浪漫主义的作家，上帝都不会允许他成为那种根据体系来创造的作家，那些人的头脑里只有一种形式，他们总想证明什么，总是遵循不符合自身气质的法则。无论他们是否有才华，他们矫揉造作的作品是不会在艺术领域占有一席之地的。那只是一种理论，不是诗歌。

之前我已经论述了我对于戏剧的起源、特征及其风格的看法，现在我想，应该将思维从对大多数艺术的思考挪到具体的作品之上，和大家一起聊一聊这本《克伦威尔》。关于此作，我并不想长篇大论，只是考虑轻描淡写地谈一谈。

奥利弗·克伦威尔，是那个年代家喻户晓的名字，却并不为大多后人所知。有关他的传记作家中，甚至有着不少的历史学家，却并未全方位地刻画出他的高大形象。也许他们没有胆量把这位叱咤一时的政治革命者兼宗教改革者的全部特征都表现出来。他们只是基于波斯维特的形象，将其恶狠的形象放大。然而，波斯维斯也不过是从天主教和君主的角度，从路易十四政权支持下的主教制度的角度，来勾勒出这一轮廓的。

本书作者其实与大家同样对克伦威尔并不是太了解。奥利弗·克伦威尔这个名字给他的印象也不过是“狂热的弑君者与伟大的将领”。他兴致勃勃地翻阅了过去的编年史，翻阅了十七世纪的英国回忆录。这样，才使一个与他脑海中截然不同的克伦威尔形象在他的视野里出现。他再也不是波斯维特笔下那个以士兵与政治家身份存在的克伦威尔，而是一个全新的、复杂的、多元的存在。他是一个矛盾的集合物，是一个善恶并存的混合体，是个渺小的天才，是个欧洲的暴君，却同时又是家人的玩物。这个年迈的弑君者常以羞辱各国的使者为乐，却又经受着自己保皇派小女儿的折磨。他严厉而阴沉，却养了四个伴其左右的弄臣，他偶尔还会创作几首蹩脚的小诗。他节制、简单、节约，却在礼仪上做得一丝不苟。他既是个粗鲁的战士，又是个精明的政客，善于神学的辩论而且乐此不疲。他的演讲无味、啰嗦、苍白，可又十分擅长游说，既伪善又狂热，是一个童年幻想延续一生的空想家。他相信占星者，可又经常把他们驱逐到远方。他十分多疑，让人感到毛骨悚然，并不是嗜血成性。他恪守清教徒成规，但是每天都要一本正经地在滑稽取乐中度过几小时。他欺软怕硬，对着亲近自己的人态度冰冷，对着所畏惧的权臣却和蔼可亲。他自欺欺人地压抑着内心的谴责，敷衍自己的良心，总有用不尽的锦囊妙计、暗算与手段，凭借着自己的理智驾驭自己的梦想。他既古怪又优雅。总而言之，克伦威尔是拿破仑所说的那类“方方正正的人物”的典范，拿破仑凭借他数学般精确、诗歌般形象的语言道出了这群人的特征，他自己就是这群人的领袖。

在这个特别令人印象深刻的人物面前，本书作者感觉波斯维特那个夹含了太多个人情感而塑造出的人物并不能让人感到满意。他开始反复地观察这个魁梧的形象，突然间灵光乍现，一心想要全方位的刻画出这个伟人。当然，创造的途径是有很多条，不但可以刻画其将领和政治家的形象，还需要突出其神学家、学究、蹩脚诗人、幻想者、小丑、父亲、丈夫、普罗特斯（一个可以随意改变自己外形的海神）式的人物特点，概括来说，就是一个多重性质的克伦威尔。

尤其是在他人生中的某个阶段，他的这种古怪的性格得到了集中的体现。大多数人可能以为那是查理一世受审的时候，因为在那时他韬光养晦，压抑着自己膨胀的野心。然而事实并非如此，那时是他戴上被弑君主的王冠的时候，那时的他可能被众人推为天之骄子，是英格兰的王，数不尽的党派向他俯首称臣；他亦是苏格兰的主人，把它划为自己的一块辖地；他也是爱尔兰的主人，把它化作一个监狱；他是整个欧洲的主人，他凭借着自己的外交手段和军事扩张统治着这片沃土。一切只是为了实现他儿时的梦想，完成他多年的抱负——成为国王。历史往往在最深刻的悲剧下埋藏着一个更加深刻的教训。这位大人首先安排人来向他请愿，摆出一副国民恳求其上位的架势，这出喜剧也就是从各个村庄与城市的请愿开始的；紧接着让议会通过了这项决议。而克伦威尔——这出戏背后的导演，装出大为吃惊的表情：有人看见他伸向权杖的手又缩了回来，他迂回地向这个王座靠拢，他曾经把一个合法的王朝推翻。最终，他下定决心，命令在威斯敏斯特悬挂高旗，架起高台，让金银匠打造王冠，加冕大典的良辰吉日也已定好。但是结局出乎众人意料！就在那天，克伦威尔在威斯敏斯特宽敞的大厅里，面对着群众、军队与议会，站在那加冕的高台之上，突然打了个激灵，在看到王冠缓缓接近的那一刹那，他清醒过来，他问自己是否在做梦，大典又有何意义。然后，他在大约三个小时的演说中谢绝了国王的称号。也许是他的密探警告了他，保王党和清教徒正联手策划一起阴谋，只待他犯错的那一刻。也许是因为不想再看见群众因这个弑君者登位而议论纷纷，使他的内心在某刻发生了改变。也许是仅仅源于本性的指引、一个野心家的本能，使他忽然明白了再向前一步所可能带来的改变，因此更不敢把他得之不易的政权推向水火之中。又可能以上皆是原因。从那时的资料已经得不出一个准确的答案了，这样或许会更好，因为诗人会更加自由，戏剧将是这片历史空白的最大受益者，人们会看见多种多样关于这一情节的版本；这也正是克伦威尔这一辈子最重大的决定，这时，他的梦想破灭了，抹杀了他的未来，换句话说，他的一辈子变成了个哑炮。在这出喜剧中，如今他的一切已经危在旦夕。

作者出于孩童般的好奇来演奏这架大洋琴。当然，技术更高明的人必定会弹出更感人的乐章。不单单因为其悦耳的旋律让人倍感亲切的同时，还会唤醒深层的自我，因为每一个琴键都像手指般与心相连。作者屈从于内心的召唤，要将那个时代的狂热与宗教的病态全部刻画出来，就像哈姆雷特说的那样，“表现出形形色色的人”。以克伦威尔为中心与枢轴，整个世界都围绕着他，随他而动：他的周围有两个互相对立的派别，他们为了扳倒克伦威尔，设计了一连串的阴谋诡计，虽然联合却并未融合；清教徒一派各有想法，他们狂热而阴郁，领导人是自负又懦弱的兰伯特；保皇派轻率、快乐却不择手段、忠心耿耿，由严厉正直的奥尔蒙领导着。其实除了反克伦威尔这一方面，实际上最不适合代表这群人。还写了些使节，他们在克伦威尔面前卑躬屈膝；还刻画了当时的宫廷，里面混杂着暴发户和一个比一个卑鄙的王公贵族；再有就是四个宫廷小丑，他们被正史所遗忘，正好为我留下了创作的空间；另外还有他的家庭，每个成员都是他身上的一根肉中刺；还有忠实的朋友瑟尔洛；还有犹太教长伊斯雷尔·班·玛纳斯，他是个卑鄙的密探、高利贷者，也是一位占星家；还有那位罗彻斯特，他荒唐而聪明，风趣却嗜酒，一直骂骂咧咧，一直谈情说爱，整天醉醺醺的，正如他向伯奈特大主教吹嘘的那样，“虽是蹩脚的诗人，却也是个侠义之士”，爱犯错却率真坦白，为了他所执着之事，即便死亡亦在所不惜、不计成败，简而言之，在他身上可能会发生奇迹，他诡计多端又粗心大意，有时深思熟虑，有时行事荒唐，可以背弃伦理却又慷慨大义；还有个脾气暴躁的卡尔，历史只提到了他的一个特点，但这一特点却非常鲜明且含义丰富；还有形形色色的狂热者，狂热的窃贼阿里松、狂热的商人巴尔波勒、亡命之徒山戴尔、爱哭并且虔诚的穆斯林狂热派加尔兰、英勇的卫队长、聪明的并且不停吹嘘的阿维尔东、严格坚毅的卢德洛。引用 1675 年的小册子《政治家克伦威尔》中的话来说，这部作品里还有“弥尔顿和一些有头脑的人”，这本小册子使我想起了意大利历史中所记载的“某一个但丁”。

我们省略了很多小角色，但是这些人物在历史上真实存在过，同样各有特色，并且激发了作者对这段历史的热情，这部戏剧就是基于此而写的。它以诗歌的形式写成，仅仅因为他想这么做。此外，人们要是阅读了这本著作，就会发现作者再写序言时有多漫不经心，就像他攻击“三一律”的教条，需要多么公正无私才能做到。他的这出戏地点就在伦敦，时间是从 1657 年 6 月 25 日凌晨三点到 26 日的中午。请注意，他完全地遵守了现今诗学教授所制定的古典之一的套路。他们并不需要感激涕零。作者之所以这么写，并非得到了亚里士多德的批准，而是基于历史的标准，因此，即使两者利弊相同，他对结构紧凑题材的爱多于散乱的题材。以现在的规模，这出戏不可能忠实地被搬上舞台，因为剧本背景过于特殊，前有学士院的漩涡，后有官厅的暗礁，左侧是文学裁判，右侧是政治审判。在这种骑虎难下的情况下，他不得不做出选择：是要花言巧语地得到机会呢？还是要将童叟无欺的事件说出，却上不得台面呢？前者不值得去写，所以作者选择了后者。既然并未希望能上得了台面，索性不如放手一搏，在行文上酣畅淋漓地尽情挥毫，根据主题随意发挥。即使脱离了舞台，但是无论怎样，从历史的角度上来看，起码它是完整的。接下来是第二个障碍——书籍委员会，不过它是一个小障碍。假如有那么一天，戏剧审查机构意识到该剧对克伦威尔及其时代并无危害，而且准确且充满良知，并且与我们的时代毫不相干，从而允许剧本上演，那么，在这种情况下，把它搬到舞台上试一试，尽管可能会被人喝倒彩。

在那天来临之前，他将继续与舞台保持距离。如果那天真的来临，他定会退出他安定的生活，拥抱这个世界的新奇与刺激。愿上帝永远保佑他不后悔将自己置于风口浪尖之上，尤其是将自己暴露于卑劣的争吵中；使他不后悔走进这风云变幻、雾霭重重、狂风怒号的环境，在这里人们奉无知为教条，卑躬屈膝、阿谀奉承、苟延残喘；正直的人反被误解，高贵的天才无处容身；无能之徒得意洋洋，因为他们与比他们高贵的人能够平起平坐。人们在那么多渺小的人物中看到一个伟人，在这么多无能之辈中看到唯一的达尔玛，在这么多凡人中看到一位阿客硫斯，这样的描述尽管看起来很黑暗、不让人愉快，却正好说明我们这个充满了阴谋与骚乱的舞台，与古代的庄重宁静大相径庭。不管怎样，作者觉得应该告诉少数喜欢这出戏的人，《克伦威尔》经过简化后搬上舞台，演出时间不会太长。剧场的浪漫主题是很难改变的。现在的悲剧通常是这样的：舞台上有一两个纯粹形式上的思想抽象的典型，他们一本正经地在狭小的舞台上徘徊着，周围有几个陪衬的配角，他们主要是来填补简单、标准化和单薄情节中的空隙。如果这个东西不受欢迎，如果人们想看一点不一样的东西，那么我想，观众花一个晚上的时间来了解这个了不起的人物和他生活的那个风起云涌的历史时期是不过分的。这个人物有着独特的性格，有与其性格像匹配的才华，还有驾驭这两者的信念，有与他的信仰、性格和天才格格不入的情欲，有为他的情欲添加色彩的趣味，有约束他的趣味和情欲的习惯，还有各种各样的随从，在他的各种性格因素的影响下，围着他团团转。关于那个时代，有它独特的习俗、法律、风尚、趣味、成就、迷信、历史事件，还有一群可以任意塑形的民众。可以想象，这样一幅画卷的规模是宏伟的。它不像老派抽象戏那样只满足于一个人，它将会有很多人物，至于具体是多少我也不知道，总之就是很多，他们的大小、作用等都不同。只给这样一出戏两个小时，而把其他大把时间拿去演滑稽歌剧或闹剧，这是不是很不合理？这难道不是要莎士比亚去迁就波伯须？如果情节安排得合理，那么所有的问题都不是问题了。莎士比亚的作品也有很多细节，但正因为这点，他那宏伟的整体让人印象深刻。这就好比树下的绿荫，正是因为有那些树上的绿叶一样。

我们希望在法国，人们可以适应那种花一整晚看一场戏的节奏。你可知道在英国和德国，有时一出戏要持续六个小时。这里，我们也像斯居戴利那样引用一下古典主义者达西埃德《诗学》第七章的内容：希腊人，就是我们常说的希腊人，有时一天竟能演十多场戏。在这样一个爱表演的国家，观众的注意力是非常活跃的。《费加罗的婚礼》作为博马舍伟大三部曲的第二部，是连接前后两部剧的枢纽，要占去整整一个晚上的时间。但它是如何引起人们的厌恶与疲倦的？博马舍完全可以向近代艺术的目标迈出第一步。要实现在四个小时内展开各种形式逼真、多样的情节并引起观众浓厚的兴趣的目标是不可能的。但有人说，一次只演一场戏似乎有点单调与乏味。并非如此，事实正相反。现在的情况是这样的：他们将演出分为几个不相干的部分。先让观众看一场严肃的演出，享受严肃，然后再用一个钟头让观众享受滑稽的乐趣，最后连同幕间休息一共四个小时。浪漫主义剧场会怎样做呢？它将这两种乐趣碾碎并巧妙地融合。它要带着观众不断地从严肃到欢笑，从欢乐到心碎，从庄严到轻松，从嬉笑到严肃。就像刚才所说的，戏剧应该是滑稽丑怪与崇高优美的结合，是灵与肉的结合；戏剧下面藏着悲剧。在这种戏里，正是因为欢乐与悲剧相互交织，才不会令人觉得疲倦，它巧妙地运用戏剧烘托悲剧，用恐怖衬托快乐，还会适时借用歌剧的魅力。这样的一出戏比得上好几出戏。这样，浪漫主义的舞台上就有了一道可口的菜肴。

作者对读者的铺垫就要结束了，他不知道那些批评家会有什么样的反应，在这里，作者只是简单地介绍了那些概念没有进行进一步的阐述。在“拉·阿尔卜的信徒”看来，他们无疑放肆又奇怪。但无论这些想法是如何朴素、如何微不足道，如果它们有幸能推动那些受过良好教育、经常读书看报、读过佳作评论、在艺术道路上已经成熟的人走上真理之路，那么，希望他们能借此走得更远。不要在乎他是否德高望重，不要在意他是否碌碌无为，这是一口钟，引领人们走向真正的圣殿和上帝。

在当下这个时代，不仅存在着旧制度的统治，也存在着旧文学的统治。上个世纪是一个被压迫的世纪，各个方面都受到压迫与束缚。来自批评界的压迫尤为沉重。例如，你时常会听见有人一遍遍地重复伏尔泰有关趣味的定义：“趣味之于诗歌，犹如服饰之于妇女。”那么，趣味就是卖俏了。不过这说得却是真切的，它形象地描绘出了十八世纪那个充满脂粉气的诗歌和充斥着撑裙、丝球和花边的女性文学的氛围。它也反映了那个世纪的特点，那是一个即使是最不凡的天才与之有所接触也至少会在某个方面变得狭隘的时代；在那个时代，孟德斯鸠写出《葛尼德神庙》，伏尔泰写出《大雅之堂》，卢梭写出《乡村卜师》，是可能而且自然的。

趣味是天才都具备的能力。这是另一种强大、敢言、博学的批评派别即将建立的理论。这个理论属于新时代，然而它是在旧时代发芽。这个新流派相比于旧流派的轻佻而显得严肃，相对于旧流派的无知而显得博学。它有自己的刊物，它也有自己的读者，他们偶尔会发现在一个不起眼的角落有一篇惊世骇俗的文章。这种批评理论结合了文学中所有的勇敢与卓越，把我们从两个枷锁里解救出来——一个是老朽的古典主义，一个是厚颜无耻地敢在真正的浪漫主义面前抬头的伪浪漫主义。近代的特点已经有了自己的影子、赝品寄生物和“古典主义”，他们模仿它的形态，涂上它的颜色，穿上它的衣服，贴上它的碎片，像“魔术师的徒弟”那样比画着大致的动作，念着相似的咒语。就这样，他们做了许多傻事，需要师傅一个个去摆平。我觉得应该首先去掉他们身上的假趣味。那就像是文学的一块锈斑，应该彻底清理干净。

这种假趣味想要腐蚀整个文学，真是可笑。它想引起年轻、有活力、严肃的一代人的注意，但是他们并不了解它。它从十八世纪来到了十九世纪，但是我们这一代青年是不会让它影响十九世纪的。

我们即将看到扎根于广泛、坚实和深刻的基础的新批评取得优势的时刻。不久之后，人们就会知道，不应该根据规则和种类有悖于自然和艺术的标准来判断一位作家，而应该根据坚不可摧的原则和作家个人特殊的气质。所有人都会对之前的标准感到不齿，它曾碾碎皮埃尔·高乃依，堵上拉辛的嘴，仅仅依据勒波须关于史诗的法则，才恢复了弥尔顿的声誉，这可笑之极。人们会乐于用自己的眼睛看一部作品，从而做出理智的判断。人们摒弃（借用夏多布里昂先生的话）“对丑的无意义批评”，而从事“对美的伟大而丰富的评论”。现在是时候了，所有头脑敏锐的人都应该抓住那一条总是把“美”的东西和所谓“缺陷”的东西联系起来的纽带。我们称之为“缺陷”的东西，其实是品格的一种与生俱来的、必然的属性。

我们的天神知道这一点。

有谁见过只有一面的奖章？哪一种光没有带来阴影？缺点只可能是美所具有的不可分割的一部分。它虽然看起来粗糙，但它的效果却是完美的，它使整幅画显得突出。如果删掉了其中之一，另一者也不会存在。独创性都是由这两者组成的。天才必定是不平衡的，有高山就会有低谷，高山填平了低谷，就会有平原和旷野。

我们还必须考虑气候、环境和地方的影响。《圣经》和荷马的崇高有时也会刺伤我们。没有人敢删掉一个字是因为我们太过于弱小，我们看到天才展翅高飞时往往感到恐惧，因为我们没有足够的力量和相应的智慧来驾驭目标。我们不得不说，瑕疵只会在杰出的作品中产生。有人批评莎士比亚滥用玄学、才智、过分的场面和猥琐的东西，批评他使用当时流行的神话。我们刚才所说的莎士比亚跟橡树有很多相似之处。橡树有奇特的形态、多节瘤的枝干、墨绿的树叶、坚硬粗糙的树皮；然而，这才是橡树。

正是因为橡树有这样的品质，它才成为橡树。如果你想找光滑的树干、笔直的线条、光亮的树叶，你应该去找苍白的桦树、空心的接骨木和低垂的杨柳，但你一定不要去找橡树。本书作者比谁都清楚他存在的缺点，但是他没有回到他已完成的作品上修补漏洞，那样只是掩耳盗铃。与其把精力放到修补漏洞上，不如把它放在修补自己思想上的谬误上，用另一部作品来纠正这部作品，这才是正确的办法。

总之，不论他的作品遭受怎样的争议，他都不会做任何的辩护，不管是全面的还是局部的。如果剧本一文不值，辩论又有什么用呢？如果作品真的好，又有什么好辩护的？好不好，时间会决定。这篇作品发行引起批评家们的怒火，他会由他们去，他又能说什么呢？他们是通过“他们的伤口”来讲话的：通过创伤的裂口。

大家可能注意到了，作者在这篇冗长的序言里讨论了许多问题。但在这过程中，他并没有表达自己的观点，这并不是因为他找不到落脚点，“如果诗人根据自己的原则创造了一些不可能的东西，那显然是错误的；但当他用这种方法达到短期目的时，错误就不再是错误；因为他得到了他所追求的东西。”“他们将自己卑微的智力理解不了的都视为胡说八道，把诗人那种放纵的手法称为荒谬。不墨守成规是艺术的妙处，要让完全没有鉴赏能力的人懂得他是不容易的，还有一种思想奇特的人，他们对一般能打动人的东西无动于衷，要让他们理解同样是困难的。”——第一段话是莎士比亚说的，后面那段话是布瓦洛说的。从以上的例子，大家就可以看出，本剧的作者也可以像其他人那样用鼎鼎大名的人物当挡箭牌，躲藏在这些名人之后，但他还是想把这种方法留给那些相信他的人。至于他自己，爱理性多于爱权威。

以上书于 1827 年 10 月。

# 希波吕忒·阿道夫·泰纳[1]〔法〕

## 《英国文学史》简介Ⅰ（1863年）

关于文学研究的历史，德国用了100年的时间，法国用了60年的时间，使得本国的文学研究发生了天翻地覆的变化。

据了解，一部文学并不是纯粹的想象力的发挥，也不是兴奋地创造出的充满幻想力的作品，而是有着当代礼仪、习俗、智力的特定迹象。通过文学遗迹可以得出结论，当我们追溯到几个世纪以前，人们就已经开始注重感受和思考，这种方法已经被成功地运用。

我们思考着这些感受的形式和思维的方式，并且作为首要的事实来接受它们。我们发现，它们依赖于一些可以解释的最重要事件，这些事件对他们今后的历史地位有很重要的影响。他们已经被安排了一些重要的角色，因此一切都改变了——目标、方法、手段和法律的概念和原因。这种变化现在正在发生，将来也将继续。

---

① 希波吕忒·阿道夫·泰纳（1828—1893），十九世纪最杰出的法国评论家。他的《英国文学史》是有史以来在此课题研究上最辉煌的书籍。

翻阅大量的手卷或泛黄的手稿，简而言之，关于一首诗，一部法律的条款、信仰，你的第一个评论是什么？你自言自语：眼前的工作并非自己的创造。它只是一个像化石外壳的模具、一个嵌在石头上类似印记的形式，它记录生物曾经的生活和死亡。在贝壳或皮毛背后，是动物；而在这些文献背后，则是活生生的人。为何要研究这些文献？用同样的方式研究文档来理解的人类、贝壳和文献，这些是无生命的片段和价值成为完整生活的唯一迹象。要达到的目标就是努力地重建。如果它只是孤立地存在的话，文献研究就是一个错误。就像一个书呆子处理事物一样，你会让自己相信书呆子的想法吗？在神话初始之时，在人类的语言尚未形成之时，人类就已经使用文字和图像去适应他们的感官器官和智力的要求了。信条是什么？谁创造出来的？看看第十六世纪这个或那个画像，那些大主教或是英国殉道者积极的形象。除了这些个体的记录，剩下的什么都没有，只有通过他自己。因此，有必要去了解他们个人。关于宗教教条起源的问题、诗歌的分类、法律的进步、习语形式的变化，所有这些我们都必须弄清楚。真实的历史始于历史学家识别超越他们所在时代的生活、活泼激情的人们、习惯的手势、特殊的声音、独特的服饰，就像任何一个你刚刚在街上遇到的那样的人。通过用我们自己的眼睛观察，让我们尽可能努力去摆脱我们中间的巨大障碍。我们通过现代诗人的手卷找到了什么样的启示？一个现代诗人，像德缪塞胜利、雨果、拉马丁或者海涅，从一所大学毕业、旅行，身穿礼服并戴着手套，非常受女士们青睐，他们一晚上可以向女士发出五十次邀请并妙语连珠，他们会阅读日报，一般住在一个公寓里的二楼，他们会因为自己的神经质而显得郁郁寡欢，尤其是在这民主密集的地方，我们都试图压制对方，通过假装提高其重要性而诋毁他的社会地位，同时，他自我感觉世故圆滑，这使他认为自己是一个“男神”。这是我们在研究了《沉思录》和十四行诗之后才发现的。

另外，在十七世纪悲剧的背后有一位诗人拉辛，他是一个精致的、谨慎的、爱说话的朝臣，他戴着庄重的假发，穿着缎带鞋，他是一个君主主义者和狂热的基督徒，由于他对国王或福音的狂热，“神给予了他在社会中的魅力，同时摒弃了他的害羞”，他在取悦帝王方面煞费苦心，并十分准确地将

《亚米奥的高卢人》翻译成法语，他知道如何在这样的一个国家里保持他的地位，如何在玛尔丽宫和凡尔赛宫表现出勤勉、尊敬的态度。在之前的创作以及每日里的卑躬屈膝之间，他让自己每天起得很早，并尽快地投入到工作状态中，当时和他在一起的还有一位迷人的女人，她寄希望于攀上王室的血统。在那个时代中，你可以借鉴圣·西蒙和佩雷勒的雕刻艺术，也可以参阅巴尔扎克的著作以及领略尤金·拉米的水彩画。

以类似的方式，当我们阅读希腊悲剧时，我们首先关注的人物是我们自己的希腊人，也就是说，那些住在露天竞技场或公共的广场的人，是在一片灿烂的天空下生活的人，在满是最精致的景观下生活的人，他们忙于强壮自己的身体，他们忙于交谈、争论及投票，他们也忙于爱国式海盗行为，但闲下来的时候，他们是幸福的，他们吃的是由三个陶罐保存的粮油和两盆鱼，他们买得来奴隶并花钱培养他们的头脑和锻炼他们的肢体，他们拥有着世界上最美丽的城市，无疑，他们有着最美丽的游行、最美丽的想法以及最美丽的人。在这方面，像“墨勒阿格”雕像或帕台农神庙的“忒修斯”，或者一见倾心的具有蓝色光泽的地中海，像丝质的上衣围绕在大理石身体一样的岛屿，用着十几个从柏拉图和阿里斯托芬的作品中挑选出来的词组，阅读和评论着文章。

同样，为了了解印度往世书，一个人一定要从一个家庭的父亲开始，依照法律，带着斧子、水罐，在悦榕庄中寻找孤独，不再交谈，禁食，过一种赤裸裸的生活。那个可怕的太阳永无止境地吞噬和复苏万物，在印度教的主神梵天的脚下用几周的时间肆意地发挥着自己的想象力，直到在这种强烈的冥想下出现幻觉，当各种各样存在的形式交融在一起，相互转化，在这令人眩晕的大脑中来来回回地振荡，直到一动不动，呼吸暂停、眼球不动，则必见宇宙融化，就像蒸气的广袤无边的存在，如他所希望的一样。在这种情况下，最好的训导是在印度有一段旅程，但是，缺乏这样一个人可以为旅客在旅途中介绍地理、植物、人种等。一种语言、法律、信仰，绝不会比任何一件事物抽象。我们发现，完美的东西存在于积极的人身上，它们可见于外形、吃饭、走路、运动和劳作。抛开法律和后果的理论，在他们各自的天空下，带着他们的家眷、衣物、职业、餐食，就像你在英国或意大利的田间看到他们一样，你一定会记住他们的形象和举止、他们的道路和他们的旅馆，市民漫步，工人喝酒。让我们努力尽可能多地去提供给这个地方的现实、个人情况明智的观察，这成了我们真正了解人类的唯一的出路。让我们把过去重现，去审视一个事物的呈现，没有经历就不知什么是缺席。毫无疑问，这种重建的顺序始终是不完美的，只有不完善的判断才会以它为基础。但是，让我们尽力做到最好。不完善的知识终究要比没有好，或是比错误的知识要好。

这是历史上的第一步。这一步在上个世纪末被带到欧洲，此时在莱辛和沃尔特·史葛的支持下，之后不久，又在法国的夏多布里昂、奥古斯丁·蒂埃里、米什莱和其他人的支持下，再次发展成熟起来。现在我们开始第二步。

## 《英国文学史》简介Ⅱ和Ⅲ

用你自己的眼睛研究你看得见的人，尽力在他身上发现什么。这个你看得见的人，你所听到的话、你所看到的行为举止、他的服装和你各种各种的感受，对你来说，仅仅只是如此的表达，这些表达构成了一个事物——灵魂。

你已经观察到他所居住的房间、他的家具、他的服装、他的喜好和品味，或文雅或质朴，或浪费或节约，或愚蠢或聪明。你听他的交谈并且注意到他声音的特点，在你的心中，你已经有了假定的设想，为了判断他的精神是自暴自弃或愉快向上。你考量着他的写作作品、艺术作品、财政和政治计划，还有他的智力、创造力、自控力的深度，他对概念作出的命令、种类和力量，他思考问题的方式和解决问题的方法。所有这些外部途径都融汇到一个中心，你只有遵循这些才能到达中心。

在一个崭新的、无限的世界中，对于每一个可见的行为都涉及无限的原因和情绪，新的或旧的感觉的结合使这块沉没于地球深处的岩石浮出水面并达到他们的水平。这是深层世界的第二个目标，也是历史学家的特殊研究对象。如果他的批评教育已足够，他能够区分每个建筑下的装饰、画作中的每一笔、文学作品的每个组成部分、特定情绪的每个点缀。

在面对艺术家和作家的时候，他是一个内心的戏剧的观众。词语的选择、时间的长度或呼吸急促、隐喻的特点、诗句的口音，这些都要向他说明。他的双眼在阅读文本之后，他的思想和灵魂也随着一起流动，随之产生一系列文章要表达的情绪和观念。他正在致力于心理学的研究。你愿意研究这项吗？你愿意考量这个时代的促进者和有高度的文学模型吗？歌德，你愿意研究这项吗？你愿意考量这个时代的促进者和有高度的文学模型吗？他只用了几天的时间就已经创作出最完美的角色——伊菲格涅娅，最后他的眼中满是古老风景里的尊贵形式和古老生活里的和谐之美。希腊的习惯和想象力的渴望都已经成功地孕育并繁殖在内部，这为我们提供了索福克勒斯的姊妹作——《安提戈涅》和《菲狄亚斯的女神》。

在我们的岁月里，逝去感觉确切的、可证实的预言给予了历史一次重生的机会。在上个世纪，这全是被忽略的。每个时期，每个种族的人基本都差不多，希腊人、印度人、文艺复兴和18世纪的人，在投在同一模具相同的模式之后，再加上某些抽象的观念，便成为整个人类物种。对于有知识的人来说，如果知识没有渗透到灵魂本身，那不一定称得上是完人；我们的灵魂深处并未被渗透。心灵的无限多样性和完美复杂性已经被发现。它并不知道，一个民族的道德构成或年龄构成就像植物家族或动物家族的结构一样特殊和不同。

今天的历史，像发现动物解剖学和任何分支的研究一样，无论是哲学、语言还是神话，都是人们通过劳动来生产新成果的方式。在如此多的作家里，正因为穆勒和歌德不断地努力跟踪和纠正伟大的著作，才得以让读者知道两个历史学家和两部作品，一部是托马斯·卡莱尔的《克伦威尔的生活和信件》，另一部就是圣佩甫的《罗亚尔港》（《皇家港》）。

确切和清晰地来看，我们是多么自豪地看到隐藏在一个男人行为和作品之下的心灵。在一个老的、普通的但有着野心的男人之下，我们发现了幻想的痛苦，但实际在本能和官能上，奇怪并难以理解的是，没有谁彻底地研究了英国的气候和种族。我们跟随他从他的农场、他的军队到将军的帐篷和保护者的宝座上，在他的转变和发展之中，在他挣扎的良心和政治家的决定之中，以这样一种方式，他的思想和行动变得可以洞悉。重生的一阵一阵的悲剧，在这个伟大的悲观的灵魂里，通过莎士比亚看到了他们的灵魂。

我们看到，在修道院背后尽是修女们的争吵和顽固，这只是大主教辖区里的一部分。50个或者更多的人在整个白天都在详述礼节的一致性，每一个条款都包含着无尽的多样性。如何辨别神学论文和单调的说教，我们内心深处已然搅成了一锅粥。宗教生活的繁荣与萧条，依赖于不可预见的自然感受、周围社会的条件以及各方成功的表现，所以在这其中，有许多细微的差别。即便是评论家们，也没有办法通过充分的表达和灵活的风格使这块贫瘠的农田发芽。

德国以其天才的方式完成了转型，这场转型，过程是如此的曲折，范围是如此的广阔，意义又是如此的巨大。所以对于转型来讲，比较适合偏远的地区和拥有着奇思怪想的人群；对于英国来说，实事求是的思想比较适合解决道德的问题，通过地理和相关的统计数据、文本和常识，使他们明确数字、重量和措施；最后，对于法国来说，巴黎的文化和客厅的习惯，以及永不停止的人物和作品的分析，永远对看到的弱点施以针砭时弊的讽刺，在思想方面表现出纯熟的技巧。我们现在开始理解到，历史上没有什么地方是我们无法到达和触及的。

这就是第二部。我们已经乘上了开往下个目的地的火车。这就是当代批判主义的目的所在。没有人明智而审慎地完成这项工作，除了圣佩韦。在这方面，我们都是他的小学生。他的批判思想遍布文学、哲学和宗教，甚至是报纸的时政要闻。进一步的演变必须遵从这一点。我常常试图解释这种演变或进化是什么，在我看来，这是一条向历史开放的新道路，我将努力描述得更详细些。

在观察完一个人以后，记下一条、两条、三条……众多的观点，这些足够满足你对他完全的了解。是不是一本便笺就可以达成对心理学的理解？这不是一门心理学，而且，像其他一样，寻找原因必须先遵循收集到的事实。要紧的不是事实可能是什么，无论是物质上的还是精神上的，它们一直以各种缘由遍布各处；有的原因是为了渴望的东西、勇气、诚实，有的是为了融会贯通，为了强壮的身体，为了体温。恶习和美德就像硫酸盐和糖的产物；每一个合成的产物出现脱离了简单的事实，即使它们是有联系的，而且是由底物决定产物的。因此我们必须试着去弄清什么样简单的品质像我们确定那些外在的品质一样，例如，让我们举一个身边的事例、基督教堂内的宗教音乐体系。

一个确定的、本质上的原因是信徒对于死亡以及单调旋律的崇拜，原因要比影响更大。换句话说，人崇拜的神是一般概念上的外在形式。正是这种一般的观念塑造了寺庙的构架，制造出雕像和绘画，缩小到饰品、仪式、细节修饰、姿势和所有其他的外部。这个概念本身又是从更一般的原因上得到的，在一般情况下，不管是本质的还是外表的，人的行为、祈祷、行动、性情都是从他的信仰中表达出来的；正是这种坐在恩典商店的教义，减少了神职人员的重要性，改变了圣礼，禁止了仪式，将宗教准则变成道德准则。这个概念的转化取决于道德的完美，因为这是一个完美的神。在法官严厉的监督下，作为一个有罪的灵魂，值得惩罚，不能拥有美德或受到拯救，通过受损的良心，给他带来重生。这里是主的观念，包括绝对掌控人类的生活并让他们拜倒在道德的脚下。

我们所能达到的层次，什么样才是人类最深的层次，为了解释这个概念，我们拿人类所属的种族来讲，德国人说他属于北方人，他的智力和性格、他一般的思维方式和感觉、迟到和冷淡使他鲁莽，他更容易接受感官享乐，他具备率直的味道，不合常规的和容易冲动的观念则深陷其骨髓之中，他蔑视表象，渴求真理，他牺牲一切，只为思想和良心。

我们已经具备了原始的性情，已经有了适应各种各样的感觉的行为，每一个特定的时期，每一个特定的种族，都具备特别的理念，在每一种思想和感受的背后，都有不同的性格形成。

# 《英国文学史》简介Ⅳ

然而，人类的思想和情感系统主要具有一般性，拥有思想和情感的人属于一个特定的种族，具有共同的时代特征。正如晶体矿物，无论它们如何多样，都是从几个简单的物理形式进化的，但人类的思想和情感可能会有所不同，他们是以精神形式进化的。一种解释是，一种原始的几何元素可以作为一种原始的心理元素来解释。为了了解一般矿物种类构成，必须要先研究规则的立体图形，包括它的侧面和角度，只有这样的转换才会很容易观察。同样地，如果我们要理解历史构成，那么就要先研究一般人的灵魂，以及他的两种或三种基本能力，并且在一定限制内，观察它可能存在的主要形式。在这种理想化的画面中，不管是几何的还是心理的，都不是很复杂的，我们很快就发现有机条件的局限性，而文明，如同水晶体一样，被强行限制。我们发现人在离开时候的图像或陈述的对象，即那些漂浮在思想内的事物，它们会持续一定的时间，被抹去，然后回顾这个或那个树或动物，总之，是一些明智的对象。这种形式是其他物质基础和物质基础的发展，这是双重的。正是在这里，在这些狭小空间，拥有着人的多样性，现在这个事物本身又在原始基础上得到了双重发展。然而，他们的意义在大众面前显得微不足道，而当其中因素有丝毫改变时，结果将会是巨大的变化。根据是其表现方式的不同，如一个精压机冲压，根据它集中在本身更大或更小的压力，根据它是暴力的还是伴有冲动或安宁的冷静，所有的操作和运行齿轮在人—机完全转化。在这样的方式下，根据显现进一步的发展而变化，从而产生人的整体发展变化。如果一般概念的结束仅仅是一种时尚消失的符号，语言将成为一种代数，宗教和诗歌也都降到最低，哲学成为一种道德和实际的常识，科学将会是一份食谱大全、分类和功利的助记符，头脑本身也进行完整的积极的转变。如果相反，一般的概念在其中的代表性是诗意的、形象的创作、生动的象征，就像雅利安种族一样，语言成为一种遮蔽式和有色彩的史诗，每个词代表一个人物，诗歌和宗教蕴含的是华丽、取之不尽的财富和形而上学发展的广度和微妙而不失积极的支撑之物；所有才智非凡的人，尽管会有不可避免的弱点，但他们拥有着令人着迷的魅力和崇高，从而认为是理想的类型，他们的高贵与和谐让他们成为有着感情和热情的人。在另一方面，如果一般概念的代表性是诗意而非意外，如同犹太种族，所拥有的力量是希望；宗教观念成为王室的神。而科学不能因形生意，智力发展的刚性和任意性再现大自然微妙的秩序。诗歌不能只生一系列激烈的、宏伟的感叹，而语言不再是推理和口才的连接，人沦为抒情或热情，或是无法控制的激情，或是狂热行动的主体。在特定的表述和通用的概念之间，往往是有间隔的，而人类之间最大的不同也被发现。一些种族，比如传统的种族，人类知识的传承就是上一代的人将累积起来、越来越通用的方法传给下一代。像德国，经过长时间的、不确定的探索，跨越藩篱与冲突，达到了文化上的统一。而其他国家，像罗马和英国，在最初的阶段就戛然停止；而像印度人和德国人，则最后宣告自己的胜利。

现在，我们将一篇文章从表征到释义了解完之后，我再将该篇文章从表征到解决去了解，我们就会发现，类似重要性和相同秩序的基础性不同。按照生动的印象来看，南部地区微弱得如同北部地区，因为就像蛮族一样，都是以瞬时的动作结束，或缓慢地与文明国家一样，因为它是以不平等的、持久性的、协作性的方式增长的。人类激情的整个系统、所有公共和平与安全的风险、所有劳动和行为，都作为其源头活水。它的影响包括了整个文明，并与那些在狭窄的范围内描述这些形式曲线的代数公式有联系。法律不会一直盛行下去。有时，骚动会出现，甚至当这一切发生的时候，并不是因为法律是有缺陷的，而是由于它已经单独生效了。新元素融入旧的当中。强大的外国军队反对原始力量的干扰。像古时的雅利安人一样，气候的变化导致了整个知识经济和社会结构变化，这样，整个种族进行了移民。一个民族像撒克逊一样被征服，新的政治结构对其风俗、能力和欲望都有所影响。这个国家已经建立了自己的主体地位，与古代的斯巴达人一样，生活的必要性，像在武装营地当中一样，猛烈地冲击着整个道德和社会建构，并将其引到一个独特的方向。无论如何，人类历史的机理都是这样的。由于受到一些环境影响，我们常常发现一个种族的灵魂和智力的倾向是天生的、自然的原始动力。这些伟大的主要动力逐渐产生了影响，也就是说，在几个世纪，他们把国家最终变成一个新的宗教的、文学的、社会化的、经济的国家；一个新的条件，结合他们的努力，产生另一种情况，有时好，有时不好，有时快，有时慢等等。这样不同文明的进化可能被认为是受一个永久的力量所影响，在每一个时刻，通过环境的变化，就可以改变它的行为、工作。

## 《英国文学史》简介V

三个不同的来源有助于这一基本的道德状态的形成——种族、环境和时代。我们所谓的种族包括那些刚来到世界的先天就有遗传特征的人，通常伴随着显著的差异和身体结构的气质，它们在不同的国家也有所不同。

当然，各种各样的人就像牛和马一样，一些勇敢和聪明，还有一些是胆小的、能力有限的；一些具有卓越的理念和创作能力，一些的思路和办法都很少；一些特别适合某些作品和更丰富的本能。当我们看到更好的狗，有一些是和别的狗打架的，还有一些是为了保守的房屋和其他狗争斗的。我们这里有一个明显的道理：巨大的偏差会留下深刻的印象。我们还认识到，这一种族像雅利安人，他们从恒河分散的赫布里底群岛，在各种气候条件下建立起来了各自的文明，经过3000年的变革，完成了其在语言、宗教、文学、哲学方面的转型，社会的血液和智慧在今天仍然是绑在一起的。然而他们可能也有不同，他们不能丢弃祖先遗留给他们的特质；野蛮和文化嫁接，大气和土壤的差异，幸运或不幸事件的发生，有的行为是徒劳的。原始的形式成为其最大的特点，这和我们发现的原始的两个或三个主要特征被流逝的时间明显地覆盖。这非凡的毅力也没有什么称奇，虽然距离的浩瀚让我们捕捉到在一个可疑的物种的起源只是一瞥。在遇到他们，十五，二十和三十世纪的时刻，在我们的时代之前，一个雅利安人、埃及人，或者中国人，他们已经做了几个世纪的工作，也许是无数世纪的工作。因为，一个动物出世时必须适应它所生存的环境、它呼吸的方式、它进化的不同，它是根据气氛、食物和温度的刺激而表现出不同的。不同的气候状况产生不同的必需品，也就导致了不同的活动；因此，一个系统的不同的习惯会导致一个人不同的能力和直觉系统。人不得不把自己放在平衡的情况下，符合相应的气质和性格，符合他的性格，喜欢他的气质，则所有的情况都更稳定，因为更加频繁的重复和古老的遗传基因使得外在的印象会更加深刻地烙印并传递给他的后代。所以，在时间中的每一时刻，人的性格可以被认为是所有先行行为和感觉的一个总结；也就是说，作为一个数量和作为一个重要的质量，它不是无限的，自然界中一切事物都是有限的，几乎无限的过去的每一分钟都有助于使它更重，而且，为了扭转局面，这也很必要。另一方面，更大的积累的行动和感觉。这是学院派大师的第一个和最丰富的历史事件衍生出来的根源；我们看到一次，如果它是强大的，那么只是因为它不光有一个单纯的来源，就像一个湖，像一个汇集了众多来源的湖，它的水域是经过几个世纪的汇聚而成的。

当我们考证种族时，我们必须考虑它们生活的环境的内部结构。因为人不是孤单一人，自然围绕着他，其他人也围绕着他，偶然和次级褶皱铺满了原始和永久，这是物理或社会环境变化或天然转变的完成。每一次的气候都会有影响。虽然雅利安民族的历史可以追溯到他们那些模糊的、共同的最后的住处，但我们仍然可以肯定，深刻的差异，一方面是日耳曼民族与希腊和拉丁民族之间的事情，从中他们已经确立了自己在寒冷和潮湿的国家，国家和国家之间的差异很大一部分收益在阴暗的森林和沼泽地的深处，或在野生海洋边界，局限于忧郁的或粗鲁的感觉，倾向于酗酒和总供给，领导一个激进的食肉动物的生活；后者，相反，生活在最美的景色之中，旁边是辉煌的、波光粼粼的大海。在社会风俗习惯开始，在享受科学发明之时，在艺术和文学当中，政治组织对情感和说话的艺术都有着影响。在另一个时代，政治事件的操作，存在两个意大利文明：第一个倾向于完全的行动，去征服，政府通过立法，避难城的原始状况、边境上的一个商场和一个武装的贵族，引进和招收外国人和被征服的下设置两个敌对的团体，彼此面对，没有出路的内部故障和贪婪的本能，但这是系统的作战；第二个，排除了一个规模宏大的团结和政治野心的市政系统的持久性，由其教皇世界形势和邻国的军事干预，并遵循宏伟的、和谐的天才的曲线改革之路，完全是抱着对美的崇拜。最后，在另一个时期，社会条件强加给他们镣铐，1800 年以前的基督教和 2500 年以前的佛教，在地中海周围，在印度雅利安人被征服和管理到无法忍受的压迫之时，破碎的个体绝望地诅咒整个世界。随着形而上学和愿景发展到人，在这个沮丧的地牢之中，感觉自己的心在融化，被拒绝，慈善、温柔的爱、温柔、谦卑、人类的兄弟情谊，在普遍的虚无思想和存在的条件下，父的上帝。看看周围的调节的本能才能植入到一个种族；总之，心灵又按它目前的行为去行动；我们会发现其工作是由于一个延长的情况而致，在这些情况之下，这些持续的巨大的压力施加在大量的人身上，一个接一个，代代相传，不断地塑造着他们的思想。西班牙用了 800 年的时间讨伐伊斯兰教徒，甚至利用更长时间将摩尔人驱逐出去。在英国，800 年一直保持着保护和尊重人的政治体制；在法国，一个叫拉丁美洲的组织，在第一次驯服野蛮人之后，在夷为平地之后，重新形成民族本能。

然而，有三分之一的原因是，无论有没有外界的力量，这些工作都已经开始了，这工作本身有助于产生随后的工作；在永久性冲动和给定的环境中获得的动力。受民族性格和周围的环境的影响，它不再是一块白板，而是已经拥有了承担的印记。根据在一个或另一个时刻的压印不同，这就足以使总的效果不同。例如，考虑到两个时期的文学或艺术，法国的悲剧在高乃依和伏尔泰的领导下，希腊戏剧在埃斯库罗斯和欧里庇得斯的倡导下，拉丁诗歌在卢克莱修和克劳狄的推广下，意大利的绘画在达·芬奇和下圭多的支持下。确实，两个极端是存在的，但一般概念没有变化。一般人的类型必须是描绘性的或代表性的行动；诗的演员、戏剧结构、物理形式都坚持。这其中的差异，一个艺术家和其他继承人，是第一个无模型和第二个有模型的前提；前者认为面对面，而后者认为他们是以前者作为媒介，这使得许多艺术领域变得更完美，也使印象更加简单和宏伟，什么才是愉快的、精致的形式。第二，在这方面，一个人如同一种植物汁液；在相同的温度和在同一土壤中产生，在其连续的生命活动周期里，不同阶段有着不同的发展——芽、花、果实、种子。现在，如果你不再把握短暂的一瞬间，那其中的一个大的发展时期，包括一个或多个世纪像中世纪，或我们最后的古典时期，结论都是一致的。一定的主导观念贯穿，人类是在二百年里或者五百年里，代表自己是一个有理想的人，在中世纪的艾维尔时代的骑士和僧侣，在我们的古典时期的朝臣和说客；这种创造性和普通的概念一直垄断着行动的整个领域和思想，不由自主的系统工程遍布世界之后，它被冷落，然后死了，现在一个新想法出现，注定要统治一切，对于同样的创造，这里的后半部分取决于前者。其中，效果与那些国家的天才和周围的环境相结合，将其弯曲方向面向新生的事物。根据法律，伟大的历史潮流得以形成，意思就是，长期统治的一种智力或成为执政者的想法，这样的自发的创作时期称为文艺复兴，或者说这段演讲分类称为经典时期，或者说这一系列神秘的系统称为亚历山大的基督教时代。在德国，或者说印度和希腊发现的起源神话。在这里，像在其他地方一样，我们正在处理的是机械问题：总的效果是由军队造成它的庄严和方向完全确定的化合物。这些道德问题不同于物理问题的唯一差异就在于此，在前者的方向和宏伟是无法估计的或表示数字相同的精度在后。如果需要，教师，是一个能度量，如压力或重量相同，这样的量是不可衡量的压力或重量。我们不能用一个精确的或近似的公式来解决它。我们可以获得或者只给它一个文学的印象；我们没有引用使其表现突出的事实，它几乎差不多必须表明什么等级的规模。然而，尽管有的方法也有不尽相同的道德科学和物理科学，然而，物质是相同的。这是大还是小，在同样的意义上根据基本的力量是大或小、行为或多或少来定，根据种族的不同影响，环境和时代相结合，进一步加强相互结合、相互抵消。从而说明，长时间出现不规则和与人的生活没有明显原因的成就，这些原因包括内部一致性和相反物。当在十九世纪时，德国天才遇到深刻哲学和世界公民批评的时代。在第十七世纪时，英格兰孤立的天才笨拙地试图城市化。在十六世纪，平淡无奇的法国非常智慧地孕育了诗意的生活。正是这种创造力的神秘一致性，才使得路易十四以及波舒哀文学显得品格高尚，也使黑格尔和哥德的文学作品充满了宏伟的形而上学和批判性的通感。而创造力的神秘矛盾性使得文学作品不完整，使得屈莱顿和怀契里出产了放肆的剧作、失败的戏剧，还有希腊低廉的输入品，以及龙萨和昂宿诗派的分钟美女及片段。我们很自信地肯定，在即将到来的时代里，无名创作将会振作起来，也会由最原始的力量来掌控。

如果这些力量可以衡量和计算的话，我们就可以从中推断出未来文明的特点。虽然我们有粗鲁的符号以及基础的、不精确的测量，但我们必须以猜想的力量作为基础。也就是说，内部的主流和已经获得的原动力的压力，不仅是导致我们已经筋疲力尽的原因，同时也是所有行动的起因。

## 《英国文学史》简介Ⅵ

仍然有这些原因，确定用何种方式试用于一个国家或一个世纪，的确是因为它的影响。这就像一汪泉水从高处留下，然后漫射开，知道它到达了低处，人类的心智也是一样，由于种族、时间、环境的不同，在沉淀的过程中会形成不同的种类，基于各异的现实，形成了不同的文化。准备一个国家的地图，从它的分水岭开始，我们看到山坡上，略低于这个点，将它们分成五或六个主要盆地，然后每个后面又分成几个其他的（盆地），之后依次类推，直到整个国家，有成千上万的不均等的平面，也包括了这个网状物的分枝。以相似的方式，准备一个特定的人类文明的心理地图，我们发现最开始五或六个可以很好地确定的地方是——宗教、艺术、哲学、国家、家庭和行业；其次，在每一个地方（可以确定的是），每一个自然的部分，在每一个部分中从最大的地区到更小的地区，直到我们观察到的我们自己和我们周围的无数日常生活细节。如果我们再次检查和比较这些不同组的事实，我们会立即发现它们是由多方面组成的，并且都有共同的方面。让我们首先看一下人类智慧的三个主要产物——宗教、艺术和哲学。在抽象概念和公式的形式下，什么是哲学的概念性质和原始的原因？什么成为一个宗教和艺术的基础？如果不是一样性质的概念，和一样的原始原因，在或多或少的确定的符号和或多或少的不同人物下？不同的是，在第一种情况下，我们相信它们的存在；而在第二种情况下，它们是不存在的。让读者们考虑一下在印度、在斯堪的纳维亚半岛、在波斯、在罗马、在希腊的伟大的、高智商的创造物，他们就会发现，任何地方的艺术都是一种可以感受到的哲学，宗教是一种被看作真实的诗，哲学就是艺术和宗教提纯的产物和减少了纯抽象的那部分。之后，在这些部分的中心有一个相同的元素，就是世界的概念及其起源，它们相互之间因结合了常见的不同的元素而不同，这里有抽象的力量，有人格化的信念，最后，是没有信仰的人性化的天赋。现在让我们看一下人类联盟导致的两个主要产物——家庭和国家。除了一个权威的首领聚集起来的大量的具有服从情绪的人之外，是什么构成了国家？除了在一个父亲或丈夫的指导下共同行动的具有服从情绪的妻子和孩子们之外，又是什么构成了家庭？家庭是一个自然的、原始的、小的国家，而国家是一个人造的，后来的大的家庭，虽然有数量、起源和成员的条件的差异，但我们清楚，小型社区就像大型社区，把他们团结在一起的是精神上相似的基本性格。假设现在，这个共同的元素接受来自新时代的环境和种族的特有性，所有加入了的群体都将被相应地修改。如果顺从的情绪仅仅是恐惧之一，那你所遭遇的，就像大多数东方国家，残暴的专制、大力处罚、主权的剥削、奴役的生活、财产不安全、贫困、女奴和后宫的习俗。如果顺从的情绪根植于纪律性、社交性和荣誉的本能，你会发现，在法国，一个完整的军事组织、一个一流的管理层次结构，薄弱的公共精神随着爱国主义爆发，毫无疑问地顺从着头脑发热的革命家的观点，随着绅士的需求不断提升，朝臣们变得谄媚，完善的谈话以及家人之间的吵吵闹闹、夫妻之间的平等，这些都在必要的法律约束之下融合到一起。如果最终服从的情绪根植于从属地位的本能和责任的想法，作为日耳曼民族，就会产生家庭的安全和满足、家庭生活的坚实基础、缓慢且发育不完善的世俗事务、约定俗成的尊重等级的建立、迷信的对过去的崇敬、社会不平等的维护、自然地和习惯性地服从法律。同样，在种族中，就像有能力的人具有不同于别人的思想，所以其宗教、艺术、哲学是不同的。如果人类天生具有更广泛的理念，同时他们头脑发狂，就会产生焦躁的情绪。我们发现，在印度，强大的宗教创造了一个令人惊讶的事实、奢侈灿烂绽放的史诗、一个充满怪异的含蓄、富有想象力的哲学体系，一切如此密切相关，并且活力相互渗透。他们的广阔、他们的肤色、他们的无序，作为同样气候和同乡的精神下的产物，使我们一下子认出了他们。相反，如果自然声音和均衡的人是为了限制他的概念的内容，为了在狭小的视野内有更精确的形式，我们可以发现，在希腊，艺术家和解说员的理论，特殊的神，可以立即区别开他们，普遍统一的情绪几近失去血色，几乎保持模糊的概念。一种哲学，并不是含蓄、紧凑、宏伟、系统、狭隘的形而上学，但无与伦比的逻辑，诡辩和道德，诗歌和艺术，优于任何我们看到的明朗、自然、比例、真理和美丽。最后，如果人降低了狭隘的观念，缩小任何微妙的投机性，同时发现他被吸引并通过实际利益变得坚定，我们可以看到，在罗马，简陋的神，只是空名，为了利于对农业，电力和家庭，名副其实的是婚姻和农业的标签。在这里，与其他地方一样，为了生存，法律随之发展起来。一种文明是一个活生生的个体，其中的部分固定在一起，成为身体的有机组成部分。正如在动物中，本能、牙齿、四肢、骨骼和肌肉的装置结合在一起，像这样的方式，一个部分的变化决定了其他的相应变化，动物标本剥制者不需要熟练有几个部分，只要想象就可重建一个几乎完整的身体。所以，一种文明、宗教、哲学、家庭体制以及文学和艺术形式，其中每个地方的变化都涉及整体系统的变化，让有经验的历史学家，研究了与其他历史学家不同部分的历史学家，事先预见到其余部分的特征。在所谓的依赖性上，是没有什么含糊其辞的。这一切在生物体内的调节包括：首先，体现了一定的原始类型的趋向性；其次，其拥有的器官可以提供给它想要的东西，为了生存把自己置于和平的环境中。文明的规定包含每一个伟人创造的基本的生产方法，也同样包含着其他周围的创作，也就是说，一些设施和资质、一些显著的性格，有着自己独特的性格特点，这些都是根据作品的不同类别、作品构成来形成的。

# 《英国文学史》简介Ⅶ

在这一点上，我们可以获得一些人类转型的主要特点，现在可以找到常规的法律，其规范的不仅是事件，还有事件的级别；不仅有宗教或者文学，还有整个宗教群体或文学群体。例如，如果它承认宗教是一种形而上学的诗与信仰；如果它是公认的，除此之外，有特定的种族和特定的环境的信念、诗意的机制和形而上学的机制展示自己不寻常的活力；如果我们认为基督教和佛教发展于一个重大的系统化时期，并且像是在压迫中激起的塞文山脉的狂热苦难一样；另一方面，如果它认识到原始宗教出生在人类理性的黎明，在人类想象力强烈扩张的时期，在最天真和最轻信的时期；此外，如果我们认为，伊斯兰教的出现源于统一的概念，并伴随着诗歌散文的出现。在人类不懂科学和发展智力的时候，根据汇集起来的情况和或多或少的精度和能量，我们可能判断宗教是产生还是衰退，是改革还是转变，这是生产力本能。我们将理解为什么宗教在印度会有特别尊贵，并富有想象力以及哲学智慧的风土人情，为什么它绽放得如此奇妙、如此隆重。在中世纪，在压迫的社会里，在新的语言和文学之下，为什么在 16 世纪以一个新的角色，伴着英勇的热情，在当时文艺复兴和日耳曼民族觉醒的时候出现，为什么它在很多奇异的教派，美国和俄罗斯的官僚专制下的粗鲁的民主政治里形成，总之，根据这种种族和文明的差异，为什么它被认为在欧洲传播至今会有不同的比例和特点？所以每一种人类的成果，例如信件、音乐、艺术设计、哲学、科学、其他等等，每个都有道德倾向的直接原因或同时发生的道德倾向。看来，考虑到原因取消，它将不复存在。软弱或强度的原因是衡量自己的弱点和优点。它必然像物理现象的条件，像周围的大气雾露产生的寒冷，像膨胀的热量。这些存在于道德世界，也存在于物理世界，一边严格地联系在一起，一边散乱开来。在一个事例中，无论产生、改变或抑制第一时期，产生、改变和抑制第二时期都是必然结果。无论如何，冷却周围的大气都会使秋露降下。无论发展好坏，随之而来的都是，宇宙的诗学观念产生宗教。因此有事情发生，那么它们会继续发生。一旦其中一个巨大的幻影的充分和必要条件成为已知，我们的思想就拥有未来和过去。无论在什么情况下，我们都可以满怀自信地出现，来预示未来没有许多鲁莽的历史，同时描述和预防一些隐秘不明的发展特征。

## 《英国文学史》简介Ⅷ

历史在今天到达这一点，或者说它几乎是在那里，这只是一个询问的开始。现在的问题是：尚存的文学、哲学、社会、艺术，这些事物所产生的道德标准是什么？种族、时代在什么样的条件下可以与环境生成这种道德境界？一种独特的道德境界、一项一般的艺术形式支撑了它们的形成以及分支的产生。建筑、绘画、雕塑、音乐、诗歌，每一项在人类心理学中都有着自己的领域。每个人都有自己的法则，每一个萌芽的生长都伴随着法则的美德，看似是随意的、孤立的，就如同十七世纪佛兰德斯和荷兰的绘画，就像十六世纪的英国诗歌，就如同十八世纪的德国音乐。在这一刻，在这些国家，一项艺术并非满足所有的条件，一个分支也只在一处贫瘠之地盛放。这就是人类历史一直在追寻的法则。这正是我们所需各部分的特殊心理，它是构成完整组成部分的特殊条件。没有什么比这更微妙的，没有什么比这更困难的了。孟德斯鸠采用了它，但他太过于注重历史以至于没有成功；事实上，没有人有什么遵循之道的想法。甚至在今天，我们也很少能够触及它。正如天文学，说到底，是一个力学的（机械的）问题，而生理学，同样地，是一个化学问题，所以说到底，历史是一个心理学问题。有一个特定的、内在的印象和操作可以使艺术家时尚起来，也包括信徒、音乐家、画家、游牧民族、社会人士。对于每一个来源，思想和情感的相互依存是不同的；随着主趋势和一些显性性状的表现，每个人都有自己的道德的历史以及它自己的特殊构成。为了解释这些，需要专门的一章来做一个内部深刻的分析，这是一个工作。但有这样一个人，斯汤达，通过心智的变化和特殊教育来进行尝试，然而大部分读者认为他的作品充满了矛盾和模糊。他的才华和想法太过于超前、太早熟。他非凡的洞察力、他深刻的话不小心被扔了出去，他的笔记和逻辑惊人地精确，但不被理解。人们不知道，在谈论一个人的外观世界时，他会解释最复杂的内部机制；他的手指拨动着发条，采用数字、分解、推导的艺术，将带来的科学牢记在心。他指出问题的根本原因，如民族、气候和气质第一。总之，他对待感情应该像对待他们一样，也就是说，作为一个自然学家和物理学家，要借助分类和估计的力量。因为这一切，使他变得缺乏趣味、古怪、离群索居地创作小说、旅行书籍和笔记，他指望着于此可以获得读者的支持。然而，直到今天，我们才发现他的作品清晰可辨，他所做的是最满意的工作。没有人教授如何更好地利用自己的眼睛去观察我们周围的生活，然后区分旧的和真实的文件。如何阅读不仅仅是黑色和白色的页面，也是如何检测在老式的打印文本上的真正的感情和思想的涂鸦，以及创作的心理状态。他的作品，如果像圣佩韦和德国评论家一样，读者就会从文本当中获取很多。如果文本是丰富的，我们就知道如何解释它，我们就会在一个特定的灵魂当中找寻其心理、年代以及种族的什么。在这方面，一首伟大的诗、一部好的小说、一篇君子的自白，比大量的历史学家和历史更有益；我会给出五十卷的章节和一百份的外交文件来完成《切利尼的回忆录》《圣保罗的书信》以及《路德的桌边谈话》，或是阿里斯多芬尼斯的喜剧。这有赖于文学作品的价值。因为他们是完美的，所以他们具有指导意义。随着它们进一步地完善这些，因为他们是不朽的作品。一本书渲染的情绪越多，它就越具备文学性。因为文学作品需要情绪填充其中。情绪在文学作品中越重要，它的文学地位也就越高。因为这可以表明生活和时代的特点，作者也可以通过时代的特点来反映他的情感。因此，我们眼前的文本都具有时代超越性的。这就是一部作品、一部伟大的作品的过人之处。一部作品可以衡量我们在社会当中所发生的深刻变化，这是法规和宗教当中所不存在的。通过文学作品的研究，我们可以看到道德历史的变化，同时也可以获得有关事件背后心理法则的知识。

我已经完成了《英国文学史》的创作，并且探明了人类的心理问题。选择于此，完全动力驱使。很难找出一个人可以完全、彻底地了解文学，也没有几个国家能肩负着全面的世界观来写就此书。古时，拉丁文学在开始阶段尚无任何只言片语，之后便开始了“借用”和“模仿”之路。现代，德国文学在几近两个世纪处于空白的阶段。意大利和西班牙文学也在17世纪中叶走到了尽头。古希腊和现代法国、英国依旧为世界提供着伟大而珍贵的不朽作品。之所以选择英国文学作为切入点，是因为它至今尚存，并且为直接的发现敞开了大门，它要比那些灭绝的或是只剩片段的文学容易研究。同时，也因为它的不同，比照法国人眼中法国文学独特的特点，英国文学要好一些。另外，对于英国特有的文化，除了这种自发性的发展，还有就是其对于其他国家有着巨大影响力的征服。它所展示出的三个条件：种族、气候和诺曼底人的征服，在文学作品中都是清晰可见的。所以我们研究历史主要放在人类的转型、自然和局限性等方面。这些完全尊重原著的权威。我已经试着去确定这三个主要的动机来展示他们对人类社会的不断影响，也解释了无形之手为宗教和文学带来了光明，同时也阐明了是什么样的内部体制可以发展得将野蛮的撒克逊人变为今天的英国人。